J'INTÈGRE LA FONCTION PUBLIQUE

2021
2022

Catégorie B

Concours
GENDARME

Sous-officier de gendarmerie externe

Tout-en-un

J'INTÈGRE LA FONCTION PUBLIQUE

Catégorie B

2021
2022

Concours
GENDARME
Sous-officier de gendarmerie externe

Tout-en-un

Benoît Priet
Corinne Pelletier
Jean-Marc Groga
Rénald Boismoreau
Thibault Couarc'h
Étienne Akamatsu

DUNOD

Couverture : Élisabeth Hébert
Photo de couverture : Ph. Pixarno © Adobe stock
Maquette intérieure : Caroline Joubert (Atelier du Livre)
Mise en page : Belle Page

11 rue Paul Bert, 92240 Malakoff
www.dunod.com
ISBN : 978-2-10-082384-0

Sommaire

2. Améliorer son niveau rédactionnel

3. Améliorer son orthographe

4. Culture générale

Épreuve d'admission n° 1
Évaluation d'aptitude professionnelle

Épreuve d'admission n° 2
Inventaires de personnalité

Épreuve d'admission n° 3
Entretien auprès d'un psychologue

Épreuve d'admission n° 4

Entretien avec le jury

Épreuve d'admission n° 5

Épreuve physique gendarmerie

Épreuve d'admission n° 6

Évaluation numérique

Sujets corrigés

Des auteurs spécialistes

Benoît Priet
Professeur de français et de tests psychotechniques à Poitiers, spécialiste de la préparation aux concours.

Corinne Pelletier
Formatrice en centre de formation aux concours à Poitiers.

Jean-Marc Groga
Gendarme départemental en Indre et Loire.

Rénald Boismoreau
Officier de gendarmerie.

Thibault Couarc'h
Enseignant en éducation physique et sportive (EPS) et en activité physique adaptée (APA).

Étienne Akamatsu
Professeur de philosophie à Rambouillet.

De candidats à professionnels

Le concours sous-officier de gendarmerie est un concours de la fonction publique d'État de catégorie B – filière de sécurité.

L'arrêté du 21 mars 2019 modifie l'arrêté du 27 avril 2011 modifié fixant les programmes, les conditions d'organisation et de déroulement ainsi que les coefficients attribués aux différentes épreuves des concours prévus à l'article 13-1 du décret n° 2008-952 du 12 septembre 2008 portant statut particulier du corps des sous-officiers de gendarmerie.

Deux types de recrutement sont ouverts :

- le concours externe (ou concours 1) ouvert aux titulaires du baccalauréat (c'est le concours préparé dans cet ouvrage) ;
- le concours interne (ou concours 2) ouvert aux gendarmes adjoints volontaires, adjoints de sécurité, militaires sous contrat et réservistes de la gendarmerie (pour préparer ce concours, procurez-vous l'ouvrage : *Concours gendarme sous-officier de gendarmerie interne*, Dunod, 2019).

1 Conditions d'accès et inscription

Pour s'inscrire au concours il faut :

- être âgé de 18 ans au moins et de 35 ans au plus au 1er janvier de l'année du concours ;
- être titulaire d'un baccalauréat ou d'un diplôme ou titre enregistré et classé au niveau IV ;
- être de nationalité française ;
- être en règle au regard des dispositions du Code du service national ;
- présenter une moralité et avoir un comportement compatible avec l'exercice de la fonction de sous-officier de gendarmerie ;
- ne pas s'être déjà présenté trois fois aux épreuves d'un même concours.

Vous devez procéder à votre inscription sur le site internet du recrutement de la gendarmerie www.lagendarmerierecrute.fr. La liste des autorisés à concourir sera également consultable sur ce site. Vous serez ensuite convoqué aux épreuves d'admissibilité.

De la même manière, après la publication de la liste des admissibles sur www.lagendarmerierecrute.fr, vous serez de nouveau convoqué pour les épreuves d'admission.

2 Épreuves

Les nouvelles épreuves du concours se divisent en deux parties :

- Les épreuves d'admissibilité. Ce sont des épreuves écrites à la suite desquelles une partie des candidats est éliminée.
- Les épreuves d'admission. Seuls les candidats reçus aux épreuves d'admissibilité peuvent s'y présenter. Il s'agit d'épreuves orales.

Ci-après, le détail des différentes épreuves et leur coefficient.

	Matière	Durée	Coeff.
Épreuves d'admissibilité (à l'écrit)	**Épreuve de composition de culture générale** Rédaction d'un devoir de connaissances générales sans l'aide d'une documentation	3 h	7
Épreuves d'admission (à l'oral)	**Évaluation d'aptitude professionnelle** Elle vise à évaluer le potentiel intellectuel général des candidats et notamment leur capacité à comprendre et s'adapter à une situation avec rapidité et justesse, par le développement d'un système de raisonnement logique.		
	Deux inventaires de personnalité Ils sont destinés à préparer, pour les candidats admissibles, leur entretien individuel avec un psychologue.		
	Entretien auprès d'un psychologue		
	Entretien avec le jury Sujet d'ordre général portant sur les grandes questions d'actualité et/ou sur les motivations du candidat. L'évaluation d'aptitude professionnelle, les inventaires de personnalité et l'entretien avec le ou les psychologues constituent une aide à la décision des groupes d'examinateurs. Le candidat devra se présenter à cette épreuve avec un curriculum vitae.	10 minutes de préparation + 20 minutes d'entretien	7
	Épreuve physique gendarmerie (EPG) Il s'agit d'un parcours d'obstacles destiné à tester le potentiel physique du candidat dans des situations qu'il est susceptible de rencontrer dans un contexte opérationnel.		3
	Épreuve d'évaluation numérique QCM visant à évaluer les connaissances et à mesurer les compétences numériques du candidat.	30 minutes	1

Toute note inférieure à 6 sur 20 à l'épreuve de composition de culture générale est éliminatoire.

Attention

Présentez-vous aux épreuves muni de votre convocation et d'une pièce d'identité.

a. Épreuve d'admissibilité

Épreuve de composition de culture générale

En vous basant sur votre culture générale, vous devez rédiger un devoir sur un sujet donné. D'une durée de 3 heures pour un coefficient 7, la composition de culture générale montre le souci d'évaluer les capacités d'analyse et de synthèse du candidat, son registre de langue, son orthographe, sa culture générale.

b. Épreuves d'admission

Évaluation d'aptitude professionnelle

Remarque

L'arrêté du 25 février 2019 modifie les épreuves du concours externe. Désormais, l'épreuve d'aptitude professionnelle (qui était présentée sous forme de 36 QCM à résoudre en 35 minutes, cherchant à évaluer votre capacité de réflexion logique et d'adaptation. Les questions portaient sur des suites ou des ensembles logiques à résoudre.) devient une évaluation d'aptitude professionnelle.

À ce jour, nous n'avons pas encore d'information précise sur le déroulement de l'évaluation, le texte officiel précise que cette évaluation : « … *vise à évaluer le potentiel intellectuel général des candidats et notamment leur capacité à comprendre et s'adapter à une situation avec rapidité et justesse, par le développement d'un système de raisonnement logique. Destinée à préparer leur entretien individuel avec un ou plusieurs psychologues, cette évaluation n'est pas une épreuve du concours ; aucune préparation n'est nécessaire.* »

Inventaires de personnalité

Le candidat au concours de sous-officiers de gendarmerie sera soumis à deux tests de personnalité :

- un questionnaire évaluant les traits de caractère déterminant son adaptabilité à la fonction de gendarme et son futur comportement en situation professionnelle ;
- un test de gestion du stress.

L'un et l'autre visent à préparer, un entretien individuel avec un psychologue. Ils ne sont pas notés.

Entretien auprès d'un psychologue

Les résultats des tests de personnalité serviront de base à l'échange avec le psychologue. Le but de cet entretien est d'évaluer comment certains traits de votre personnalité se manifesteront concrètement en situation professionnelle.

Inventaires de personnalité et rapport d'entretien du psychologue constituent une aide à la décision sous la forme d'un avis transmis au président du jury d'examinateurs qui recevra le candidat lors de l'épreuve orale d'admission.

Entretien avec le jury

Cette épreuve est organisée en deux temps :

- la préparation et la restitution d'un exposé portant sur une question d'actualité ;
- un entretien de motivation.

Elle vise à mettre en valeur l'aptitude du candidat à intégrer le corps des sous-officiers de gendarmerie au regard de sa personnalité, ses motivations, sa culture générale, ses capacités d'expression et de raisonnement, sa vivacité d'esprit et son équilibre émotionnel.

Le candidat doit se présenter à cette épreuve avec sa convocation et un *curriculum vitae*.

Épreuve physique gendarmerie (EPG)

L'épreuve physique gendarmerie se compose de trois ateliers :

- un parcours d'obstacles (chronométré) ;
- une simulation d'un combat (chronométrée) ;
- un transport de poids (évalué : échec ou réussite).

Le jour de l'épreuve, présentez un certificat médical mentionnant l'aptitude à subir les épreuves sportives et datant de moins d'un an. Cette épreuve spécifique nécessite une bonne préparation. Pour réussir, la pratique régulière de la course à pied et d'exercices de renforcement musculaire (appuis faciaux, abdominaux) apparaît indispensable.

Épreuve d'évaluation numérique

Cette épreuve consiste en un questionnaire à choix multiples visant à évaluer les connaissances et à mesurer les compétences numériques du candidat. Il est attendu des candidats qu'ils détiennent les fondamentaux de la culture WEB, de l'environnement numérique, de la protection et de la sécurité informatique.

3 Admission

a. Vous êtes admis !

La liste des candidats admis, et, s'il y a lieu, la liste complémentaire seront publiées sur le site internet www.lagendarmerierecrute.fr.

b. Visite médicale

Avant leur intégration en école, les admis seront convoqués par le centre de sélection et de concours pour passer une visite médicale de sélection auprès d'un médecin militaire. Ce médecin déclare le candidat : – apte, – inapte temporairement pour une durée d'un à plusieurs mois : le départ en école ne sera prononcé qu'à l'occasion d'une nouvelle visite médicale, – définitivement inapte.

c. Intégration en école

La formation initiale des sous-officiers de gendarmerie est dispensée en internat au sein des écoles de gendarmerie de Chateaulin (29), Chaumont (52), Montluçon (03), Dijon (21) ou Tulle (19). La formation des sous-officiers de gendarmerie, d'une durée de neuf mois, a pour objectif de transmettre aux élèves gendarmes les exigences de la condition militaire et de leur dispenser les connaissances professionnelles nécessaires à l'exercice d'un métier dédié à la protection des personnes et des biens.

d. Affectation en unité

La première affectation en unité est choisie par les élèves : – en fonction du rang de classement de chacun, – parmi les places offertes au choix par la direction générale de la Gendarmerie nationale dans une brigade de gendarmerie départementale, un escadron de gendarmerie mobile ou une compagnie d'infanterie de la garde républicaine.

Certains élèves dont les compétences particulières (motocycliste, cavalier, musicien, secouriste en montagne, pilote ou mécanicien d'hélicoptère) ont été testées lors de la formation initiale peuvent être directement affectés dans une unité spécifique (escadron motocycliste, régiment de cavalerie, orchestres de la garde républicaine, orchestre de la gendarmerie mobile, unité de montagne, unité aérienne).

e. Statut et rémunération

La formation est rémunérée. Les sous-officiers de gendarmerie bénéficient d'un logement concédé par nécessité absolue de service. Ils servent sous statut militaire et bénéficient par conséquent de l'affiliation au régime de la Sécurité sociale militaire et de la réduction de 75 % sur le tarif SNCF.

Gendarmerie nationale

Initié en 2012 dans sa forme actuelle, le concours gendarmerie dispose d'une place à part dans le champ des concours administratifs. Il impose de bien appréhender l'identité spécifique de cette institution militaire. À l'oral, le jury évalue le degré de motivation, mais aussi l'adéquation du profil du candidat aux exigences de l'état de sous-officier de gendarmerie. Un seuil minimal de connaissances apparaît donc indispensable. Les pages qui suivent vous guideront pour mieux connaître la gendarmerie, à travers son histoire, ses valeurs, son organisation, ses missions et plus simplement le quotidien du gendarme.

1 Histoire

a. Origines

La gendarmerie puise une partie de ses origines des « sergents d'arme » qui apparaissent en 1191 au service de la protection du roi. Pendant la Guerre de Cent ans, la maréchaussée royale, préfiguration historique de la gendarmerie, a pour mission principale, aux ordres du maréchal de France, de faire respecter l'ordre au sein des armées. Par son implantation à travers le royaume, elle verra peu à peu ses compétences s'étendre aux bandits de grands chemins. En 1791, en pleine période révolutionnaire, la maréchaussée prend l'appellation de Gendarmerie nationale. Sept ans plus tard, la loi du 28 germinal an VI lui confère l'essentiel de ses attributions et de son organisation.

b. Évolutions structurantes

Au fil des siècles, la gendarmerie participe à tous les conflits sur le sol français et à l'étranger. Elle prend directement part au combat ou assume un rôle historique de gardienne de la discipline dans les armées. Dans le même temps, elle s'organise pour remplir sa mission de police, garante de la paix et de l'ordre public au service des citoyens. En 1921, sont créés les premiers pelotons mobiles transformés en garde républicaine mobile en 1927, puis en gendarmerie mobile en 1954. Depuis la loi du 3 août 2009, la Gendarmerie nationale est intégrée au ministère de l'Intérieur mais demeure néanmoins sous l'autorité du ministre de la Défense pour l'exécution de ses missions militaires.

c. Adaptations aux mutations

Évoluant au même rythme que la nation, l'institution s'enrichit d'unités spécialisées et adapte son organisation aux évolutions de la société. À titre d'exemple, l'émergence d'une menace terroriste dans les années soixante-dix conduit à la création en 1974 du GIGN, le groupe d'intervention de la Gendarmerie nationale. Cette unité va sans cesse évoluer pour regrouper, depuis 2007, l'ensemble des moyens de la gendarmerie dédiés au contre-terrorisme. De même, l'émergence d'une société numérique conduit la gendarmerie à former des « cyber-gendarmes » pour contrer la cybercriminalité.

Principaux repères chronologiques

1191	Apparition des premiers « sergents d'arme ».
1357-1453	Guerre de Cent Ans : naissance de la maréchaussée.
Le 25 janvier 1536	Une déclaration du roi étend les pouvoirs de la maréchaussée aux crimes de grand chemin.
Le 16 février 1791	La maréchaussée prend la dénomination d'un corps d'élite : la gendarmerie. Depuis 1993, chaque 16 février la gendarmerie rend hommage à ses morts.
Le 17 avril 1798	La loi du 28 germinal an VI fixe les grandes missions de la gendarmerie.
Le 1er février 1849	La garde républicaine est rattachée à la gendarmerie.
Le 20 mai 1903	Un décret organique détermine l'organisation générale de la Gendarmerie nationale.
Le 21 février 1918	Les gendarmes deviennent sous-officiers.
Le 20 septembre 1954	Création de la gendarmerie mobile.
Le 13 février 1983	Début du recrutement des sous-officiers féminins.
Le 3 août 2009	Une loi précise les attributions des ministres de l'Intérieur et de la Défense et conforte les missions de la gendarmerie.

2 Emblèmes et valeurs

a. Emblèmes

Comme les autres forces armées depuis le Premier Empire, la gendarmerie dispose d'un drapeau, emblème des valeurs partagées et de l'attachement à la France. Il est orné de deux devises : « Honneur et Patrie », « Valeur et Discipline ». Il présente le nom des principales batailles où les gendarmes se sont distingués : Hondschoote en 1793, Villodrigo en 1812, Taguin en 1843, Sébastopol en 1855, Indochine entre 1945 et 1954, AFN (Afrique du Nord) entre 1952 et 1962.

La grenade, insigne des troupes d'élite depuis le XVIIe siècle, est omniprésente sur les uniformes, les grades, les sceaux… Elle figure en place centrale sur les armoiries de la gendarmerie.

b. Serment et valeurs

Le passage à l'état de sous-officier se concrétise par une prestation de serment devant un magistrat.

> *« Je jure d'obéir à mes chefs en tout ce qui concerne le service auquel je suis appelé et dans l'exercice de mes fonctions, de ne faire usage de la force qui m'est confiée que pour le maintien de l'ordre et l'exécution des lois ».*

Une fois assermenté, le sous-officier de gendarmerie devient dépositaire de l'autorité publique.
Ce serment qui date du milieu du XIXe siècle est complété par la charte du gendarme et la loi du 3 août 2009 qui rappellent avec force le statut militaire du gendarme et l'importance de valeurs aussi fondamentales que l'honneur, la discipline, la disponibilité, le courage ou le dévouement.
Depuis 2014, la gendarmerie dispose également d'un code de déontologie commun avec la police pour l'exécution de ses missions de sécurité intérieure. Ce texte fixe aux gendarmes leurs obligations et leur cadre d'action : discrétion, probité, discernement, impartialité.

3 Organisation

a. Gendarmerie nationale

Forte d'environ 100 000 personnels militaires et civils, la gendarmerie assure une mission de service public consacrée à la sécurité publique sur plus de 95 % du territoire et au profit de plus de 50 % de la population. Garante de la protection des intérêts de la nation, elle assure ses missions de sécurité générale quels que soient la situation, le territoire ou le milieu. Elle est organisée autour d'un maillage territorial constitué de 3 200 unités complémentaires entre elles. La gendarmerie développe une forte proximité avec la population combinée à une capacité de montée en puissance et une réactivité permanente. Pour répondre à ces enjeux, son organisation est globalement calquée sur celle du découpage administratif.

Organisation générale de la gendarmerie

<table>
<tr><td>Administration centrale</td><td colspan="2">Direction générale de la gendarmerie générale</td></tr>
<tr><td>Région zonale/
Région administrative</td><td colspan="2">Région de gendarmerie</td></tr>
<tr><td>Préfecture de département</td><td>Groupement
de gendarmerie
départementale</td><td rowspan="3">Groupement
de gendarmerie mobile

Escadron
de gendarmerie mobile</td></tr>
<tr><td>Sous-préfecture
d'arrondissement</td><td>Compagnie
de gendarmerie
départementale</td></tr>
<tr><td>Canton</td><td>Brigade
de gendarmerie
départementale</td></tr>
</table>

Le livre blanc sur la défense et la sécurité nationale, document stratégique publié en 2013 sous l'égide du président de la République, précise toute la place de la gendarmerie dans la défense française.

Définition

« **La gendarmerie nationale**, force armée relevant du ministère de l'Intérieur est employée quotidiennement dans des missions de sécurité intérieure. Elle représente un atout majeur grâce à son organisation militaire, au statut militaire de ses personnels, à son maillage territorial, à sa réserve opérationnelle et à ses forces de gendarmerie mobile. Elle constitue ainsi une réserve gouvernementale accoutumée aux engagements en situation dégradée. Elle mettra en œuvre des capacités pivots (hélicoptères, véhicules blindés de maintien de l'ordre, réseau national durci de transmission) qui s'inscrivent en complémentarité des moyens des armées et qui seront maintenues. Elle apporte un appui essentiel aux armées par les gendarmeries spécialisées, – gendarmerie maritime, de l'air, de l'armement, de la sécurité des armements nucléaires –, par la prévôté et son engagement constant en opération extérieure. Sur le territoire national, son statut unique de force armée au sein du ministère de l'Intérieur lui confère une capacité à s'adapter rapidement aux situations de crise ou de catastrophe naturelle, qui permet d'envisager son emploi aux côtés des armées. »

b. Gendarmerie départementale

La gendarmerie départementale est structurée en « poupées russes » dans la mesure où chaque échelon peut bénéficier du soutien du niveau supérieur. Au cœur de ce dispositif, la brigade territoriale veille en permanence à la sécurité publique générale sur le territoire dont elle a la charge. Autonome ou associée à d'autres, elle bénéficie du soutien de la compagnie par le biais d'unités plus spécialisées telles que les pelotons de surveillance et d'intervention de la gendarmerie et les brigades de recherches. L'échelon du groupement peut, quant à lui, mettre à disposition des moyens complémentaires (brigade départementale d'appui judiciaire, escadron départemental de sécurité routière…). Enfin, la région ou la DGGN disposent de capacités associées à des savoir-faire plus rares (moyens aériens, enquêteurs spécialisés, unités d'intervention, cellule psychologique…).

c. Gendarmerie mobile

La gendarmerie mobile participe au dispositif de sécurité générale aux côtés des unités territoriales et remplit des missions de maintien ou de rétablissement de l'ordre. Régulièrement projetée en métropole, outre-mer ou sur des théâtres d'opérations extérieures, elle se caractérise par la grande fréquence de déplacements des escadrons (en moyenne 215 jours par an). Forte d'environ 15 000 hommes et de 108 escadrons, cette subdivision d'arme, qui se féminise de plus en plus, tire sa force de sa cohésion, de sa résistance à l'effort et de sa polyvalence.

d. Garde républicaine et gendarmeries spécialisées

- La garde républicaine assure les missions de sécurité et les services d'honneur au profit des grandes institutions de l'État (Présidence de la République, Assemblée Nationale, Sénat, Premier ministre…). Située en région parisienne, elle regroupe deux régiments d'infanterie, un régiment de cavalerie ainsi que plusieurs formations spécialisées.

- La gendarmerie des transports aériens, rattachée à la direction générale de l'aviation civile, veille à la sécurité des plateformes aéroportuaires, au respect de la législation aéronautique et traite les accidents aériens civils.
- La gendarmerie de l'air, intégrée à l'armée de l'air, est dédiée à la sécurité des bases aériennes et aux enquêtes aéronautiques militaires.
- La gendarmerie maritime, intégrée à la Marine nationale, agit sur les approches maritimes littorales, les ports et les arsenaux. Elle est notamment dotée d'une quarantaine de patrouilleurs et vedettes.
- La gendarmerie de l'armement, intégrée à la délégation générale de l'armement, appuie les dispositifs de sécurité en œuvre au sein des établissements les plus sensibles.
- La GSAN, la gendarmerie de la sécurité des armements nucléaires assure depuis 1964 un rôle essentiel dans le respect des protocoles très stricts concernant l'assemblage et le transport des armes de la dissuasion nucléaire.

D'autres formations spécifiques permettent, à l'étranger, de valoriser des accords de coopération ou d'assurer la sécurité d'emprises diplomatiques. Elles sont armées par des militaires volontaires pour vivre seuls ou avec leur famille une expérience d'expatriation temporaire.

e. GIGN

Le GIGN, créé en 1974, a été profondément réorganisé en 2007. Fort de plus de 380 militaires spécialisés, il est structuré autour de six forces complémentaires (intervention, protection, observation/recherche, appui opérationnel, formation, détachement GSPR). Principale unité de contre-terrorisme disposant d'une renommée internationale, le GIGN met à disposition des unités territoriales et judiciaires ses compétences en matière de protection rapprochée, d'observation et d'intervention (grand banditisme, forcenés, actions de force en milieu pénitentiaire…). Dans le cadre du schéma national d'intervention mis en place en 2016, il s'appuie sur plusieurs antennes GIGN réparties sur l'ensemble du territoire.

4 Missions et métiers

a. Fonctions et grades

Le concours de gendarme permet d'envisager une carrière de sous-officier au sein de la Gendarmerie nationale. Les sous-officiers de gendarmerie participent, sous le commandement des officiers, à la constitution et à l'encadrement des formations de la gendarmerie. Ils exercent en outre les attributions et assument les responsabilités que les lois et règlements leur confèrent dans les domaines de la police judiciaire et de la police administrative.

Lors de sa formation initiale le sous-officier acquiert des compétences dans l'ensemble des domaines qui touchent les missions de la gendarmerie. Affecté au sein d'une brigade territoriale ou d'un escadron de gendarmerie mobile à la sortie d'école, il a la possibilité au cours de sa carrière de choisir d'autres affectations géographiques ou fonctionnelles. Il peut également accéder à de plus larges responsabilités et envisager une carrière de gradé ou d'officier.

Opportunités de carrière

Examen	Formation	Plage de grades
Certificat d'aptitude gendarmerie	12 mois de scolarité rémunérée (9 mois en école et 3 mois de formation continue en unité)	Élève-gendarme
Certificat d'aptitude technique	2 années de formation continue au sein de l'unité d'affectation	Gendarme sous-contrat
Diplôme d'officier de police judiciaire ou diplôme d'arme	14 mois de formation continue au sein de l'unité d'affectation	Gendarme à major
Concours d'officier	2 ans de formation à l'EOGN	Gendarme de carrière & adjudant-chef à major

La majorité des officiers de gendarmerie sont issus du corps des sous-officiers. Cette promotion par voie de concours peut intervenir en début de carrière pour les sous-officiers titulaires d'une licence ou après une expérience d'encadrement pour les adjudants-chefs ou majors.
À chaque grade correspond un niveau de responsabilité et d'encadrement, l'évolution de carrière est associée à plusieurs paramètres plus ou moins déterminants en fonction des postes : la réussite dans l'emploi, l'obtention de qualification particulière, la capacité potentielle à assumer une fonction de niveau supérieur, la mobilité, l'ancienneté dans le grade précédent.

Principaux grades des militaires de la gendarmerie

(voir également les grades au verso de la couverture de l'ouvrage)

Gendarme adjoint volontaire	Gendarme adjoint	Brigadier	Brigadier-chef	Maréchal des logis
Gendarme	Élève gendarme	Gendarme sous contrat*	Gendarme de carrière*	–
Gradé	Maréchal des logis chef	Adjudant	Adjudant-chef	Major
Officier (subalterne)	Sous-lieutenant**	Lieutenant**	Capitaine**	–
Officier (supérieur)	Chef d'escadron	Lieutenant-colonel	Colonel	–
Officier (général)	Général de brigade	Général de division	Général de corps d'armée	Général d'armée

* Gendarme sous contrat et gendarme de carrière portent le même grade, pour autant, les statuts militaires prévoient une hiérarchie de fait entre le plus jeune et le plus ancien.

** Le passage des grades de sous-lieutenant à lieutenant et lieutenant à capitaine s'effectue à l'ancienneté.

b. Cadre général et emplois spécialisés

Le gendarme du cadre général a vocation à servir en unité opérationnelle polyvalente de type brigade de gendarmerie départementale et escadron de gendarmerie mobile. Au-delà des principales subdivisions d'arme, le sous-officier peut accéder à différentes spécialités dans les domaines de la sécurité publique, de la police judiciaire, de la sécurité routière ou du maintien de l'ordre… Les métiers suivants constituent quelques exemples courants.

- **Motocycliste :** après une formation qualifiante au sein du centre de formation spécialisé de Fontainebleau, le gendarme motocycliste rejoint un peloton d'autoroute ou une brigade motorisée. Pilote de motocyclette de grosse cylindrée, il renforce le maillage territorial par une action visible de sécurité routière.
- **Maître-chien :** les maîtres-chiens sont sélectionnés sur la base de tests physiques et psychologiques et en fonction des besoins. Une formation de plusieurs mois se déroule au centre national d'instruction cynophile de Gramat. Les équipes cynophiles se spécialisent alors dans la recherche de stupéfiants, d'explosifs, de personnes disparues…
- **Moniteur d'intervention professionnelle :** spécialiste des techniques d'emploi de la force, le moniteur d'intervention professionnelle forme les autres militaires et apporte une expertise technique au commandement.
- **Technicien en identification criminelle :** spécialiste des scènes de crimes, le technicien en identification criminelle apporte une expertise aux unités territoriales en police scientifique et technique.
- **Enquêteur N'Tech :** il s'agit d'un officier de police judiciaire capable de renforcer les enquêteurs de terrain par l'exploitation de moyens associés aux nouvelles technologies. Il peut également agir sur Internet et les réseaux pour lutter contre la cybercriminalité.

On peut également citer les plongeurs, les spéléologues, les pilotes d'hélicoptère, les pilotes de vedette, les cavaliers, les spécialistes montagne… La gendarmerie, en tant que force humaine en perpétuelle évolution, dispose d'une gamme très large de spécialistes en fonction des milieux, des missions ou des domaines d'expertise requis.

c. Domaines d'action et missions de la gendarmerie

La gendarmerie par son ancrage territorial et sa capacité à contrôler les flux, concilie prévention et répression dans l'exécution quotidienne de ses missions. L'action en uniforme constitue un principe fondamental.

Missions de police judiciaire

La gendarmerie veille à l'exécution des lois, la police judiciaire constitue une de ses missions essentielles. La police judiciaire consiste à rechercher les infractions à la loi pénale, à les constater, à en rassembler les preuves et à en rechercher les auteurs. Pour remplir ces missions, la gendarmerie dispose d'unités territoriales et d'unités de recherches judiciaires à l'échelon local (les brigades de recherches) ou régional (les sections de recherches). Elle s'appuie également sur des capacités en criminalistique (c'est-à-dire des techniques issues de sciences diverses aidant à la recherche des preuves d'infractions, à la détermination de leurs auteurs et à la révélation de leurs modes opératoires) à tous les échelons et notamment au sein des brigades départementales de renseignements et d'investigations judiciaires. Les experts nationaux de la gendarmerie travaillent au pôle judiciaire de la Gendarmerie nationale qui regroupe l'IRCGN (institut de recherche criminelle de la gendarmerie) et le SCRC (service central du renseignement criminel).

Missions de police administrative

La gendarmerie est destinée à maintenir la sécurité publique et l'ordre public. Elle contribue dans cette perspective à la mission de renseignement et d'information des autorités. En la matière, la gendarmerie dispose d'une compétence nationale, en métropole et outre-mer. Les renseignements politiques ou religieux et les missions occultes sont strictement exclus de son champ d'attribution. Le contact avec la population et la recherche de renseignement s'exerce dans le cadre de patrouilles de prévention de proximité au sein des unités territoriales.

Missions de défense

La gendarmerie participe à la défense de la patrie et des intérêts supérieurs de la nation tels que le contrôle et la sécurité des armements nucléaires. Elle contribue aux missions de défense par le biais de la recherche du renseignement, de la lutte contre le terrorisme, de l'action des gendarmeries spécialisées et de la défense opérationnelle du territoire. Sur ce dernier point, la gendarmerie est plus particulièrement chargée de défendre les points d'importance vitale et de conduire des actions de combat visant à neutraliser des éléments ennemis infiltrés.

5 Vie du gendarme

La vie du sous-officier de gendarmerie dépend de la nature, de la situation géographique, et de l'activité propre à chaque unité.

a. Vie en école

Après la réussite au concours, l'accession au corps des sous-officiers de gendarmerie est précédée d'une formation rémunérée de 12 mois. D'abord en internant, sur une période d'environ 8-9 mois, au sein d'une école de gendarmerie : Châteaulin, Montluçon, Chaumont, Tulle ou Dijon. Cette période permet d'appréhender les bases de la condition militaire et en particulier l'aptitude à servir en tous lieux et en toutes circonstances. Elle vise aussi à assimiler les bases du métier de gendarme en matière de police judiciaire et administrative notamment. En cas d'échec, une dénonciation de contrat d'engagement peut être envisagée. En fin de stage, l'élève gendarme choisit sa première affectation (escadron de gendarmerie mobile, brigade territoriale ou compagnie de la garde républicaine) et sa région en fonction des choix proposés et de son classement au sein de la promotion.

Cette formation initiale en école est complétée par une période de 3-4 mois dans l'unité d'affectation, sous le tutorat d'un gendarme expérimenté, durant lequel il mettra en application les enseignements reçus.

Répartition des phases de la formation initiale

1re phase Formation militaire	2e phase Formation technique	3e phase Formation territoriale
• Le gendarme militaire. Formation militaire générale (savoir-être et savoir-faire), qui comporte entre autres un socle éthique, technique et tactique. Elle permet l'aguerrissement des futurs gendarmes.	• Le gendarme soldat de la loi. Formation centrée non seulement sur la formation à l'exercice des fonctions d'agent de police judiciaire et d'agent de la force publique, mais également sur les principes et les techniques régissant l'emploi de la force et les règles juridiques qui l'encadrent.	• Le gendarme acteur de la sécurité des territoires. Formation de consolidation des acquis des deux phases précédentes, permettant l'insertion du gendarme dans son environnement professionnel.

À l'issue des 12 mois de formation, l'élève gendarme devient gendarme sous contrat le temps d'obtenir le certificat d'aptitude technique (il faut en général 2 ans) qui attestera des compétences acquises.

b. Quotidien en unité

S'il existe un formalisme de présentation propre au militaire, les relations de travail sont le plus souvent marquées par un esprit de franchise et de solidarité. En unité territoriale, le sous-officier développe une approche globale de sa mission de sécurité générale qui peut l'amener dans une même journée à remplir des services très diversifiés en phase avec l'urgence opérationnelle. Successivement chargé d'accueil, chef de patrouille ou enquêteur, il touche à toutes les dimensions des problématiques de police administrative ou judiciaire.
Les propos du directeur général de la gendarmerie lors de la commémoration de la bataille d'Hondschoote en 2008, résume bien la posture du gendarme :

> *« Parce qu'il est fils des armées, le gendarme est un militaire, parce qu'il est fils du territoire, le gendarme est toujours l'homme d'un terroir ; parce qu'il est fils de la loi, le gendarme en est le gardien intraitable ; parce qu'enfin il est fils du peuple, le gendarme en est le serviteur direct. ».*

La vie militaire nécessite néanmoins un comportement adapté à des règles disciplinaires. Dans son quotidien professionnel, le militaire de la gendarmerie doit s'attacher à développer une attitude respectueuse auprès de tous ses interlocuteurs. Il veille à prévenir et s'opposer à toutes formes d'actes portant atteintes aux autres, et à fournir des efforts permanents pour s'instruire. En tant que sous-officier, c'est un acteur du respect de la hiérarchie et de la discipline militaires.
La vie en caserne et le lien du gendarme avec le territoire au sein duquel il sert doivent l'amener à privilégier une attitude sobre en faisant preuve de discrétion concernant les affaires qu'il est amené à traiter. De manière générale, il doit éviter tout acte ou parole de nature à entacher la réputation de la gendarmerie.
Le gendarme peut se trouver dans différents types de position : en service, en astreinte, en quartier libre, en repos ou en permissions. Celles-ci déterminent son lien à l'emploi. Si la disponibilité constitue un impératif de la condition militaire en rupture avec d'autres emplois civils, elle est accompagnée de compensations qui permettent, dans une certaine mesure, de préserver le repos physiologique et la vie privée.

c. Questions pratiques

Le logement de service correspond à une nécessité absolue à laquelle le militaire ne peut déroger. Intégré le plus souvent au sein d'une caserne, il est concédé gracieusement au militaire et à sa famille, il traduit de façon concrète la disponibilité au service.
La solde désigne le revenu net mensuel que perçoit un militaire de la gendarmerie. Elle s'échelonne de 1 500 à 3 500 euros environ pour un sous-officier et de 2 000 à 6 000 euros environ pour un officier.

Les permissions peuvent être assimilées aux périodes de congé. Contreparties de la disponibilité, elles représentent 45 jours ouvrés soient 9 semaines par an. Elles peuvent être soumises à autorisation particulière pour certaines destinations hors Union européenne.

L'uniforme est fourni par la gendarmerie lors de l'incorporation puis entretenu par le gendarme sur la base d'une dotation annuelle. Il se compose de plusieurs tenues variables en fonction de la saison (hiver ou été) et de l'activité (tenue d'intervention, tenue de service courant, tenue de cérémonie). Son port en service est la règle.

L'arme de dotation est actuellement le SIG SAUER 2022, un pistolet automatique de calibre 9 mm. Elle est affectée de façon individuelle au gendarme. Cette arme vient en complément d'un gilet pare-balles à port discret et de moyens de force intermédiaire.

La carte professionnelle identifie le militaire de la gendarmerie. Au format carte de crédit depuis 2011, elle intègre une puce électronique et des données personnelles. Elle est complétée par une carte de circulation SNCF qui donne droit à une remise permanente de 75 % sur le prix des billets.

Le numéro d'identification est un numéro à sept chiffres attribué, depuis le 1er janvier 2014, à tous les militaires de la gendarmerie. Il est porté sur la plupart des uniformes de dotation.

6 Environnement

a. Personnels

Sur les 100 500 personnels de la gendarmerie, on recense en 2015 environ :

- 72 000 sous-officiers et 6 750 officiers de gendarmerie ;
- 4 600 sous-officiers et 475 officiers du corps de soutien ;
- 13 000 gendarmes adjoints volontaires ;
- 3 600 personnels civils.

À ces personnels d'active, il faut ajouter environ 25 000 réservistes qui renforcent au quotidien les capacités opérationnelles des unités.

b. Acronymes et terminologie

L'utilisation d'abréviations ou d'acronymes est très courante au sein de la gendarmerie. Cet usage facilite les désignations lors des communications. La présente liste se restreint aux principales unités mais la plupart des mots ou expressions composés sont, en règle générale, réduits à leur acronyme :

BDRIJ : brigade départementale de recherche et d'investigation judiciaires
BMo : brigade motorisée
BTA : brigade territoriale autonome
BPDJ : brigade de protection de la délinquance juvénile
BR : brigade de recherches
BRI : brigade rapide d'intervention
COB : communauté de brigades
CORG : centre opérationnel de renseignements de la gendarmerie
DGGN : direction générale de la Gendarmerie nationale
EDSR : escadron départemental de sécurité routière
EGM : escadron de gendarmerie mobile
GIGN : groupe d'intervention de la Gendarmerie nationale

GSPR : groupe de sécurité de la présidence de la République
IRCGN : institut de recherche criminelle de la Gendarmerie nationale
PA : peloton d'autoroute
PGHM : peloton de gendarmerie de haute montagne
PI : peloton d'intervention
PI2G : peloton d'intervention inter-régional de la gendarmerie
PSIG : peloton de surveillance et d'intervention de la gendarmerie
SAG : section aérienne de la gendarmerie
SR : section de recherches

Pour une liste plus complète, vous pouvez consulter l'ouvrage : *Dictionnaire des abréviations de la Gendarmerie et de la Police*, Vincent Fayemendie, Dunod, 2012.

Enfin, il existe une terminologie propre à la gendarmerie qui recouvre en partie le champ lexical des armées et celui de la police.

7 Approfondir ses connaissances

De nombreux sites internet, blogs ou médias sociaux s'intéressent à la gendarmerie. Il est conseillé de se référer aux sites officiels pour obtenir les informations les plus fiables concernant les modalités du concours :

- www.interieur.gendarmerie.gouv.fr ;
- www.lagendarmerierecrute.fr ;
- www.defense.gouv.fr/gendarmerie.

Ces références pourront utilement être complétées par une prise de contact avec une brigade locale et par des lectures d'ouvrages historiques ou juridiques.

8 Informations indispensables à connaître pour bien aborder l'oral

- La gendarmerie est une force armée au service de la nation.
- La gendarmerie est instituée pour veiller à l'exécution des lois.
- La gendarmerie dispose d'une capacité d'action en tout temps et en toutes circonstances.
- La gendarmerie assure la sécurité publique sur 95 % du territoire et au profit de 50 % de la population.
- Force polyvalente, la gendarmerie remplit des missions de police judiciaire, de police administrative, de renseignement, d'assistance, de secours, de protection et de défense.
- La gendarmerie est engagée aux côtés des armées dans les opérations extérieures.
- La gendarmerie est une force de souveraineté présente sur tous les départements et territoires d'outre-mer.
- Elle est rattachée depuis la loi du 3 août 2009 au ministère de l'Intérieur.
- Elle se compose d'environ 100 000 hommes et femmes répartis au sein de milliers d'unités. Environ 25 000 réservistes appuient l'action des militaires d'active de la gendarmerie.
- C'est une institution de huit siècles d'histoire et de traditions.
- La maréchaussée devient Gendarmerie nationale par la loi du 16 février 1791.
- La gendarmerie se caractérise par son organisation intégrée et son maillage territorial.
- La gendarmerie se subdivise principalement en gendarmerie départementale et en gendarmerie mobile.

- L'unité de base est la brigade territoriale en gendarmerie départementale et l'escadron de gendarmerie mobile en gendarmerie mobile.
- Les escadrons de gendarmerie mobile sont déplacés environ 200 jours par an.
- La police judiciaire est une mission essentielle de la gendarmerie.
- La gendarmerie agit sur tout le spectre de la police judiciaire avec l'appui d'unités spécialisées dans les investigations (BR, SR...) et dans la police scientifique (IRCGN...).
- Les gendarmes possèdent des prérogatives fixées par la loi en matière de police judiciaire.
- La gendarmerie développe des moyens spécifiques pour lutter contre la cybercriminalité.
- La gendarmerie participe directement à la coopération policière internationale.
- La gendarmerie est un acteur de premier plan en matière de sécurité routière.
- Il existe plusieurs gendarmeries spécialisées en fonction du milieu ou de la mission.
- La garde républicaine, composante de la gendarmerie, agit au profit des institutions de l'État.
- Le GIGN est l'unité de contre-terrorisme de la gendarmerie.
- La gendarmerie est composée de militaires, de civils mais aussi de réservistes.
- Les gendarmes sont des militaires, sous-officiers assermentés.
- Le statut militaire exige esprit de sacrifice, discipline, disponibilité, loyauté, neutralité.
- L'action en uniforme constitue un principe fondamental de l'action du gendarme.
- La gendarmerie est dirigée par un directeur général de la Gendarmerie nationale, aujourd'hui général d'armée.

Attention

Connaître les grades avant l'oral témoigne de votre intérêt pour la gendarmerie et pour votre interlocuteur. Ils sont détaillés au verso de la couverture.

Épreuve d'admissibilité

Composition de culture générale

- Épreuve de composition de culture générale
- Méthodologie de l'épreuve
- Améliorer son niveau rédactionnel
- Améliorer son orthographe
- Culture générale

3 heures • Coef 7

Présentation de l'épreuve

Épreuve de composition de culture générale

Dans le concours actuel, cette épreuve dure 3 heures pour un coefficient 7. Une question est posée au candidat, précédée ou non d'un constat qui situe son contexte. Cette question porte sur une thématique liée à l'actualité sociale, environnementale, sanitaire, etc.
Le candidat doit, sans l'aide de documents annexes traiter la question sous la forme d'un devoir organisé et dans une langue soignée. Les capacités d'analyse, le registre de langue, l'orthographe et la culture générale du candidat sont évalués. Autant dire que c'est l'épreuve la plus difficile. Si nous voulons ordonner les exigences de l'épreuve, nous pouvons noter trois choses :

- la méthode de composition ;
- la valorisation de la culture générale personnelle ;
- le niveau rédactionnel et orthographique.

Pour vous guider dans cette préparation, nous allons commencer par la méthodologie de l'épreuve, puis des rappels concernant les règles pour une rédaction et une orthographe de qualité, enfin nous vous proposerons des fiches de culture générale.

Remarque

Depuis le concours de mars 2015, la documentation qui était auparavant associée au sujet a disparu. Le candidat n'est plus amené à faire une synthèse des informations essentielles des supports proposés et il doit fournir des informations qui viennent uniquement de sa culture personnelle.

1 Méthodologie de l'épreuve

L'épreuve qui vous est proposée est explicitement orientée vers deux objectifs : évaluer les capacités du candidat à construire un exposé argumenté de façon ordonnée et connaître son niveau de culture générale. Elle réclame donc de maîtriser les principes de ces exercices et de savoir ce qui ne doit pas être conservé. C'est donc une épreuve difficile et son coefficient suffit à montrer son importance.
La méthodologie présentée ci-après répond à ces deux objectifs.

2 Améliorer son niveau rédactionnel

L'épreuve de composition de culture générale est résolument un test sur vos qualités rédactionnelles. Il est attendu que vous soyez capable de produire un texte clair en bon français avec un vocabulaire précis.
Nous allons vous donner de nombreux conseils pour vous améliorer dans ce domaine et montrer ainsi au correcteur que, pour vous, la forme est presque aussi importante que le fond.

3 Améliorer son orthographe

Dans l'ancien concours, l'une des épreuves était la dictée et elle faisait le plus grand écrémage. Cette épreuve a disparu, mais les exigences orthographiques sont toujours là et des points vous seront ôtés si votre orthographe est déficiente.

Pour ceux qui ont des difficultés en orthographe, il semble toujours difficile de se dire qu'ils vont progresser en quelques conseils et effacer des années de difficultés dans ce domaine. Si vous pensez ainsi, changez votre façon de penser ! L'orthographe n'est pas du tout ou rien ; ceux qui y excellent ont tout simplement éliminé, au fur et à mesure, leurs fautes. Aussi, toute règle que vous maîtriserez en plus sera un avantage, quel que soit votre niveau global.

4 Culture générale

L'épreuve de composition de culture générale requiert de votre part une certaine culture générale. Dans la mesure où les supports proposés sont liés à l'actualité, et aux grands thèmes de société, il est nécessaire d'avoir en tête certaines connaissances indispensables pour comprendre les supports et apporter des informations personnelles. Cela vous permettra de valoriser votre réflexion.

Bien entendu, cet ouvrage ne contient pas toutes les questions ayant trait à la culture générale. Les thèmes abordés dans ce livre ne sont donc pas exhaustifs et les sujets cités sont des exemples qui ne seront pas obligatoirement abordés par le jury.

Toutes les fiches synthétiques que nous vous proposons, aussi bien faites soient-elles, doivent être complétées par un contact régulier avec les sources d'information. Durant votre préparation du concours, suivez l'actualité (plutôt à la radio qu'à la télévision), lisez des articles dans la presse quotidienne et hebdomadaire, et notez les noms des personnages importants, des institutions que vous ne connaissez pas bien.

En un mot, soyez actifs devant l'information !

Sous-partie 1

Méthodologie de l'épreuve

- Présentation matérielle
- Travail préparatoire
- Conseils de rédaction
- Entraînement
- Corrigé

1 Méthodologie
Présentation matérielle

Une bonne méthode commence par le rappel de l'importance de la présentation. L'orthographe en fait partie, mais aussi la qualité graphique et la clarté visuelle de la copie.

1 Qualité de la graphie

L'écriture doit être claire, ni trop sophistiquée, ni enfantine.

Il est évidemment difficile de changer complètement d'écriture pour la durée d'un concours. Néanmoins, certaines erreurs graphiques peuvent être facilement évitées. Ainsi, il ne faut pas :

- remplacer les points (de i et j) par de petits ronds ;
- mal former la fin des mots pour cacher les fautes d'orthographe ;
- former les « o » comme les « a », les « n » comme des « m » ou autres ambiguïtés spécifiques à votre écriture (à vous de les identifier en le demandant à votre entourage) ;
- former des lettres trop complexes en début de phrase ou de paragraphe ;
- mal former les accents (tous droits).

2 Clarté et efficacité de la présentation

Une bonne présentation propose des parties et des paragraphes bien délimités. Au premier regard, le correcteur a déjà des repères de structure.

Une composition est structurée en parties, sous-parties, paragraphes, phrases. Excepté la phrase, les autres éléments doivent apparaître nettement au 1er coup d'œil. Pour cela, voici quelques conseils :

- espacez entre eux l'introduction, le développement et la conclusion (2 ou 3 lignes) ;
- espacez les différentes parties et les transitions (1 ou 2 lignes) ;
- à chaque nouvel alinéa, commencez à écrire avec un retrait de quelques centimètres.

Une erreur fréquente est de mal construire les paragraphes. Rappelons qu'un paragraphe, qui désigne habituellement une section entre deux alinéas, est une unité. Il contient une idée majeure. Lorsque l'on change d'idée (pour critiquer la précédente ou poursuivre un raisonnement dans une autre direction) il faut un nouvel alinéa. En revanche, si l'on poursuit la même idée, il faut le faire au sein du même paragraphe. Évitez particulièrement le retour à la ligne après chaque phrase. Cela produit un texte mal structuré, une présentation confuse.

Outre ces rappels, notez ces conseils pratiques :

- Ne mettez pas trop de couleurs dans votre composition (le plus souvent, une seule est autorisée).
- Soulignez les titres des œuvres citées (y compris les documents joints) mais pas les citations ; elles doivent être entre guillemets.
- Exprimez-vous à la 1re personne du pluriel ou, à défaut, employez *on*. Ne dérogez pas à cette règle car le pronom *nous* a deux avantages : il est collectif, donc il invite le correcteur à suivre votre raisonnement, et il est humble car c'est une façon d'admettre que vous n'avez pas trouvé seul toutes les idées que vous proposez (d'autres les ont eues avant vous).
- Si vous devez faire une coupure de mot en fin de ligne, faites-la correctement. La coupure doit se faire entre deux syllabes ou entre les consonnes redoublées (le mot *apprendre* peut donc être coupé de deux façons *ap-prendre* ou *appren-dre*). Lorsqu'un mot est coupé le trait de séparation est indiqué en fin de ligne mais pas au début de la ligne suivante.

Méthodologie
2 Travail préparatoire

Dans la mesure où l'épreuve dure 3 heures, il faut consacrer environ la moitié du temps à votre travail préparatoire. Durant ce laps de temps, vous devez analyser le sujet et construire votre problématique, élaborer votre plan et rédiger votre introduction et votre conclusion.

1 Construire la problématique à partir du sujet

Il faut analyser le sujet et le mettre en relation avec les supports, si l'on vous en propose, pour identifier la problématique.

Dans l'épreuve de composition de culture générale, la question est présentée seule. Vous devez analyser les termes de cette question pour établir votre problématique.

1re étape : Analyses conceptuelle et contextuelle

Pour faire l'analyse conceptuelle, il faut relever les mots les plus importants du sujet et les définir à partir de vos connaissances et des expressions dans lesquelles ce mot se rencontre.

Exemple

Le sujet est : « A-t-on raison de maintenir le modèle de l'État providence ? »

Si le mot relevé est « raison », ce mot peut signifier :

- rationalité : capacité à raisonner, à évaluer, à calculer ;
- justification : explication des raisons des choix.

Il faut ensuite établir le sens du mot dans le contexte de la phrase ; c'est l'analyse contextuelle.

Dans notre exemple, raison signifie surtout justification. Mais on remarque que l'autre sens n'est pas à écarter. Ainsi ce travail en deux temps pour l'analyse du ou des mots importants est positif.

2e étape : Construction de la problématique

Qu'est-ce qu'une problématique ?

Ce n'est ni une question, ni un problème. Une problématique est une tension, née de l'opposition entre plusieurs thèses ; cette tension vient de l'impossibilité de répondre facilement et immédiatement à la question. Une problématique est le plus souvent formulée en question. Pour bien l'exposer, il faut formuler une question qui rende compte des thèses opposées, de la pertinence de chacune et de leur incompatibilité.

Prenons un sujet comme illustration.

Exemple

« Faut-il réduire le budget de la Sécurité sociale en France ? »

Deux thèses s'opposent :

- 1re thèse : cette réduction entraîne plus d'inégalités, la naissance d'une médecine à deux vitesses, l'impossibilité d'accès aux soins pour certains ;
- 2e thèse : cette réduction équilibre les finances publiques et maintient la possibilité de conserver une Sécurité sociale à l'avenir.

L'argument de la 1re thèse repose sur l'urgence de protéger chacun en temps de crise et la possibilité de repousser les échéances budgétaires ; l'argument de la 2e thèse repose sur l'urgence d'équilibrer les budgets en temps de crise et la possibilité de conserver une Sécurité sociale *a minima*.

La problématique est : Concernant la Sécurité sociale, l'urgence est-elle au maintien, voire au déploiement de la protection sociale afin de protéger les plus faibles ou au contraire à la maîtrise budgétaire afin de pérenniser notre système social ?

Une bonne problématique doit être posée de façon suffisamment équilibrée et impartiale pour faire naître un vrai problème, c'est-à-dire le sentiment qu'il n'est pas possible de répondre facilement, sans développement.

Lorsque vous construisez votre problématique, vous devez proposer des arguments à mettre en tension. Ces arguments représentent les thèses que vous connaissez personnellement ou celles des supports déjà étudiés.

2 Élaborer le plan de la copie

Ce plan doit permettre de donner leur chance à la thèse et à l'antithèse, il doit être structuré en parties et cependant proposer une pensée continue.

Recenser ses connaissances et idées : Pour construire le plan, nous vous conseillons de commencer par recenser toutes les idées dont vous disposez, à partir de votre culture générale personnelle. Vous ne noterez ces idées qu'en une formulation concise d'une ligne ou deux.

Organiser les connaissances et idées : Tracez deux colonnes sur votre brouillon : l'une pour la thèse (réponse « oui » à la question posée) et l'autre pour l'antithèse (réponse « non »). Puis faites correspondre chaque idée notée précédemment à un numéro et placez ce numéro dans le tableau. Enfin, hiérarchisez ces idées des plus simples (et moins fortes) aux plus sophistiquées.

Si la question est ouverte (on ne peut y répondre par « oui » ou par « non »), faites des colonnes selon les points de vue principaux.

Construire le plan : À présent, il faut organiser ces idées pour construire le plan. Un bon plan doit à la fois avoir des parties (2 ou 3) et aussi une continuité ; donc les arguments doivent se répondre, se compléter en une discussion qui ne s'achève qu'à la fin du développement.

D'une façon générale, 3 types de plans sont possibles :

a. Plan dialectique

C'est le plan le plus utilisé ; il est particulièrement adapté quand il vous est demandé de discuter une opinion qui semble globalement admise ou au contraire qui est très contestée (il semble qu'il y ait peu débat).

Structure du plan dialectique

I. Thèse défendue (vérité de la thèse)
C'est souvent la thèse du sens commun.

II. Réfutation de la thèse et antithèse
C'est souvent une thèse plus sérieuse, qui détruit le point de vue du sens commun sans toutefois en dire l'exact contraire (elle se nourrit du sens commun et le réoriente).

III. Synthèse
Où l'on rapproche les deux points de vue opposés, au sein d'une unité ou d'une catégorie supérieure. Elle réunifie, sans opérer de compromis ni concilier de manière verbale.

Ici, il faut trouver une thèse qui, renvoyant les deux premières dos à dos, montre qu'elles sont toutes les deux également partielles, insuffisantes.

Avantages

- C'est un plan presque toujours applicable.
- Il permet de donner sa chance aux différents points de vue.

Inconvénients

- La synthèse est difficile à faire parce qu'il faut sortir de l'alternative.
- Les transitions entre les parties sont également difficiles. Il ne faut surtout pas dire le contraire de la 1re partie en 2e partie (faire la « girouette »), mais proposer les limites de ce qui précède.

Exemple

« L'égalité complète entre les hommes et les femmes est-elle souhaitable ? »

Sur ce sujet un certain consensus de la société se fait. La thèse est facile à trouver ; c'est plus difficile pour l'antithèse.
Plan possible :
I. La nécessité d'un progrès social vers plus d'égalité entre les hommes et les femmes.
II. Les excès d'un égalitarisme qui effacerait les différences.
III. Ce n'est pas l'égalité qui est souhaitable, mais le respect et la bonne entente ; l'égalité est un simple moyen, non une fin.

Remarque

Ce plan peut être simplifié sous la forme thèse/antithèse, qui a l'avantage d'être plus simple et de présenter les deux aspects du problème, mais son inconvénient est de ne pas toujours permettre de faire le tour du sujet.

b. Plan thématique

Plan plus technique, il est adapté dans les sujets qui commencent par le verbe *pouvoir* et les questions ouvertes (auxquelles on ne peut répondre par « oui » ou par « non »). Il s'agit d'analyser le problème en traitant des principaux thèmes qui le composent. Pour cela, il faut rassembler des idées selon leurs critères communs.

Structure du plan thématique

I. Analyse de la situation (peut se faire plus rapidement en introduction)
II. 1er thème : le moins problématique
III. 2e thème : le plus problématique
IV. 3e thème (facultatif)

Avantages

- C'est un plan qui pousse à la précision et évite le bavardage.
- Il donne le sentiment d'un traitement complet du sujet.

Inconvénients

- La précision qu'il requiert le rend difficile.
- Il n'est pas toujours facile à adapter.

Exemples

« Peut-on tout dire dans une société démocratique ? »

Nous allons construire le plan autour des deux sens du verbe pouvoir : avoir la capacité et avoir le droit.

Plan possible :

I. Capacité d'expression

Il est nécessaire que nous disposions des moyens propres à notre expression, quelle que soit notre condition, notamment par le vote. C'est ce qui distingue une démocratie d'un totalitarisme.

II. Droit d'expression

Nous avons le droit de tout penser, mais il est légitime de limiter de nous-mêmes notre expression libre par respect pour les convictions de chacun.

« Qu'est-ce qu'une éducation réussie ? »

Question ouverte avec des réponses très variées ; il faut éviter le catalogue de réponses.

Plan possible :

I. Niveau social (le plus évident)

Une éducation réussie, c'est une mise en œuvre des moyens pour favoriser le développement d'un être humain et son adaptation sociale, son respect des règles.

II. Niveau éthique

Une éducation réussie c'est une discipline susceptible de conduire à la formation de la personne (éthique).

III. Niveau philosophique

Une éducation réussie c'est un processus concernant le passage de la nature à la culture, et à la liberté.

c. Plan analytique

Ce plan qui décompose un problème selon ses causes et conséquences après avoir présenté la situation est adapté pour les sujets où l'on vous demande d'expliquer, de justifier un point de vue. Il fonctionne également bien quand le sujet contient une affirmation implicite (ce qu'on appelle un présupposé).

Structure du plan analytique

I. Étude de la situation qui justifie l'affirmation contenue dans le sujet ou la question posée
II. Analyse des causes de cette situation
III. Analyse des conséquences ou commentaire

Avantages

- Il permet de produire une copie bien structurée et progressive.
- Il est souvent utilisable dans les concours car les sujets lui correspondent bien.

Inconvénients

- Il nécessite une bonne culture générale pour être bien traité.
- Il ne se construit pas autour de la thèse et de l'antithèse, mais il faut tout de même donner leur chance aux deux.

Exemple

« Expliquez pourquoi l'énergie nucléaire ne semble plus être une énergie d'avenir. »

Ce sujet ne nous demande pas si le nucléaire est l'avenir ; il affirme que ce n'est pas le cas et nous demande de l'établir. Il ne faut surtout pas faire un sujet pour défendre le nucléaire.

Plan possible :

I. La situation

Après Tchernobyl et Fukushima, il semble que le nucléaire ne puisse plus être l'énergie du XXIe siècle.

II. Les causes

Cette énergie était rentable et populaire il y a quelques années, mais il a pu y avoir un manque de rigueur dans la gestion (erreurs humaines) et une confiance excessive en l'énergie nucléaire. Peut-être aussi des lobbies.

III. Les conséquences

La nécessité de mieux sécuriser les sites et d'opérer des contrôles par des organes extérieurs ; la nécessité également de remplacer progressivement le nucléaire par d'autres sources d'énergies moins dangereuses.

Remarque

Certains ont l'habitude de tout rédiger au brouillon avant de recopier au propre, notamment parce qu'ils ne se font pas confiance. Ne le faites pas ! Il est inutile d'écrire deux fois la même chose. Le temps perdu sera mieux valorisé s'il sert à améliorer le plan ou la formulation d'un paragraphe difficile.

3 Rédiger l'introduction et la conclusion

Soignez la 1re impression et montrez que le sujet est important ; rappelez en fin de copie les grandes étapes de la composition.

C'est bien dans le travail préparatoire qu'il faut rédiger l'introduction et la conclusion. Il est capital de soigner l'introduction car cela mettra le correcteur dans les meilleures dispositions.

a. Comment rédiger une introduction ?

Faites-la en trois étapes.

- **Présentation du sujet :** amenez le sujet de façon agréable en évitant les formules trop générales comme « de tout temps », « tout homme », etc.
- **Formulation de la problématique :** efforcez-vous de bien opposer les thèses principales pour montrer qu'il est difficile de donner une réponse immédiate et ainsi justifier l'existence de votre développement. Mettez votre problématique sous forme interrogative. N'hésitez pas à réécrire le sujet.
- **Annonce du plan de votre composition :** faites une annonce agréable et rédigée. Ne vous dispensez pas de cette étape. Même les correcteurs qui n'aiment pas les annonces de plan sont bien contents d'avoir ce guide quand ils doivent corriger de nombreuses copies. Croyez-en mon expérience !

Au final, votre introduction formera un seul paragraphe de 8 à 12 lignes environ. Elle devra être enthousiasmante et percutante.

b. Comment rédiger une conclusion ?

Faites-la en deux étapes.

- Rappel des grandes étapes argumentatives de votre copie pour montrer la progressivité et l'exhaustivité (aspect complet) de votre réflexion.
- Ouverture sur une réflexion plus large et qui n'entre pas dans le cadre précis de la question que vous venez de traiter.

Attention

L'ouverture ne doit pas porter sur un aspect du sujet que vous auriez dû traiter car ce serait un aveu d'oubli de votre part. Quand vous avez un doute sur une ouverture possible, soyez prudent et préférez encore ne pas en faire.

Méthodologie

3 Conseils de rédaction

Une fois votre travail préparatoire achevé, il doit vous rester environ 1 h 30 min. Durant cette période vous allez composer en reprenant les connaissances recensées, vos analyses et votre plan. C'est un travail précis qui demande de bien rédiger, d'être vigilant à la qualité de votre orthographe et au bon traitement du sujet.

Quelques conseils :

- Quand vous exprimez votre opinion, faites-le toujours avec humilité en n'hésitant pas à dire « il semble que… » plutôt que « il est un fait que… ». Ayez toujours le souci de donner sa chance à l'opinion adverse.
- Vérifiez régulièrement que votre travail répond bien au sujet ; vous n'êtes jamais à l'abri d'opérer un glissement vers un sujet proche et de commettre un hors-sujet.
- Relisez un paragraphe une fois terminé pour vérifier qu'il est clair.
- Quand vous changez la formulation d'une phrase vérifiez immédiatement l'orthographe car les finales de certains mots peuvent alors changer.
- Utilisez des connecteurs pour structurer votre composition, sans usage abusif. Les candidats ont souvent tendance à mettre un connecteur de conséquence ou d'opposition quand les idées n'expriment pas cela.
- Faites une transition entre chaque partie. Une transition est un petit paragraphe (de 3 à 6 lignes) qui explique les limites de la partie précédente et la nécessité d'aborder le problème sous un angle nouveau.
- Titrez vos parties. Cela n'est pas nécessaire en général dans une composition, mais les correcteurs apprécient que vous donniez des repères précis du contenu de vos parties.
- Rédigez au brouillon le ou les paragraphes qui vous semblent plus difficiles à formuler.
- Relisez votre copie en totalité avant de la rendre. Évitez la paresse finale de nombreux candidats qui les empêche de corriger quelques fautes ou de rectifier une tournure de phrase.

Entraînement

Difficulté : ★★

Pour cette partie, nous vous proposons de traiter un sujet complet en suivant la méthodologie indiquée dans les pages précédentes pas à pas.
Le sujet est :
« Existe-t-il encore des héros ? » (Concours externe septembre 2020, zone 2 – France métropolitaine)

1. Analysez le sujet et formulez la problématique.
2. Élaborez le plan de votre composition après avoir noté sur un tableau thèse/antithèse les idées et connaissances que vous pouvez solliciter.
3. Rédigez l'introduction et la conclusion de votre composition.
4. Rédigez le développement de votre composition.

Corrigé

Le corrigé qui suit est un exemple, il n'a pas valeur de norme. Il est très détaillé et il propose un traitement exhaustif du sujet. Lorsque vous réalisez votre propre travail préparatoire, il est très probable que vous ne pensiez pas à tous les aspects énoncés ici.

Ce corrigé est entièrement rédigé. Quand vous faites votre travail préparatoire, il est inutile d'en faire autant. Les analyses, idées et connaissances que vous trouvez lors de vos analyses peuvent être simplement énoncées sous forme de tirets.

1. Analyse du sujet et problématique

a. Analyse des concepts

Existe : Ce verbe implique l'idée de ce qui se rencontre, de ce qui se manifeste.

Encore : Cet adverbe comporte le présupposé du sujet. Il indique que les héros existaient avant.

Héros : Ce terme est le plus important du sujet. Il désigne celui qui se distingue par ses exploits ou un courage extraordinaire (particulièrement dans le domaine des armes).

b. Analyse en contexte

Existe-t-il encore : cette association suppose qu'une réalité qui se rencontrait avant de façon évidente serait rare à présent, voire inexistante.

Existe-t-il encore des héros : le sujet complet inspire une certaine forme de nostalgie du « bon vieux temps ». Il indique qu'il était facile d'identifier des héros auparavant mais que cela est plus difficile, voire impossible, à présent. Il faut donc s'interroger sur ce qui fait que les conditions sont différentes (conditions au niveau des individus ou collectives).

On notera pour finir cette analyse que la question est fermée dans la mesure où une réponse par « oui » ou par « non » est attendue.

c. Problématique (et intérêt du sujet)

Ce sujet se situe dans un contexte de réflexion sociologique ; il est évident que les époques de guerres ont suscité des comportements héroïques, tout comme les grands combats sociaux ou politiques (pour la liberté, l'égalité, l'indépendance, etc.). Mais il semble qu'aujourd'hui le contexte ne soit plus favorable à cela ou que de tels individus ne se dressent plus comme avant. Nous pourrions être amenés à nous demander pourquoi, mais avant cela il faut vérifier si cela est bien exact.

- *1re thèse* : Non, il n'existe plus de héros. Notre époque se prête plus aux comportements ordinaires voire moutonniers, à la prudence, au dialogue et moins aux exploits, aux risques, au courage. L'héroïsme n'a plus sa place ; le héros est remplacé par des systèmes, des protocoles à appliquer, l'aptitude de chacun à faire ce qu'il doit faire.
- *2e thèse* : Oui, il existe encore des héros, réels ou imaginaires, parce que certaines situations s'y prêtent et parce que nous en avons besoin. L'héroïsme est aussi bien dans le réel des événements que dans l'imaginaire de chacun.

Formulation de la problématique : Les évolutions de nos sociétés au niveau diplomatique, sociologique, économique justifient-elles qu'il existe aujourd'hui moins de héros qu'autrefois parce que des systèmes organisés les ont remplacés et que nous n'en avons plus besoin ou bien au contraire existe-t-il toujours des héros, réels ou imaginaires, mais qui ont pris des formes nouvelles ?

Notre société contemporaine a-t-elle encore des héros, aussi nombreux qu'autrefois ou bien faut-il admettre que l'héroïcité est une valeur qui se perd ?

2. Connaissances

a. Recenser ses connaissances et idées

Connaissances

1. *HÉROS DU PASSÉ* : Nous pouvons recenser quelques héros illustres du passé qui justifient le présupposé du sujet, en commençant par les plus éloignés. D'abord les héros mythologiques sont, chez Homère, des hommes d'un grand courage et d'un mérite exceptionnel, tels Achille ou Ulysse. On parle de génération des héros à leur propos. À la différence des dieux, ils sont mortels et c'est ce qui définit leur courage. Achille, particulièrement, est celui à qui l'on prédit qu'il va mourir s'il part combattre à Troie. Il pourrait mener une existence longue et paisible près des siens, mais il choisit de partir et il meurt à Troie en héros et reste ainsi dans la mémoire des hommes à travers les générations. Cela nous montre que l'héroïcité est définissable par la conscience de la mortalité et donc du risque mais aussi par la possibilité d'échapper, en partie en ou totalité et à court ou à long terme, au danger (en décidant d'agir ou non par courage). Ensuite, parmi les héros illustres, nous connaissons ceux également mythologiques du Moyen Âge, tels le roi Arthur et ses chevaliers de la Table ronde, Siegfried, Robin des Bois et ceux, tout aussi mythologiques du temps présent comme Superman. Mais il existe aussi des héros ayant réellement existé comme Le Cid, Jeanne d'Arc, Roland et plus proche de nous D'Artagnan, Napoléon Bonaparte, Jean Moulin, le général de Gaulle ou encore tous les jeunes soldats américains, britanniques, canadiens, notamment, qui débarquent en Normandie en juin 1944. Tous ces héros sont des militaires.

2. *HÉROS DU PRÉSENT* : Aujourd'hui, nous avons également des héros de ce genre, notamment avec ceux qui luttent contre le terrorisme. C'est le cas du lieutenant-colonel de gendarmerie Arnaud Beltrame, mort après avoir pris la place d'une hôtesse de caisse

prise en otage lors de l'attaque djihadiste de Trèbes, dans l'Aude le 23 mars 2018 dans un supermarché Super U par le Franco-Marocain Radouane Lakdim. Il meurt en essayant de maîtriser le terroriste après avoir reçu plusieurs balles et une blessure mortelle au cou par arme blanche. Nous pouvons également citer l'héroïsme de Spencer Stone, Aleksander Skarlatos et Anthony Sadler, les trois Américains et le Britannique Chris Norman qui ont déjoué l'attentat terroriste du train Thalys le 21 août 2015 en désarmant l'assaillant Ayoub El Khazzani. Nous pouvons constater que ces héros sont, sans doute, moins nombreux.

3. *AUTRES FORMES DE HÉROS* : Nous pouvons ajouter à ces héros militaires des héros de la science ou de la société comme, par exemple, par le passé Galilée, Isaac Newton, Antoine Lavoisier, Abraham Lincoln, Louis Pasteur, Pierre et Marie Curie, Albert Schweitzer, mais encore Olympe de Gouges, Louis Braille, Victor Hugo, Émile Zola, Jean Jaurès, Claude Debussy, Nelson Mandela, Simone Veil. Certains ont risqué leur vie pour défendre leur pays, la vie, leurs idées. D'autres n'ont pas risqué leur vie mais ont fait preuve d'un extrême courage. Sont-ils des héros dans ce cas ? Ces héros semblent exister également aujourd'hui à travers les prix Nobel comme, par exemple, le professeur Luc Montagnier pour sa découverte du VIH, ou Liu Xiaobo, opposant chinois mort en 2017. Ce professeur d'université avait servi de médiateur entre les étudiants et l'armée lors des manifestations de la place Tian'anmen les 3 et 4 juin 1989. Emprisonné ensuite et considéré comme subversif à l'égard du pouvoir étatique chinois parce qu'il faisait la promotion des droits de l'homme, il reçut le prix Nobel de la Paix en 2010. Détenu dans des conditions médiocres, il meurt privé de liberté le 13 juillet 2017 à 61 ans. Ils peuvent aussi exister à travers les champions sportifs comme le judoka Teddy Riner, les spationautes comme Thomas Pesquet ou encore les héros du quotidien comme les soignants pendant l'épidémie de Covid-19 ou comme Samuel Paty, l'enseignant décapité par un terroriste à Conflans-Sainte-Honorine pour un cours sur la liberté d'expression.

4. *BESOIN PHYSIOLOGIQUE ET PSYCHOLOGIQUE DE HÉROS* : Le neuropsychiatre Boris Cyrulnik a valorisé le concept de résilience pour décrire notre capacité à surmonter les traumatismes. Il souligne combien notre société a, à la fois, des constantes et des différences par rapport aux précédentes concernant la notion de héros. Dans son ouvrage *Ivres Paradis, bonheurs héroïques*, paru en 2016, il définit le héros non pas par rapport à des actes ou comportements effectifs mais, dans le regard de celui ou de ceux qui les admirent, comme un modèle d'identification réel ou fantasmé qui permet à l'enfant de se construire et de grandir. Il montre que, pour son développement neurologique, l'enfant a besoin de figures auxquelles s'identifier et qui constitueront ses repères dans le bien et le mal. Cela permet aussi d'inhiber ses émotions et de développer son empathie. Ce besoin se retrouve dans le passé avec les grandes figures de l'histoire qui ont une fonction dans la création de notre identité collective et individuelle. Cyrulnik montre ainsi qu'il est impossible de se construire positivement sans héros, et cela, même à l'âge adulte. Nos sociétés ont leurs héros et elles en ont besoin.

5. *HÉROS NÉGATIFS* : Cyrulnik évoque également le fait que notre société manque peut-être de héros et que les plus jeunes peuvent ainsi aller chercher les héros parmi des figures qui ne sont pas forcément positives. Cela explique la motivation de jeunes (notamment ceux issus de milieux pourtant paisibles et instruits) qui partent en Syrie pour rejoindre les rangs de l'islamisme radical. Ces jeunes ont érigé des figures négatives, favorables à la violence et à la destruction en héros, tels Mohamed Merah, l'auteur des tueries de mars 2012 à Toulouse et Montauban, ou bien Oussama ben Laden, l'ancien leader du réseau terroriste international Al-Qaïda, responsable des attentats du 11 septembre 2001 aux États-Unis.

Idées

1. *LE HÉROS RISQUE-T-IL TOUJOURS SA VIE ?* : Une réflexion s'impose sur la notion d'héroïsme. Le héros est-il celui qui risque sa vie, qui agit de façon militaire ou bien est-on aussi un héros quand on ne risque pas sa vie ? Le sportif ou le peintre sont-ils des héros ? L'époque qui se prête moins à l'action militaire sur notre territoire comme sur les territoires occidentaux pourrait s'interroger légitimement, de ce fait, sur son absence de héros. Souvent, quand nous pensons aux héros, nous envisageons ceux de la dernière guerre mondiale.

2. *SOCIÉTÉ CONTEMPORAINE SANS HÉROS* : Mais le sujet peut aussi nous inviter à penser que les héros sont bien possibles à rencontrer dans d'autres domaines que militaires mais qu'ils ne se rencontrent plus tellement à présent. Cela signifierait que l'héroïcité des scientifiques ou des artistes et sportifs du passé n'existerait plus aujourd'hui parce qu'un monde de routine, de petits salariés aurait remplacé un ancien monde de pionniers, d'aventuriers, de risque-tout. Ainsi, les champions sportifs d'hier étaient des explorateurs du possible, ils bricolaient leur préparation dans des conditions matérielles difficiles avec souvent peu de moyens alors qu'aujourd'hui les sportifs sont des professionnels, ils ont des nutritionnistes, des psychologues, des congés, des aménagements de leur calendrier, etc. La grève d'entraînement des joueurs français lors de la Coupe du monde de football en 2010 à Knysna en est un exemple. Les joueurs revendiquent suite à l'éviction de Nicolas Anelka. Est-ce là le comportement de héros du sport français ou celui de simples employés mécontents d'une décision du patronat ? On semble assez loin du poing levé de Tommie Smith et John Carlos sur le podium du 200 mètres des Jeux olympiques de Mexico en 1968 en protestation contre les discriminations faites aux noirs aux États-Unis. Dans cette interprétation, le sujet devient une invitation à une comparaison entre les âmes des hommes du passé et celles de nos contemporains. Y a-t-il quelque chose de changé ? Sommes-nous moins enclins au sacrifice au profit du groupe, avons-nous perdu le goût du risque ? Le confort et l'individualisme nous ont-ils gagnés et même vaincus ?

3. *HÉROÏSME SANS FIGURES* : Il faut aussi envisager que l'héroïsme existe toujours mais qu'il est plus collectif et anonyme que par le passé. Autrefois, des héros surgissaient et ils incarnaient une force. Désormais, il existerait beaucoup de héros anonymes (face à un monde de plus en plus compliqué et incertain) qui ne seraient pas rangés parmi la cohorte des héros. Le quotidien exigerait de nous une résilience permanente et donc le héros serait plus rare et plus difficile à trouver. Pourtant, il y aurait une héroïcité de tous à vivre dans ce monde.

4. *QUOTIDIEN SANS HÉROÏCITÉ* : Mais cette héroïcité est-elle suffisante pour donner des images héroïques aux jeunes comme aux plus âgés ? Cette héroïcité un peu médiocre ne motive-t-elle pas la recherche d'autres héros qui ne sont pas forcément positifs. Ainsi peut-on tenter d'appliquer la quête de héros et d'identité de nombreux jeunes qui rejoignent le camp des terroristes, des jeunes qui souvent connaissaient une existence paisible et qui ont le sentiment de donner du sens à leur existence en suivant les pas d'Al-Qaïda. Nous pouvons citer la ville de Trappes, une ville plutôt paisible située à 25 kilomètres de Paris et qui a été le vivier de recrutement de l'organisation État islamique pendant longtemps. Cela semble incompréhensible pour notre société. Pourquoi aller se faire tuer en Syrie quand on peut vivre une existence paisible et confortable en France ? Ces jeunes de Trappes n'étaient pas des délinquants, des personnes déscolarisées et livrées à elles-mêmes, mais avaient, au contraire, suivi des études. Peut-être ne voyaient-ils pas d'idéal ou d'héroïcité dans ce parcours apparemment tout tracé ?

5. *BESOIN SOCIAL DE HÉROS MÊME IMAGINAIRES* : Nous pouvons constater le besoin de héros notamment à travers la popularité des personnages de Marvel (Spider-Man, X-Men, Hulk, etc.) et de DC Comics (Superman, Batman) qui remplissent les salles de cinéma et les rayons des magasins de jouets. Notre société a des héros et ils sont nombreux, mais ils ne sont pas toujours réels. Nous pouvons cependant constater que même les héros de Marvel et DC Comics sont en évolution dans les films car ils apparaissent de plus en plus humains. Batman, par exemple, qui a la caractéristique de ne pas avoir de pouvoirs surnaturels, est montré avec ses failles physiques et psychologiques. Dans *The Dark Knight Rises*, par exemple, film de 2012, Batman, interprété par Christian Bale, est blessé et il est même pensé qu'il est mort avant que l'on découvre qu'il a retrouvé une vie normale. Le facteur d'identification pour le public est donc d'autant plus facile. Les héros doutent et ils sont fragiles.

b. Organiser les connaissances et idées

La question étant fermée, nous pouvons réaliser un tableau en trois colonnes en regroupant les idées liées : idées favorables à la thèse et idées défavorables et en indiquant les idées liées au présupposé et au contexte du sujet (il y a eu des héros par le passé et la question est légitime).

Présupposé, contexte	Thèse	Antithèse
1) Héros du passé : des héros qui risquent leur vie. 4) 10) Besoin physiologique, psychologique et social de héros même imaginaires.	6) Le héros risque-t-il toujours sa vie ? Nouvelle définition du héros. 3) 5) 8) Autres formes de héros : héroïsme de la science, du sport, de la politique, des arts… Héroïsme sans figures et même héros négatifs.	2) Héros du présent : à l'image de ceux du passé mais très peu nombreux. 7) 9) Notre société a moins de héros de ce point de vue. Notre société contemporaine est sans héros, elle est routinière ; un quotidien sans héroïcité.

c. Construire le plan : plan dialectique

Dans un plan dialectique, il faut mettre en dernier le point de vue que nous voulons défendre. Dans ce sujet, nous allons défendre la thèse selon laquelle il existe encore des héros. Nous proposerons donc l'antithèse avant la thèse.

I. Les héros ont existé et ils sont essentiels pour construire un individu et une société

1. Les héros du passé

2. Le besoin de héros

II. Les héros ont disparu

1. Les travers d'une société sécurisée, bien organisée et routinière

2. Une société privée de héros

III. Les nouvelles formes de l'héroïsme

1. L'héroïsme sous des formes variées et inattendues

2. Héroïsme négatif et besoin d'héroïsme positif

Composition de culture générale

3. Rédaction de l'introduction et de la conclusion

Introduction : Dans une formule cinglante dont il avait le secret, l'écrivain Bertolt Brecht disait : « Malheureux les pays qui ont besoin de héros. » Il voulait dire que les pays sans héros sont comme des pays sans idéal, sans identité, sans âme. Nous pourrions bien ajouter « malheureuses les époques qui ont besoin de héros ». Car, comme le sujet semble l'indiquer, nous peinons à trouver aujourd'hui des héros alors que nos contes et nos ouvrages d'histoire en sont remplis. Un héros, c'est celui qui se distingue par ses exploits ou un courage extraordinaire, celui qui, conscient du danger, va affronter un péril pour défendre les personnes ou les causes. Il est évident que les époques de guerres comme, par exemple, la Seconde Guerre mondiale, ont suscité des comportements héroïques, tout comme les grands combats sociaux ou politiques (pour la liberté, l'égalité, l'indépendance, etc.). Mais il semble qu'aujourd'hui le contexte ne soit plus favorable à cela ou que de tels individus ne se dressent plus comme avant. D'ailleurs, lorsque nous pensons au mot héros, ce sont souvent des images du passé qui nous viennent : Bayard, D'Artagnan, Jean Moulin, Charles de Gaulle. Les évolutions de nos sociétés au niveau diplomatique, sociologique, économique pourraient justifier ce constat de perte des héros. Peut-être existe-t-il aujourd'hui moins de héros qu'autrefois parce que des systèmes organisés les ont remplacés et que nous n'en avons plus besoin parce que la guerre ne sévit plus autant dans nos sociétés. Mais peut-être, au contraire, existe-t-il toujours des héros, réels ou imaginaires, mais qui ont pris des formes nouvelles ? Notre société contemporaine a-t-elle encore des héros, aussi nombreux qu'autrefois ou bien faut-il admettre que l'héroïcité est une valeur qui se perd ?

Conclusion : La question posée semble bien être l'occasion d'une prise de conscience de notre société contemporaine. Oui, nous devons l'admettre, nos sociétés suscitent moins de grandes figures de l'héroïsme que par le passé, et cela peut s'expliquer par de multiples causes, dont nos organisations diplomatiques et institutionnelles, nos évolutions sociologiques, psychologiques, morales. Pourtant, ce constat ne résiste pas face à une analyse plus attentive. L'héroïsme viril et physique d'autrefois, lorsque la guerre réglait les relations internationales et la révolution les relations nationales, est plus rare. Mais il existe un autre héroïsme incarné par les grands chercheurs, sportifs, militaires, politiques et par certains anonymes qui surgissent dans nos représentations collectives. Il existe un autre héroïsme incarné par nos personnages de fiction également. Toutes ces figures constituent l'image de nos héros contemporains, une image nouvelle, polymorphe, équivoque. Si, comme le pense le neuropsychiatre Boris Cyrulnik, le héros est le produit d'un regard et d'un besoin plus que d'un acte, notre société manque bien de héros, non parce que le courage a cessé d'exister, mais parce que nous n'avons pas su suffisamment mettre en lumière ce courage. À nous donc de susciter ces représentations collectives pour que la question posée par le sujet n'ait plus de raison d'être.

4. Rédaction du développement de la composition de culture générale

I. Les héros ont existé et ils sont essentiels pour construire un individu et une société

1. Les héros du passé

Notre sujet semble l'affirmer : les héros ont existé. Et cela n'est pas douteux, il est vrai. Quand nous employons le mot « héros », nous arrivons facilement à recenser quelques héros illustres du passé qui justifient ce présupposé du sujet, en commençant par les plus éloignés.

D'abord, les héros mythologiques qui sont, chez Homère, des hommes d'un grand courage et d'un mérite exceptionnel, tels Achille ou Ulysse. On parle d'ailleurs de génération des héros à leur propos. À la différence des dieux, célébrés dans les générations précédentes, ils sont mortels et c'est ce qui définit leur courage. Achille, particulièrement, est celui à qui l'on prédit qu'il va mourir s'il part combattre à Troie. Il pourrait mener une existence longue et paisible près des siens, mais il choisit de partir et il meurt à Troie en héros et reste ainsi dans la mémoire des hommes à travers les générations. Parmi les héros illustres, nous connaissons ceux également mythologiques du Moyen Âge, tels le roi Arthur et ses chevaliers de la Table ronde, Siegfried, Robin des Bois et ceux, tout aussi mythologiques du temps présent comme Superman, Batman, X-Men.

Mais il existe aussi des héros ayant réellement existé comme Le Cid, Jeanne d'Arc, Roland et plus proche de nous D'Artagnan, Napoléon Bonaparte, Jean Moulin, le général de Gaulle ou encore tous les jeunes soldats américains, britanniques, canadiens notamment qui débarquent en Normandie en juin 1944 pour affronter le nazisme.

Tous ces héros qui existent dans la culture commune ou dans les livres d'histoire nous montrent que l'héroïcité est définissable d'abord par la réalisation d'un exploit mais aussi et surtout par le courage qui vient de la conscience de la mortalité et donc du risque mais aussi par la possibilité d'échapper, en partie en ou totalité et à court ou à long terme, au danger (en décidant d'agir ou non par courage). Achille aurait pu rester chez lui et vivre une existence paisible et le général de Gaulle aurait pu, une fois arrivé au Royaume-Uni, se mettre en retrait et attendre la fin des hostilités sans s'exposer.

2. Le besoin de héros

Or, ces héros, qui existent dans l'inconscient collectif, remplissent des fonctions essentielles aussi bien sur le plan individuel que collectivement. Et ce besoin se fait ressentir tant sur le plan psychologique et physiologique que sur le plan social.

Le neuropsychiatre Boris Cyrulnik, qui a valorisé le concept de résilience pour décrire notre capacité à surmonter les traumatismes, souligne combien notre société a, à la fois, des constantes et des différences par rapport aux précédentes concernant la notion de héros. Dans son ouvrage *Ivres Paradis, bonheurs héroïques*, paru en 2016, il définit le héros non pas par rapport à des actes ou comportements effectifs mais, dans le regard de celui ou de ceux qui les admirent, comme un modèle d'identification réel ou fantasmé qui permet à l'enfant de se construire et de grandir pour devenir pleinement adulte et équilibré. Il montre que, pour son développement neurologique, l'enfant a besoin de figures auxquelles s'identifier et qui constitueront ses repères dans le bien et le mal. Ces héros seront d'abord ses éducateurs qui vont représenter les modèles de ce qu'il faut faire, tous leurs actes étant identifiés à des idéaux, à des normes. Par la suite, ces héros vont laisser la place à des héros reconnus collectivement et qui ont, par leurs actes, réalisé l'idéal de ce qui doit être. Cette présence de héros dans notre élaboration psychique permet d'inhiber ses émotions et de développer son empathie selon Cyrulnik. Ce besoin se retrouve dans le passé avec les grandes figures de l'histoire qui ont une fonction dans la création de notre identité individuelle. Nous nous identifions à eux, à leur courage, à leur sens du sacrifice. Cyrulnik montre ainsi qu'il est impossible de se construire positivement sans héros, et cela, même à l'âge adulte.

Son analyse peut d'ailleurs se transposer dans toute la société. Nos sociétés ont leurs héros et elles en ont besoin. Il apparaît, par exemple, que la figure du général de Gaulle est auréolée au-delà du réel et qu'il est l'un des derniers grands héros de notre époque. Cela se voit si bien qu'il est difficile de le juger objectivement ; il remplit une fonction sociale. Celle consistant pour un peuple qui a pu se sentir lâche et collaborationniste sous le régime de Vichy à se retrouver dans cette figure de la Résistance. La notion d'identité collective, si essentielle pour un pays, se construit bien souvent autour de ces héros communs. Si un peuple est capable de définir ces figures, il se trouve une identité commune ; dans le cas contraire, son identité est multiple et confuse et il ne sait plus dans quelle direction il veut aller, quel destin il veut suivre.

Nous pouvons constater combien notre société occidentale ressent et manifeste le besoin de héros jusque dans l'imaginaire. Cela se voit notamment à travers la popularité des personnages de Marvel (Spider-Man, X-Men, Hulk) et de DC Comics (Superman, Batman) qui remplissent les salles de cinéma et les rayons des magasins de jouets. Notre société a des héros et ils sont nombreux, mais ils ne sont pas toujours réels.

Il apparaît donc que les héros ont bien existé et que leur rôle individuel et social est essentiel. Mais il faut aussi constater que ces héros se font rares aujourd'hui. Nous manquons de personnages du réel qui puissent incarner l'héroïcité et nous nous rattachons pour cette raison beaucoup à des héros du passé. De plus, nous avons tendance à accepter que même les héros imaginaires de Marvel et DC Comics sont en évolution dans les films et qu'ils apparaissent de plus en plus humains. Batman, par exemple, qui a la caractéristique de ne pas avoir de pouvoirs surnaturels, est montré avec ses failles physiques et psychologiques. Dans *The Dark Knight Rises*, film de 2012, Batman, interprété par Christian Bale, est blessé et il est même pensé qu'il est mort avant que l'on découvre qu'il a retrouvé une vie normale. Le facteur d'identification pour le public est donc d'autant plus facile. Les héros doutent et ils sont fragiles. Ils rêvent même de ne plus être héroïques. Ainsi, notre société a besoin de héros mais ils sont bien rares et même ceux de son imaginaire ont tendance à être désacralisés. Notre époque ne serait-elle donc pas celle qui ne peut plus avoir de héros ?

II. Les héros ont disparu

1. Les travers d'une société sécurisée, bien organisée et routinière

Il semble que les héros ne soient plus possibles ou plus aussi nombreux dans notre monde contemporain. L'une des raisons principales est peut-être à chercher dans notre organisation politique et diplomatique qui favorise la paix et évite les nombreux conflits connus par le passé. Dans un monde en paix, où les organisations internationales (ONU, OTAN, Union européenne) veillent sur la sécurité et la prospérité, il n'y a pas de héros ou bien peu, et c'est peut-être une bonne nouvelle, sauf pour le concept d'héroïcité.

Bien sûr, nous retenons tout de même quelques exemples illustres et actuels, notamment avec ceux qui luttent contre le terrorisme. C'est le cas du lieutenant-colonel de gendarmerie Arnaud Beltrame, mort après avoir pris la place d'une hôtesse de caisse prise en otage lors de l'attaque djihadiste de Trèbes, dans l'Aude le 23 mars 2018 dans un supermarché Super U par le Franco-Marocain Radouane Lakdim. Arnaud Beltrame meurt en essayant de maîtriser le terroriste après avoir reçu plusieurs balles et une blessure mortelle au cou par arme blanche. Nous pouvons également citer l'héroïsme de Spencer Stone, Aleksander Skarlatos et Anthony Sadler, les trois Américains et le Britannique Chris Norman qui ont déjoué l'attentat terroriste du train Thalys le 21 août 2015 en désarmant l'assaillant Ayoub El Khazzani. Ces personnages sont des héros. À eux seuls, ils pourraient prouver que les héros existent encore. Ils sont d'autant plus remarquables, qu'ils apparaissent comme des figures de l'héroïsme d'autrefois : ils ont un courage physique, dans un contexte de guerre que la majorité des populations occidentales ne connaît pas aujourd'hui après 80 ans de paix entre États occidentaux. L'admiration des populations pour de telles figures est celle que l'on a pour les grandes figures du passé.

Mais ces figures restent exceptionnelles. Le contexte ne s'y prête plus guère. Les héros, considérés comme des individus ayant un courage physique qui se manifeste sur un champ de bataille ou dans des situations de guerre, ont presque disparu. Désormais, nous avons des forces d'intervention anonymes, des procédures de maîtrise du danger, des équipes d'intervention. Pour ces équipes, leur courage est souligné mais ils sont anonymes.

2. Une société privée de héros

Cette analyse nous montre toute la légitimité d'une distinction entre le monde d'hier et celui d'aujourd'hui quant à l'héroïcité. Tout se passe comme si notre monde actuel n'était plus en mesure de faire surgir des héros, ou seulement par exception. Il semblerait qu'un monde de routine, de petits salariés ait remplacé un ancien monde de pionniers, d'aventuriers, de risque-tout.

Cela peut d'ailleurs se traduire dans des formes différentes, bien que contestables, de l'héroïsme. Si nous prenons l'exemple des exploits sportifs du passé, ils étaient réalisés par des explorateurs du possible, qui bricolaient leur préparation dans des conditions matérielles difficiles avec souvent peu de moyens. Aujourd'hui, les sportifs sont des professionnels, ils ont des nutritionnistes, des psychologues, des congés, des aménagements de leur calendrier, etc. La grève d'entraînement des joueurs français lors de la Coupe du monde de football en 2010 à Knysna en est un exemple qui avait fait scandale. Les joueurs revendiquaient suite à l'éviction de Nicolas Anelka en refusant de sortir du bus pour aller s'entraîner juste avant les matchs de coupe du monde FIFA. Si nous voulions considérer les grands sportifs comme des héros, pourrions-nous trouver dans un tel comportement quoi que ce soit d'héroïque ? Ce comportement est-il celui de possibles héros du sport français ou celui de simples employés mécontents d'une décision du patronat ? On semble assez loin des poings courageux levés par Tommie Smith et John Carlos sur le podium du 200 mètres des Jeux olympiques de Mexico en 1968 en protestation contre les discriminations faites aux noirs aux États-Unis.

Or, cette interprétation du problème nous amène à considérer le sujet comme une invitation à une comparaison entre les âmes des hommes du passé et celles de nos contemporains. Y a-t-il quelque chose de changé ? Sommes-nous moins enclins au sacrifice au profit du groupe, avons-nous perdu le goût du risque ? Le confort et l'individualisme nous ont-ils gagnés et même vaincus ? Il semble que ce soit le cas et, qu'à ce compte, nous puissions dire que les héros n'existent plus, sauf très rares exceptions.

Mais est-ce une analyse complète et précise ? L'époque a-t-elle eu raison de l'héroïsme comme notre réflexion nous amène à le penser ?

III. Les nouvelles formes de l'héroïsme

1. L'héroïsme sous des formes variées et inattendues

Nous avons envisagé précédemment l'héroïcité sous d'autres formes, par exemple celle du sport. Or, il faut, à présent, étudier cela de plus près et réfléchir à la notion d'héroïcité de façon nouvelle. Le héros est-il celui qui risque sa vie, qui manifeste un courage physique ? Ne peut-on pas admettre qu'il existe d'autres formes d'héroïcité dans lesquelles le courage ne s'exprime pas au péril de sa vie ou dans un contexte de guerre ?

L'époque se prêtant moins à l'action militaire sur notre territoire comme sur les territoires occidentaux, cela pourrait nous interroger légitimement, de ce fait, sur une définition du héros dissociée du risque de mourir. Nous pourrions ajouter à ces héros militaires des héros de la science ou de la société comme, par exemple, par le passé Galilée, Isaac Newton, Antoine Lavoisier, Abraham Lincoln, Louis Pasteur, Pierre et Marie Curie, Albert Schweitzer, mais encore Olympe de Gouges, Louis Braille, Victor Hugo, Émile Zola, Jean Jaurès, Claude Debussy, Nelson Mandela, Simone Veil. Certains ont risqué leur vie pour défendre leur pays, la vie, leurs idées. D'autres n'ont pas risqué leur vie mais ont fait preuve d'un extrême courage. Sont-ils des héros dans ce cas ? Ces héros semblent exister également aujourd'hui à travers les prix Nobel comme, par exemple, le professeur Luc Montagnier découvreur du VIH, ou Liu Xiaobo, opposant chinois mort en 2017. Ce professeur d'université avait servi de médiateur entre les étudiants et l'armée lors des manifestations de la place Tian'anmen les 3 et 4 juin 1989. Emprisonné ensuite et considéré comme subversif à l'égard du pouvoir étatique chinois parce qu'il faisait la promotion des droits de l'homme, il reçut le prix Nobel de la Paix en 2010. Détenu dans des conditions médiocres, il meurt privé de liberté le 13 juillet 2017 à 61 ans. Au-delà d'une stricte définition militaire ou guerrière du héros, tous ces personnages ne sont-ils pas légitimes au titre de héros ?

Et les héros peuvent aussi exister à travers les champions sportifs comme le judoka Teddy Riner, les spationautes comme Thomas Pesquet ou encore les héros du quotidien comme les soignants pendant l'épidémie de Covid-19 ou comme Samuel Paty, l'enseignant décapité en 2020 par un terroriste à Conflans-Sainte-Honorine pour un cours sur la liberté d'expression.

Si l'héroïsme est admis dans ces formes diversifiées, il faut reconnaître qu'il n'est pas seulement du passé mais qu'il se trouve encore aujourd'hui dans toute la société contemporaine.

2. Héroïsme négatif et besoin d'héroïsme positif

Il n'en demeure pas moins, cependant, que la question posée est une forme de diagnostic sur ce que notre société est capable de produire.

Que ce soit Arnaud Beltrame ou Samuel Paty, héros au péril de leur vie, ou encore les savants, artistes et sportifs d'aujourd'hui, ils donnent de l'héroïsme un visage nouveau qui est soit tragique (ils sont, au final, les victimes) soit édulcoré (les sportifs et savants sont finalement peut-être plus souvent que par le passé des prestataires qui cherchent un salaire, une retraite, la tranquillité et le font dans un contexte protégé).

Or, ce constat d'un rapport nouveau au héros est dramatique. Car la forme d'héroïcité édulcorée que l'on donne à admirer peut-elle vraiment suffire pour donner des images héroïques aux jeunes comme aux plus âgés ? Cette héroïcité vue comme un peu médiocre ne motive-t-elle pas la recherche d'autres héros qui ne sont pas forcément positifs mais qui incarnent sous certains aspects l'héroïsme d'avant. Ainsi peut-on analyser la quête de héros et d'identité de nombreux jeunes qui rejoignent le camp des terroristes, des jeunes qui souvent connaissaient une existence paisible et qui ont le sentiment de donner du sens à leur existence en suivant les pas d'Al-Qaïda. Nous pouvons citer la ville de Trappes, une ville plutôt paisible située à 25 kilomètres de Paris et qui a été le vivier de recrutement de l'État islamique pendant longtemps. Cela semble incompréhensible pour notre société. Les parents eux-mêmes de ces jeunes, des employés ou retraités paisibles, ont bien souvent du mal à expliquer ces départs, ces sacrifices absurdes. Pourquoi aller se faire tuer en Syrie quand on peut vivre une existence paisible et confortable en France ? Pourquoi sacrifier son avenir ? Ces jeunes de Trappes n'étaient bien souvent pas des délinquants, des personnes déscolarisées et livrées à elles-mêmes, mais avaient, au contraire, suivi des études.

Or, il est possible de répondre que, peut-être, ils ne voyaient pas d'idéal ou d'héroïcité dans ce parcours apparemment tout tracé. Ils cherchaient l'image du héros d'autrefois, le vainqueur, celui qui par son courage rendait l'impossible possible, celui qui transgressait les règles pour affirmer son existence et qui, de ce fait, vivait plus intensément. Et cela, l'État islamique l'a bien compris puisque ses clips de propagande montrent des jeunes lourdement armés, vivant comme des Bédouins du désert, suscitant le respect et l'admiration.

Aujourd'hui, nous le voyons, une partie de la jeunesse, infime mais bien réelle, se tourne vers des héros négatifs, comme les nomme Boris Cyrulnik, parce qu'elle recherche cette force héroïque dans la mauvaise direction. Mais il est tout aussi manifeste qu'une partie de la jeunesse, bien plus nombreuse, se retrouve dans un héroïsme tout aussi fort en faveur de la vie, de la protection des plus faibles, de la justice. Il suffit de regarder les effets des attentats de 2015 sur ces populations. Passé le temps de la sidération, nous avons vu une cohorte de jeunes s'orienter vers les métiers de la défense. Leur motivation n'était pas celle d'une carrière paisible et sécurisée ; cela serait contradictoire avec ce que montraient les médias. Leur motivation était sans doute plus celle d'incarner une forme d'héroïcité, celle qui gagne parce que selon l'adage « force doit rester à la loi ».

Pour conserver et même transmettre cette ambition de servir héroïquement son pays, nous nous devons cependant de prendre en considération l'attente d'héroïsme, le besoin de valeurs collectives fortes et assumées, le désir de réaliser un idéal et pas seulement d'effectuer son gagne-pain. Car l'héroïsme est une affaire de représentation. S'il n'existe plus autant aujourd'hui, c'est sans doute parce que nous n'avons pas su, collectivement, modeler et faire vivre les grandes valeurs et les grandes figures qui les incarnent.

Sous-partie 2

Améliorer son niveau rédactionnel

- Vocabulaire
- Registre de langue, expressions et effets de style
- Usage des connecteurs et autres mots de liaison
- Usage des modes et des temps, correspondance des temps
- Longueur des phrases, phrases équivoques, ponctuation et majuscules
- Entraînements
- Corrigés

1 Cours & méthode
Vocabulaire

1 Usage des synonymes

Le synonyme élargit le vocabulaire du texte ; il peut aussi trahir le sens.

Quand vous rédigez, il faut faire valoir vos connaissances en vocabulaire. Ne pensez pas que vous n'en avez aucune ; simplement reconnaissez que les mots de vocabulaire que vous possédez ne viennent pas spontanément quand vous rédigez.
Un bon exercice pour progresser en vocabulaire est de vous entraîner à trouver des synonymes des mots employés.

> **Exemple**
> Soit la phrase : « Ce que tu dis est bizarre ».
> Sans être incorrect, le mot *bizarre* est un peu commun et guère précis. On pourra le remplacer par *étrange*, *étonnant*, *surprenant*, *curieux* ou mieux encore *extravagant*, *singulier*, *insolite*, *fantasque*, *baroque*. Or vous connaissez sans doute la plupart de ces mots.

Tous les synonymes ne sont pas interchangeables. Il ne faut pas penser que des synonymes sont des mots ayant exactement la même signification. Les synonymes parfaits n'existent pas. Dans l'exemple précédent, il faudra donc se demander si *bizarre* signifie plutôt la surprise, l'inquiétude, la singularité (c'est unique), l'originalité. Vous vous rendrez alors compte que le synonyme que vous cherchez est l'occasion de préciser le sens de votre phrase et peut-être de votre pensée.

> **Attention**
> Ne tombez jamais dans le pédantisme, sous prétexte d'utiliser un mot compliqué qui fait bien. Généralement cela produit l'effet contraire à ce qui est recherché.

2 Genre des noms

Certains noms ont un genre qui fait hésiter,
d'autres ont un genre qui dépend de leur emploi.

a. Noms dont le genre fait hésiter

Masculin

- abîme
- aérolithe
- agrume
- amiante
- anthracite
- antidote
- antre
- apogée/périgée
- arcane
- armistice
- aromate
- asphalte
- astérisque
- augure
- causse
- cerne
- chrysanthème
- décombres
- effluve
- éloge
- élytre
- en-tête
- épiderme

Composition de culture générale

Masculin (suite)

- épilogue
- équinoxe
- esclandre
- exode
- exorde
- fastes
- globule
- haltère
- hémisphère
- hémistiche
- intermède
- interstice
- intervalle
- ivoire
- jade
- obélisque
- opprobre
- ovule
- périgée
- pétale
- planisphère
- pore
- tentacule
- termite
- trille
- viscère
- vivres

Féminin

- absinthe
- acné
- acoustique
- alcôve
- algèbre
- alluvion
- anagramme
- anicroche
- argile
- arrhes
- atmosphère
- câpre
- céréale
- clepsydre
- dartre
- ébène
- échappatoire
- écritoire
- encaustique
- éphéméride
- épithète
- épître
- espèce
- gemme
- icône
- idylle
- oasis
- octave
- omoplate
- once
- opale
- oriflamme
- patère
- réglisse
- scolopendre
- spore
- stalactite/
- stalagmite
- ténèbres
- urticaire
- vis

Exemples

C'est de *bon* augure/Avoir des cernes *brunis*/*Une bonne* acoustique/*Une* espèce d'idiot.

b. Noms dont le genre dépend de leur emploi

- ***Chose*** est féminin sauf dans *quelque chose*, *peu de chose*, *grand-chose* : « C'est quelque chose *d'important* » (et non *d'importante*).
- ***Foudre*** est féminin, sauf dans l'expression *un foudre de guerre*. Il est également masculin quand il désigne un grand tonneau (*un foudre*).
- ***Merci*** est masculin sauf dans l'expression *être à la merci de qqn*.
- ***Orge*** est féminin sauf dans les expressions *orge perlé* (dépouillé de toutes ses enveloppes) et *orge mondé* (dépouillé de sa 1re enveloppe).
- ***Noël*** est masculin sauf quand il est précédé de l'article défini *la* (on ne peut donc pas dire « le Noël »).
- ***Pâques*** (fête chrétienne) est masculin singulier sauf quand il est associé à une épithète (joyeuses Pâques) ; il est alors féminin pluriel. *La* ***pâque*** (fête juive) est un mot féminin singulier.
- ***Amour, délice*** et ***orgue*** sont masculins au singulier (ex. : *Un doux amour*) et féminins au pluriel (ex. : *Des douces amours*).
- ***Gens*** est masculin pluriel sauf quand il est précédé immédiatement par un adjectif ayant une forme distincte au féminin. On écrira donc *ces gens bons* (l'adjectif suit) mais *ces bonnes gens* (l'adjectif précède).

3 Signification des paronymes

Les paronymes sont des mots dont la prononciation est proche, mais qui n'ont pas la même signification.

Quand vous rédigez, vous ne devez pas les confondre, sans quoi votre phrase n'aurait aucun sens.

> **Exemple**
> « Pour *perpétrer* la race, les nazis ont *perpétué* de nombreux crimes. »
> Cette phrase n'a pas de sens car *perpétrer* et *perpétuer* ont été confondus. Il faut dire :
> « Pour *perpétuer* la race, les nazis ont *perpétré* de nombreux crimes. »

Liste indicative de groupes de paronymes utiles

- abhorrer : détester / arborer : porter avec fierté
- abjurer : renoncer / adjurer : demander avec insistance
- acception : signification / acceptation : accord
- affiler : aiguiser / effiler : défaire un tissu fil à fil (ou) rendre mince et long
- agonir : insulter / agoniser : mourir
- alternance : succession alternée / alternative : choix
- amnistie : pardon général / armistice : accord qui suspend les combats
- anoblir : donner un titre de noblesse / ennoblir : donner de la dignité
- apurer : vérifier des comptes financiers / épurer : rendre pur
- assentiment : consentement / ressentiment : désir de vengeance
- avanie : affront, offense / avarie : dommage matériel subi lors d'un transport
- capiteux : qui enivre / captieux : qui veut tromper
- collision : choc / collusion : entente secrète
- conjoncture : circonstances / conjecture : supposition
- (de) concert : ensemble / (de) conserve : en suivant la même voie
- découpler : séparer un couple / décupler : multiplier par dix
- dénouement : fin d'une intrigue / dénuement : misère, pauvreté
- dilapider : dépenser follement / lapider : tuer à coups de pierres
- effraction : fracture d'une porte pour voler / infraction : violation d'une loi
- élucider : résoudre / éluder : éviter
- épancher : répandre (ou) communiquer des sentiments / étancher : arrêter
- errements : procédés, habitudes / erreur : faute, méprise
- exode : émigration massive / exorde : début d'un discours
- fétu : brin de paille / fœtus : embryon de huit semaines
- flagrance : qualité de ce qui est flagrant / fragrance : odeur agréable
- grabat : lit inconfortable / gravats : débris d'un bâtiment
- gradation : progression par degrés / graduation : échelle graduée
- habileté : qualité de celui qui est habile / habilité : autorisé
- inanité : inutilité / inanition : épuisement par manque de nourriture
- inclinaison : état de ce qui est penché / inclination : penchant naturel

Liste indicative de groupes de paronymes utiles (suite)

- infecter : contaminer / infester : envahir, ravager
- ingénieux : habile, débrouillard / ingénu : naïf
- importun : qui dérange / opportun : qui a lieu au bon moment
- perpétuer : faire durer, transmettre / perpétrer : commettre
- pogrom : massacre, pillage / prodrome : signe annonciateur
- prédiction : annonce du futur / prédication : formation religieuse
- prescrire : imposer, recommander / proscrire : interdire
- recouvrer : récupérer, retrouver / recouvrir : couvrir de nouveau
- somptueux : magnifique, fastueux / (dépense) somptuaire : de luxe
- suggestion : conseil, influence / sujétion : soumission

4 Signification des homonymes lexicaux

Les homonymes sont des mots qui se prononcent de la même façon, mais s'écrivent bien souvent de façon différente et n'ont pas le même sens.

Quand vous rédigez, vous ne devez pas les confondre, sans quoi votre phrase n'aurait aucun sens et/ou contiendrait des fautes d'orthographe.

> **Exemple**
> « Nous l'avons fait par acquit de conscience. »
> Cette phrase est correcte parce que l'expression *acquit de conscience* signifie *pour acquitter sa conscience*, d'où le *-t* final (et non *acquis*).

Liste indicative de groupes d'homonymes utiles

- acquis : possession, acquisition / acquit : acquittement, soulagement
- air : gaz respirable, mélodie / aire : surface / ère : période / haire : chemise de pénitence / hère : misérable
- are : mesure agraire / arrhes : avance financière / art : création esthétique / hart : pendaison
- auspices : présages (favorables) / hospice : maison d'accueil des pauvres
- bailler : donner / bâiller : ouvrir la bouche à cause de la fatigue ou de la faim / bayer : dans l'expression bayer aux corneilles, ne rien faire, rêvasser
- ban : bannissement (être au ban de) / banc : siège
- cahot : saut d'un véhicule provoqué par les ornières d'une route / chaos : désordre
- ceint : verbe ceindre, entourer / sain : en bonne santé / saint : parfait / sein : poitrine / seing : signature
- censé : supposé / sensé : de bon sens

Liste indicative de groupes d'homonymes utiles (suite)

- détoner : émettre un bruit violent en explosant / détonner : changer de ton
- différend : désaccord / différent : non identique
- écho : renvoi d'un son / écot : part de chacun
- envi : dans l'expression à l'envi, sans limite / envie : désir
- foi : croyance / foie : organe du tube digestif / fois : marque la fréquence
- fond : base d'un objet / fonds : somme d'argent / font : forme du verbe faire
- fore : creuse / fors : sauf, excepté / fort : puissant
- li : mesure chinoise / lie : dépôt du vin (ou) ce qu'il y a de pire / lit : couche
- maire : élu local / mer : étendue d'eau / mère : maman
- marc : reste de fruits pressés / mare : étendue d'eau / marre : assez (en avoir marre)
- pair : en nombre multiple de deux / paire : duo / perd : verbe perdre / père : papa / pers : de couleur bleu-vert
- parti : résolution / partie : portion
- plain : dans plain-pied, au niveau du sol / plein : rempli
- prémices : premiers signes / prémisse : début d'un raisonnement
- résonner : renvoyer un son / raisonner : réfléchir
- saut : bond / sceau : cachet, signature / seau : récipient / sot : idiot
- tache : souillure, saleté / tâche : travail, activité
- tain : métal appliqué derrière une glace pour en faire un miroir / teint : verbe teindre (ou) coloration de la peau / thym : plante vivace / tint : verbe tenir
- tan : écorce de chêne en poussière / tant : autant / taon : grosse mouche / temps : moment, durée
- tribu : groupe d'individus / tribut : ce qu'il faut donner
- voie : chemin / voix : son, émission vocale

2

Cours & méthode

Registre de langue, expressions et effets de style

1 Choix du registre de langue

Il faut écrire dans un registre de langue correct, ni trop familier, ni trop soutenu.

Le registre de langue ou le style est l'utilisation de procédés de langue afin d'adapter son expression à l'auditoire.

Il est attendu du candidat qu'il soit capable de produire un texte dans un registre de langue correct. Il doit éviter tout ce qui est trop familier, voire grossier. Il faut notamment éviter d'écrire comme on parle en général.

« Où tu vas ? »

Dans la langue familière, nous formulons ainsi la question. Même si cela est correct, il est préférable de dire : « Où vas-tu ? » parce qu'une question est mieux posée dans une structure sujet-verbe inversée.

Pour éviter cette familiarité, nous rappelons que les répétitions doivent être évitées, sauf si leur absence nuit à la clarté de la phrase. On évitera particulièrement de rédiger un texte à l'aide des cinq ou six verbes les plus courants (*avoir, être, aller, faire*, etc.) et l'on s'efforcera de diversifier sans trahir.

« J'ai un chien et j'ai deux hamsters. J'ai aussi un petit chat dont je m'occupe et qu'a ma voisine »

Cet extrait contient quatre fois le verbe (ou auxiliaire) *avoir*. C'est beaucoup trop. De plus, la fin est ambiguë et mal formulée. Dites plutôt : « J'ai un chat et deux hamsters. Mais je m'occupe également du petit chat de ma voisine. » Remarquez que nous n'avons pas supprimé tous les emplois du verbe (ou auxiliaire) *avoir* ; il n'est pas interdit de l'utiliser.

Notez que l'emploi des auxiliaires *avoir* et *être* peut justifier une répétition.

« Il a acheté une maison qu'il a vue dans un journal et qu'il a visitée deux fois. »

Sans être exceptionnelle, cette phrase est acceptable malgré trois occurrences de l'auxiliaire *avoir*.

Pensez également que certaines répétitions peuvent permettre plus d'expressivité.

« Je n'écris point d'amour, n'étant point amoureux,
Je n'écris de beauté, n'ayant belle maîtresse... »

Ce début de poème de Du Bellay, dans *Les Regrets*, montre bien une insistance volontaire d'autant mieux exprimée par la répétition.

« Moi, je t'écoute. »

Là encore le *moi je* qui est à éviter ordinairement peut favoriser l'insistance du locuteur.

Il faut également se prémunir contre un autre défaut qui est celui du pédantisme. Employer sans cesse un vocabulaire trop technique ou philosophique peut produire l'effet inverse de celui recherché : vous donnerez le sentiment d'être un candidat sans vocabulaire qui le cache derrière des mots techniques appris récemment. Un bon vocabulaire doit aussi s'intégrer naturellement dans le texte. C'est pourquoi un mot comme *bizarre* n'est pas toujours à éviter.

Vous vous méfierez particulièrement de l'usage excessif des mots en *-isme*, en *-ité*, en *-ude* ou en *-ion*.

« La systématicité de l'individualisme contemporain élude le procès d'une contemporanéité de la fraternité. »

Cette phrase est trop compliquée et permet finalement de dire peu de chose car elle exprime une idée très simple. Le mot *procès* y est employé dans le sens de *processus* (ce qui peut être ambigu). Nous pourrions la reformuler ainsi : « L'égoïsme actuel des hommes fait obstacle à la solidarité ». Cette phrase est correcte, plus claire, plus simple et malgré tout bien rédigée.

L'autre inconvénient d'un tel vocabulaire est le risque de faire des néologismes (la « systémation », la « rationabilité », la « bravitude », etc.) ou d'écrire des phrases qui n'ont aucun sens.

« Dans sa giration autour de la périphérie du Soleil, la Terre rote. »

Cette phrase ne veut rien dire. *Rote* est censé renvoyer à *rotation*, ce qui n'est pas le cas. Plus grave encore, l'idée sous-jacente est très simple : « La Terre tourne autour du Soleil ».

2 Usage des expressions

Elles sont à utiliser avec prudence en évitant l'usage excessif ou inapproprié.

Vous pouvez souhaiter employer certaines expressions, mais il faut toujours le faire sans excès car elles ont un sens convenu et elles sont la manifestation d'une pensée populaire.

Quand vous les employez, demandez-vous toujours si vous savez bien les orthographier.

« Ce n'est qu'un pisaller. »

Cette phrase est incorrecte car « pisaller » (qui signifie *moindre mal*) s'écrit *pis-aller*.

L'excès de leur emploi peut donner un sens trop commun à vos phrases.

« Si tant est que nous puissions nous vanter de cela, nous pouvons dire, bon an, mal an, que tout un chacun aurait fait de même. »

Dans cette phrase, on compte trop d'expressions (*si tant est/bon an, mal an/tout un chacun/faire de même*). Cela se rapproche d'un registre de langue familier alors même que l'orthographe de ces expressions n'est pas facile.

Demandez-vous aussi si vous êtes sûr que cette expression a bien le sens voulu.

« La réforme du C.P.E. n'a pas fait long feu. »

Cette phrase n'a pas de sens dans la mesure où l'expression *faire long feu* signifie *ne pas fonctionner*. Donc cette phrase dit : « La réforme du C.P.E. a réussi » ce qui est presque le contraire du sens que le candidat voulait exprimer.

Enfin demandez-vous si l'expression existe ou si elle est correcte.

Quelques expressions ou tournures incorrectes avec leur correction

Ne dites pas…	Dites plutôt…
à côté de (dans le sens d'*en comparaison*)	en comparaison
aller au (coiffeur)	aller chez (le coiffeur)
à l'avance	d'avance, par avance
alentour de qqch	autour de qqch
à nouveau	de nouveau

Ne dites pas…	Dites plutôt…
s'attendre à ce que	s'attendre que
causer à qqn	parler à qqn ou causer avec qqn
censément	je suppose ou est censé
ce que j'ai été content	comme j'ai été content
c'est là où je vais	c'est là que je vais
chaque (*les payer deux euros chaque*)	chacun (*les payer deux euros chacun*)
consentir à ce que	consentir que
conséquent (*achat conséquent*)	important (ou coûteux, etc.)
dans ce but	à cet effet
de façon/manière à ce que	de façon/manière à ou de façon/manière que
de mal en pire	de mal en pis
demander à ce que	demander que
de suite (*le faire de suite*)	tout de suite ou immédiatement
différencier	distinguer
disputer qqn	se disputer avec qqn
dites-lui-le/dites-vous-le	dites-le-lui/dites-le-vous (toujours le C.O.D. en 1er)
ennuyant	ennuyeux
émotionnant	émouvant
embrouillamini	embrouillement, confusion
en outre de cela	outre cela
entre deux alternatives	dans l'alternative (l'alternative suppose déjà deux possibilités)
malgré que	malgré ou bien que
pallier à qqch	pallier qqch
partir à Paris	partir pour Paris
préférer sortir que de rester	préférer sortir plutôt que rester
ressortant à	ressortissant à (dans le sens *dépendre de*)
sans dessus dessous	sens dessus dessous
se rappeler de qqch	se rappeler qqch
solutionner	résoudre
se le souvenir	s'en souvenir
surtout que	d'autant plus que
tant qu'à vous	quant à vous
tel que (*tout est resté tel que*)	tel quel
trop de bonne humeur	de trop bonne humeur

Ne dites pas…	Dites plutôt…
vis-à-vis de qqn (ne signifiant pas *en face*)	envers qqn, à l'égard de qqn
voir à ce que	voir que
voire même	voire (évite la répétition)

3 Usage des figures de style

Tout comme les expressions, elles sont à utiliser avec prudence en évitant l'usage excessif ou inapproprié.

Vous devez particulièrement être prudent dans l'emploi des métaphores (sens figuré) et des comparaisons. Leur multiplication actuelle dans les textes est souvent préjudiciable à la clarté du texte, à son efficacité et à sa qualité littéraire.

Deux figures sont plus dangereuses encore : le pléonasme et l'ellipse.

a. Pléonasme

Un pléonasme est une répétition. Il est fautif dès lors qu'il est involontaire. Ex. : *Il est monté en haut*. (Il est évident qu'il est impossible de monter en bas.)

Liste des principaux pléonasmes

- agonir d'injures
- anéantir à rien
- applaudir des deux mains
- au grand maximum
- au jour d'aujourd'hui
- car en effet
- chimère/rêve imaginaire
- collaborer/comparer ensemble
- descendre en bas/monter en haut
- deux jumeaux
- donc par conséquent
- double alternative
- enfin pour conclure/finir/terminer
- être avéré vrai
- expérience pilote
- exprimant la possibilité
- exulter de joie
- fourmiller de plein de détails
- incessamment sous peu
- logorrhée verbale
- monopole exclusif
- optimiser au maximum
- panacée universelle
- par exemple comme
- petit nain/grand géant
- potentiellement + mot en -ible -able
- prévoir d'avance
- principal protagoniste
- puis après/ensuite
- risque de menace
- se peigner les cheveux
- se réunir ensemble
- sommité la plus importante
- souhaiter des vœux
- verbes en s'entr… + mutuellement
- vivre sa vie
- voir de ses propres yeux

b. Ellipse

Une ellipse est la suppression de mots qui seraient nécessaires pour la construction régulière de la phrase.

Lorsque vous rédigez, vous pouvez avoir tendance à alléger la phrase en supprimant des mots qui seraient pourtant nécessaires. C'est particulièrement le cas avec le *ne* de la négation.

« Je ne pense comme toi. »

Cette phrase est incorrecte car *ne* doit être renforcé par un auxiliaire de négation (*pas*). Il faut donc écrire : « Je ne pense *pas* comme toi. »

Il est cependant obligatoire de supprimer *pas* dans certains cas.

- Dans les proverbes ou expressions : « Il n'est pire eau que l'eau qui dort. »
- Quand la phrase commence par *que* : « Que ne le disiez-vous plus tôt ? »
- Avec les verbes *savoir* ou *avoir* suivi de *que* : « Je ne sais que faire./ Je n'ai que faire de vos menaces. »

Il est possible de supprimer *pas* dans d'autres cas.

- Dans des propositions au subjonctif qui dépendent d'un verbe négatif : « Il n'est personne si intelligente, qu'elle ne tombe dans ce piège. »
- Avec les verbes cesser, oser, pouvoir : « Il ne cesse de se plaindre. »
- Avec le verbe *savoir* quand il signifie *être incertain* : « Je ne sais s'ils m'écoutent. »
- Dans des phrases interrogatives : « Qui ne le connaît ? »

En dehors de ces cas, mettez un auxiliaire de négation.

c. Syllepse

Une autre figure de style, moins connue, est aussi l'occasion de fautes, c'est la syllepse. Elle consiste à accorder un mot d'après le sens et non d'après les règles de la grammaire. Là encore, une syllepse peut être voulue et correcte chez les grands écrivains, mais pour les autres elle est surtout une faute.

« Ces personnes d'esprit, eux, ont compris votre exposé. »

Personnes est féminin pluriel, il ne faut donc pas remplacer ce mot par le pronom *eux* qui est au masculin pluriel.

« Cette sentinelle était attentif. » (en parlant d'un homme)

Sentinelle est un mot féminin ; même si l'on parle d'un homme, il faut écrire *attentive*.

d. Amphibologies

Enfin, méfiez-vous des amphibologies. Ce sont des structures qui peuvent être interprétées de deux façons différentes.

« Je vous fais parvenir un paquet par le voisin, que j'ai ficelé auparavant. »

Telle que la phrase est écrite, il est possible de croire que vous avez ficelé le voisin avant qu'il n'envoie (on ne sait comment) le paquet. Il vaudra mieux écrire : « J'ai demandé au voisin de vous faire parvenir un paquet que j'ai ficelé ». Il est également possible de faire une répétition pour la clarté : « Je vous fais parvenir un paquet par le voisin, *paquet* que j'ai ficelé auparavant ».

3

Cours & méthode

Usage des connecteurs et autres mots de liaison

1 Usage des connecteurs logiques

Lorsque vous écrivez, vous devez guider le lecteur par l'utilisation de connecteurs qui hiérarchisent, organisent les idées du discours.

Le lecteur sera dans de meilleures dispositions si vous le guidez à l'aide des bons connecteurs.

- Suivant la relation logique à exprimer, voici les principaux connecteurs :
- Connecteurs d'expression de la cause : *car, parce que, puisque, en effet*, etc.
- Connecteurs d'expression de la conséquence : *donc, par conséquent, partant*, etc.
- Connecteurs de relation d'opposition : *mais, cependant, néanmoins, pourtant, toutefois, par contre, en revanche, nonobstant*, etc.
- Connecteurs de liaison ou d'addition : *et, de plus, en outre*, etc.
- Connecteurs de simple enchaînement : *aussi, d'ailleurs, par ailleurs, d'autre part, or*, etc.

Connecteur d'explication : *à savoir, savoir, c'est-à-dire*, etc.

Soyez prudent avec les connecteurs d'énumération qui, bien souvent, ne produisent qu'un exposé (et une superposition) d'idées là où l'épreuve réclame plutôt un enchaînement. C'est le cas notamment de *tout d'abord, ensuite, enfin* ou de *premièrement, deuxièmement*, etc. C'est bien souvent une mauvaise idée.

Remarque

Si vous avez tendance à manquer de rigueur dans l'organisation de vos idées, efforcez-vous d'utiliser des connecteurs (à bon escient) pour vous contraindre à mieux agencer vos idées.

2 Usage de certains adverbes et pronoms

Certains adverbes et pronoms sont plus difficiles d'utilisation parce qu'ils ont un sens particulier.

a. Adverbes

Parmi les adverbes difficiles à utiliser, il faut nous arrêter sur *ci* et *là* et les mots qui en dérivent (*voici, voilà, ceci, cela*, etc.). Dans le langage courant, nous les considérons comme interchangeables. Or, dans les textes qui vous seront proposés, vous pourrez les rencontrer. Vous aurez alors besoin de bien connaître leurs différences pour éviter les contresens.

« Il y a les banquiers et les architectes : ceux-ci sont appréciés pour leur rigueur, ceux-là pour leur sens de l'analyse. »

Il est bien difficile dans cet exemple de savoir qui est rigoureux et qui a le sens de l'analyse si l'on ne fait pas la différence entre *ceux-ci* et *ceux-là*.

L'adverbe *là* renvoie à ce qui est le plus éloigné et/ou à ce qui vient avant.

« Je suis mécontent ; dites-vous bien cela. »

L'adverbe *ci* renvoie à ce qui est le plus proche et/ou à ce qui vient après.

« Dites-vous bien ceci : je suis mécontent. »

Dans le 1er exemple, nous voyons donc que ce sont les banquiers qui ont le sens de l'analyse (plus éloigné) et les architectes qui ont la rigueur.

Il faut également bien employer l'adverbe *pis* et ne pas le confondre avec *pire*. *Pis* s'emploie principalement dans des tournures anciennes ou des expressions. C'est ainsi qu'il faut dire *tant pis, au pis aller, aller de mal en pis, qui pis est* (= ce qui est pire), *dire pis que pendre, faire pis que tout cela, mettre/voir tout au pis*. Dans les autres cas, on emploiera *pire* et on évitera d'employer *pis* pour faire littéraire lorsque l'on est par sûr de son emploi :

« C'est pire que je ne le pensais. » « Il a dit pis que pendre de son voisin. »

b. Pronoms

Parmi les pronoms plus difficiles d'usage, il faut signaler l'emploi du pronom indéfini *on*. *On* est un pronom qui peut s'employer en concurrence de *nous* dans un registre plus familier. Il ne faut toutefois pas s'interdire de l'employer car des phrases toujours construites avec *nous* peuvent être chargées. D'autre part, *on* a une valeur plus neutre et anonyme que *nous* qui peut davantage convenir dans certains cas.

« On est toujours puni par où l'on a péché. »

Dans cet exemple, *nous* est possible, mais cela changera la signification du proverbe, lui donnant un sens moins indéterminé.

Il faut cependant être attentif à ne pas alterner entre *nous* et *on*. Dans un même paragraphe, il faut conserver *nous* ou *on* pour désigner la ou les mêmes personnes.

On notera dans l'exemple précédent que le pronom *on* est précédé de l'article *l'*. C'est un usage propre à ce pronom. La présence de cet article rend la phrase plus littéraire ; cet article est toutefois toujours facultatif. Il est recommandé de ne pas l'employer en deux circonstances.

- En début de phrase : *L'on* vient vous voir.
- Quand il est précédé de *dont* (à cause de la répétition du son *on*) ou suivi d'un mot commençant par un *l-* (Si *l'on le* veut).

L'autre pronom difficile d'usage est le pronom relatif *dont*. Il signifie *de quoi* ou *d'où* et inclut donc une préposition. Il ne peut pas être employé avec des verbes construits sans préposition ou avec un antécédent contenant déjà une préposition.

« C'est ce dont je me rappelle. »

Cette phrase que vous avez sans doute déjà entendue est fautive parce que le verbe *rappelle* s'emploie sans préposition ; on ne dit pas *se rappeler de qqch*, mais *se rappeler qqch*. Il faut dire : « C'est ce que je me rappelle. »

« Une ville dont il ne se souvient plus du nom. »

Cette phrase est également fautive bien que le verbe *se souvenir* s'emploie correctement avec la préposition *de* (on se souvient *de qqch*). L'erreur vient du fait que *nom* est le mot auquel *dont* se rapporte (son antécédent) et qu'il ne devrait pas être précédé d'une préposition. Il faut dire : « Une ville dont il a oublié le nom ».

Cours & méthode

4 Usage des modes et des temps, correspondance des temps

1 Usage des modes

La principale confusion est celle de l'indicatif et du subjonctif, mais aussi l'emploi abusif du conditionnel.

L'indicatif est le mode du fait. On le retrouve dans les phrases déclaratives, interrogatives et exclamatives. Le subjonctif est le mode de l'hypothèse. Celui qui parle ne s'engage pas sur la réalité du fait dont il est question. On le rencontre souvent dans des propositions compléments, mais il peut aussi être employé dans des phrases simples.

« Il ne peut pas venir. » « Je crains qu'il ne puisse pas venir. »

Dans la 1re phrase l'indicatif s'impose parce qu'il s'agit d'une affirmation. Dans la 2de phrase, il s'agit d'une hypothèse.

Une faute courante de l'emploi des modes est celui du conditionnel après *si*. Le conditionnel qui est une sorte de futur dans le passé ne s'emploie jamais dans une proposition introduite par si qui exprime une condition.

« Si j'aurais su, je ne serais pas venu. »

Il faut écrire : « Si j'avais su, je ne serais pas venu. »

2 Usage des temps

Il faut savoir distinguer l'indicatif imparfait, temps des faits qui durent et le passé simple, temps plus ponctuel.
Connaître aussi les règles de la correspondance des temps.

Dans votre rédaction, vous pourrez être amené à écrire sur des faits passés. Le choix d'écrire entièrement au passé simple n'est jamais très judicieux car cela rend le texte un peu pédant et ce n'est pas non plus toujours assez expressif. Il faut savoir alterner entre passé simple et passé composé, sachant que ces deux temps sont très proches. La différence, c'est que le passé composé est plus en relation avec le présent.

« Tu es allé voir ta sœur. » « Tu allas voir ta sœur. »

Dans les deux cas, l'action est au passé, mais dans le 1er elle semble plus proche du présent que dans le 2nd.

Il faut également utiliser la différence entre ces deux temps et l'imparfait. L'imparfait est un temps du passé qui permet d'exprimer une durée dont on ne connaît pas précisément le début ou la fin. Il s'oppose aux deux temps précédents dans le récit.

« Quand je retournais chez mes parents, je voyais ma sœur. Un jour je constatai qu'elle était partie. »

Dans cet exemple, *retournais* et *voyais* sont à l'imparfait et indiquent une action qui dure, mais *constatai* est du passé simple pour exprimer le caractère ponctuel, précis de ce moment dans le passé.

Lorsque vous employez une phrase dont l'une des propositions commence par *si*, certaines règles d'emploi des temps sont à respecter :

	La proposition principale est au…	… la subordonnée introduite par si est au…
1	futur simple	présent
2	conditionnel présent	imparfait
3	futur simple	passé composé
4	conditionnel passé	plus-que-parfait

Exemples

- **Exemple du 1 :** Tu me préviendras si la fièvre monte.
- **Exemple du 2 :** Tu me préviendrais si la fièvre montait ?
- **Exemple du 3 :** Tu me préviendras si la fièvre a monté.
- **Exemple du 4 :** Tu m'aurais prévenu si la fièvre avait monté ?

Dans les autres cas, le temps choisi dépend du rapport entre propositions.

Principale	Subordonnée à l'indicatif		
	antériorité	simultanéité	postériorité
Verbe au présent ou au futur → je pense/je penserai	*Passé* qu'il mentait qu'il mentit qu'il a menti	*Présent* qu'il ment	*Futur simple* qu'il mentira
Verbe au passé → je pensais, je pensai, j'ai pensé	*Plus-que-parfait* qu'il avait menti	*Imparfait* qu'il mentait	*Conditionnel prés.* qu'il mentirait

Principale	Subordonnée au subjonctif	
	antériorité	simultanéité & postériorité
Verbe au présent ou au futur ou au conditionnel présent → je nie/je nierai	*Passé* qu'il ait menti	*Présent* qu'il mente
Verbe au passé → je niais, je niai, j'ai nié	*Plus-que-parfait* qu'il eût menti	*Imparfait* qu'il mentît

5 Cours & méthode
Longueur des phrases, phrases équivoques, ponctuation et majuscules

1 Longueur des phrases

Les phrases ne doivent pas être trop longues pour éviter les erreurs et lourdeurs de construction ; elles ne doivent pas non plus être trop courtes pour éviter d'écrire un texte sans contenu.

La longueur de la phrase est importante pour la forme comme pour le fond. Pour la forme, il est recommandé de faire des phrases qui ne contiennent pas trop de subordonnées, sans quoi le texte est assez lourd. Et pour le fond, la phrase doit être d'une longueur moyenne pour permettre l'exposition des idées.

Exemple

« Mais pourtant je n'ai jamais su qui c'était, je ne l'ai jamais rencontré dans la ville et tandis que même le chanteur, le Suisse et les enfants de chœur avaient, comme les dieux de l'Olympe, une existence moins glorieuse où j'avais affaire à eux, comme maréchal-ferrant, crémier et fils de l'épicière, en revanche, comme je n'ai jamais vu que jardinant le petit jardinier en stuc qu'il y avait dans le jardin du notaire, je n'ai jamais vu le pêcheur que pêchant, à la saison où le chemin s'était touffu de feuilles des pruniers, de sa veste d'alpaga et de son chapeau de paille, à l'heure où même les clochers et les nuages flânent avec désœuvrement dans le ciel vide, où les carpes ne peuvent plus soutenir l'ennui de l'heure, et dans un étouffement nerveux sautent passionnément en l'air dans l'inconnu, où les gouvernantes regardent leur montre pour dire qu'il n'est pas encore l'heure de goûter. » Marcel Proust, *Contre Sainte-Beuve*.

Cet exemple est composé d'une seule phrase de 155 mots ! Il est possible de construire de telles phrases dans une recherche littéraire particulière et surtout quand on s'appelle Proust. Mais dans votre cas (et le mien !), il est recommandé de faire plus court. Vous constaterez d'ailleurs que cette phrase peut contenir certaines ambiguïtés.

Cependant, il faut éviter aussi le contraire. Si les phrases trop courtes sont utiles dans un contexte narratif, dans une composition elles ne permettent pas toujours de déployer une pensée.

Exemple

« La délinquance est grave. Surtout chez les mineurs. Elle vient de leur inexpérience. Ils sont aussi parfois peu encadrés. Ils n'ont pas assez de repères. »

Ces petites phrases courtes donnent, certes, du rythme, mais la réflexion manque de continuité. Il valait mieux écrire : « La délinquance est un problème grave, particulièrement chez les mineurs. Elle a notamment pour cause leur inexpérience, ainsi que leur manque de repères et d'encadrement. » Cette 2e rédaction est meilleure parce qu'elle utilise des connecteurs pour structurer des phrases un peu plus longues.

Remarque

N'hésitez pas à adapter nos conseils à votre propre niveau rédactionnel. Si vous jugez votre niveau faible ou fragile, choisissez de préférence des phrases un peu plus courtes. Dans le cas contraire, vous pouvez construire des phrases plus longues.

2 Phrases équivoques

L'équivocité des phrases dépend souvent d'un problème de longueur ou d'utilisation des pronoms.

Les problèmes de clarté de l'expression nuisent directement à la notation finale. Une idée ne doit pas seulement être intéressante pour vous rapporter des points. Elle doit aussi être claire.

La longueur des phrases est un problème pour cette clarté. Nous l'avons vu précédemment.

L'autre problème est le renvoi ambigu. Voyons cela par un exemple.

« Nous avons écrit une lettre à ta sœur qui n'est pas gentille. »

Dans cette phrase l'ambiguïté vient de la double interprétation possible : est-ce la lettre ou la sœur qui n'est pas gentille ?

Ce type de cas est une amphibologie ; nous en avons déjà parlé précédemment.

Ce problème se retrouve également dans les phrases constituées de plusieurs compléments dont l'un comprend un verbe au participe. Si l'être ou la chose qui est sujet ne désigne pas le même être ou la même chose que celui qui fait l'action exprimée par le verbe au participe, l'ambiguïté est possible et la construction est incorrecte.

« Espérant de vos nouvelles, veuillez agréer mes salutations respectueuses. »

Cette phrase est incorrecte car c'est *moi* qui espère et *vous* qui agréez. Il faut écrire : « Espérant de vos nouvelles, *je* vous prie d'agréer mes salutations respectueuses. »

« Assis sur le banc, les éléphants nous regardent. »

La phrase doit vouloir dire que nous sommes assis sur un banc et que les éléphants nous regardent (les éléphants ne sont évidemment pas assis sur un banc). Il faut écrire : « Les éléphants nous regardent alors que nous sommes assis sur un banc ». Ici, l'ambiguïté est levée.

3 Ponctuation

La ponctuation, c'est l'ensemble des signes conventionnels qui servent à indiquer, à l'écrit, des pauses, des intonations, etc., de la langue orale. Son bon usage permet la clarté de l'expression écrite.

Un exemple montrera la nécessité du bon usage de la ponctuation pour éviter les erreurs d'interprétation.

« J'ai dit que vous étiez un sot : c'est vrai. Je vous fais mes excuses : j'ai tort. »

Cette phrase semble signifier que la personne confirme ce qu'elle a dit et renonce aux excuses faites. Mais si l'on changeait quelque peu cette ponctuation le sens serait très différent : « J'ai dit que vous étiez un sot, c'est vrai. Je vous fais mes excuses, j'ai tort ». Dans cette phrase, le sens est inversé. La personne confirme ce qu'elle a dit mais fait ses excuses.

La différence vient de la valeur explicative des deux points, alors que la virgule marque une simple pose.

Parmi les signes de ponctuation, il y a le point, le point d'interrogation, le point d'exclamation, les points de suspension, les deux points, le point-virgule, la virgule, les parenthèses, les crochets, les guillemets, le tiret, la barre oblique. Nous rappelons l'usage des principaux.

a. Différents points

- **Le point** marque la fin de la phrase déclarative. Il est présent pour séparer nettement des idées. Il est suivi d'une majuscule. Il s'emploie aussi dans les abréviations : « U.R.S.S. »
- **Le point d'interrogation** marque la fin d'une phrase interrogative.
- **Le point d'exclamation** marque la fin d'une phrase exclamative.

Ils sont suivis d'une majuscule si la phrase est terminée (ils équivalent alors à un point). Ils sont suivis d'une minuscule si la phrase n'est pas terminée (ils équivalent à une virgule), sauf si le premier mot est un nom propre.

> **Attention**
>
> Une phrase interrogative indirecte ou exclamative indirecte ne prend pas de point d'interrogation si elle est elle-même déclarative (ex. : *Je me demande s'il viendra.*).

- **Les points de suspension**, au nombre de trois, marquent la fin d'une phrase laissée inachevée. Cet inachèvement signifie que l'action évoquée n'est pas arrivée à son terme, que le locuteur hésite dans ses paroles, qu'il est interrompu. Les points de suspension sont suivis d'une majuscule si la phrase est terminée (ils équivalent alors à un point). Ils sont suivis d'une minuscule si la phrase n'est pas terminée (ils équivalent à une virgule), sauf si le premier mot est un nom propre.
- **Les deux points** servent à introduire un propos, une explication, une citation, une énumération, une justification. Ils sont suivis d'une minuscule, sauf s'ils introduisent une citation. Il ne faut jamais mettre deux fois deux points dans une même phrase.
- **Le point-virgule** sert à marquer une pause dans une phrase entre des propositions longues. Il joue le rôle d'une virgule en séparant davantage. Le point-virgule est suivi d'une minuscule.

b. Virgule, parenthèses et guillemets

La virgule sert à marquer une pause de peu de durée à l'intérieur d'une phrase. Ce signe est le plus complexe à employer. Il s'emploie :

- **entre des termes coordonnés** :
  - sans conjonction de coordination ;
  - par une conjonction de coordination autre que *et, ou, ni*. La virgule précédant ces trois conjonctions est possible, mais rare et doit être justifiée par la présence d'un réel silence entre les termes qu'elle coordonne : « Il est riche, mais avare. » ; « La terre était belle, et riche, et féconde. » ;
- **entre des termes subordonnés** : la virgule est utilisée pour entourer des termes subordonnés qui ont une valeur explicative. Il faudra donc faire la différence entre « Je n'aime pas les chiens qui sont turbulents. » (= Parmi les chiens, je n'aime pas ceux qui sont turbulents : valeur non explicative) et « Je n'aime pas les chiens, qui sont turbulents. » (= Je n'aime pas les chiens parce qu'ils sont turbulents : valeur explicative.) ;
- **après un complément circonstanciel placé en tête de phrase**, principalement lorsqu'il est assez long ;

- **pour encadrer des incises** ou pour séparer des éléments répétés : « Le temps est frais, le soleil rare. » ; « Sois sage, ô ma douleur, et tiens-toi tranquille. »

Les parenthèses servent à isoler une idée que l'on pourrait supprimer sans modifier le sens de la phrase. Il ne faut pas mettre des parenthèses à l'intérieur d'une parenthèse. Le premier terme de la parenthèse commence par une minuscule (sauf si c'est un nom propre).

Les guillemets s'emploient pour encadrer une citation ou des paroles reproduites telles quelles. Si toute une phrase est entre guillemets, le point (ou point d'interrogation, d'exclamation, de suspension) se place avant la fermeture de ceux-ci.

Attention

N'abusez pas des points d'exclamation, de suspension et des parenthèses, c'est un défaut qui fait ressembler votre écriture à celle des SMS téléphoniques.

4 Majuscules

L'emploi correct de la majuscule permet de guider le lecteur.
Cet emploi dépend de la nature des mots ou de leur rôle dans le contexte.

a. Certains mots prennent une majuscule quel que soit leur rôle

- **Les noms propres** (noms de lieu ou de personne n'étant pas utilisés d'après leur signification mais par convention). Les adjectifs correspondant à ces noms prennent une minuscule : « Les habitants de *Paris* aiment le dynamisme de leur cité. » mais « La mode *parisienne* est réputée dans le monde entier. »
- **Les noms liés aux noms propres** (noms de dynastie, d'habitants) : « les *Capétiens* ont régné en France près de mille ans. »

Remarque

On notera que les noms de langues ou de disciplines ne prennent pas de majuscules (Ex. : Parler l'*allemand*).

- **Les noms employés occasionnellement comme noms propres** (titres d'ouvrages, d'œuvres d'art, nom des monuments, rues, véhicules, institutions, sociétés, points cardinaux, titres, dignités, etc.) : « J'ai lu l'*Énéide*. » ; « La *Bastille* fut prise en 1789. » (mais : « La *bastille* est une tour servant de place forte. ») ; « J'habite dans le *Midi*. » (mais : « Je visite le *midi* de la France. ») ; « Veuillez agréer, *Madame* la *Directrice*, l'expression… » (mais : « J'ai rencontré *madame* Durand. »)

b. Certains mots prennent une majuscule en fonction de leur situation dans la phrase

- Les mots situés en début de phrase.
- Les adjectifs précédant un nom dans le titre d'ouvrage, d'œuvres d'art, etc., quand ils sont joints au nom par un trait d'union, qu'ils servent de surnoms ou désignent les caractéristiques d'un nom commun géographique. « Dans l'*Ancien* Testament, on trouve la Genèse. » (mais : Le Code *civil*./ L'auberge du Mouton *noir*.) ; « Les États-*Unis*. » (mais : « Les Nations *unies*. »).

Entraînements

Exercice 1. Vocabulaire

Trouvez au moins 3 synonymes des mots proposés.

1. complet
2. vrai
3. passager
4. casser
5. analyser
6. résumer
7. introduire
8. approfondir
9. conclure
10. partager

Exercice 2. Vocabulaire

Réécrivez les phrases suivantes en remplaçant les mots ou groupes de mots soulignés par des synonymes. Efforcez-vous de trouver le synonyme le plus précis et d'un registre de langue correct.

1. J'ai fait ma composition et j'ai eu une bonne note.
2. Ca fait mal (psychologiquement) quand il y a des trucs qui ne vont pas dans la tête.
3. Si tu es gentil, je te donne un petit quelque chose.
4. Dans la belle et grande maison, il fait chaud et il y a beaucoup de lumière.
5. La raison est une chose que l'on a raison de rechercher.
6. Il faut faire des lois nouvelles pour changer l'opinion des gens.
7. Un homme qui passait dans la rue m'a dit qu'il me connaissait.
8. J'ai une maison et j'ai du temps pour y travailler de mes mains.

Exercice 3. Genre

Relever les fautes concernant le genre du nom et corrigez-les.

1. Il n'y a pas grand-chose de surprenante.
2. J'ai versé des arrhes très coûteux.
3. L'atmosphère est lourde.
4. Parler à intervalles régulières.
5. Une espèce de bonhomme fait une esclandre.
6. Un exode se fit parce qu'il n'y avait aucune autre échappatoire.
7. La bonne acoustique, d'une salle aux nombreux stalactites.
8. Le Noël fêté avec ces bons gens.
9. Une vis traînait sur cette autoroute.
10. Nous sommes à la merci d'une amiante présente dans certains bâtiments.

Exercice 4. Paronymes

Identifiez quel paronyme entre parenthèses complète correctement les phrases suivantes.

1. Ce n'est pas la bonne (acception/acceptation) de ce mot.
2. Il est essentiel de (perpétrer/perpétuer) certaines traditions.
3. Nous ne pouvons qu'admettre la (fragrance/flagrance) du crime.
4. Un (importun/opportun) gêne les vacanciers.
5. La (gradation/graduation) de ma règle est partiellement effacée.
6. Je vous fais une simple (suggestion/sujétion) pour vous corriger.
7. Lors du procès une (collision/collusion) a été découverte entre plusieurs employés d'une entreprise.
8. Le médecin (proscrit/prescrit) un puissant antalgique.
9. Le cousin du prévenu est (habileté/habilité) à témoigner.
10. Après un étourdissement, il a (recouvré/recouvert) ses esprits.

Exercice 5. Homonymes

Identifiez quel homonyme entre parenthèses complète correctement les phrases suivantes.

1. Mon père s'est constitué (parti/partie) civile.
2. Il faut suivre la (voix/voie) de la sagesse, c'est-à-dire le chemin qui y mène.
3. Leur accord s'est conclu par un contrat sous (sein/sain/seing) privé.
4. Voilà un homme qui se tue à la (tâche/tache).
5. Il a dû payer un lourd (tribut/tribu) pour accéder à cet avantage.
6. Nous habitons une maison de (plain/plein)-pied.
7. Vous semblez malade ; vous avez un (tain/teint/thym) pâle.
8. Vous ne (résonnez/raisonnez) pas assez ; c'est pour cela que vous ne comprenez pas.
9. Ce (fond/fonds/font) de commerce a été racheté à prix d'or.
10. (Tant/Temps/Taon) pis pour ceux qui n'écoutent pas les recommandations.

Exercice 6. Registres de langue

Réécrivez les phrases suivantes dans un registre de langue plus soutenu. L'ordre des mots et des propositions peut être changé, mais l'idée essentielle de la phrase doit être respectée.

1. Qui c'est qui t'a fait ça ?
2. La crise, c'est nul ; ça fait des tas de problèmes.
3. Si t'as pas de sous pour t'acheter des trucs, t'es pas considéré par les autres.
4. Le progrès technique est responsable de plein de problèmes, environnement, chômage, précarité et j'en passe.
5. Le bazar qu'y a eu en Libye, c'est pas fini.

6. L'école, ça aide à apprendre la vie, si on écoute ce que disent les profs.
7. Dans un concours, y en a qui prennent et y en a qui prennent pas ; faut accepter.
8. Si on fait toujours ce qu'on veut, on fait vite n'importe quoi.
9. C'est pas malin de dire toujours ce qu'on pense ; après on vous en veut et c'est tant pis !
10. En ce moment, les gens font plein de bébés ; ça fait progresser le nombre qu'on est en France et ça donne du boulot à plein de monde.

Exercice 7. Registres de langue

Dans cet exercice, les phrases sont plus correctes que précédemment, mais il est possible de les améliorer. Identifiez l'élément perfectible et corrigez-le.

1. L'économie nous dépasse ; elle est parfois incompréhensible.
2. Une somme conséquente a été employée pour l'investissement.
3. Voilà un homme sérieux ! Impossible de rigoler avec.
4. Il faut en penser quoi selon vous qui êtes des spécialistes ?
5. Nous admettons que oui, mentir n'est pas toujours la meilleure idée.
6. Il y a abus et abus ; tout dépend de quoi on abuse.
7. On ne peut pas lutter quand nous sommes faibles.
8. J'ai beaucoup investi dans l'immobilier : j'ai gagné de l'argent et parfois j'ai perdu ce que j'avais gagné.
9. J'ai zappé toute une partie du cours.
10. Nous vous communiquerons a fortiori demain ou le lendemain ces documents.

Exercice 8. Expressions et figures de style

Corrigez les erreurs concernant l'emploi des expressions et des figures de style dans les phrases suivantes.

1. Je demande à ce que vous compreniez que tout va de mal en pire.
2. Au jour d'aujourd'hui, nous ne sommes plus sûrs de quoi que ce soit.
3. C'est là où je t'emmènerai à l'occasion de nos vacances.
4. Nous serons au grand maximum entourés de quelques ennuyants.
5. Partirez-vous demain ? Je ne le crois.
6. Ce n'est pas la panacée universelle ; cela ne permet pas de tout solutionner immédiatement.
7. Entre ces deux alternatives, j'ai, tant qu'à moi, choisi la meilleure.
8. Les personnalités réunies, des ministres et des ambassadeurs, ont tous signé le document tel que.
9. J'ai cuisiné une tarte à ma fille qui n'est pas bonne.
10. Je ne ris malgré que j'en aie envie.

Exercice 9. Connecteurs logiques

Dans les textes suivants, les connecteurs logiques manquent. Ajoutez-les afin de recréer un texte cohérent. Vous pouvez changer la ponctuation ou le découpage des phrases.

1. Notre système social protège les personnes les plus fragiles. Celles-ci sont aujourd'hui très menacées par les difficultés économiques de notre pays. Il est urgent de développer le lien social. Nous réussirons à soutenir chacun et à mieux nous connaître. Il faut réagir et ne pas céder au pessimisme.
2. La liberté est un sentiment naturel et souvent constructif. Elle peut détruire parfois si elle n'est pas maîtrisée. L'adulte est celui qui transforme son indépendance en liberté. Celui qui n'agit plus contre les autres et contre les lois. Il agit par lui-même. Il faut inciter les plus jeunes à construire leur liberté, non leur indépendance.
3. Notre époque est surprenante. Nous changeons d'avis bien souvent ; nous ne sommes pas toujours assez réfléchis. Nous décidons de façon immédiate ; il faudrait étudier davantage la question. Nous possédons toutes les ressources d'information : journaux, Internet, livres. Les utilisons-nous à bon escient ? C'est bien là que se situe le problème.

Exercice 10. Adverbes et pronoms

Identifiez puis corrigez les erreurs d'emploi des adverbes et pronoms dans les phrases suivantes. Il est possible que certaines phrases soient correctes.

1. Dites-vous bien cela : vous avez tort.
2. Voilà tout ce dont je me rappelle.
3. On a compris que nous ne sommes pas attendus.
4. Il a dit pire que pendre de son voisin.
5. N'écoutez ni les généreux, ni les avares : ceux-ci donnent tout sans compter, ceux-là ne donnent rien sans compter !

Exercice 11. Concordance des temps

Corrigez les fautes de correspondance des temps. Vous ne mettrez pas les verbes à l'infinitif.

1. Il faut que je peux continuer mon travail.
2. Qui a dit que je ne fais pas bien les tartes ?
3. Si, durant une longue période, j'aurais analysé le problème, je l'aurais résolu.
4. Je pensais qu'il viendra, mais je l'attends toujours.
5. Il voit que rien n'a correspondu à ce qu'il espérait.
6. Je marchais dans la campagne lorsque j'apercevais un chevreuil blessé.
7. Si vous aviez trouvé mon collier, l'aurez-vous rapporté ?
8. Reviendrez-vous avant que vous ayez achevé vos études ou après que vous aurez obtenu votre diplôme ?

9. Jean, si vous partez un peu plus tôt, vous n'auriez pas raté votre train.
10. Il est douteux que vous gagnez la partie.

Exercice 12. Ponctuation

Le texte suivant est constitué d'une seule phrase, récrivez-le en le ponctuant. Vous essayerez de faire le moins de changements possible et de veiller aux modifications orthographiques qui s'imposent.

Il y a de cela bien des années, quand ma feue grand-mère cuisinait, ce qui arrivait particulièrement le samedi, veille du grand repas familial, elle y mettait beaucoup d'approximations, qui d'ailleurs ne la gênaient guère car elle n'avait jamais aimé les mathématiques, et elle ne se trouvait jamais dépourvue par le manque d'un œuf ou d'un peu de farine puisqu'elle considérait que chaque ingrédient en valait bien un autre, mais elle y mettait aussi beaucoup d'amour parce qu'elle appréciait par-dessus tout plaire à ses chers petits-enfants, six beaux petits diables que nous étions, qui le lui rendaient bien en lui adressant les compliments que leur soufflait leur gourmandise, préoccupée d'être satisfaite le dimanche suivant, à moins que la tendresse grand-maternelle ne pût résister durant cette longue semaine.

Exercice 13. Phrases ambiguës

Repérez puis corrigez les ambiguïtés des phrases suivantes.

1. Marchant dans le désert, le serpent le suivait sans bruit.
2. Assis sous mon parasol, le vent balayait mon visage.
3. J'ai donné une pomme à ma sœur qui n'est pas bonne.
4. À peine arrivé, ma voisine a sonné chez moi pour me souhaiter la bienvenue.
5. En espérant avoir bientôt de vos nouvelles, veuillez trouver ces quelques fleurs.
6. Après s'être sauvée des flots, une autre tempête lui fut fatale. (Bossuet)

Exercice 14. Majuscules

Mettez la ponctuation et les majuscules.

1. jean-paul mon voisin habite une maison au mobilier louis xv
2. au royaume-uni la reine élisabeth ii vient de fêter les 60 ans de son règne
3. les lundis des mois de février ne trouves-tu pas qu'il est difficile de se lever
4. le code civil a été rédigé sous napoléon 1er et promulgué le 30 ventôse an xii
5. l'état français est très endetté le président de la république cherche à résoudre ce problème
6. j'ai lu le rouge et le noir de marie-henri beyle plus connu sous le nom de stendhal

Corrigés

Corrigé 1

Nous ne donnons pas une liste exhaustive des synonymes mais les principaux.

1. plein, total, intégral, entier, parfait, profond, exhaustif, accompli, bondé.
2. avéré, confirmé, objectif, fondé, exact, certain, indubitable, incontestable, juste, sincère, franc, authentique.
3. événement passager : éphémère, court, bref, provisoire, temporaire, transitoire, momentané, épisodique, fugace/un passager : voyageur.
4. casser un objet : briser, détériorer, fracasser, fendre, rompre, broyer/casser une décision, une loi : annuler, abroger.
5. décomposer, discerner, séparer, approfondir, évaluer, ausculter, chercher.
6. abréger, récapituler, synthétiser, condenser, réduire, limiter.
7. introduire un objet : insérer, enfoncer, mettre, glisser, ingérer, inoculer, incorporer, inclure, implanter/introduire un discours : présenter, commencer, débuter/introduire qqn dans le monde : présenter, placer, conduire, parrainer.
8. examiner, explorer, creuser, forer, fouiller, percer, comprendre, méditer, rechercher, sonder, perquisitionner, scruter, inspecter.
9. achever, terminer, finir, résoudre, arrêter, régler, déduire, signer.
10. distribuer, attribuer, répartir, diviser, fragmenter, fractionner, disjoindre, couper, scinder, morceler.

Corrigé 2

Les synonymes proposés ne sont pas les seuls possibles, mais les plus évidents.

1. Synonymes de <u>fait</u> : effectué, réalisé, écrit. Synonyme d'<u>eu</u> : obtenu.
2. Synonymes de <u>Ça fait mal</u> : C'est douloureux, pénible, éprouvant.
   Synonyme d'<u>il y a</u> : nous ressentons.
   Synonymes de <u>des trucs qui ne vont pas</u> : des troubles, des angoisses, de la détresse, du désarroi, de l'agitation, de l'inquiétude.
   Synonymes de <u>dans la tête</u> : psychique, mental, moral, de l'esprit.
3. Synonymes de <u>tu es gentil</u> : tu agis/te comportes avec courtoisie, prévenance, politesse, affabilité, bienveillance.
   Synonymes de <u>donne</u> : offre, accorde, remets, octroie, alloue.
   Synonymes de <u>un petit quelque chose</u> : un cadeau, un présent, une faveur, un subside, une obole. Vous pouviez aussi expliciter le cadeau en guise de synonyme.
4. Synonymes de <u>belle</u> : magnifique, superbe, élégante.
   Synonymes de <u>grande</u> : vaste, immense, spacieuse, imposante.
   Synonymes de <u>maison</u> : demeure, villa, édifice (avec changement de genre).
   Synonymes de <u>il fait chaud</u> : l'air (ou l'atmosphère) est chaleureux(-se), suffoquent(e), étouffant(e), doux(-ce), moite, agréable.

Synonymes d'il y a beaucoup de lumière : tout est lumineux, clair. Vous pouvez remplacer seulement par lumineuse si vous remplacez toute la fin de phrase par « l'atmosphère est chaleureuse et lumineuse » en employant atmosphère dans un sens figuré.

5. Synonymes de chose : faculté, capacité, qualité.
   Synonymes de on a raison : il est juste, il est légitime, il est conseillé, il faut exhorter (à).
6. Synonymes d'il faut faire : il faut/il est nécessaire/la priorité est de voter, adopter, choisir, (voire) ratifier.
   Synonymes de changer l'opinion : modifier/faire évoluer/infléchir l'avis, l'appréciation, la conviction, le jugement, le sentiment, l'idéologie, les préjugés.
   Synonymes de des gens : des citoyens, du peuple, de la nation, du public.
7. Synonymes d'un homme qui passait : un passant, un quidam.
   Synonymes d'a dit : a affirmé, a déclaré, a révélé, a expliqué, a signifié.
8. Synonymes d'ai : possède, suis propriétaire/locataire, détiens.
   Synonymes d'ai : dispose, tire profit, profite.
   Synonymes de travailler de mes mains : bricoler, travailler manuellement.

Corrigé 3

1. **surprenant :** *grand-chose* est masculin.
2. **coûteuses :** *arrhes* est féminin pluriel.
3. **Phrase correcte.**
4. **réguliers :** *intervalle* est masculin.
5. **un** esclandre.
6. **Phrase correcte.**
7. **nombreuses :** *stalactite* est féminin.
8. **La** Noël/ces bon**nes** gens : *Noël* est féminin s'il est précédé d'un article et *gens* est précédé immédiatement d'un mot féminin.
9. **Phrase correcte.**
10. **un présent :** *amiante* est masculin.

Corrigé 4

1. **acception :** définition, signification.
2. **perpétuer :** transmettre.
3. **flagrance :** caractère de ce qui est flagrant, incontestable.
4. **importun :** celui qui importune, qui dérange.
5. **graduation :** division d'un instrument de mesure.
6. **suggestion :** action de suggérer, de conseiller.
7. **collusion :** entente secrète contre quelqu'un, complicité.
8. **prescrit :** ordonne, libère par prescription.
9. **habilité :** autorisé légalement.
10. **recouvré :** récupéré, retrouvé.

Corrigé 5

1. **partie :** portion (on le constate avec le genre de *civile*).
2. **voie :** chemin, route. La fin de la phrase ne laissait aucune ambiguïté possible.
3. **seing :** signature.
4. **tâche :** ouvrage, travail.
5. **tribut :** ce qu'il faut payer.
6. **plain :** au niveau du sol (pensez à *plan*).
7. **teint :** coloration du visage (pensez à *teinte*).
8. **raisonnez :** réfléchissez, utilisez votre raison.
9. **fonds :** sommes d'argent.
10. **Tant :** autant, tellement.

Corrigé 6

La correction proposée est indicative. Vous pouvez trouver d'autres améliorations correctes. Il faut cependant qu'elles portent bien sur les éléments fautifs.

1. Qui t'a (vous a) fait cela ?
2. La crise que nous vivons est la cause de nombreux problèmes ; il faut souhaiter qu'elle finisse rapidement. Dans cette phrase, il était difficile de conserver la structure maladroite. Il fallait interpréter c'est nul.
3. Dans notre société, le respect est trop souvent lié au niveau de revenus.
4. Le progrès technique est responsable de nombreux problèmes. Le dérèglement climatique, le chômage ou encore la précarité en sont les conséquences principales. Dans cette phrase, il n'était pas utile de tout changer.
5. La révolution libyenne n'est pas complètement finie.
6. L'école nous aide à connaître la vie, si nous prenons la peine d'écouter nos enseignants.
7. Un concours est sélectif ; il faut l'accepter.
8. Il ne faut pas toujours suivre nos caprices car ils peuvent être irrationnels.
9. Il est prudent de ne pas toujours dire ce que l'on pense si l'on ne veut pas d'ennemis.
10. La France connaît actuellement un important taux de fécondité. La progression démographique est profitable à l'emploi.

Corrigé 7

1. Le domaine de l'économie est déconcertant ; c'est même parfois incompréhensible. Il faut corriger l'économie nous dépasse qui est imprécis.
2. Une somme importante a été investie. Il faut surtout corriger somme conséquente qui est incorrect pour signifier somme importante.
3. Voilà un homme sérieux ! Impossible de plaisanter avec lui. Il faut donner un synonyme à rigoler et éviter d'employer avec sans le mot qu'il introduit.
4. En tant que spécialistes, pouvez-vous me dire ce qu'il faut en penser ? Il est possible de rédiger une question sans inverser sujet et verbe de la proposition principale, mais il est recommandé de faire cette inversion tout de même.
5. Nous admettons qu'effectivement le mensonge n'est pas toujours la meilleure solution. Changez que oui qui n'est pas très châtié.

6. Tout abus n'est pas condamnable. Tout dépend de ce dont on abuse. Il faut supprimer la répétition d'abus et abuse.
7. Nous ne pouvons pas lutter quand nous sommes faibles. Il ne faut pas changer de personne (on/nous) dans une même phrase.
8. J'ai beaucoup investi dans le domaine de l'immobilier avec un succès inégal. Le raccourci final évite les répétitions.
9. J'ai manqué (fait l'impasse sur) toute une partie du cours.
10. Nous vous communiquerons a priori ces documents demain ou le jour suivant. A priori s'emploie à propos de ce qui n'a pas encore eu lieu, alors qu'a fortiori se rapporte à ce dont on a déjà fait l'expérience. En fin de phrase, il faut prendre garde à la répétition, c'est pourquoi l'on évitera le surlendemain même si c'est plus littéraire.

Corrigé 8

Les éléments modifiés sont soulignés.

1. Je demande que vous compreniez que tout va de mal en pis.
2. Aujourd'hui, nous ne sommes plus sûrs de quoi que ce soit.
3. C'est là que je t'emmènerai à l'occasion de nos vacances.
4. Nous serons au maximum entourés de quelques ennuyeux.
5. Partirez-vous demain ? Je ne le crois pas.
6. Ce n'est pas la panacée ; cela ne permet pas de tout résoudre immédiatement.
7. Entre ces deux possibilités, j'ai, quant à moi, choisi la meilleure/Dans cette alternative, j'ai, quant à moi, choisi la meilleure solution.
8. Les personnalités réunies, des ministres et des ambassadeurs, ont toutes signé le document tel quel.
9. J'ai cuisiné une tarte à ma fille ; cette tarte n'était pas bonne. Cette phrase est une amphibologie : il est possible de comprendre que c'est la fille qui n'est pas bonne.
10. Je ne ris pas bien que j'en aie envie.

Corrigé 9

1. Les connecteurs choisis ne sont pas les seuls possibles.
   Notre système social protège les personnes les plus fragiles. Or, celles-ci sont aujourd'hui très menacées par les difficultés économiques de notre pays. C'est pourquoi il est urgent de développer le lien social. Ainsi nous réussirons à soutenir chacun et à mieux nous connaître. Il faut donc réagir et ne pas céder au pessimisme.
   Or (ou un connecteur d'opposition) sert ici de liaison pour exposer la situation concrète qui nous intéresse. C'est pourquoi permet de mettre en relation cette situation concrète et son remède. Ainsi établit un 1er bilan des conséquences probables, et donc conclut.

2. Dans ce petit texte, deux connecteurs d'opposition sont nécessaires ; n'employez pas le même mot !
   La liberté est un sentiment naturel et souvent constructif. Pourtant elle peut détruire parfois si elle n'est pas maîtrisée. L'adulte est celui qui transforme son indépendance en liberté, c'est-à-dire celui qui n'agit plus contre les autres et contre les lois mais qui agit par lui-même. Par conséquent il faut inciter les plus jeunes à construire leur liberté, non leur indépendance.

Pourtant marque l'opposition entre la 1re phrase et la suivante. C'est-à-dire permet d'introduire l'explication de la distinction qui précède. Mais marque l'opposition et par conséquent introduit le bilan.

3. Notre époque est surprenante. En effet, nous changeons d'avis bien souvent parce que nous ne sommes pas toujours assez réfléchis. Nous décidons de façon immédiate lorsqu'il faudrait étudier davantage la question. Pourtant, nous possédons toutes les ressources d'information : journaux, Internet, livres. Mais les utilisons-nous à bon escient ? C'est bien là que se situe le problème.
En effet permet d'expliquer la raison (la cause) pour laquelle l'époque surprend. Parce que introduit la cause de ce qui précède. Lorsque (ou quand) permet d'exprimer la simultanéité et de proposer une vision alternative. Pourtant et mais marquent une opposition.

Corrigé 10

1. *Dites-vous bien* ***ceci…*** Le pronom se rapporte à ce qui suit.
2. Voilà tout ce **que** je me rappelle. On se rappelle qqch et non de qqch.
3. **Nous** avons compris que nous… Cela évite d'alterner on et nous.
4. Il a dit **pis** que pendre de son voisin. Expression figée avec pis et non pire.
5. N'écoutez ni les généreux, ni les avares : **ceux-là** donnent tout sans compter, **ceux-ci** ne donnent rien sans compter ! Ceux-ci pour les plus proches (les avares), ceux-là pour les plus éloignés dans la phrase (les généreux).

Corrigé 11

1. *Il faut que je* ***puisse…*** Emploi du subjonctif dans une proposition subordonnée.
2. **Phrase correcte.**
3. Si, (…) **j'avais** analysé le problème… Jamais *si* suivi du conditionnel.
4. *Je pensais qu'il* ***viendrait…*** La principale (*Je pensais*) est à l'imparfait, la subordonnée doit être au conditionnel qui est un futur dans le passé.
5. **Phrase correcte.**
6. *Je marchais dans la campagne lorsque* ***j'aperçus/j'ai aperçu*** *un chevreuil blessé*. La principale (*Je marchais*) est à l'imparfait pour marquer une action qui dure, la subordonnée doit être au passé simple ou au passé composé pour indiquer une action ponctuelle (qui ne dure pas) dans le passé.
7. *Si vous aviez trouvé mon collier, l'****auriez****-vous rapporté ?* La principale (*l'auriez-vous rapporté*) doit être au conditionnel passé lorsque la subordonnée est à l'indicatif plus-que-parfait.
8. **Phrase correcte.** On emploie *avant que* + subjonctif et *après que* + indicatif. La raison est logique : dans la subordonnée introduite par *avant que*, le fait est hypothétique car il n'a pas encore eu lieu ; donc le subjonctif, mode de l'hypothèse, s'impose. Mais dans la subordonnée introduite par *après que*, le fait est certain car il est antérieur au fait exprimé dans la principale ; donc il faut employer l'indicatif, mode du fait.
9. Jean, si vous **étiez parti** un peu plus tôt… Même cas que la phrase 7.
10. *Il est douteux que vous* ***gagniez*** *la partie*. La principale (il est douteux) contient un verbe qui introduit une hypothèse ; la subordonnée doit donc contenir un verbe au

subjonctif. Dans ces cas, n'hésitez pas à changer de verbe pour vérifier : *Il est douteux que vous puissiez…* et non *que vous pouvez…*

Corrigé 12

Il y a de cela bien des années, quand ma feue grand-mère cuisinait, ce qui arrivait particulièrement le samedi, veille du grand repas familial, elle y mettait beaucoup d'approximations. Cela d'ailleurs ne la gênait guère car elle n'avait jamais aimé les mathématiques. Elle ne se trouvait jamais dépourvue par le manque d'un œuf ou d'un peu de farine puisqu'elle considérait que chaque ingrédient en valait bien un autre. Mais elle y mettait aussi beaucoup d'amour parce qu'elle appréciait par-dessus tout plaire à ses chers petits-enfants, six beaux petits diables que nous étions. Nous le lui rendions bien en lui adressant les compliments que nous soufflait notre gourmandise, préoccupée d'être satisfaite le dimanche suivant. Nous espérions que la tendresse grand-maternelle ne pourrait résister durant cette longue semaine.

Corrigé 13

1. Marchant dans le désert, il était suivi, sans bruit, par le serpent. Ce n'est pas le serpent qui marche, mais un homme.
2. Assis sous mon parasol, j'avais le visage balayé par le vent. Ce n'est pas le vent qui est assis, mais moi.
3. J'ai donné une pomme qui n'est pas bonne à ma sœur. C'est la pomme qui n'est pas bonne et non ma sœur.
4. À peine suis-je arrivé que ma voisine a sonné chez moi pour me souhaiter la bienvenue. C'est moi qui arrive et non ma voisine.
5. En espérant avoir bientôt de vos nouvelles, je vous prie de bien vouloir trouver ces quelques fleurs. Ce n'est pas celui à qui on offre des fleurs qui espère avoir de ses nouvelles, mais celui qui les offre.
6. Après s'être sauvée des flots, elle périt dans une autre tempête. Ce n'est pas la tempête qui s'est sauvée des flots, mais la femme. Vous voyez que même les auteurs font de telles erreurs !

Corrigé 14

1. Jean-Paul, mon voisin, habite une maison au mobilier Louis XV.
2. Au Royaume-Uni, la reine Élisabeth II vient de fêter les 60 ans de son règne.
3. Les lundis des mois de février, ne trouves-tu pas qu'il est difficile de se lever ?
4. Le Code civil a été rédigé sous Napoléon 1er et promulgué le 30 ventôse an XII.
5. L'État français est très endetté ; le président de la République cherche à résoudre ce problème.
6. J'ai lu Le Rouge et le Noir (ou Le rouge et le noir) de Marie-Henri Beyle plus connu sous le nom de Stendhal.

Sous-partie 3

Améliorer son orthographe

- Orthographe d'usage
- Orthographe du verbe
- Orthographe du nom et de l'adjectif
- Orthographe des autres mots de la phrase
- Entraînements
- Corrigés

Cours & méthode

1 Orthographe d'usage

1 Accent

C'est un signe auxiliaire qui se place au-dessus des voyelles (sauf -y).

Quand vous écrivez, il faut bien orienter vos accents ; l'accent aigu doit monter vers la droite, l'accent grave vers la gauche. On n'insistera jamais assez sur le fait qu'une phrase sans accents ou avec des accents mal formés peut être illisible.

Si vous ne savez pas accentuer, quelques règles vous feront rapidement progresser :

- un *-e* suivi de consonnes redoublées ne prend jamais d'accent : essayer, mouette, errer ; cela signifie, en prenant la règle à l'envers, que si vous êtes sûr qu'un *-e* est accentué, alors il n'y a pas de consonnes redoublées qui suivent ;
- un *-e* suivi d'un *-x* ne prend jamais d'accent : examen, exister ;
- un *-e* suivi d'un *-d*, *-f*, *-h*, *-r*, *-t* ou *-z* final ne prend pas d'accent : une nef, un beignet, un keffieh.

Règles principales d'utilisation des accents

Accents	Emploi	Exemples
é	• en finale d'un mot • devant un *e* muet final • devant le *s* final du pluriel • à l'intérieur d'un mot	*vérité, liberté* *marée, journée* *vérités, prés, dés* (jeu) *ménage, digérer*
è	• devant un *s* final • devant une syllabe contenant un *e* muet (d'où un changement d'accent souvent constaté dans les mots de même famille)	*procès, près, dès, frère, règlement misère/miséreux (misère finit par e muet, pas miséreux)*
à, ù	• pour distinguer les homonymes	*là/la, à/a, où/ou*
â, ê, î, ô, û (accent circonflexe)	• pour marquer la perte d'une ancienne consonne (cas le plus courant) • pour marquer une voyelle longue • pour distinguer les homonymes	« forest » → *forêt* [pensez aux dérivés (*forestier*)] *arôme* *mûr/mur*
ä, ë, ï, ö, ü, ÿ (tréma)	• sépare phonétiquement deux voyelles (toujours placé sur la 2e voyelle)	*maïs, ciguë, une douleur aiguë*

Remarque

Concernant les hésitations sur les accents grave et aigu on retiendra ces mots.
Avec accent : *élixir, énième, média, ténacité, vidéo.*
Sans accent : *a priori, (re)celer, gangrener, placebo, repartie (= capacité à répliquer), veto.*
Concernant les hésitations sur l'accent circonflexe, retenez les cas suivants : *bâiller, barème, crème/chrême, drôle/drolatique, fève, une gêne/un gène, grâce/gracieux, jeune/jeûne/à jeun, symptôme/syndrome, trêve.*

2 Autres signes auxiliaires

Il s'agit de la cédille et du trait d'union notamment.

Même si des erreurs sur ces signes sont moins pénalisantes, il est facile d'en éliminer le plus grand nombre et c'est une précision requise pour une composition.

La cédille se met sous *c* devant *a, o, u* pour conserver le son *-s* : *glace, glaçon.*

Cercueil, écueil, cueillir et dérivés conservent le son *-k* en changeant *euil* en *ueil*

Un phénomène similaire se produit avec le *-g*. Pour conserver le son *-j* on ajoute un *e* devant *a, o, u* (ex. : nager, nous nageons, nageant, une nageoire). Dans *orgueil* et ses dérivés le son *-g* est maintenu en changeant *euil* en *ueil.*

Le trait d'union se met dans :

- les noms et adjectifs composés : *du lave-glace, mi-clos* ;
- les nombres inférieurs à cent : *quatre-vingts* (mais *cent* vingt, et pas de trait d'union quand il y a *et* : *vingt et un)* ;
- les inversions sujet pronominal/verbe : *dit-il, dit-on* ;
- les groupes *au+ adverbe* : *au-dessus, au-delà* (exception : au travers) ;
- les groupes *mot* + *ci* ou *mot* + *là* : *cet homme-ci, là-bas.*

Remarque

On notera l'orthographe de quelques mots souvent mal orthographiés.
Avec trait(s) d'union : *avant-hier, après-demain, c'est-à-dire, sur-le-champ (= immédiatement), toute-puissance/tout-puissant.*
Sans trait d'union : *château fort, feu follet, garde champêtre, huis clos, libre arbitre, Moyen Âge, parti pris, tout à coup, tout à l'heure.*

3 Redoublements de consonnes

On ne redouble jamais une consonne précédée d'une voyelle accentuée et les consonnes -j, -q, -v, -w, -x ne sont jamais redoublées.

En dehors de ces règles, il est recommandé de retenir l'orthographe de certains mots particuliers classés selon les lettres concernées.

B : Lettre rarement redoublée. On notera cependant *abbé*, *rabbin* ou encore *sabbat* et leurs dérivés.

C : Il est toujours redoublé quand le mot commence par *occu-* sauf pour *oculaire* et ses dérivés (*oculiste* notamment).

D : Lettre rarement redoublée. On notera qu'elle est redoublée notamment dans *addition, adduction*, *reddition* et leurs dérivés.

F : On notera la différence entre *le soufre* et *il souffre*, mais aussi *affoler, boursoufler/souffler, persifler/siffler.*

G : Peu redoublé, il l'est cependant dans *agglomérer*, *agglutiner*, *aggraver*, *suggérer* et leurs dérivés.

L : Il est souvent redoublé. On notera *accoler/colle, annuler/nullité, imbécile/imbécillité, mamelon/mamelle.*

M : On notera l'orthographe de *dommage* et ses dérivés, mais aussi *nominal/nommer.*

Remarque

Le -n devant -b, -m, -p devient -m (ex. : combinaison, comment, rompre), sauf dans bonbon (et ses dérivés), embonpoint, néanmoins, mainmise, mainmorte.

N : La plupart des verbes en *-aner* (les plus courants) prennent un seul *-n*. Les mots en *-nat* prennent un seul *-n* sauf notamment *championnat, paysannat, quinquennat/septennat, pensionnat*.

P : Lettre souvent redoublée. On notera que les mots qui commencent en *ap-* prennent *-pp* sauf notamment *apaiser, apercevoir, apeurer, apitoyer, aplanir, aplatir, apostropher*.

R : Lettre souvent redoublée. Attention à *courir* et *courrier*.

S : Il se redouble pour conserver le son *-s* quand il est placé entre deux voyelles. Associé à une consonne, il conserve le son *-s*. Toutefois dans certains mots, bien qu'employé seul, il conserve le son *-s* : *aérosol, asymétrie, dysenterie, présupposer, primesautier* (qui agit impulsivement), *resurgir, susurrer, vraisemblable* et leurs dérivés.

T : Lettre souvent redoublée. On notera *cahute/hutte*.

4 Finales des mots

Elles sont souvent problématiques du fait de la présence de lettres muettes ou de sons qui peuvent être obtenus par différentes graphies.

Voici quelques finales remarquables.

- Certains noms finissent, au singulier, par un *-s* ou un *-x*. Retenez les suivants : *houx, legs* (don par testament), *mets/entremets, pilotis, puits, relais, remords, remous*.
- Certains noms masculins ont une finale féminine tels *athée, génie, hyménée, mausolée* (monument aux morts), *messie, trophée*.
- ***-aindre*** : tous les verbes en *-eindre* prennent un *-e*, sauf *craindre, plaindre, contraindre*.
- ***-andre*** : tous les verbes en *-endre* prennent un *-e*, sauf *épandre, répandre*.
- ***-assion*** : tous les mots en *-ation* prennent un *-t*, sauf *compassion, passion*.
- ***-ussion*** : tous les mots en *-ution* prennent un *-t*, sauf *concussion* (vol d'argent public), *discussion, percussion, répercussion*.
- ***-euille*** : tous les noms masculins en *-euil* terminent par un *-l*, sauf *chèvrefeuille* (arbuste), *millefeuille, portefeuille*.
- ***-é*** : tous les noms féminins en *-é* prennent un *-e* final (*matinée*), sauf *acné, clé* (ou *clef*), *psyché* (miroir).

Remarque

Les noms féminins en *-té* ne prennent pas de marque du féminin (*lâcheté, pauvreté*), sauf les dérivés de mots finissant en *-t* (*nuit ⇒ nuitée*), en *-ette* (*assiette ⇒ assiettée*), et les noms dérivés de verbes finissant en *-ter* (*dicter ⇒ dictée*).

- ***-i*** : tous les noms féminins en *-i* (sauf ceux en *-is*) prennent un *-e* final (*vie*), sauf *fourmi*.
- ***-oi*** : tous les noms féminins en *-oi* (sauf ceux en *-oix*) prennent un *-e* final (*soie*), sauf *foi, loi, paroi*.
- ***-tiable*** : tous les mots en *-ciable* prennent un *-c*, sauf *insatiable*.
- ***-tier*** : tous les verbes en *-cier* prennent un *-c*, sauf *balbutier, initier*.
- ***-u*** : tous les noms féminins en *-u* prennent un *-e* final (*vue*), sauf *bru* (belle-fille), *glu, tribu, vertu*.

Cours & méthode

2 Orthographe du verbe

1 Accord du verbe

Le verbe (ou son auxiliaire) reçoit de son (ses) sujet(s) ses marques de nombre et personne.

« Nous chantons »

Le verbe *chantons* s'accorde selon les nombre et personne de *nous*.

« Vous avez chanté. »

L'auxiliaire *avez* s'accorde selon les nombre et personne de *vous*.

Les fautes d'accord viennent souvent d'un problème d'identification du sujet qui correspond au verbe. Pour identifier le ou les sujets, il faut se demander *qui est-ce qui ?* (pour une personne) ou *qu'est-ce qui ?* (pour un animal ou une chose) *fait l'action exprimée par le verbe*.

« Les enfants chantent fort. »

Qui est-ce qui chante ? *les enfants*. *Chantent* est donc au pluriel.

C'est particulièrement utile en cas d'inversion du sujet et du verbe.

« Dans le bois chantent les coucous. »

Qu'est-ce qui chante ? *les coucous* (et non *le bois*). *Chantent* est donc au pluriel.

Lorsque le sujet est un pronom, il faut donner au verbe le nombre et la personne de l'être ou de la chose que le pronom remplace.

« C'est toi qui joues le premier »

Ici le pronom *qui* remplace *toi*, donc il faut mettre le verbe *jouer* à la 2e personne du singulier.

Attention

Si le verbe a deux sujets au singulier qui sont coordonnés, il faut l'accorder au pluriel.

Exemple : *Pierre et Paul* jouent.

Si ces sujets ne sont pas à la même personne grammaticale, c'est la personne la plus proche de la 1re qui commande le choix de personne. Ainsi : « moi + toi = nous », « moi + lui = nous », « toi + lui = vous ».

Exemples : « *Ton frère et toi* êtes très sympathiques. » « *Toi et moi* sommes les meilleurs amis du monde. »

Cas particuliers

Cas 1 : Quand le sujet est *la plupart, beaucoup, quantité, peu* ou un équivalent désignant une quantité indéterminée, le verbe se met au pluriel : « *La plupart* **pensent** comme moi. »

Cas 2 : Quand le sujet est *ce* ou *c'* suivi du verbe être, ce verbe s'accorde avec l'attribut qui suit et non avec *ce* ou *c'* : « Ce **sont** *les amis* de nos voisins. »

Attention

Si l'attribut est *nous* ou *vous*, il faut laisser au singulier.

Exemple : Les enfants, c'**est** *vous* qui avez gagné.

Les locutions *c'est-à-dire* et *si ce n'est* sont invariables.

Cas 3 : Le participe présent ne varie pas.

- Rappelons que le participe présent se construit en *-ant* (ex. : *chantant*) : « *Des individus* **fuyant** leurs responsabilités. »
- Pour le vérifier, essayez de mettre au féminin. Si c'est possible, sans changer le sens global de la phrase, alors ce n'est pas un participe présent, mais un adjectif qui lui ressemble et l'accord est possible : « Des *individus* **fuyant** leurs responsabilités. » (On ne peut pas dire : « Des personnes 'fuyantes' leurs responsabilités ».) ; « Des *regards* **fuyants**. » (On peut dire : « Des attitudes fuyantes ».)

2 Accord du participe passé

Le participe passé a des règles d'accord qui dépendent de son emploi.

Emploi	Règles	Exemple
Emploi sans auxiliaire ou avec *être*	accord avec le mot auquel il se rapporte	→ *Une soirée réussie.* → *La soirée est réussie.*
Emploi avec *avoir*	• pas d'accord, ou • accord avec le COD s'il est placé avant	→ *Léa a réussi sa soirée.* → *Sa soirée, Léa l'a réussie* (*l'*, féminin est COD).
Emploi avec *avoir* + *être*	accord avec le sujet	→ *Elles ont été réussies.*

Remarque

Quand il y a deux auxiliaires, celui qui est intercalé est toujours invariable.
Exemple : Elles ont *été* entendues.

Attention

Dans les propositions absolues (groupe de mots isolés dans la phrase) composées d'un sujet et d'un participe, le participe reste invariable lorsqu'il est placé avant le sujet et varie lorsqu'il est placé après.
Exemples : **Vu** *les intempéries*, la prudence s'impose.
Tout le monde sera convié, **y compris** *votre nièce*.
Tout le monde sera convié, *votre nièce* **comprise**.
Lorsque le participe est *étant donné, passé, mis à part*, l'accord reste possible.
Exemple : Étant **données** *les circonstances*, il est préférable de se taire.

Cas particulier : le participe passé des verbes pronominaux

Un verbe pronominal est un verbe qui se conjugue avec le pronom personnel *se* mis à la même personne que le sujet : *se parler, se dire, s'apercevoir, se cacher,* etc.

Les verbes pronominaux se conjuguent aux temps composés avec l'auxiliaire *être*, mais l'accord de leur participe passé se comporte comme si l'auxiliaire était *avoir*. C'est pourquoi, si le pronom personnel peut être considéré comme un COD ou s'il y a un autre COD placé avant on accorde. S'il n'y a pas de COD ou s'il est placé après, on n'accorde pas. Pour identifier le COD, il suffit de remplacer *être* par *avoir*.

Exemple

*Elle s'est **lavée** ce matin.* ⇒ Elle a lavé qui ? *se* (elle). *S'* est COD placé avant, donc on accorde.
*Elle s'est **lavé** les cheveux ce matin.* ⇒ Elle a lavé quoi ? *les cheveux*. Cheveux est le COD placé après, donc on n'accorde pas. Dans ce 2e exemple, *s'* n'est plus COD mais COI [elle a lavé les cheveux de qui ? *de se* (d'elle)].

3 Conjugaison

La conjugaison est l'art d'énumérer les flexions d'un verbe selon le mode, le temps, la personne, le nombre et la voix.

En français, la plupart des verbes sont réguliers, c'est-à-dire qu'ils appartiennent aux 1er et 2e groupes. Mais il ne faut pas négliger certains verbes du 3e groupe qui sont très courants (*aller, avoir, rendre*, etc.)

Remarque

Nous n'indiquerons que la conjugaison des temps simples puisque les temps composés ne nécessitent que la connaissance de la conjugaison des auxiliaires *être* et *avoir* aux temps simples + participe passé. Il faut bien sûr maîtriser parfaitement la conjugaison des auxiliaires.

a. Conjugaison aux temps simples des auxiliaires avoir et être

Avoir

Indicatif				Conditionnel	Subjonctif	
présent	imparfait	passé	futur	présent	présent	imparfait
ai	avais	eus	aurai	aurais	aie	eusse
as	avais	eus	auras	aurais	aies	eusses
a	avait	eut	aura	aurait	ait	eût
avons	avions	eûmes	aurons	aurions	ayons	eussions
avez	aviez	eûtes	aurez	auriez	ayez	eussiez
ont	avaient	eurent	auront	auraient	aient	eussent

Impératif présent : *aie, ayons, ayez.*
Participe présent (et gérondif) : *ayant*/passé : *eu.*

Être

Indicatif				Conditionnel	Subjonctif	
présent	imparfait	passé	futur	présent	présent	imparfait
suis	étais	fus	serai	serais	sois	fusse
es	étais	fus	seras	serais	sois	fusses
est	était	fut	sera	serait	soit	fût
sommes	étions	fûmes	serons	serions	soyons	fussions
êtes	étiez	fûtes	serez	seriez	soyez	fussiez
sont	étaient	furent	seront	seraient	soient	fussent

Impératif présent : *sois, soyons, soyez.*
Participe présent (et gérondif) : *étant*/passé : *été.*

Attention

De nombreuses fautes sont commises au subjonctif présent. Observez bien les formes du singulier et notez aussi qu'il ne faut pas écrire que « nous ayions/soyions », que « vous ayiez/soyiez » mais *que nous ayons/soyons, que vous ayez/soyez.*
Évitez également la confusion entre *nous serons* (verbe *être*) et *nous saurons* (verbe *savoir*).
Exemple : « Nous *saurons* bien comment nous comporter. » (verbe *savoir*) ;
« Nous *serons* bien nombreux demain. » (verbe *être*).

b. Verbes réguliers

Les verbes réguliers sont des verbes qui ont les mêmes règles de construction dans toute leur conjugaison. Savoir en conjuguer un, c'est donc savoir tous les conjuguer.
On remarque certains points communs entre ces deux conjugaisons régulières :
- les mêmes terminaisons si on fait abstraction de l'affixe pour l'indicatif imparfait et le subjonctif présent ;
- la construction du futur simple à partir de l'infinitif + *-ai, -as*, etc. ;
- la construction du conditionnel à partir de l'infinitif + les terminaisons de l'imparfait ;

Attention

Il ne faut pas confondre la terminaison de la 1re personne du futur simple *-erai* avec celle du conditionnel présent *-erais*. Pour les distinguer, retenez que le futur exprime une affirmation, un fait à venir, alors que le conditionnel exprime une hypothèse, un fait dont la réalisation est incertaine parce qu'elle dépend de celle d'un autre fait.
Exemples : Je *serai* là quand vous aurez besoin de moi. (affirmation)
Je *serais* là si vous aviez besoin de moi. (hypothèse)

Pour les distinguer nettement, changez de personne.
Exemples : Tu *seras* là quand… (futur)
Tu *serais* là si… (conditionnel)

- la présence d'un accent circonflexe uniquement dans trois cas de terminaisons : 1re et 2e personne du pluriel de l'indicatif passé simple et 3e personne du subjonctif imparfait ;
- la voyelle qui débute la terminaison du passé simple (*-a* au 1er groupe et *-i* au 2e) est la même que celle du subjonctif plus-que-parfait, et la suite de la terminaison est régulière.

Verbes du 1er groupe : infinitif en -er (type : chanter)

Indicatif				Conditionnel	Subjonctif	
présent	imparfait	passé	futur	présent	présent	imparfait
chant-e	-ais	-ai	-erai	-erais	-e	-asse
-es	-ais	-as	-eras	-erais	-es	-asses
-e	-ait	-a	-era	-erait	-e	-ât
-ons	-ions	-âmes	-erons	-erions	-ions	-assions
-ez	-iez	-âtes	-erez	-eriez	-iez	-assiez
-ent	-aient	-èrent	-eront	-eraient	-ent	-assent

Impératif présent : -e, -ons, -ez.
Participe présent (et gérondif) : -ant/passé : -é.

Attention

Ne pas confondre l'indicatif présent, 2e personne du singulier (*tu chantes*) et l'impératif présent singulier (*chante*).
Exemple : Tu *chantes* mal (indicatif), *chante* mieux (impératif, c'est un ordre).

Ne pas confondre non plus le participe passé (*chanté*) avec l'infinitif (*chanter*). Pour cela, il suffit de remplacer le verbe du 1er groupe par un verbe du 3e groupe.
Exemple : Je me suis *press*... (*-é* ou *-er* ?) ⇒ Je me suis *dit* (et non *dire*), donc ce n'est pas un infinitif ; la réponse est *pressé*.

Verbes du 2e groupe : infinitif en -ir avec ajout de l'affixe -iss à certaines formes (type : finir)

Indicatif				Conditionnel	Indicatif	
présent	imparfait	passé	futur	présent	présent	imparfait
fin-is	-issais	-is	-irai	-irais	-isse	-isse
-is	-issais	-is	-iras	-irais	-isses	-isses
-it	-issait	-it	-ira	-irait	-isse	-ît
-issons	-issions	-îmes	-irons	-irions	-issions	-issions
-issez	-issiez	-îtes	-irez	-iriez	-issiez	-issiez
-issent	-issaient	-irent	-iront	-iraient	-issent	-issent

Impératif présent : identique à l'indicatif présent aux mêmes personnes.
Participe présent (et gérondif) : *-issant*/passé : *-i*.

Attention

Le participe passé de ces verbes ne prend pas de consonne finale muette au singulier (*fini*) à la différence de certains verbes du 3e groupe. Pour le vérifier, si vous avez un doute, mettez le participe au féminin (*fini* ⇒ *finie* mais pas « démi » mais *démis* ⇒ *démise*).

Cas particuliers

Cas 1 : Les verbes qui prennent un *-e* muet à l'avant-dernière syllabe dans leur conjugaison, changent ce *-e* en *-è*, sauf les verbes en *-eler* et *-eter* qui redoublent leur consonne finale : semer, semons → je sème/appeler, appelons → j'appelle.

Attention

Certains verbes en *-eler* et *-eter* restent réguliers, prenant un accent grave :
• ciseler, geler, démanteler, écarteler, harceler, marteler, modeler, peler ;
• acheter, crocheter, s'encasteler, fureter, haleter, et leurs dérivés.

Cas 2 : Les verbes en *-guer* et *-quer* conservent les lettres *-gu* ou *-qu* dans toute leur conjugaison. Mais dès lors que l'on forme un nom ou un adjectif à partir de ces verbes, ce groupe de lettres disparaît. : Un élève *conjuguant* des verbes./ La *conjugaison* ; Un patron *communiquant* son énergie./ Les vases *communicants*.

Cas 3 : Les verbes en *-yer* ont diverses conjugaisons suivant la voyelle qui précède *-yer*.

- Les verbes en *-oyer* et *-uyer* changent *-y* en *-i* devant un *-e* muet : *essuyons* (pas de *-e* muet) → *essuient* (*-e* muet).
- Les verbes en *-ayer* admettent l'orthographe en *-y* ou en *-i* : je balaye ou je balaie.
- Les verbes en *-eyer* conservent toujours leur *-y* : *il grasseye*, *vous grasseyez* (= prononcer les *-r* avec la gorge).

Attention

Ne conjuguez pas *croire* ou *voir* sur le modèle de verbe en *-yer* ; « ils croyent » ou « ils voyent » sont des barbarismes. À éviter tout autant, « ils croivent ». Il faut écrire *ils croient, ils voient*.

c. Verbes irréguliers

Ces verbes sont placés dans le 3e groupe, lequel rassemble les verbes en *-ir* qui ne prennent pas l'affixe *-iss*, les verbes en *-re*, et ceux qui ont une conjugaison irrégulière ou incomplète (défectifs).

Il est difficile d'en dresser une liste exhaustive. Notons seulement les règles communes à plusieurs verbes :

- Les verbes en *-ir* ont les mêmes terminaisons que les verbes du 2e groupe, sans l'affixe (ex. : *dormir*).

Exceptions : *assaillir, couvrir, cueillir, défaillir, offrir, ouvrir, souffrir, tressaillir* et leurs dérivés ont au présent de l'indicatif, et au présent de l'impératif les mêmes terminaisons que les verbes du 1er groupe (ex. : *ouvre, il assaille*).

- Les verbes en *-oir* prennent un *-u* à la place du *-i* en terminaison, à l'indicatif passé simple, au subjonctif imparfait et au participe passé, sauf *asseoir, surseoir, voir* et leurs dérivés qui prennent un *-i* : *je voulus, que je voulusse/que j'assisse, que je sursisse*.

> **Attention**
> Pouvoir, valoir, vouloir ont un indicatif présent en -x, -x, -t, -ons, -ez, -ent.

- Les verbes en *-re* ont les mêmes terminaisons que les verbes du 2e groupe à tous les autres modes et temps, sauf à l'indicatif présent. Les irrégularités portent plutôt sur le radical.

À l'indicatif présent, leurs terminaisons sont *-s*, *-s*, *ø*, *-ons*, *-ez*, *-ent*.
La 3e personne du singulier n'a pas de terminaison spécifique. Le verbe finit généralement par la dernière consonne de son radical : *il prend, il met, il vainc*, etc.
Dans les verbes en *-re*, on rencontre aussi bien des passés simples en *-i* (*coudre, faire, luire* ⇒ *cousis, fis, luisis*) qu'en *-u* (*lire* ⇒ *lus*).

Cas particuliers

Cas 1 : Les verbes en *-indre* et *-soudre* ne conservent leur *-d* dans la conjugaison que s'il précède un *-r* ; de même, les verbes en *-aître* et *-oître* ainsi que *plaire* ont un accent circonflexe sur le *-i* s'il précède un *-t* dans la conjugaison.
geindre, nous geindrons, il geint/connaître, nous connaîtrons, vous connaissez/plaisant, il plaît

> **Attention**
> • Le participe passé du verbe *faire* au féminin pluriel est *faites* et non « faîtes ».
> • Les 1re et 2e personnes du pluriel du passé simple prennent toujours un accent circonflexe sur l'avant-dernière syllabe, sauf s'il y a un tréma. C'est le cas de *haïr* qui garde son tréma et a donc pour forme *nous haïmes*, *vous haïtes*.

Cas 2 : Les participes passés *dû, redû, mû, crû, recrû* prennent un accent circonflexe au masculin singulier uniquement. En revanche les participes *accru, décru, indu* ne prennent jamais d'accent : « Un salaire *dû*/une somme *due*. »

Cas 3 : Quelques erreurs de conjugaison du 3e groupe à éviter.

- Aller : À l'indicatif présent, *ils vont* et non ils « allent ».
- Envoyer : À l'indicatif futur (et au conditionnel), *j'enverrai(s)* et non « j'envoyerai(s) ».
- Acquérir : À l'indicatif passé simple, *j'acquis* et non « j'acquéris », au futur simple (et conditionnel) *j'acquerrai(s)* et non « j'acquérirai(s) » et au participe passé *acquis* et non « acquéris ».
- Tenir : À l'indicatif passé simple, *je tins* et non « je tenis ».
- Mourir : À l'indicatif passé simple, *je mourus* et non « je mouris », et au participe passé, *mort* et non « mouru ».
- Bouillir : À l'indicatif présent, *ils bouillent* et non « ils bouent ».
- Voir : Au subjonctif présent, *que je voie, que tu voies, qu'il voie* et non « que je vois », etc.
- Savoir : Au subjonctif présent, *que je sache* et non « que je save ».
- Asseoir : À l'indicatif futur (et au conditionnel), *j'assiérai(s)* ou *j'assoirai(s)* et non « j'assoyerai(s) » ou « j'asseoirai(s) ».
- Dire : À l'indicatif présent, *vous dites* et non « vous disez » ou « vous dîtes ». De même *vous redites*, mais *vous contredisez, vous dédisez, vous interdisez.*
- Conclure : À l'indicatif futur (et au conditionnel), *je conclurai(s)* et non « je concluerai(s) ».
- Vivre : À l'indicatif passé simple *je vécus* et non « je vis » et au participe passé, *vécu.*

- L'inversion impropre du sujet *je* et du verbe. On peut faire cette inversion à l'indicatif présent pour *ai-je, dis-je, dois-je, fais-je, puis-je, sais-je, suis-je, vais-je, veux-je, vois-je*. En dehors de ces cas, l'inversion est impossible à l'indicatif présent, 1re personne, pour les verbes irréguliers. On évitera donc *mens-je, cours-je*, etc.

Cours & méthode

3 Orthographe du nom et de l'adjectif

1 Construction du féminin du nom et de l'adjectif

Elle se fait, quand cette forme existe, par ajout d'un -e final à la forme du masculin.
Il n'y a pas de changement quand le mot finit déjà par un *-e* (*un élève*, *une élève*), sauf si le féminin est en *-esse* (*un âne, une ânesse*, une œuvre *maîtresse*). D'autre part, tous les mots n'ont pas les deux genres, notamment les noms de choses n'ont qu'un genre : un *pommier,* une *fenêtre*.

Cas particuliers

Cas 1 : Certains noms et adjectifs redoublent leur consonne finale.

Consonnes redoublées	Exemples
-l : noms et adjectifs en *-el* et *-eil* + *gentil* et *nul*	*cruel ⇒ cruelle, vermeil ⇒ vermeille* *nul ⇒ nulle*
-n : noms et adjectifs en *-en, -on* + *paysan*	*indien ⇒ indienne, fripon ⇒ friponne* *paysan ⇒ paysanne* **Exception :** *mormon ⇒ mormone*
-t : noms et adjectifs en *-et* + *chat, boulot, maigriot, pâlot, sot, vieillot*	*muet ⇒ muette* *pâlot ⇒ pâlotte* **Exceptions :** *préfet, (in)complet, concret, désuet, (in)discret, inquiet, replet, secret* ⇒ féminin en *-ète*
-s : noms et adjectifs *bas, épais, gras, gros, las, métis, exprès*	*las ⇒ lasse* *exprès ⇒ expresse*

Cas 2 : D'autres noms et adjectifs sont plus irréguliers.

Types de modifications	Exemples
-c devient *-qu* dans *laïc, ammoniac, caduc, public, turc, franc* (le peuple)	*turc ⇒ turque, franc ⇒ franque* **À noter** : *franc* (qui fait preuve de franchise) ⇒ *franche*
-er devient *-ère*	*cuisinier ⇒ cuisinière*
-eur devient -euse si le mot dérive directement d'un verbe *-teur* devient *-trice* si le mot ne dérive pas directement d'un verbe *-eur* devient *-eure* dans meilleur, majeur/mineur, antérieur/postérieur, citérieur/ultérieur, extérieur/intérieur, supérieur/inférieur.	*menteur ⇒ menteuse* (verbe mentir) **Exceptions :** *éditeur, émetteur/récepteur, exécuteur, inspecteur, inventeur, persécuteur* ⇒ fém. en *-trice,* *enchanteur, vengeur* ⇒ fém. en *-eresse* *amateur ⇒ amatrice* ('amater' n'existe pas) *supérieur ⇒ supérieure* un jour *ultérieur* ⇒ une date *ultérieure*

Types de modifications	Exemples
-*gu* devient -*guë*	*aigu* ⇒ *aiguë*
-*x* devient -*s* pour les noms et adjectifs en -*eux* + *époux* et *jaloux*	*sérieux* ⇒ *sérieuse* *jaloux* ⇒ *jalouse* **Exception :** *vieux* ⇒ *vieille*
- *n* devient -*gn* dans *bénin*, *malin*	*bénin* ⇒ *bénigne*, *malin* ⇒ *maligne*
féminin en -*lle* pour *beau*, *jumeau*, *nouveau*, *fou*, *mou*, *vieux* **Remarque :** Ces mots (sauf *jumeau*) ont un masculin en -*el*, devant un mot masculin commençant par une voyelle. (ex. : un *vieil* ami)	*mou* ⇒ *molle* *vieux* ⇒ *vieille*
addition d'un : -*d* dans *esquimau* -*s* dans *andalou* -*t* dans *coi**, *favori*, *rigolo*	*esquimau* ⇒ *esquimaude* *andalou* ⇒ *andalouse* *coi* ⇒ *coite*
modifications particulières dans *bref*, *frais*, *grec*, *sec*, *tiers*	*bref* ⇒ *brève*, *frais* ⇒ *fraîche* *grec* ⇒ *grecque*, *sec* ⇒ *sèche* *tiers* ⇒ *tierce*

* « rester coi » = rester sans voix à cause de l'émotion ou de la surprise.

2 Construction du pluriel du nom et de l'adjectif

Le pluriel se forme généralement par ajout d'un -s final à la forme du singulier.
« Un homme, des hommes/des comportements humains »

Il n'est cependant pas toujours possible de passer du singulier au pluriel, soit parce qu'il n'y a pas de pluriel, comme notamment pour les noms collectifs (ex. : du bétail) soit parce qu'il n'y a pas de singulier (ex. : les fiançailles, les annales), soit encore parce que l'ajout d'une marque du pluriel est impossible. Ce dernier cas concerne les mots qui finissent au singulier par -s, -x, -z : Un puits, des puits/un vieux classeur, des vieux classeurs/un nez, des nez.

Cas particulier

Certains noms et adjectifs prennent un -x au pluriel

Cas du pluriel en -x	Exceptions avec pluriel en -s
Sans modifications :	
• Tous les noms et adjectifs en -*au*. Exemple : *un niveau, des niveaux*	*landau, sarrau*[1] Exemple : *des sarraus*
• Tous les noms et adjectifs en -*eu*. Exemple : *hébreu, hébreux*	*bleu, émeu*[2], *lieu*[3], *pneu* Exemple : *des émeus*
• Sept noms en -ou : *bijou, caillou, chou, genou, hibou, joujou, pou.*	Les autres noms en -*ou* ont un pluriel régulier Exemple : *un clou, des clous*

Cas du pluriel en -x	Exceptions avec pluriel en -s
Avec modifications : • Tous les noms et adjectifs changent *-al* en *-aux* au pluriel. Exemple : *un rival, des rivaux*	*bal, bancal, cal, carnaval, cérémonial, chacal, fatal, festival, final, glacial, jovial, mistral, natal, naval, récital, régal* Exemple : *des festivals*
• Dix noms changent *-ail* en *-aux* au pluriel : *aspirail*[4], *bail*[5], *corail, émail, fermail*[6], *soupirail, travail, vantail*[7], *ventail*[8], *vitrail.*	Les autres noms en *-ail* ont un pluriel régulier. Exemple : *un rail, des rails*
• Les noms suivants subissent d'autres modifications : un œil ⇒ des yeux un ciel ⇒ des cieux un aïeul ⇒ des aïeux	- *œils* se rencontre dans les noms composés (ex. : des *œils*-de-bœuf) - *ciels* s'emploie hors des connotations religieuses (ex. : des *ciels* de lit) - *aïeuls* pour désigner les grands-parents et non pas tous les ancêtres

[1] tablier d'écolier
[2] oiseau proche de l'autruche
[3] poisson
[4] ouverture dans un poêle
[5] contrat de location
[6] fermoir
[7] battant d'une porte
[8] partie mobile d'un casque

3 Nombre du nom et de l'adjectif

Le pluriel s'emploie, à propos de réalités quantifiables, toutes les fois que l'on désigne plusieurs de ces réalités.

Si les règles du nombre du nom et de l'adjectif peuvent être rapprochées, il y a une différence importante : l'adjectif s'accorde avec le mot auquel il se rapporte (un nom, un pronom) alors que le nom ne s'accorde pas. Le choix du nombre du nom dépend du contexte (singulier si l'on désigne un seul être ou une seule chose, pluriel dans le cas contraire).
L'une des difficultés pour le nombre du nom est de bien identifier s'il est question de singulier ou de pluriel. D'une façon générale, celui qui rédige a une grande liberté dans le choix du nombre ; mais il faut respecter quelques règles contraignantes.

- Quand le nom désigne une réalité nécessairement unique, il faut le singulier (ex. : un fruit à *noyau*) et quand il désigne une réalité nécessairement multiple, il faut le pluriel (ex. : un fruit à *pépins*).
- Quand un nom prend une valeur générale, il faut le singulier (ex. : des sacs de *sable*) et quand il désigne une réalité nombreuse mais comptable, il faut le pluriel (ex. : un groupe *d'hommes*).
- Certaines locutions sont toujours au singulier : *agir à court/long terme, agir à l'emporte-pièce, être au banc des accusés, être/faire sur mesure, réclamer/demander à cor et à cri, remettre/être à flot* (mais *couler à flots*), *y aller/le faire en personne*, ainsi que la plupart des expressions avec *tout* adverbe (*tout feu, tout flamme*, etc.).
- Certaines locutions sont toujours au pluriel : *être à bout de forces, être aux pieds de quelqu'un* (mais *être au pied de quelque chose*), *être en bon/mauvais termes, en d'autres termes, faire à grands frais/à peu de frais/à moindres frais, inventer de toutes pièces, juger sur pièces, mettre/tailler en pièces.*

Il est important de noter que la tournure négative n'entraîne pas toujours le singulier. Si la tournure est négative, il faut mettre au positif pour déterminer le nombre : un fruit sans *noyau* ⇒ S'il y en avait, il y aurait *un seul* noyau ; un fruit sans *pépins* ⇒ S'il y en avait, il y aurait *plusieurs* pépins.
Les règles sont les mêmes que précédemment. Toutefois certaines locutions ont leur propre nombre.

- Locutions **toujours au singulier** : *sans arrêt, sans certitude, sans commentaire, sans comparaison, sans contestation, sans conteste, sans contredit, sans délai, sans détour, sans doute, sans effort, sans égard, sans encombre, sans façon, sans fondement, sans histoire, sans interruption, sans prétention, sans raison, sans réserve, sans surprise, sans tambour ni trompette, sans transition.*
- Locutions **toujours au pluriel** : *sans à-coups, sans ambages, sans fleurs ni couronnes, sans limites, sans manières, sans phrases, sans principes, sans scrupules, sans témoins.*

L'accord de l'adjectif est plus simple ; il suffit de trouver son support (mot auquel il se rapporte) : « Cette petite fille, polie et discrète, est bien élevée. »
Dans cet exemple *cette*, *petite*, *polie*, *discrète*, *élevée* renvoient au même nom *fille* d'où l'accord de tous ces éléments au féminin singulier.
Encore faut-il être attentif pour trouver ce support, notamment quand il est éloigné.
« Cette fille, qui avait séjourné chez nous pendant plusieurs mois, était bien élevée. »
Dans cet exemple, *élevée* s'accorde avec *fille*, même si ces deux mots sont très éloignés.

Cas particuliers

Cas 1 : Le nombre des noms et adjectifs composés dépend de la nature des termes qui composent ces mots.

Règles d'accord	Composition des mots	Exemples
Accord des deux termes	nom + nom nom + adjectif adjectif + adjectif	des *sourds-muets* des *coffres-forts* des femmes *sourdes-muettes*
Accord du 1er terme	nom (+ préposition) + nom complément	des *arcs-en-ciel*
Accord du second terme	mot invariable + nom élément incomplet + nom élément incomplet + adj. *nu, mi, demi, semi* + nom *nu, mi, demi, semi* + adj.	des *avant-projets* des *gallo-romains* des hommes *gallo-romains* des *semi-remorques* des paupières *mi-closes*
Accord du second terme ou pas d'accord selon le sens	verbe + nom	*des couvre-lits* *des réveille-matin*
Pas d'accord	verbe + verbe verbe + mot invariable phrase	*des peut-être* *des touche-à-tout* *des qu'en-dira-t-on*

Attention

Demi s'accorde en genre dans *une (deux, trois, etc.) heure(s) et demie*, parce qu'on considère qu'il s'agit d'une heure et de la moitié d'une heure.
En revanche, la locution *à demi* est toujours invariable.

Cas 2 : Les noms propres et les noms occasionnels sont invariables : « Les *Martin* habitent la maison voisine. » ; « Avec des *si* on mettrait Paris en bouteille. »

Cas 3 : Les adjectifs numéraux sont tous invariables sauf *un* qui varie en genre et *vingt* et *cent* qui varient en nombre quand ils sont multipliés et placés en fin d'un nombre : *quatre-vingts* (mais *quatre-vingt-un*, *vingt* ne finit pas le nombre).
On notera que *mille* peut s'écrire *mil* lorsqu'il s'agit d'années et qu'il n'est pas multiplié : l'an *mil* neuf cent douze.

Attention

Zéro, million et *milliard* ne sont pas des adjectifs, mais des noms. Ils varient normalement.
Exemple : Ce sont des *zéros*.

Cas 4 : Les adjectifs de couleur sont invariables :
- quand ce sont des adjectifs composés : des pulls *bleu marine* ;
- quand ce sont des noms employés comme adjectifs : des livres *orange*.

Exceptions : *écarlate* (pierre), *mauve* (plante), *pourpre* (colorant) et *rose*, pourtant issus de noms, varient.

Cas 5 : Les mots employés comme adjectifs sont toujours invariables. Il peut s'agir :
- de noms : des airs *bon enfant* ;
- d'adverbes : des gens *bien*.

Cas 6 : Les adjectifs employés comme adverbes sont toujours invariables. Pour les reconnaître on peut faire correspondre aux adjectifs des formes d'adverbe en *-ment* : « Cette personne voit *clair*. » (= *clairement*, donc invariabilité).

Cas 7 : L'adjectif *possible*, construit avec un superlatif (*le plus, le moins*), est invariable : « Dire le plus de bêtises *possible*. » Dans les autres cas, il est variable : « Dire toutes les bêtises *possibles*. »

Cas 8 : Les adjectifs *quelque*, *tout* et *même* sont difficiles à bien accorder car on les confond facilement avec les adverbes qui leur correspondent. Voici un tableau pour distinguer les deux natures :

Nature	Méthode d'identification	Exemples
Adjectif : accord avec le mot auquel ils se rapportent (complète un nom ou un pronom)	*quelque* = plusieurs *ou* un certain *tout* = l'ensemble de *ou* n'importe quel *même* = identique	Ils ont *quelques* **regrets**. Il est venu *quelque* **temps**. *Tous* mes **voisins** sont présents. *Toute* **idée** est recevable. Ils ont les *mêmes* **amis**.
Adverbe : invariabilité (complète un adjectif ou un adverbe)	*quelque* = environ *ou* aussi *tout* = totalement *même* = aussi	Il y a *quelque* quinze ans. *Quelque* étranges que soient vos justifications, j'y crois. La famille *tout* entière est là. Il y a les parents, les amis *même*.

Attention

Cas exceptionnel, l'adverbe *tout* peut varier pour que l'on entende le second -*t*, lorsqu'il précède un mot féminin commençant par une consonne : « Elle est *toute* contrariée. »

Remarque

Tout peut également être **nom** et **pronom**.

- **Nom**, quand il a un déterminant et qu'il ne complète pas un nom. Il a alors un masculin pluriel particulier, *touts* : « Les *touts* sont nécessairement plus grands que leurs parties. »
- **Pronom**, quand il remplace un nom ou un autre pronom. On entend alors le -*s* final au masculin pluriel : « Ils sont *tous* venus me voir. »

4 Cours & méthode
Orthographe des autres mots de la phrase

1 Construction des adverbes en -ment

Elle s'obtient généralement par le féminin de l'adjectif + -ment.

Ainsi : grand, grande ⇒ grandement.

Parfois, on ajoute un accent aigu : *profond, profonde ⇒ profondément.*

Cas particuliers

Cas 1 : Quand l'adjectif termine au masculin par une voyelle autre que *-e*, l'adverbe se construit sans *-e* final : vrai ⇒ vraiment.

Certains adjectifs finissant en *-u* au masculin ont un adverbe en *-ûment* : *assidu, congru* (= qui convient), *continu, cru, dû, goulu, indu, nu.*

Cas 2 : Quand l'adjectif termine au masculin par :

- *-ant* ⇒ adverbe en *-amment* ;
- *-ent* ⇒ adverbe en *-emment.*

Ces deux finales se prononcent de la même façon.

Trois adverbes en *-ent* se construisent normalement : *lentement, présentement, véhémentement.*

Cas 3 : Des inclassables : gentiment, impunément, brièvement (bref).

2 Homonymes grammaticaux

Les homonymes sont des mots qui se prononcent de la même façon, mais s'écrivent bien souvent de façon différente.

Il faut savoir les distinguer graphiquement car on rencontre trop souvent des fautes dans ces mots.

Voici les principaux :

Liste d'homonymes	⇒ Moyen d'identification	Exemples
a (verbe) **à** (préposition)	⇒ *possède* ⇒ dans les autres cas	Il *a* une voiture. Une scie *à* bois.
alentour (adverbe) **alentours** (nom)	⇒ *autour* (utilisé sans article) ⇒ dans les autres cas	Il y a la forêt *alentour*. Il y a la forêt aux *alentours*.
aulx (nom) **ô** (interjection) **au, aux** (article)	⇒ pluriel de *ail* ⇒ introduit une apostrophe ⇒ *à le, à les*	Des *aulx* à tunique. *Ô* temps, suspends ton vol. Aller *au* bois.
aussi tôt (adverbes) **aussitôt** (adverbe)	⇒ indique une comparaison ⇒ *tout de suite*	Il est parti *aussi tôt* que moi. Il est parti *aussitôt*.

Liste d'homonymes	⇒ Moyen d'identification	Exemples
bien tôt (adverbes) **bientôt** (adverbe)	⇒ *très tôt* ⇒ *prochainement*	Je trouve qu'il arrive *bien tôt*. Je sais qu'il arrive *bientôt*.
ça (pronom) **çà** (adverbe) **sa** (adjectif)	⇒ *cela* ⇒ utilisé avec *là* ⇒ *la sienne*	*Ça* ne rime à rien. On voyait, *çà* et là des oies. C'est *sa* chemise.
ceci, cela (pronoms) **ceux-ci, ceux-là** (pronoms)	⇒ remplace un mot singulier ⇒ remplace un mot pluriel	*Cela* est évident. *Ceux-là* sont coupables.
ce (pronom démonstratif) **se** (pronom personnel)	⇒ *cela* ⇒ remplacer par *me*	*Ce* sera très amusant. Il *se* dit que tout finit bien.
ces (adjectif démonstratif) **ses** (adjectif possessif)	⇒ sert à désigner ⇒ marque la possession	*Ces* chaussures sont à moi. Il doute de *ses* capacités.
davantage (adverbe) **d'avantage**(s) (nom)	⇒ *plus* ⇒ *de bénéfice, de profit*	Ce film me plaît *davantage*. J'y vois plus *d'avantages*.
dès (préposition) **des** (article)	⇒ *à partir de* ⇒ indique une quantité	Nous partirons *dès* l'aube. Ils mangent *des* petits pois.
dû (verbe) **du** (article)	⇒ participe du verbe *devoir* ⇒ *de le*	Il faut payer son *dû*. La couleur *du* ciel.
et (conjonction) **est** (verbe)	⇒ *ainsi que* ⇒ présent du verbe *être*	Paul *et* son père sont revenus. Il *est* temps de dormir.
hors (préposition) **or** (conjonction)	⇒ *à l'extérieur* ⇒ indique la transition d'idées	Il est *hors* de la ville. Il m'attendait ; *or* je l'ignorais.
la (article) **là** (adverbe) **l'a** (pronom + verbe)	⇒ devant un nom féminin ⇒ *ici* ⇒ remplacer *a* par *ont*	*La* poupée de chiffon. Il n'est pas *là*. Il *l'a* vu hier.
leur (adjectif ou pronom) **leurs** (adjectif ou pronom) **Remarque :** *leurs* ne peut pas être pronom **personnel,** mais seulement pronom **possessif** ou adjectif **possessif.**	⇒ singulier ⇒ pluriel	Ils ont *leur* frère près d'eux. Ils ont *leurs* frères près d'eux. Ils *leur* disent la vérité. **(pers.)** Ce sont les *leurs*. **(poss.)**
ni (conjonction) **n'y** (adverbes)	⇒ souvent répété : *ni… ni* ⇒ utilisé avec *pas*, *point*, *rien*	Il n'est venu *ni* lundi *ni* mardi. Il *n'y* a rien à espérer de cela.
notre/votre (adjectif) **nôtre/vôtre** (pronom ou adjectif)	⇒ précède un nom ⇒ utilisé sans nom	Il a pris *votre* voiture. Cette voiture est *vôtre*.
on (pronom) **ont** (verbe)	⇒ *nous* ⇒ *avoir,* remplacer par *a*	*On* voit la mer au loin. Ils *ont* du temps à perdre.

Liste d'homonymes	⇒ Moyen d'identification	Exemples
ou (conjonction) **où** (pronom)	⇒ *ou bien* ⇒ indique le lieu	Veux-tu de l'eau *ou* du vin ? *Où* irez-vous en août ?
plutôt (adverbe) **plus tôt** (adverbes)	⇒ *de préférence* ⇒ *avant*	Tout *plutôt* que le déshonneur. Il a dîné *plus tôt* que moi.
pourquoi (adverbe ou pronom) **pour quoi** (préposition + pronom)	⇒ *pour quelle raison* ⇒ *dans le but de*	*Pourquoi* vivons-nous ? Venir ! *Pour quoi* faire ?
près (adverbe) + de **prêt** (adjectif) + à	⇒ *à proximité de* ⇒ *disposé à*	Il est *près* de moi. Il est *prêt* à tout.
quand (conjonction) **quant** + à (préposition) **qu'en** (pronoms)	⇒ indique le temps ⇒ *pour ce qui est de* ⇒ *que… de cela*	*Quand* nous reverrons-nous ? *Quant* à moi, je reste le même ! *Qu'en* est-il de votre santé ?
quelle (adjectif) **qu'elle** (conjonction + pronom)	⇒ suivi d'un nom ⇒ suivi d'un verbe	*Quelle* heure est-il ? Il faut *qu'elle* m'écoute.
quelque (adverbe ou adjectif) **quel que** (adjectif + pronom)	⇒ *plusieurs* ou *aussi* ⇒ suivi du verbe être au subjonctif	*Quelques* personnes attendent. *Quel que* soit votre avis, on vous écoute.
quoique (conjonction) **quoi que** (pronoms)	⇒ *bien que* ⇒ *quel que soit ce que*	J'irai *quoique* ce soit risqué. J'irai *quoi que* tu dises.
sans (préposition) **c'en** (pronoms) **s'en** (pronoms)	⇒ *privation* (opposé à *avec*) ⇒ *cela en* ⇒ avec un verbe pronominal	Une chemise *sans* poche. *C'en* est trop, je suis révolté. Il *s'en* aperçoit bien tard !
si (conjonction/adverbe) **s'y** (adverbes) **ci** (adverbe)	⇒ *en supposant que/tellement* ⇒ *se… à cela ou se… ici* ⇒ *là*	*Si* je viens, serais-je attendu ? Il est *si* facile de se tromper ! Il *s'y* consacre totalement. Ces temps-*ci*, il fait froid.
sitôt (adverbe) **si tôt** (adverbes)	⇒ *dès que* ⇒ *tellement tôt*	*Sitôt* qu'il parla, il m'exaspéra. Il est *si tôt* que tous dorment.
son (adjectif) **sont** (verbe)	⇒ remplacer par *ses* ⇒ remplacer par *est*	C'est *son* manteau. Ils *sont* partis.
voir (verbe) **voire** (adverbe)	⇒ *regarder* ⇒ *et même*	C'est ce que nous allons *voir*. Il est taquin *voire* exaspérant.

3 Orthographe de mots souvent mal écrits

Quelques mots dont l'orthographe est remarquable

- (aux) dépens (de)
- accès, excès
- ambigu (fém. ambiguë)
- b.a.-ba
- business
- c'est-à-dire
- certes
- chaque jour (sans -s)
- cobaye
- controverse
- dégât
- dilemme, indemne
- ébriété
- est-ce que
- existence, existentiel
- fascisme
- guet-apens
- handicap
- hormis, parmi
- le désir/je désire
- le travail/je travaille
- loquace
- malgré
- ouï-dire
- plus-value
- pouls
- selon
- stèle
- superflu
- tabou
- un fait
- vice versa
- vraisemblable
- y a-t-il

Entraînements

Exercice 1. Accentuation

Dans les phrases suivantes, mettez les accents.

1. L'avenement d'un essayiste de renom nous etonnait sans nous effrayer.
2. Il exige des des qui ne soient pas pipes.
3. Le colereux educateur n'a pas apprecie la remarque de mon petit frere.
4. Mes erreurs lors de cet examen ont ete penalisantes.
5. Le poete ne sait pas la verite des choses mais il s'exprime avec grace.
6. Nos a priori nous empechent d'avoir la repartie necessaire.
7. La clef de ce probleme ne sera trouvee qu'avec tenacite.
8. Cet illettre est sans arret affaire a l'amelioration de son niveau de lecture.

Exercice 2. Orthographe

Parmi les mots suivants, lesquels pennent un trait d'union ?

1. demi dieu
2. au delà
3. au travers
4. Moyen Âge
5. tout de suite
6. feu follet
7. lave glace
8. trente cinq
9. taille crayon
10. pomme de terre

Exercice 3. Orthographe

Dans les phrases suivantes, relevez les fautes d'orthographe d'usage et corrigez-les.

1. La fillète est allée avant hier chez l'occuliste.
2. Il s'est appercu que deux cent trente huit bombons avaient été partagés.
3. A-t'il une prédilection pour les petits-suisses fruités ?
4. Ma brue n'aime pas faire le pied de grue ; elle se répend alors en reproches.
5. Il est à crindre que cette paroie ne cède ; espérons que ce sera sans domages.
6. La discution politique concernant le quinquenat présidenciel s'est faite sans le moindre remou.
7. Les festivitées n'ont pas appaisé tous les persiflages.
8. Le cliqueti de nos fourchettées avides qui ceuillent le met est asourdissant.

Exercice 4. Conjugaison

Relevez les fautes d'accord du verbe dans les phrases suivantes.

1. Le chat et la souris court.
2. Où travaillent votre père et son frère ?
3. C'est moi qui dit ce qu'il faut faire.
4. Matthieu et moi pensons que vous avez des excuses.
5. Au fond de nos poches, traîne quelques pièces.
6. Marie et vous avons bien des choses à nous dire.
7. Dans cette scène d'hiver passent, vision étrange, des traîneaux multicolores.
8. C'est moi qui es le maître et toi qui es le serviteur.
9. Certains me désapprouvent, mais la plupart fait comme moi.
10. Ce sont eux les coupables ; ce sont nous les victimes !
11. Ce ne sont pas les meilleurs juges de cette affaire.
12. Ces remèdes calmants nos angoisses sont les bienvenus.

Exercice 5. Conjugaison

Corrigez les fautes d'accord du verbe dans le texte suivant.

« Bien peu pense qu'il est facile de progresser en orthographe. C'est bien dommage ! Car l'habitude aidant, nous connaissons mieux les règles de l'usage. Ce sont souvent les jeunes qui renonce à progresser parce que la plupart pensent que c'est dépassé. Les plus âgés comprennent la nécessité d'une orthographe solide. Ils ont fait l'expérience de son utilité. Mais les uns et les autres ne s'accorde pas souvent. Chaque génération possèdent ses priorités. Et toi, mon ami, qui prétends être différent des autres, tu n'agit pas différemment. Tu médites plus sur le temps perdu dans les conjugaisons que sur leurs vertus. Toi et les tiens êtes d'accord pour affirmer que l'informatique et ses programmes corrigeront plus vite et plus sûrement nos erreurs que ne le fit les méthodes de nos vieux professeurs. Mais comment saurons-nous qu'ils nous corrigent encore, tous ces programmes, si personne n'est plus à même de les corriger ? »

Exercice 6. Participe passé

Relevez les fautes d'accord du participe passé dans les phrases suivantes.

1. Elle était émue par nos compliments.
2. Charmé, ils écoutèrent encore une fois cette mélodie.
3. Pierre et Florence étaient gênés par la tournure des événements.
4. Elles ont participées à cette compétition sportive.
5. Les fleurs dont j'ai parlées sont bien plus rares.
6. Ils ont été influencés par le vote de leurs parents.
7. Excepté Marie, tout le monde est venu.

8. Il l'a si bien compris, sa sœur, qu'elle n'a plus besoin de parler.
9. Passée la fête, adieu les saints.
10. Ces ennuis, il les a eu résolu par son acharnement.
11. Il se sont tout dit sur le quai de la gare.
12. Elles se sont amusé de leurs nombreux points communs.

Exercice 7. Participe passé

Corrigez les fautes d'accord du participe passé dans le texte suivant.

« En cette première journée de grandes vacances, les plages se sont vite remplies de vacanciers réjouis. Ils se sont appropriés le soleil et ils ont enduits leurs membres blanchâtres de crème bronzante. Leurs enfants aussi, ils les ont tartiné de pied en cap, puis les ont laissés clapoter dans l'eau pensant avoir acquis une longue tranquillité. Mais ils n'avaient pas quitté leurs bambins, que les petits étaient revenus vers eux, couvert de sable, prêts à partager leurs premières impressions.
Exceptées quelques minutes de calme gagnées grâce aux beignets consentis, cette première journée avait surtout été marqué par l'impossibilité de se reposer vraiment ; mais il restait l'espoir que le jour suivant serait ressourçant.
Ce n'est que quelque quinze jours plus tard, qu'ils avaient enfin compris, au moment de partir, que le repos les avait attendu chez eux, patiemment, durant toutes ces vacances. Car si les vacances sont le repos du travailleur, le travail est aussi le repos des vacanciers ! »

Exercice 8. Conjugaison

Relevez les fautes de conjugaison dans les phrases suivantes (verbes réguliers et auxiliaires).

1. Il souhaitait que nous chantions plus fort.
2. Vous pensîtes du bien de vos camarades.
3. Il veut que je soies arrivée dans deux heures.
4. Ayiez au moins le courage de vos opinions ; ne soyez pas toujours hésitant !
5. Nous ne saurons pas présents ce soir ; nous regrettons ce contretemps.
6. Essai de suivre la conversation ; ne sois pas toujours dans la lune.
7. Il se démène pour que chacun jette les ordures en respectant le tri sélectif.
8. Ils volleyent de dos et ne voyent donc pas leurs coups.
9. Il y a eut un grand crissement qui a fini pas un choc.
10. Tu as préférer quitter ton travail que de travailler bénévolement.
11. Tu n'écoutes pas les conseils de tes supérieurs ; écoutes-les bien !
12. Il souhaitait qu'il finît son travail puis que nous téléphonassions à sa grand-mère pour lui souhaiter un bon anniversaire.

Exercice 9. Conjugaison

Relevez les fautes de conjugaison dans les phrases suivantes (verbes irréguliers).

1. Il faut que nous dormassions rapidement pour être en forme demain.
2. Je veut que l'on me comprenne.
3. Tu vaincs les difficultés par ton travail sérieux ; ne romps pas ton rythme de travail.
4. Connaîs-tu un homme qui résout ce genre de problème ?
5. Ne le dîtes pas, faîtes-le plutôt.
6. Les œufs bouent dans la casserole.
7. Nous concluerons ce contrat et la somme due sera versée.
8. Puis-je vous demander ce que vous avez acquéris lors de cette vente ?
9. Ouvre la porte pour que je voie qui arrive.
10. Il envoyera un faire-part de naissance ; cela plaît à tout le monde.
11. Où cours-je, où vais-je, dans quel état j'erre ?
12. Tu enfreins la loi et tu défailles à tes obligations.

Exercice 10. Conjugaison

Corrigez les fautes de conjugaison dans le texte suivant.

« Il apparaît avec évidence aujourd'hui que rien ne résoud les difficultés économiques de notre pays. Que nous soyions compétents dans ce domaine ou que nous considérerions l'actualité en simples citoyens, nous ne croyons plus aux solutions rapides. Chacun se convainct qu'il est acquis que nous allons devoir faire des efforts. Les sommes dûes sont telles que nous ne résoudrons le déséquilibre budgétaire qu'après que nous aurons décru nos dépenses publiques et accru nos recettes.
Mais toute la question est de savoir par où commencer. Car si nous envisagions d'abord de baisser nos dépenses, les plus pauvres connaisseraient des périodes très difficiles, et, que je sache, personne ne le souhaite. Et si nous préférions commencer par accroître les impôts, c'est l'investissement qui s'en ressentiraient. Or la croissance molle revêt un aspect tout aussi inquiétant pour l'économie que l'austérité.
Ce qui est certain, c'est que si nous sursoiions à la prise de décision, nous ne résoudrons rien, et pire encore, nous devrons affronter des difficultés bien supérieures quelque temps plus tard. »

Exercice 11. Conjugaison

Relevez et corrigez les fautes concernant le verbe dans le texte suivant.

« L'imagination des professeurs de français fût toujours intarissable. Que l'on pense seulement combien créèrent des textes truffés de pièges, combien produisèrent des phrases interminables, pour avoir la joie de vous piéger.
Vous vous convainquez cependant que c'est pour votre bien, que les règles qu'ils ont proposé à votre sagacité, ils les ont d'abord patiemment choisies pour vous libérer progressivement de votre ignorance crasse. Vous vous disez qu'il n'est pas possible qu'ils maudisent ainsi leur prochain, et qu'à moins que des événements tragiques aient eut lieu dans leur enfance, ils ne sauraient tant vous martyriser.

Si cette analyse n'est pas tout à fait erronée (il y a du bon en eux), elle doit pourtant être émie avec prudence. Car ces enseignants ont aussi développé un réel plaisir pour le piège. Ils se sont amusés de ces jouets éducatifs, se sont reprochés de n'en avoir pas trouvé davantage. Les trames qu'ils cousirent, telle l'araignée tissant sa toile, eurent l'avantage de leur beauté ; mais leur finalité resta toujours la capture et elles s'en tenirent à cet objectif. Quand vous faites ces exercices, ne soyiez pas trop indulgent avec nous. Vous comme nous suivons un même but : vaincre. Mais nous, nous le fesons pour que vous acquériez des nouveaux savoirs ; nous provoquons les fautes au nom de la pédagogie ! »

Exercice 12. Accords

Complétez les phrases suivantes correctement ; certaines modifications sur les formes proposées seront parfois nécessaires.

1. La paysan… n'est pas sot… ou idiot…
2. La petit… vieil… est discret… et fluet…
3. La berger… regarde le beau… épouvantail d'une œillade bref…
4. La tumeur bénin… provoquait une douleur aigu…
5. Cette ambassadeur… a un air rigolo… avec sa tenue grec…
6. La supérieur… du couvent est une rouspéteur…
7. La traître… est certainement une tiers… personne jaloux…
8. Les femmes qui sont inventeur… restent rares.
9. La détenteur… de cette lettre indiscret… ne devrait pas faire la malin…
10. Ce mou… emportement m'étonne d'une tel… bougre…

Exercice 13. Accords

Complétez les phrases suivantes correctement ; certaines modifications sur les formes proposées seront parfois nécessaires.

1. Les carnaval… où des personnages caricatural… sont représentés.
2. Les nouveau… téléphone… sont bleu…
3. Les gaz… de schiste sont dangereux ; ils devraient être illégal…
4. Les Hébreux… et les Palestinien… sont rival…
5. Les détail… de ces émail… n'apparaissent pas aux œil… des passant…
6. Ces bocal… de cachou… et de pruneau… attirent en ces lieu…
7. Les landau… ne sont pas faits pour les baleineau… ou les girafeau…
8. Les genou… abîmé… avaient des bandeau… artisanal…
9. Les rite… ancestral… de nos aïeul… nous semblent aujourd'hui brutal…
10. Dans les chambre… royal… des ciel… de lit de la couleur des corail… servaient pour les cérémonial… biennal…

Exercice 14. Accords

Complétez les phrases suivantes correctement ; certaines modifications sur les formes proposées seront parfois nécessaires.

1. Ce livre d'image… est accompagné d'histoire… inventé… de toute… pièce…
2. Vos grand…–parent… fêtent leurs quarante… an… de mariage.
3. Sur la table, des cahier… rouge… et des livres orange… sont posés à côté de deux Odyssée… d'Homère.
4. Quelque… amis ont accepté à grand… frais de participer à l'achat des pull… bleu… clair…
5. De toutes les histoires possible…, ce sont celles de tout… les jours qui sont les moins probable…
6. Les tout…–petit… dorment agglutiné… sous des couvertures rose…
7. Les milliard… perdus par cette entreprise vont entraîner deux mille… licenciement…
8. Les vêtement… chocolat… ne sont pas parfaitement de la couleur des chocolat… que nous mangeons.
9. Mes grand…–tante… voient net… avec leur… nouvelle… lunette… de vue.
10. Des grand… tout… et des petit… rien… ont parfois les même… effet…

Exercice 15. Orthographe

Dans les phrases suivantes, relevez les fautes et corrigez-les.

1. Les habits vieux verts ne sont pas facile à porter.
2. Il y a quelques temps que nous n'avons plus les mêmes préoccupations.
3. Toutes les situations possibles doivent être envisagées.
4. Ma grande-mère vient de fêter ses quatre-vingt ans.
5. Quand elles sont toutes étonnées, leurs visages deviennent pourpres.
6. Les rendez-vous ont été pris, quelque improbables que soient leurs dates.
7. Les tous petits sont endormis, mêmes les plus turbulents.
8. Après avoir prononcé le plus de mensonges possibles, les détenus ne dirent mot à propos des deux million volés.

Exercice 16. Adverbes

Formez des adverbes en –ment à partir des adjectifs suivants en veillant à les orthographier correctement.

1. sage
2. cruel
3. joli
4. savant
5. continu
6. gentil
7. impuni
8. intense
9. intelligent
10. bref

Exercice 17. Orthographe

Corrigez les fautes présentes dans les phrases suivantes (quand il y en a).

1. J'ai aussitôt vu qu'il n'y a avait rien alentours.
2. Où as-tu trouvé çà ?
3. Il c'en est fallu de peu que je leurs dise.
4. Pourquoi que ce soit on conteste ses décisions.
5. Quoique vous disiez, je suis prêt à en débattre.
6. Quand il parle ainsi, il est surprenant, voir impressionnant.
7. Hors de ce secteur vivent des voyageurs ; ils s'y installent temporairement.
8. Où sont nos ancêtres, la se trouvent nos racines.
9. Il aurait du davantage écouter les conseils des votres.
10. Il n'avait pas sitôt fini son discours, qu'a l'instant la foule se montra près à le suivre.

Corrigés

Corrigé 1

1. **L'avènement d'un essayiste de renom nous étonnait sans nous effrayer.** Dans *avènement*, la syllabe qui suit celle où il y a un accent contient un *e* muet. Dans *essayiste* et *effrayer* le *e-* initial est suivi de consonnes redoublées ce qui n'est pas le cas dans *étonnait*.
2. **Il exige des dés qui ne soient pas pipés.** Il ne faut pas d'accent dans *exige* car le *e-* initial est suivi d'un *-x*. Dans cette phrase l'illustration de la nécessité des accents est évidente.
3. **Le coléreux éducateur n'a pas apprécié la remarque de mon petit frère.** On écrit *colère* (à cause du *-e* muet de la dernière syllabe) mais *coléreux*. Il en est de même pour *frère* qui finit par un *-e* muet.
4. **Mes erreurs lors de cet examen ont été pénalisantes.** Dans *erreurs* le *e-* initial est suivi de deux *-r*, dans *examen* il est suivi d'un *-x*.
5. **Le poète ne sait pas la vérité des choses mais il s'exprime avec grâce.** Le mot *poète* finit par *-e* muet et pas le mot *vérité*. Le mot *grâce* prend un accent circonflexe à la différence de *gracieux* ; on peut y retrouver la règle du *-e* muet car *grâce* finit par un *-e* muet.
6. **Nos a priori nous empêchent d'avoir la repartie nécessaire.** Pas d'accent dans *a priori* et toutes les locutions latines. Dans *nécessaire*, pas d'accent sur le 2e *-e* qui est suivi de *-ss*.

7. **La clef de ce problème ne sera trouvée qu'avec ténacité.** Pas d'accent dans *clef* car le *-e* est suivi d'un *-f*, mais il y en a un dans *clé*. Le participe *trouvée* prend un accent sur le 1er *-e* car il est au féminin et suivi d'un autre *-e*.
8. **Cet illettré est sans arrêt affairé à l'amélioration de son niveau de lecture.** Pour l'accent circonflexe d'*arrêt*, pensez à son dérivé *arrestation* ; la chute du *-s* est marquée par l'accent circonflexe.

Corrigé 2

Il faut mettre un trait d'union aux mots suivants : 1, 2, 7, 8, 9.

1. demi-dieu
2. au-delà
7. lave-glace
8. trente-cinq
9. taille-crayon

Corrigé 3

1. **La fillette est allée avant-hier chez l'oculiste.** Lorsque la finale *-ette* signifie *petite*, elle prend *-tt*. Le mot composé *avant-hier* prend un trait d'union. Le mot *oculiste* et ses dérivés prennent un seul *-c* à la différence des autres mots en *-oc*.
2. **Il s'est aperçu que deux cent trente-huit bonbons avaient été partagés.** Le verbe *apercevoir* prend un seul *-p* et on ajoute une cédille sous le *-c* dès qu'il est suivi d'un *-u*. Le nombre trente-huit est inférieur à cent donc il prend un trait d'union. Enfin *bonbon* est une exception de la règle du *-m* devant *-b*.
3. **A-t-il une prédilection pour les petits-suisses fruités ?** Une seule faute dans cette phrase, le trait d'union entre *t* et *il* et non une apostrophe car *t* n'est qu'une lettre phonétique et non la diminution d'un mot.
4. **Ma bru n'aime pas faire le pied de grue ; elle se répand alors en reproches.** Le nom *bru* est féminin mais il ne prend pas de *-e* final à la différence de *grue*. Le verbe *répandre* est une exception avec *épandre*.
5. **Il est à craindre que cette paroi ne cède ; espérons que ce sera sans dommages.** Le verbe *craindre* est une exception prenant un *-a*. Le mot *paroi* est féminin mais il ne prend pas de *-e* final. Enfin *dommage* prend *-mm*.
6. **La discussion politique concernant le quinquennat présidentiel s'est faite sans le moindre remous.** Le mot *discussion* prend un *-t* en anglais, mais *-ss* en français. *Quinquennat* prend *-nn*, et *présidentiel* conserve le *-t* de *président*. Enfin *remous* prend toujours un *-s*.
7. **Les festivités n'ont pas apaisé tous les persiflages.** Le mot *festivités* est un mot en *-té* qui ne vient pas d'un mot en *-t*, en *-ette* ou d'un verbe. *Apaisé* prend un seul *-p*.
8. **Le cliquetis de nos fourchettées avides qui cueillent le mets est assourdissant.** *Cliquetis* prend toujours un *-s*. *Fourchettée* vient d'un mot en *-ette* d'où le *-ée* final. *Cueille* inverse le *-u* et le *-e* pour des raisons phonétiques et *mets* prend toujours un *-s*. Enfin *assourdissant* prend *-ss* pour entendre le son *-s*.

Corrigé 4

1. **courent**. Accord du verbe *courir* avec les deux sujets coordonnés *chat* et *souris*.
2. **Phrase correcte.** Accord du verbe *travailler* avec les sujets coordonnés *père* et *frère*.
3. **dis**. Accord du verbe *dire* avec *qui*, mis pour *moi*, donc à la 1re personne du singulier.
4. **Phrase correcte.** Accord du verbe *penser* avec les sujets *Matthieu* et *moi*, soit 3e + 1re personne = 1re personne du pluriel.
5. **traînent**. Accord du verbe *traîner* avec le sujet inversé *pièces*.
6. **avez**. Accord du verbe *avoir* avec les sujets *Marie* et *vous* soit 3e +2e personne = 2e personne du pluriel.
7. **Phrase correcte.** Accord du verbe *passer* avec le sujet inversé *traîneaux*.
8. **C'est moi qui suis…** Accord du verbe *être* avec le sujet *qui*, mis pour *moi*, donc à la 1re personne du singulier.
9. **font**. Accord du verbe *faire* avec le sujet *la plupart*, donc au pluriel.
10. **c'est nous…** Accord du verbe *être* avec l'attribut *nous*, donc accord au singulier dans cette construction.
11. **Phrase correcte.** Accord du verbe *être* avec l'attribut *juges* ; il ne fallait pas le confondre avec la locution *si ce n'est* qui est invariable.
12. **calmant**. C'est un participe présent (on ne peut pas dire *calmante* dans la phrase proposée), il est invariable.

Corrigé 5

Le texte comporte 6 fautes d'accord.

§1 pense → pensent : accord avec le sujet peu, donc au pluriel.

renonce → renoncent : accord avec le sujet qui, mis pour jeunes.

s'accorde → s'accordent : accord avec les sujets coordonnés les uns et les autres.

possèdent → possède : accord avec génération, donc au singulier. Notons que chaque est toujours suivi du singulier.

§2 agit → agis : accord avec qui, mis pour toi, donc la 2e personne du singulier.

fit → firent : accord avec le sujet inversé méthodes.

Corrigé 6

1. **Phrase correcte.** Accord du participe *émue* avec le sujet *elle*.
2. **Charmés.** Accord du participe *charmés* employé comme adjectif avec *ils*.
3. **Phrase correcte.** Accord du participe *gênés* avec les sujets coordonnés *Pierre* et *Florence*.
4. **participé.** Emploi du participe *participé* avec l'auxiliaire *avoir*, sans COD placé avant ; c'est invariable.
5. **parlé**. Emploi du participe *parlé* avec l'auxiliaire *avoir*, sans COD placé avant (*dont*, mis pour *fleurs*, est un COI). C'est invariable.
6. **Phrase correcte.** Emploi avec deux auxiliaires ; *été* est toujours invariable et *influencés* s'accorde avec le sujet *ils*.

7. **Phrase correcte.** Emploi du participe *excepté* dans une proposition absolue. *Excepté* précède le mot auquel il se rapporte.
8. **comprise.** Emploi du participe passé *comprise* avec l'auxiliaire *avoir* et le COD *l'* (mis pour *sœur*) placé avant. On accorde.
9. **Phrase correcte.** Emploi du participe *passée* dans une proposition absolue. *Passée* précède le mot auquel il se rapporte, mais il peut tout de même varier.
10. **résolus.** Emploi avec deux auxiliaires ; *eu* est toujours invariable dans ce cas et *résolus* s'accorde avec le COD *les* mis pour *ennuis*.
11. **Phrase correcte.** Emploi du participe passé *dit* dans une construction pronominale. Le COD de *dit* est *tout*, donc l'accord se fait au masculin singulier.
12. **amusées.** Emploi du participe *amusées* dans une construction pronominale. Le COD d'*amusées* est *se*, placé avant, donc l'accord se fait au féminin pluriel.

Corrigé 7

Le texte comporte 7 fautes d'accord.

§1 appropriés → approprié : pas d'accord car dans ce verbe pronominal, le COD soleil est placé après.

enduits → enduit : pas d'accord car ce verbe est employé avec l'auxiliaire avoir et le COD membres est placé après.

tartiné → tartinés : accord avec le COD les, mis pour enfants, placé avant.

couvert → couverts : accord avec le nom petits.

§2 Exceptées → Excepté : pas d'accord car le participe est placé avant le mot auquel il se rapporte (minutes) dans cette proposition absolue.

marqué → marquée : accord avec le sujet journée puisque l'auxiliaire de marquée est être.

§3 attendu → attendus : accord avec le COD les, mis pour ils, placé avant.

Corrigé 8

1. **Phrase correcte.**
2. **pensâtes.** Verbe *penser* à l'indicatif passé simple, 2e personne du pluriel.
3. **que je sois.** Verbe *être* au subjonctif présent, 1re personne du singulier.
4. **Ayez.** Verbe *avoir* à l'impératif présent, singulier.
5. **serons.** Verbe *être* (et non *savoir*) à l'indicatif futur simple, 1re personne du pluriel.
6. **Essaie ou Essaye.** Verbe *essayer* à l'impératif présent, singulier.
7. **Phrase correcte.**
8. **voient.** Verbe *voir* à l'indicatif présent, 3e personne du pluriel. Ne pas conjuguer comme certains verbes en *-yer*.
9. **Il y a eu.** Verbe *avoir* à l'indicatif passé composé, 3e personne du singulier. Le féminin n'est pas « eute » mais *eue*.
10. **Tu as préféré.** Verbe *préférer* à l'indicatif passé composé, 2e personne du singulier. Il ne peut s'agir d'un infinitif car on doit dire « Tu as dit » et non « Tu as dire ».
11. **écoute (second verbe).** Verbe *écouter* à l'impératif présent, singulier.
12. **Phrase correcte.** Les verbes *finir* et *téléphoner* sont au subjonctif imparfait.

Corrigé 9

1. **Que nous dormions.** Verbe *dormir* au subjonctif présent, 1re personne du pluriel. Le subjonctif imparfait (*dormissions* pour cette personne) s'emploie quand le verbe de la proposition principale est au passé ; or ici il est au présent.
2. **Je veux.** Verbe *vouloir* à l'indicatif présent, 1re personne du singulier.
3. **Phrase correcte.**
4. **Connais.** Verbe *connaître* à l'impératif présent, singulier. *Résoudre* est bien conjugué.
5. **dites/faites.** Verbes *dire* et *faire* à l'impératif présent, singulier, sans accents.
6. **bouillent.** Verbe *bouillir* à l'indicatif présent, 3e personne du pluriel.
7. **conclurons.** Verbe *conclure* (et non « concluer ») à l'indicatif futur simple, 1re personne du pluriel. Le participe passé du verbe *devoir* ne prend un accent circonflexe qu'au masculin singulier.
8. **Vous avez acquis.** Verbe *acquérir* à l'indicatif passé composé, 2e personne du pluriel.
9. **Phrase correcte.** On écrit *que je voie* au subjonctif présent, mais *je vois* à l'indicatif présent.
10. **Il enverra.** Verbe *envoyer* à l'indicatif futur simple, 3e personne du singulier. N'oubliez pas l'accent circonflexe dans *il plaît.*
11. **Où est-ce que je cours ?** L'inversion du sujet *je* et du verbe *courir* est impropre.
12. **Phrase correcte.**

Corrigé 10

Le texte comporte 7 fautes de conjugaison.

§1 résoud → résout : verbe résoudre à l'indicatif présent, 3e personne du singulier.

soyions → soyons : verbe être au subjonctif présent, 1re personne du pluriel.

considérerions → considérions : verbe considérer au subjonctif présent ; considérerions est du conditionnel présent.

convainct → convainc : verbe convaincre à l'indicatif présent, 3e personne du singulier.

dûes → dues : verbe devoir au participe passé, féminin pluriel (seul le masculin singulier prend un accent circonflexe).

§2 connaisseraient → connaîtraient : verbe connaître au conditionnel présent, 3e personne du pluriel.

ressentiraient → ressentirait : verbe ressentir au conditionnel présent, 3e personne du singulier car l'accord se fait avec qui (mis pour investissement).

§3 sursoiions → sursoyons : verbe surseoir (différer, ajouter un délai) à l'indicatif présent, 1re personne du pluriel.

Corrigé 11

Le texte comporte 11 fautes concernant le verbe.

§1 fût → fut : verbe faire, indicatif passé simple, 3e personne du singulier (ne pas confondre avec le subjonctif imparfait qui serait précédé de que ou d'un équivalent).

produisèrent → produisirent : verbe produire, indicatif passé simple, 3e personne du pluriel (la finale -èrent concerne uniquement les verbes en -er).

§2 proposé → proposées : participe passé du verbe proposer employer avec l'auxiliaire avoir ; le COD qu', mis pour règles, est placé avant.

disez → dites : verbe dire, indicatif présent, 2e personne du pluriel.

maudisent → maudissent : verbe maudire, subjonctif présent, 3e personne du pluriel (ne se conjugue pas sur le modèle de dire).

eut → eu : participe passé du verbe avoir, masculin singulier (son féminin est eue et non « eute »).

§3 émie → émise : participe passé du verbe émettre, employé avec l'auxiliaire être ; le sujet est elle.

reprochés → reproché : participe passé du verbe se reprocher, dont le COD de n'avoir pas trouvé davantage est placé après (ils ont reproché quoi ?).

tenirent → tinrent : verbe tenir, indicatif passé simple, 3e personne du pluriel.

§4 soyiez → soyez : verbe être, impératif présent, 2e personne du pluriel.

fesons → faisons : verbe faire, indicatif présent, 1re personne du pluriel.

Corrigé 12

1. La paysanne n'est pas sotte ou idiote.
2. La petite vieille est discrète et fluette. On n'oubliera pas l'accent de discrète. Fluette signifie mince.
3. La bergère regarde le bel épouvantail d'une œillade brève.
4. La tumeur bénigne provoquait une douleur aiguë.
5. Cette ambassadrice a un air rigolo avec sa tenue grecque.
6. La supérieure du couvent est une rouspéteuse.
7. La traîtresse est certainement une tierce personne jalouse.
8. Les femmes qui sont inventrices restent rares.
9. La détentrice de cette lettre indiscrète ne devrait pas faire la maligne. Le verbe « détenter » n'existe pas, donc on ne peut pas dire la « détenteuse ».
10. Ce mol emportement m'étonne d'une telle bougresse.

Corrigé 13

1. Les carnavals où des personnages caricaturaux sont représentés.
2. Les nouveaux téléphones sont bleus.
3. Les gaz de schiste sont dangereux ; ils devraient être illégaux.
4. Les Hébreux et les Palestiniens sont rivaux. Hébreux et Palestiniens ne sont pas des noms propres, mais des noms issus de noms propres ; ils peuvent varier.
5. Les détails de ces émaux n'apparaissent pas aux yeux des passants.
6. Ces bocaux de cachous et de pruneaux attirent en ces lieux.
7. Les landaus ne sont pas faits pour les baleineaux ou les girafeaux.
8. Les genoux abîmés avaient des bandeaux artisanaux.
9. Les rites ancestraux de nos aïeux nous semblent aujourd'hui brutaux.
10. Dans les chambres royales des ciels de lit de la couleur des coraux servaient pour les cérémonials biennaux. Biennal : qui a lieu tous les deux ans.

Corrigé 14

1. Ce livre d'images est accompagné d'histoires inventées de toutes pièces. L'expression *de toutes pièces* est toujours au pluriel.
2. Vos grands-parents fêtent leurs quarante ans de mariage. *Grands-parents* est toujours au pluriel.
3. Sur la table, des cahiers rouges et des livres orange sont posés à côté de deux Odyssée d'Homère. Les noms propres d'ouvrages sont invariables.
4. Quelques amis ont accepté à grands frais de participer à l'achat des pulls bleu clair. *Quelques* s'accorde avec *amis* dont il est l'adjectif ; il peut être remplacé par *plusieurs*.
5. De toutes les histoires possibles, ce sont celles de tous les jours qui sont les moins probables. L'adjectif *possibles* s'accorde parce qu'il n'est pas précédé de *les plus* ou *les moins*.
6. Les tout-petits dorment agglutinés sous des couvertures roses. Dans le nom composé *tout-petits*, *tout* est un adverbe (remplacez-le par *totalement*) et *petits* est un adjectif.
7. Les milliards perdus par cette entreprise vont entraîner deux mille licenciements.
8. Les vêtements chocolat ne sont pas parfaitement de la couleur des chocolats que nous mangeons. Dans le 1er usage de chocolat, il s'agit d'un adjectif de couleur issu d'un nom, donc il est invariable. Dans le 2e usage, il s'agit du nom, donc il est variable.
9. Mes grands-tantes voient net avec leurs nouvelles lunettes de vue. Dans le nom composé *grands-tantes*, *grand* ne varie pas en genre mais il varie en nombre. *Net* est un adjectif employé comme adverbe ; il est donc invariable. *Lunettes* est au pluriel quand il désigne les lunettes de vue (par opposition à la lunette astronomique).
10. Des grands touts et des petits riens ont parfois les mêmes effets. *Touts* est le pluriel du nom *tout*.

Corrigé 15

1. **2 fautes : vieux vert/faciles**. Les adjectifs composés de couleur sont invariables.
2. **1 faute : quelque temps**. *Quelque* est adjectif et signifie *un certain*.
3. **Aucune faute.**
4. **2 fautes : grand-mère/quatre-vingts**. Dans *grand-mère*, *grand* ne varie pas en genre mais peut varier en nombre. Dans *quatre-vingt*, on met un trait d'union car le nombre est inférieur à *cent* et on met un *-s* final à *vingt* car il est multiplié.
5. **1 faute : tout étonnées**. *Tout* est invariable quand il est adverbe et placé devant un adjectif commençant par une voyelle. *Pourpres* varie ; c'est une exception.
6. **Aucune faute.** *Rendez-vous* est un nom composé invariable. *Quelque* est employé comme adverbe devant un adjectif.
7. **2 fautes : tout-petits/même.** Le nom *tout-petit* est composé d'un adverbe et d'un adjectif ; seul l'adjectif varie.*Même* est un adverbe quand il peut être remplacé par *aussi*.
8. **2 fautes : le plus de mensonges possible/millions**. L'adjectif *possible* construit au superlatif est invariable. Le nom *million* est variable, tout comme *zéro* et *milliard*.

Corrigé 16

1. **sagement.**
2. **cruellement :** formé à partir du féminin *cruelle*.
3. **joliment :** l'adjectif finit par une voyelle donc on n'ajoute pas de *-e*.
4. **savamment :** adjectif en *-ant*, donc adverbe en *-amment.*
5. **continûment :** adjectif en *-u* qui prend un accent circonflexe (exception).
6. **gentiment :** exception.
7. **impunément :** exception.
8. **intensément :** ajout d'un accent aigu sur le *-e* en passant de l'adjectif à l'adverbe.
9. **intelligemment :** adjectif en *-ent*, donc adverbe en *-emment.*
10. **brièvement :** exception.

Corrigé 17

1. **alentour :** c'est l'adverbe et pas le nom.
2. **ça :** peut être remplacé par *cela*.
3. **s'en/leur :** *s'en* est employé devant un verbe et *leur* également.
4. **pour quoi :** préposition + pronom.
5. **quoi que :** ne peut être remplacé par *bien que*.
6. **voire :** ce n'est pas le verbe et il peut être remplacé par *et même*.
7. **Aucune faute.**
8. **là :** indique le lieu.
9. **dû/vôtres :** *dû* est le participe du verbe *devoir* et *vôtres* est un possessif employé sans nom.
10. **à/prête :** *à* (l'instant) n'est pas une forme du verbe *avoir* et *prête* signifie *disposée à*.

Sous-partie 4

Culture générale

- Histoire de France de la Révolution à 1962
- Histoire du monde de 1944 à nos jours
- Institutions de la Ve République
- Histoire de la Ve République
- Collectivités territoriales françaises
- Union européenne
- Paix et sécurité internationales
- Sécurité intérieure
- Écologie
- Protection sociale et santé publique
- Famille et enfants
- Travail
- Inégalités, exclusions, discriminations
- Économie

1 Connaissances
Histoire de France de la Révolution à 1962

1789	**Juin :** proclamation de l'Assemblée nationale qui devient Constituante. **14 juillet :** prise de la prison de la Bastille. **4 août :** abolition du régime féodal et des privilèges. **26 août :** vote de la Déclaration des Droits de l'Homme et du Citoyen.
1792	**22 septembre :** abolition de la royauté et proclamation de la République.
1793	Exécution de Louis XVI ; début de l'insurrection vendéenne. **5 septembre :** début de la Terreur sous Robespierre (loi des suspects).
1794	Abolition de l'esclavage par la Convention ; chute de Robespierre.
1799	Coup d'État du 18 brumaire par Bonaparte ; début du Consulat.
1802	Bonaparte consul à vie.
1804	Promulgation du Code civil. **2 décembre :** sacre de Bonaparte ; il devient l'empereur Napoléon Ier.
1804-1815	Empire ; il prend fin après les « cent jours » et la défaite de Waterloo.
1815-1830	Restauration (de la monarchie) : Louis XVIII puis Charles X.
1830	Prise d'Alger ; début de la colonisation en Algérie. **28, 29, 30 juillet :** les « Trois Glorieuses » ; fin de la Restauration.
1830-1848	Monarchie de Juillet : Louis-Philippe Ier.
1848-1851	IIe République ; **10 déc. 48 :** Louis-Napoléon Bonaparte élu Président.
1851	**2 décembre :** Coup d'État de Bonaparte ; début de l'Empire.
1852-1870	Second Empire.
1869	Ouverture du canal de Suez.
1870	Guerre franco-prussienne ; défaite française de Sedan. Fin de l'Empire.
1870-1940	IIIe République.
1881	Lois sur les libertés de presse, de réunion et d'enseignement.
1882	Lois Jules Ferry : enseignement primaire gratuit, laïque et obligatoire.
1894	Début de l'affaire Alfred Dreyfus : lieutenant-colonel condamné à tort pour haute trahison.
1898	Article « J'accuse » d'Émile Zola sur l'affaire Dreyfus (dans l'*Aurore*).
1905	Loi de séparation des Églises et de l'État.
1914-1918	Première Guerre mondiale.
1916	Bataille de Verdun, victoire française.
1918	**11 novembre :** armistice de Rethondes (traité de Versailles en 1919).

1929	Début de la crise économique mondiale après le « Jeudi Noir » à New York.
1936	Front populaire : Gouvernement Léon Blum. Semaine de 40 heures, congés payés.
1939-1945	Seconde Guerre mondiale.
1940	**17 juin :** Philippe Pétain est président du Conseil puis chef d'État. **18 juin :** appel du général Charles de Gaulle à la résistance, depuis Londres. **22 juin :** signature de l'armistice avec l'Allemagne.
1944	**3 juin :** le CFLN (Comité français de la Libération nationale) devient le Gouvernement provisoire. **6 juin :** débarquement de Normandie puis (25 août) libération de Paris.
1945	**8 mai :** capitulation de l'Allemagne.
1946-1958	IVe République ; présidences de Vincent Auriol puis de René Coty.
1946-1962	Période de décolonisation française. Guerre d'Indochine (1946-1954) ; guerre d'Algérie (1954-1962) s'achevant par les accords d'Évian ; indépendance de l'Afrique noire (1956-1960).

Connaissances

2 Histoire du monde de 1944 à nos jours

1944	Accords de Bretton Woods ; création du FMI (Fonds Monétaire International).
1945	Création de l'ONU (Organisation des Nations Unies).
1947	Présentation du Plan Marshall, aide financière des USA à l'Europe.
1948	Création de l'État d'Israël.
1949	OTAN (Organisation du Traité de l'Atlantique Nord) créée contre l'URSS. Création de la République populaire de Chine par Mao Zedong.
1953	Mort de Staline.
1955	Conférence de Bandung : création du tiers-monde politique. Pacte de Varsovie entre pays de l'Est (contre l'OTAN).
1957	Spoutnik, 1er satellite (soviétique) dans l'espace.
1959	Fidel Castro au pouvoir à Cuba.
1960	Création de l'OPEP (Organisation des Pays Exportateurs de Pétrole).
1961	Gagarine, 1er homme (soviétique) dans l'espace. Construction du mur de Berlin séparant la RDA (Est) et la RFA (Ouest).
1962	Crise des missiles de Cuba ; assassinat du président Kennedy à Dallas (1963).
1965-1973	Guerre des États-Unis au Vietnam ; défaite américaine.
1967	Guerre israélo-arabe des 6 Jours.
1968	Printemps de Prague pour la liberté en Tchécoslovaquie : invasion de l'URSS.
1969	Armstrong, 1er homme (USA) sur la Lune.
1973	Guerre israélo-arabe du Kippour. Choc pétrolier : prix du pétrole doublé.
1979	Guerre de l'URSS en Afghanistan.
1978-2005	Pontificat de Jean-Paul II, 1er pape polonais.
1980	Fondation de Solidarnosc, contre le communisme (leader : Lech Walesa).
1980-1988	Guerre Irak-Iran.
1986	Explosion du réacteur de la centrale nucléaire de Tchernobyl.
1989	Chute du mur de Berlin.

1990	Unification allemande (RFA-RDA).
1991	1re Guerre du Golfe contre l'Irak (participation de la France). Fin de l'URSS ; début de la CEI (Communauté des États Indépendants).
1991-2001	Guerres en Yougoslavie (99, OTAN en guerre contre la Serbie).
2001	**11 septembre :** attentats d'Al-Qaïda ; chute du World Trade Center (New York). Début de la guerre des USA contre le terrorisme en Afghanistan.
2003-2011	2e guerre du Golfe (sans la France) ; chute de Saddam Hussein.
2004	Révolution Orange en Ukraine.
2008	Crise financière des subprimes ; Barack Obama élu président aux USA (démocrate, il fera 2 mandats).
2011	Début des révolutions arabes ; chute et mort de Kadhafi en Libye. Tsunami au Japon ; fusion de 3 réacteurs de la centrale de Fukushima.
2012	Répression sanglante de Bachar el-Assad en Syrie.
2014	Crise ukrainiènne ; mouvement Euromaïdan.
2016	Destitution de Dilma Rousseff, présidente du Brésil. **23 juin :** Le Royaume-Uni approuve par référendum la sortie de l'UE.
2017	Donald Trump président (républicain) des États-Unis ; reconnaissance de Jérusalem comme capitale d'Israël : conflit avec l'ONU d'Antonio Guterres.
2018	Les populistes au pouvoir en Italie avec Matteo Salvini ministre de l'Intérieur.
2019	Abou-Bakr al Baghdadi, chef de l'État islamique (« calife ») se fait exploser lors d'une opération américaine en Syrie.
2020	Pandémie de Covid-19 après son développement en Chine, à Wuhan.

3 Connaissances Institutions de la Ve République

La Cinquième République entre en vigueur le 4 octobre 1958. Elle est souhaitée par Charles de Gaulle pour diminuer le pouvoir des Chambres et augmenter celui du peuple et de l'exécutif. C'est un régime parlementaire et présidentiel. La constitution est approuvée par référendum à 82 %.

1 Exécutif : il fait appliquer la politique courante et la loi

a. Président de la République

- **Élection :** il est élu au suffrage universel direct sur deux tours pour 5 ans (7 ans avant 2000), mandat renouvelable une fois. Il siège au palais de l'Élysée. Tout candidat doit être français, avoir au moins 18 ans et 500 signatures d'élus.
- **Attributions :** 1er personnage de l'État, il dirige la diplomatie, promulgue les lois et signe les ordonnances et les décrets délibérés en Conseil des ministres. Il est un organe d'arbitrage entre les pouvoirs publics. Il a le droit de gracier. Il est gardien de la Constitution, et chef des Armées.
- **Responsabilité :** civilement et pénalement irresponsable durant son mandat.
- **Pouvoir de nomination :** il nomme seul le Premier ministre, un tiers des membres du Conseil constitutionnel et un tiers des membres du CSA (Conseil Supérieur de l'Audiovisuel). Il nomme avec le Premier ministre les titulaires des hautes fonctions : conseillers d'État, préfets, recteurs…

b. Premier ministre

- **Nomination :** il est nommé librement par le président de la République, mais en pratique c'est un politique soutenu par l'Assemblée nationale. Ses services sont installés à l'hôtel Matignon.
- **Attributions :** il dirige l'action gouvernementale et l'administration française, joue un rôle d'intermédiaire entre la majorité de l'Assemblée nationale et le gouvernement. Il est responsable de toute l'organisation de la défense nationale. Il dispose de l'initiative des lois et assure leur exécution.
- **Fin des fonctions :** elle intervient lors d'une nouvelle élection législative (mais il peut être maintenu ensuite), par une démission spontanée ou une perte de confiance de l'Assemblée, par la révocation du président de la République.

c. Gouvernement

- **Nomination :** les ministres sont nommés par le président sur proposition du Premier ministre. Chaque ministère à son propre siège : Quai d'Orsay (Affaires étrangères), Hôtel de Beauvau (Intérieur), Bercy (Économie), Hôtel de Bourvallais (Justice ou Chancellerie – Garde des Sceaux), Hôtel de Roquelaure (Écologie), Palais-Royal (Culture).

- **Composition :** le nombre de ses membres est variable. Il y a une hiérarchie des ministres, en commençant par les ministres d'État, puis les ministres ordinaires, assistés des ministres délégués, et les secrétaires d'État.
- **Conseil des ministres :** il se tient tous les mercredis matin à l'Élysée. Il est présidé par le chef de l'État qui décide de l'ordre du jour. Le Conseil adopte les projets de loi qui seront déposés devant le Parlement.
- **Fin des fonctions :** la fin d'un gouvernement est liée au sort de son Premier ministre. Le président et son Premier ministre peuvent opérer un remaniement en demandant la démission d'un ou de plusieurs ministres.

2 Législatif : il édicte les lois et contrôle l'exécutif

- **La loi** est une règle juridique prescrite par le Parlement. Elle est générée par le Premier ministre (on parle alors de projet de loi), ou par des Députés ou des Sénateurs (on parle alors de proposition de loi). Le projet (ou la proposition) est ensuite examiné(e) par les deux Chambres du Parlement qui peuvent faire des amendements. Une fois la loi acceptée par les deux Chambres, elle peut éventuellement être soumise à un contrôle de constitutionnalité par le Conseil constitutionnel, puis elle est promulguée et publiée au Journal officiel.
- **Le règlement** est aussi une règle juridique, mais il est édicté par une autorité administrative. Ce sont les décrets pris par le président de la République, les arrêtés pris par les ministres, les préfets, les sous-préfets et les maires.
- **L'ordonnance** est un texte établi par le gouvernement dans les domaines qui relèvent normalement de la loi.

Remarque

Le référendum populaire est un pouvoir législatif exceptionnel. Il peut modifier la Constitution ou la loi. Il est décidé à l'initiative du président de la République.

Parlement, organe du pouvoir législatif

- **Composition :** deux Chambres, le Sénat (chambre haute) qui siège au palais du Luxembourg et compte 348 sénateurs et l'Assemblée nationale qui siège au palais Bourbon et compte 577 députés. L'ensemble du Parlement forme en réunion solennelle le Congrès, qui peut modifier la Constitution.
- **Élection :** les sénateurs sont élus au suffrage universel indirect par les grands électeurs (députés, conseillers régionaux et généraux, délégués des conseils municipaux) pour 6 ans et les députés sont élus au suffrage universel direct par circonscription pour 5 ans. Chaque Chambre a son propre président élu par cooptation (élection parmi les membres). Le président du Sénat assure l'intérim de la présidence de la République en cas de vacance du pouvoir exécutif (ce fut deux fois le cas d'Alain Poher, en 69 et en 74).
- **Attributions :** le Parlement propose, délibère, vote ou rejette les lois. L'Assemblée nationale s'occupe particulièrement de contrôler l'action du gouvernement et d'évaluer la politique publique ; elle peut renverser le gouvernement. Le Sénat vote le budget de l'État.

3 Judiciaire : il contrôle l'application de la loi et punit son non-respect

L'organisation juridictionnelle est divisée en 2 ordres de trois degrés chacun :

- **l'ordre judiciaire** qui intervient dans les litiges concernant les particuliers ;
- **l'ordre administratif** qui intervient dans les litiges intéressant l'État, lorsqu'un texte du pouvoir exécutif a été mal appliqué.

	Ordre judiciaire Civil (litiges privés), Pénal (infractions)	Ordre administratif
Haute juridiction	Cour de cassation	Conseil d'État
2ᵉ degré	Cour d'appel (assises pour les crimes)	Cour administrative d'appel
1ᵉʳ degré	Juridictions de 1ʳᵉ instance : cour d'assises, prud'hommes, tribunal de police, de commerce, correctionnel, etc.	Tribunal administratif

4 Autres organes constitutionnels

- **Le Conseil constitutionnel** comprend 9 membres nommés pour 9 ans (3 par le président de la République, 3 par le président du Sénat, 3 par le président de l'Assemblée nationale), ainsi que des membres de droits (présidents de la République sortis de charge). Il veille à la régularité des élections et contrôle la conformité de certains actes à la Constitution.

Remarque

Depuis 2008, une QPC (Question Prioritaire de Constitutionnalité) peut être posée lors d'un procès par une des parties. La juridiction saisie du litige détermine si la QPC remplit les conditions, c'est-à-dire si elle s'applique bien au procès, si elle n'a pas déjà été traitée et si elle présente un caractère sérieux. Si elle estime la question valable, elle la transmet à la juridiction supérieure puis au Conseil constitutionnel pour décision. La QPC permet une amélioration de la cohérence du droit.

- **La Cour des Comptes** contrôle a posteriori les finances publiques, la gestion des administrations, la Sécurité sociale, les entreprises publiques et leurs filiales.
- **Le Conseil économique et social** donne des avis sur les projets ou propositions de lois et sur les problèmes à caractère économique et social.
- **Le Conseil supérieur de la magistrature** garantit l'indépendance de la magistrature. Présidé par le chef de l'État, il est composé du ministre de la Justice et de neuf membres nommés par le président de la République.
- **La Haute Cour de Justice et la Cour de Justice de la République** rendent la justice politique. Ses membres (des Députés et Sénateurs), jugent pour haute trahison le chef de l'État (Haute Cour) ou un ministre (Cour de Justice).
- **Le Conseil d'État** est consulté obligatoirement par le gouvernement sur ses projets de lois et d'ordonnances, et facultativement sur des projets de décrets et des demandes d'avis. Il est aussi à la tête des juridictions administratives.

Connaissances

4 Histoire de la Ve République

1958	Insurrection à Alger : putsch d'Alger ; Charles de Gaulle président du Conseil (1er ministre). Réforme constitutionnelle, approuvée par référendum à 78 %.
1959	Bombe A française (Bombe H en 1968). Charles de Gaulle président ; Michel Debré 1er ministre (59-62), André Malraux (écrivain, prix Goncourt) ministre d'État de la Culture (59-69).
1960	Accession à l'indépendance des pays d'Afrique francophone.
1961	Référendum approuvant l'autodétermination de l'Algérie. Putsch des généraux en Algérie pour conserver l'Algérie française.
1962	Accords d'Évian entre la France et le FLN algérien ; fin de 8 ans de guerre. Georges Pompidou 1er ministre ; adoption du suffrage universel direct.
1965	De Gaulle réélu (pour la 1re fois au suffrage universel direct).
1966	Sortie de l'OTAN (retour en 2009 sous Nicolas Sarkozy).
1968	Grèves et mouvement des étudiants ; accords de Grenelle. Alain Poher président du Sénat, de 68 à 92.
1969	Référendum sur la régionalisation et la réforme du Sénat : refus des Français. Départ du général de Gaulle (mort en 70) ; Georges Pompidou élu président.
1974	Mort de Pompidou en exercice ; Valéry Giscard d'Estaing élu président. 1er ministre : Jacques Chirac (74-76) ; loi sur l'IVG et majorité à 18 ans.
1981	François Mitterrand président ; 1ers ministres : Pierre Mauroy (81-84) puis Laurent Fabius (84-86) ; abolition de la peine de mort, semaine de 39 heures, nationalisations, retraite à 60 ans (en 82), création du RMI.
1986	Législatives ; victoire RPR-UDF ; 1re cohabitation, J. Chirac 1er ministre.
1988	Mitterrand réélu face à J. Chirac ; 1ers ministres : Michel Rocard (88-91), Édith Cresson (91-92), Pierre Bérégovoy (92-93).
1993	Législatives ; victoire RPR-UDF ; 2e cohabitation, É. Balladur 1er ministre.
1995	J. Chirac élu président face à Lionel Jospin ; Alain Juppé 1er ministre.
1997	Législatives ; victoire PS ; 3e cohabitation ; Lionel Jospin 1er ministre. Mise en place des emplois jeunes, de la semaine de 35 heures, de la CMU (99).
2002	J. Chirac réélu face à Jean-Marie le Pen (FN) ; 1ers ministres : Jean-Pierre Raffarin (02-05) puis Dominique de Villepin (05-07). Nicolas Sarkozy ministre de l'Intérieur (02-04 et 05-07), et de l'Économie (04).
2003	Été caniculaire : environ 15 000 morts en France.
2005	Réforme du CNE (Contrat Nouvelle Embauche) mais échec (en 2006) du CPE (Contrat Première Embauche) du gouvernement Villepin.

2007	Nicolas Sarkozy élu contre Ségolène Royal ; François Fillon 1er ministre. Paquet fiscal, RSA (Revenu de Solidarité Active), réforme des retraites.
2008	Réforme de la carte judiciaire et des collectivités territoriales.
2012	François Hollande élu contre N. Sarkozy ; Jean-Marc Ayrault 1er ministre puis Manuel Valls et Bernard Cazeneuve. Mariage pour tous (Taubira), pacte de responsabilité, écotaxe et mouvement des Bonnets rouges en Bretagne ; opération Serval au Mali, Chammal en Syrie.
2015	Attentat au siège de Charlie Hebdo, prise d'otages Porte de Vincennes. Réforme des régions. Loi Macron ; opposition des députés «frondeurs». Attentats du 13 novembre (130 morts au Bataclan) ; état d'urgence. COP21 au Bourget.
2016	Loi El Khomri adoptée par le « 49.3 » ; opposition de « Nuit debout ».
2017	Emmanuel Macron élu contre Marin le Pen ; Édouard Philippe 1er ministre.
2018-2019	Mouvement des Gilets jaunes.
2019	Incendie de Notre-Dame de Paris : destruction de la flèche de l'édifice restaurée au XIXe siècle par Eugène Viollet-le-Duc. Victoire du rassemblement national (RN) aux Européennes.
2020	Épidémie de Covid-19. Jean Castex 1er ministre.

5 Connaissances
Collectivités territoriales françaises

	Département	Région	Commune
Statut	Collectivités territoriales décentralisées.	Collectivités territoriales décentralisées.	Plus petite division administrative.
Nombre	101 dont 5 DROM* (Département et Région d'Outre-mer. Ce sont la Guadeloupe, la Martinique, la Guyane, la Réunion et Mayotte).	18 dont 5 DROM (depuis 2016).	La France compte environ 35 000 communes.
Représentants élus	Conseillers départementaux (1 par canton). Un président élu parmi les membres. Il est l'exécutif.	Conseillers régionaux. Un président élu parmi les membres. Il est l'exécutif.	Conseillers municipaux, élus pour 6 ans au suffrage universel direct. Le maire et ses
Mandat	Membres élus pour 6 ans au suffrage universel direct.	Membres élus pour 6 ans au suffrage universel direct.	adjoints sont élus parmi les conseillers pour exécuter les décisions du Conseil.
Compétences	Aide sociale, culturelle, aux associations, aux entreprises, aux communes, voirie départementale, organisation et gestion des transports scolaires et urbains, construction et entretien des collèges.	Aide sociale, sanitaire, culturelle, soutien de l'économie, aménagement du territoire, entretien des routes nationales, des ports et aéroports, des parcs naturels, organisation du transport ferroviaire, construction et entretien des lycées, soutien à l'enseignement, gestion des fonds structurels européens.	Le Conseil vote le budget, gère le patrimoine de la commune, exerce une action sociale auprès des défavorisés, fixe les effectifs du personnel municipal.
Représentant de l'État	Le préfet (nommé par l'exécutif).	Le préfet (nommé par l'exécutif).	Le maire.
Compétences	Le préfet de département veille à l'application et au respect des lois, fait le lien avec l'exécutif, est responsable de l'ordre public, dirige les fonctionnaires de l'État.	Le préfet de région dirige les autres préfets du département en plus de ses attributions départementales.	Le maire dirige la police municipale (si elle existe), nomme les employés communaux dont il est le supérieur hiérarchique. Officier d'état civil, et de police judiciaire, il peut constater certaines infractions. Il a des compétences administratives (publication des lois, organisation des élections, recensement, délivrance du permis de construire).

*Ne pas confondre avec une COM, Collectivité d'Outre-mer (anciens TOM), tels Saint-Pierre-et-Miquelon, Wallis-et-Futuna, Saint-Martin, Saint-Barthélemy.

6

Connaissances
Union européenne

L'Union européenne (UE) est une organisation internationale de 27 États. Elle compte environ 450 millions d'habitants et représente le 2e PIB au monde (environ 16 000 milliards d'euros). Elle est fêtée le 9 mai (déclaration Schuman), a pour drapeau 12 étoiles d'or sur fond bleu, pour hymne l'Ode à la joie de Beethoven et pour devise « Unie dans la diversité ».

1 Pays membres

Pays de la zone euro	Pays membres de l'espace Schengen
Allemagne, Autriche, Belgique, Chypre, Espagne, Estonie, Finlande, France, Grèce, Irlande, Italie, Lettonie, Lituanie, Luxembourg, Malte, Pays-Bas, Portugal, Slovaquie, Slovénie.	Allemagne, Autriche, Belgique, Danemark, Espagne, Estonie, Finlande, France, Grèce, Hongrie, Italie, Lettonie, Lituanie, Luxembourg, Malte, Pays-Bas, Pologne, Portugal, République tchèque, Slovaquie, Slovénie, Suède.

2 Organisation

a. Pouvoir politique : Le Conseil européen

Composé des chefs d'État et de gouvernement (27 membres), il définit les orientations politiques de l'UE et respecte ainsi la souveraineté des États. Présidé par Charles Michel, il siège à Bruxelles.

b. Pouvoir exécutif : La Commission européenne

Composée de 27 commissaires (1 par État), elle propose et met en œuvre les politiques communautaires. Gardienne des traités et de l'intérêt général de l'UE, elle a un droit d'initiative dans les domaines douaniers, écologiques, le marché intérieur et la monnaie unique. Présidée par Ursula von der Leyen, elle siège à Bruxelles.

c. Pouvoir législatif : Le Parlement européen et le Conseil de l'UE

Le Parlement compte 705 membres élus pour 5 ans directement par les citoyens des États membres. Il est co-législateur avec le Conseil de l'UE, il vote seul le budget. Son président est David Sassoli ; il siège à Strasbourg.

Le Conseil (des ministres) de l'Union européenne est composé des ministres des États concernés par le sujet. Il élabore le projet de budget avec le Parlement et l'adopte après vote du Parlement. Il décide seul des moyens de recettes. Il fixe les orientations de la politique de change (monétaire). Sa présidence est rotative (changement d'État tous les 6 mois) ; son siège à Bruxelles.

d. Pouvoir judiciaire : La Cour de Justice garantit le respect de la législation et est créatrice du droit européen.

Autres assemblées et organes de l'UE :

- la **Cour des comptes** contrôle l'utilisation du budget de l'UE ;
- le **Comité économique et social** exprime l'opinion de la société civile dans les domaines économique et social ;

- le **Comité des Régions** est porte-parole des collectivités territoriales ;
- la **Banque centrale européenne (BCE)**, présidée par Christine Lagarde, elle assure la stabilité et la crédibilité de l'euro et de la politique monétaire ;
- la **Banque européenne d'investissement** a pour rôle d'emprunter sur les marchés pour financer les projets d'investissements européens.

3 Grandes dates

1950	**9 mai :** Discours de Robert Schuman (ministre français) appelant à mettre en commun les productions de charbon et d'acier sous une Haute Autorité commune. À l'initiative notamment du Français Jean Monnet.
1951	**18 avril :** Création de la CECA (Communauté Européenne du Charbon et de l'Acier) entre la France, la RFA, le Benelux et l'Italie.
1957	**25 mars :** Traité de Rome ; création de la CEE (Communauté Économique Européenne), autonome en financement. Institution de la PAC (Politique Agricole Commune) pour développer la ruralité et moderniser l'agriculture et de la CEEA (Communauté Européenne de l'Énergie Atomique) pour favoriser l'indépendance énergétique.
1965	Fusion des communautés européennes la CEE, la CECA et la CEEA.
1986	Signature de l'Acte unique européen qui élargit les compétences de la CEE aux domaines de la recherche et du développement et crée le Conseil européen. Création du marché commun.
1992	Signature du traité de Maastricht qui crée l'UE. Création de la citoyenneté européenne : libre circulation dans l'UE et droit de voter et d'être élu dans le pays où l'on réside (statut d'étranger communautaire) aux élections locales et européennes. Accord sur la création d'une monnaie unique et de la BCE (créée en 1998). L'Union est fondée sur trois piliers : l'unité institutionnelle et historique, la communauté politique, la coopération policière et judiciaire.
1999	Entrée en vigueur du traité d'Amsterdam qui met en place l'espace Schengen sur la libre circulation des biens et des personnes. Mise en place de l'euro pour les transactions (la monnaie papier apparaît en 2002).
2002	Traité de Nice. Adoption de la charte des droits fondamentaux et réforme des institutions pour aider l'adhésion des pays d'Europe centrale.
2007	Traité de Lisbonne. Modification du texte de la Constitution de 2004 (rejeté par référendum en France en 2005), ratifié par le Parlement français en 2008 et par les derniers pays fin 2009.
2009	Élection d'un président du Conseil européen (Herman Van Rompuy), et d'un représentant de la diplomatie européenne (Catherine Ashton). Ils entrent en fonction en 2010 pour 2 ans et demi.
2012	L'UE est prix Nobel de la paix.
2016	Le Royaume-Uni approuve le BREXIT (sortie de l'UE) par référendum. La procédure est achevée le 31 janvier 2020.

Connaissances

7 Paix et sécurité internationales

1 ONU et principaux organes

- **ONU** : créée en 1945 pour remplacer la SDN (Société des Nations) qui n'avait pu empêcher la guerre, l'ONU promeut la paix internationale. Pour cela elle cherche à faciliter la coopération des États, le développement économique, la promotion les droits de l'homme. Elle compte 193 États, son siège est à New York, son secrétaire général est le Portugais António Guterres (depuis 2017).
- **OMS :** l'Organisation Mondiale de la Santé promeut la santé publique internationale. Son siège est à Genève.
- **Unicef :** le Fonds des Nations unies pour l'enfance (Unicef en anglais) est spécialisé dans la protection des enfants et des mères.
- **Unesco :** l'Organisation des Nations unies pour l'éducation, la science et la culture (Unesco en anglais) contribue à la paix par l'éducation, la science et la culture. Son siège est à Paris.
- **CIJ :** la Cour Internationale de Justice règle les conflits juridiques entre les États ou entre États et organes internationaux. Elle siège à La Haye.
- **FAO :** l'Organisation des Nations unies pour l'alimentation et l'agriculture (FAO en anglais) lutte contre la faim dans le monde.
- **HCR :** le Haut-Commissariat des Nations unies pour les réfugiés promeut le droit d'asile (Convention de Genève de 1951). Il siège à Genève.
- **AIEA :** l'Agence Internationale de l'Énergie Atomique combat la prolifération d'une énergie nucléaire militaire. Son siège est à Vienne.

2 Organismes d'État indépendants de l'ONU

- **OTAN :** l'Organisation du Traité de l'Atlantique Nord assure la défense des pays occidentaux et leur stabilité (initialement contre le communisme).
- **FMI :** le Fonds Monétaire International promeut la coopération monétaire les États pour la stabilité économique et combat la pauvreté. Sa directrice est Christine Lagarde (jusqu'en 2019) après démission de D. Strauss-Kahn, puis Kristalina Georgieva.
- **CPI :** la Cour Pénale Internationale juge les personnes pour crime contre l'humanité, génocide, crime de guerre. Créée en 2002, elle se tient à La Haye.

3 Organisations non gouvernementales (ONG)

Fondées sur le bénévolat, la neutralité, l'humanité, l'indépendance, l'universalité.

- **CICR :** le Comité International de la Croix Rouge, plus ancienne organisation humanitaire (1863), défend la vie et la dignité des personnes en cas de guerre ou d'autres violences. Fondée par des Suisses, son siège est à Genève.
- **AI :** Amnesty International défend les droits de l'homme : libération des prisonniers d'opinion, abolition de la peine de mort, des tortures et autres crimes.
- **Autres ONG :** Médecins sans frontières, Armée du Salut, Ordre de Malte, etc.

8 Connaissances
Sécurité intérieure

1 Aspects généraux

La violation de la loi est une infraction. Il existe 3 types d'infractions : le crime (le plus grave), le délit et la contravention.

- Le crime caractérise tout acte passible d'au moins 10 ans de prison et 3 000 € d'amende. Parmi les crimes, on trouve le meurtre, le viol, le trafic de drogue. Un crime est jugé en cour d'assises. La peine maximale est la perpétuité avec période de sûreté de 30 ans, depuis l'abolition de la peine de mort en 1981.
- Le délit est jugé par le tribunal correctionnel. Il peut entraîner des peines de prison (jusqu'à 10 ans), des amendes ou des travaux d'intérêt général.
- La contravention est jugée au tribunal de police ou devant le tribunal de proximité. La peine est au maximum de 3 000 € d'amende.

LOPPSI 2 : Loi d'Orientation et de Programmation pour la Performance de la Sécurité Intérieure qui concerne la sécurité intérieure sur 5 ans par le recours aux scanners corporels, aux mouchards informatiques, au filtrage d'Internet…

Garde à vue : maintien à disposition par la police ou la gendarmerie d'une personne soupçonnée d'une infraction dans le cadre d'une enquête judiciaire. Sa durée est de 24 heures, prolongeable à 48 heures Le gardé à vue doit être informé des raisons de sa situation et avoir la possibilité d'un entretien avec son avocat.

Plan Vigipirate : plan de lutte contre le terrorisme. 3 niveaux d'alerte : « Vigilance », « Sécurité renforcée – Risque d'attentat » et « Urgence attentat ». Depuis janvier 2015, opération Sentinelle.

2 Sécurité routière

Elle définit l'ensemble des mesures pour éviter les accidents de circulation (permis à points en 92, installation des radars automatiques en 2004, etc.).

a. Alcool au volant : En France, c'est la 1re cause d'accidents. L'alcoolémie d'un conducteur comprise entre 0,25 et 0,39 mg/l d'air expiré (ou 0,5 et 0,78 g/l de sang) vaut une contravention de 4e classe (perte de 6 points). Au-delà, c'est un délit.

b. Vitesse au volant : Retrait de 1 à 6 points et amende forfaitaire de 68 à 1 500 €.

3 Infractions sur Internet

La déterritorialisation d'Internet favorise la cybercriminalité commise impunément (pédopornographie, trafic, vol d'informations, etc.).

ACTA : l'Accord Commercial Anti-Contrefaçon est un traité international signé par de nombreux États en 2012 pour protéger la propriété intellectuelle. Rejeté par l'UE fin 2012.

Megaupload : site de téléchargement illégal, dirigé par Kim Schmitz et fermé en 2012 par le FBI. En réaction, le mouvement Anonymous a attaqué plusieurs sites internet et organisé des manifestations au nom de l'accès libre à la culture.

Hadopi : la Haute Autorité pour la Diffusion des Œuvres et la Protection des droits sur Internet, créée en 2009, vise à protéger les œuvres et à encourager les téléchargements légaux. Elle est jugée inefficace.

Écologie

1 Accords internationaux et nationaux

- **Protocole de Kyoto :** traité international de 2005 pour la réduction de 5,2 % des gaz à effet de serre jusqu'en 2012 (par rapport à 1990). Non prolongé lors de la Conférence de Copenhague en 2009.
- **Conférences des parties :** depuis 1995, réunions des pays membres de l'ONU pour établir une convention-cadre concernant le climat. COP21 à Paris en 2015.

2 Personnalités et associations

- **Greenpeace :** ONG fondée en 1979 pour la protection de l'environnement. Célèbre pour l'affaire Rainbow Warrior, bateau de l'ONG coulé par les services secrets français en 1985, alors qu'il allait à Mururoa (lieu d'essais nucléaires).
- **Raoni Metuktire :** chef de tribu d'Amazonie opposé à la déforestation dès 1970 (aujourd'hui 1/5e de la forêt a disparu). Médiatisé, il permet la création de la plus grande réserve de forêt tropicale du monde au Brésil.
- **Hans Jonas :** philosophe allemand, inspirateur du principe de précaution.
- **José Bové :** militant français altermondialiste ; opérations contre les OGM.
- **Nicolas Hulot :** journaliste et homme politique. Ministre de la Transition écologique et solidaire en 2017-2018.

3 Vocabulaire

- **Principe de précaution :** en cas d'incertitudes écologiques, il faut remettre à plus tard une décision (formulé en 1992 dans la déclaration de Rio).
- **Commerce équitable :** fondé sur de nouveaux chemins commerciaux, ce système permet que le producteur et ses collaborateurs soient mieux rémunérés.
- **Empreinte écologique :** calcul de l'exploitation réelle d'une population par rapport à la surface bioproductive disponible. Cela montre la surconsommation des ressources naturelles par certaines populations.
- **OGM :** Organisme Génétiquement Modifié. Produit vivant au patrimoine génétique modifié par l'homme. Utilisés dans la recherche, la médecine, l'agro-alimentation, ces organismes sont plus résistants, plus efficaces. Leur dangerosité est mal évaluée et la contamination et stérilisation des cultures non OGM pose problème. Malgré des réticences, la France les autorise depuis 2000.
- **Agriculture biologique (AB)** : méthode de production basée sur le respect de la biodiversité et des cycles naturels, et le refus d'une production intensive ou des OGM. En France, elle repose sur le décret de 1981 qui établit qu'un produit est biologique s'il contient moins de 5 % d'ingrédients non biologiques. Le logo AB apparaît en 1993. On compte 6,5 % de surface agraire AB en France en 2017 (18 % en All.). La France produit 8 % de l'alimentation bio de l'UE.
- **Décroissance :** choix politique du ralentissement économique pour réduire l'exploitation de la nature et sortir des excès de la société de consommation.

10 Connaissances
Protection sociale et santé publique

1 Système de protection sociale et de santé

En France, il dépend de la Sécurité sociale, groupe d'institutions qui protègent financièrement face aux risques de la vie. Elle possède 4 branches.

- **Branche maladie** (la plus importante et la plus déficitaire) : pilotée par la CNAM (Caisse National d'Assurance-Maladie) au niveau national et par la CPAM (Caisse Primaire d'Assurance-Maladie) au niveau local (101 en France).
- **Branche vieillesse et veuvage** (retraites) : pilotée par la CNAV (Caisse Nationale d'Assurance-Vieillesse).
- **Branche famille** (dont logement, handicap, etc.) : pilotée par la CNAF (Caisse Nationale des Allocations Familiales) au niveau national et par la CAF au niveau local (123 en France).
- **Branche accidents du travail et maladies professionnelles**.

La Sécurité sociale rembourse environ 75 % des dépenses de soins (budget de 300 milliards) ; le reste est couvert par les ménages (10 %), des mutuelles (8 %) et des sociétés d'assurance et institutions de prévoyance (6 %). Les 1,2 % restants correspondent à la CMU (Couverture Mutuelle Universelle) qui aide, depuis 2000, ceux qui ne sont pas couverts par le régime de la Sécurité sociale ou qui sont très démunis (SDF, étrangers en situation régulière). Pour les étrangers en situation irrégulière, il existe l'AME (Aide Médicale d'État).

Financement *:* Cotisations sociales des salariés et des employeurs, CSG (Contribution Sociale Généralisée) et CRDS (Contribution pour le Remboursement de la Dette Sociale) prélevées sur tout revenu.

L'Urssaf (Union de Recouvrement des cotisations de Sécurité Sociale et d'Allocation Familiale) assure le recouvrement des cotisations pour financer la Sécurité sociale et l'ARS (Agence Régionale de Santé) rationalise les dépenses hospitalières et médicales ; elle remplace en 2010 la DRASS et la DDASS.

2 Santé publique

Le Code de la santé publique détermine le champ du droit de la santé publique.

- **Médicament générique :** médicament de même principe actif et parfois de même excipient qu'un médicament *princeps* (= de marque), mais moins cher.
- **Toxicité minérale :** elle concerne notamment des matériaux comme l'amiante (n. masc.), matériau à texture fibreuse très isolant, utilisé dans le bâtiment et les vêtements (interdit en 1997), ou encore le gaz de schiste.
- **Loi Évin :** loi de 1991 (renforcée en 2006) qui interdit de fumer dans les lieux publics et limite la publicité pour l'alcool.
- **Drogue :** substance chimique ou naturelle capable d'altérer l'activité neuronale. Elle peut entraîner une dépendance (particulièrement l'héroïne), et/ou exposer à une forte toxicité et à l'isolement social (cas de la cocaïne).
- **Jeux dangereux :** activités considérées comme ludiques mais qui représentent un risque pour ceux qui les pratiquent ou les subissent. Ce sont des formes de drogues, où le jeune développe une dépendance.

– Jeux d'apnée : rêve indien/bleu, jeu du foulard, de la tomate, du cosmos. Après une phase d'hyperventilation (le jeune halète) puis d'apnée aidée par un foulard ou par l'étranglement d'un camarade pour comprimer la carotide ce qui gêne le retour veineux (anoxie cérébrale), le jeune convulse et divague. À ces jeux on peut ajouter le jeu de l'aérosol qui consiste à respirer du solvant. → Apeas : L'Association des parents d'enfants accidentés par strangulation est créée en 2000 ; sa présidente est Françoise Cochet.
– Jeux d'agression : *happy slapping*, vidéolynchage ou bouc-émissaire (un jeune filme une agression gratuite) ; petit pont massacreur, jugement, cercle infernal (le groupe frappe celui qui laisse le ballon passer entre ses jambes), jeu des couleurs (victime choisie selon la couleur de ses habits), jeu de Beyrouth (victime frappée aux parties génitales si elle ignore quelle est la capitale du Liban).
– Jeux liés à l'alcool : *binge-drinking* ou *eyeballing* où l'on boit avec les yeux (ce qui peut rendre aveugle) soi-disant pour s'enivrer plus rapidement.

- **Cancer :** tumeur maligne qui se développe par prolifération des cellules qui migrent vers d'autres parties du corps (métastases). La leucémie est le cancer du sang et la maladie de Khaler est celui de la moelle osseuse.
- **VIH :** le Virus d'Immunodéficience Humaine est responsable du SIDA. Il détruit les défenses immunitaires. Il est transmis par le sang, le sperme, les sécrétions vaginales, le lait maternel. Les traitements antiviraux ralentissent sa propagation, mais ne le guérissent pas. Il a été découvert par Luc Montagnier et Françoise Barré-Sinoussi en 1983 (prix Nobel 2008 de physiologie et médecine).
- **Maladie d'Alzheimer :** maladie de dégénérescence du cerveau qui l'atrophie et entraîne d'abord la perte de mémoire, et, à termes, la mort.
- **Mort :** on distingue la mort légale ou mort cérébrale (absence de réaction du tronc cérébral) de la mort clinique (arrêt cardio-circulatoire). Cette distinction rend possible le prélèvement d'organes très tôt (dès la mort légale) pour améliorer le succès des greffes ; historiquement ce fut particulièrement le problème pour les transplantations cardiaques, dès 1968 par Christian Cabrol.

Bioéthique

1983	Création du CCNE (Comité Consultatif National d'Éthique).
1988	Toute expérience sur l'humain doit être consentie librement et éclairée.
1994	Indisponibilité du corps humain. Le don est possible s'il est librement consenti mais la vente est interdite. En 2004, la loi réaffirme ces principes et interdit le clonage humain total ou partiel (même thérapeutique).
2002	(loi Kouchner) Reconnaissance du droit du malade, notamment à consulter le dossier médical. Limitation de l'hospitalisation sans consentement.
2005	(loi Léonetti) Réaffirmation de l'interdiction de l'euthanasie et opposition à l'obstination déraisonnable. Préconisation des soins palliatifs pour la mort dans la dignité.
2012	Rapport Sicard qui prévoit une évolution de la loi Léonetti par la création d'un suicide assisté.
2016	Évolution de la loi Leonetti. Droit à la sédation profonde et continue jusqu'au décés dans certains cas. Les directions anticipées deviennent contraignantes.
2019	Décès de Vincent Lambert, patient en état pauci-relationnel depuis 2009. Conflit de famille autour de l'arrêt des soins. L'extension de la procréation médicalement assistée (PMA) aux couples de femmes et aux célibataires est votée en France.

11 Connaissances
Famille et enfants

1 Famille

- **Mariage :** légalement, le mariage est un contrat entre deux personnes qui donne existence à une communauté de biens et de renommée (même nom), cadre d'une famille. Le mariage homosexuel est reconnue depuis le 18 mai 2013 en France. La polygamie est illégale. En 2019, on compte 227 000 mariages en France dont 6 000 entre personnes de même sexe. On compte environ 130 000 divorces par an.
- **PACS :** contrat entre deux personnes majeures de sexes semblables ou différents et qui n'ont aucun lien de parenté. Il permet d'acquérir ensemble des biens et d'avoir une déclaration fiscale commune. Le PACS n'a aucune incidence sur le nom. En 2019, on compte 208 000 PACS en France.
- **CNAF :** la Caisse Nationale d'Allocation Familiale, branche de la Sécurité sociale (créée en 1932), développe une action sociale familiale.
- **Allocations familiales :** elles sont versées par les CAF, sans condition de ressources, aux responsables de deux enfants et plus de moins de 20 ans.

2 Enfant

- **Droits de l'enfant :** en 1959, la Déclaration des Droits de l'Enfant par l'Assemblée générale des Nations unies pose 10 principes, notamment le droit à l'égalité, à une attention particulière pour son développement, à un nom et une nationalité, à une alimentation, un logement et des soins médicaux appropriés, à une protection con-tre toute forme de cruauté, de négligence et d'exploitation, et, s'il est handicapé, le droit à une éducation et des soins spéciaux. Ces principes deviennent contraignants en 1989 pour les pays signataires par la Convention Internationale des Droits de l'Enfant.
- **Adoption :** institution de la loi qui peut exister de deux manières :
  - l'adoption plénière où la famille d'adoption remplace la famille d'origine ;
  - l'adoption simple où l'enfant reste en contact avec sa famille d'origine.

Une personne peut adopter seule, qu'elle soit célibataire, mariée, pacsée ou divorcée à condition qu'elle ait au moins 28 ans et avec accord du conjoint si elle est mariée. Des personnes mariées peuvent adopter ensemble, à condition que les deux soient âgés d'au moins 28 ans ou mariés depuis au moins deux ans. La procédure est longue ; les candidats à l'adoption subissent une enquête. Les enfants à adopter d'origine française sont peu nombreux.

- **Scolarité obligatoire :** un enfant doit être instruit obligatoirement de 6 ans jusqu'à 16 ans, depuis une ordonnance de Charles de Gaulle en 1959. Cette instruction obligatoire ne doit pas être confondue avec l'obligation d'aller à l'école, car l'instruction peut être effectuée dans un établissement scolaire ou à distance, ou encore par les parents eux-mêmes.
- **La majorité :** fixée à 18 ans depuis 1974, elle était auparavant de 21 ans. La majorité sexuelle est de 15 ans.

Depuis 2012, le tribunal correctionnel pour mineurs est une juridiction française apte à juger les délits punis d'au moins 3 ans d'emprisonnement et commis par des mineurs récidivistes de plus de 16 ans.

Connaissances
Travail

Au niveau international, il est régi par l'OIT (Organisation Internationale du Travail), organe de l'ONU qui établit les droits fondamentaux du travail : la liberté syndicale, l'interdiction du travail forcé (sauf service militaire et travail des prisonniers), du travail des enfants, de la discrimination, l'amélioration des conditions de travail.

Au niveau national, il est régi par le Code du travail (principalement pour le secteur privé) et par des statuts particuliers pour les fonctionnaires et assimilés. Ce code est complexe ; il régit les conditions légales du travail, les contentieux, la sécurité au travail, la santé et la formation professionnelle.

1 Conditions légales

- **CDD/CDI :** contrat à durée déterminée/indéterminée. Le CDI est signé sans limite de durée. Il prend fin par démission, retraite, rupture à l'amiable, licenciement. Le CDD ne peut excéder 18 mois ; il est renouvelable une fois.
- **Temps de travail :** il est fixé à 35 heures par semaine. En 1936 (Front populaire), il était passé à 40 heures, puis 39 heures sous Mitterrand en 1982.
- **SMIC :** le Salaire Minimum Interprofessionnel de Croissance (qui remplace le SMIG) est le salaire horaire en dessous duquel aucun salarié ne peut être payé. Les exceptions existent surtout pour les jeunes en apprentissage et ceux en contrat de professionnalisation. Ce salaire est proche de 1 200 € nets mensuel, il est revalorisé chaque année en fonction du pouvoir d'achat.
- **Loi Macron :** loi adoptée en juillet 2015 portant sur l'assouplissement des conditions de travail le dimanche et de nuit, la réduction du caractère fixe des tarifs des professions réglementées, la suppression du monopole du service public notamment pour le transport.
- **Âge légal du travail des jeunes :** en France, il est de 16 ans. Ils peuvent travailler dès 15 ans dans le cadre d'un contrat d'apprentissage.
- **Retraite :** en France, elle dépend de la Sécurité sociale ; elle fonctionne par répartition, la capitalisation étant possible comme complémentaire à titre privé. L'âge légal d'ouverture au droit à la retraite (pour ceux nés après 1960) est de 62 ans, la retraite à taux plein est accessible dès 41,5 ans de cotisations effectués, ou, à défaut, à 67 ans. En 2035, elle sera à 43 ans de cotisations.

2 Défense des droits

- **Droit de grève :** autorisé en 1864 en France. Tout mouvement de grève pour être légal doit être collectif, associé à une revendication et une cessation complète du travail. Un préavis est exigé dans la fonction publique. Le salarié n'a pas besoin d'être syndiqué. Son salaire est suspendu pendant sa grève.
- **Syndicalisme :** autorisé en 1884 en France. Parmi les 5 confédérations syndicales historiques, nous pouvons citer les 3 plus importantes (dans l'ordre) : la CGT (Confédération Générale des Travailleurs), la CFDT (Confédération française démocratique du travail), et CGT-FO (Force Ouvrière).

- **Prud'homme :** juridiction de 1re instance qui gère les litiges entre employeur et employé du privé dans le cadre d'un contrat de travail.
- **Conventions collectives de travail (CCT) :** textes réglementaires négociés par les syndicats qui établissent les statuts des employés par branche d'activité.

3 Chômage et retour à l'emploi

- **Chômage :** en France, est dit chômeur tout individu de 16 ans ou plus qui est sans emploi (même 1 heure), recherche activement un emploi, et est disponible dans les 15 jours. Il s'élève à 9,7 % environ et à 21 % spécifiquement pour les moins de 25 ans. Pôle emploi distingue 5 catégories d'inscrits au chômage :
  - catégorie A : chercheurs actifs d'emploi, sans activité ;
  - catégorie B : chercheurs actifs d'emploi, en activité réduite courte ;
  - catégorie C : chercheurs actifs d'emploi, en activité réduite longue ;
  - catégorie D : chercheurs non tenus d'être actifs en raison d'un suivi de formation, d'un stage, et sans activité ;
  - catégorie E : chercheurs non tenus d'être actifs en raison d'un suivi de formation, d'un stage, mais ayant une activité.
- **Pôle emploi :** créé en 2008, cet établissement public est le fruit de la fusion entre ANPE (Agence Nationale Pour l'Emploi) et Assedic (ASSociations pour l'Emploi Dans l'Industrie et le Commerce). Il inscrit et accompagne les demandeurs d'emploi, et s'occupe du versement des allocations.
- **RSA :** le Revenu de Solidarité Active est une allocation qui représente un revenu minimum. Il remplace en 2009 le RMI (Revenu Minimum d'Insertion). En plus d'une aide aux personnes dans l'incapacité de travailler, le RSA est un complément de revenu pour les travailleurs pauvres. Fixé en 2020 à 560 € mensuels pour une personne seule, il concerne près de 2 millions d'allocataires. Martin Hirsch, Haut-commissaire aux solidarités actives de 2007 à 2010 dans le Gouvernement Fillon et ancien président d'Emmaüs France en est l'initiateur.

Connaissances

13 Inégalités, exclusions, discriminations

En France, le **Défenseur des droits** est, depuis sa création en 2011, un défenseur des citoyens contre toute discrimination. Il remplace la HALDE, Haute Autorité de Lutte contre les Discriminations et pour l'Égalité, créée en 2005.

1 Égalité homme-femme

1936	Trois femmes dans le Gouvernement du Front populaire (de Léon Blum), alors qu'elles n'ont pas le droit de vote.
1944	Droit de vote accordé aux femmes par de Gaulle. Le 1er vote sera en 1945.
1946	Le principe d'égalité hommes/femmes est affirmé dans la Constitution.
1956	Fondation du Mouvement français pour le planning familial, pour l'éducation sexuelle, le droit à la contraception, à l'avortement, le contrôle des naissances.
1967	Loi Neuwirth qui autorise la vente de produits contraceptifs.
1971	« Manifeste des 343 salopes » (343 femmes connues déclarent avoir avorté en toute illégalité) qui réclament l'avortement libre et gratuit.
1974	Vote du projet de loi Veil pour l'avortement libre et anonyme pour les mineures. La loi est promulguée en 1975 pour 5 ans puis définitivement en 79.
1982	L'IVG (Interruption Volontaire de Grossesse) devient gratuite (loi Roudy).
1990	Reconnaissance de la possibilité de viol entre époux.
2000	Parité hommes-femmes dans le nombre de candidats aux élections.
2001	Autorisation donnée aux infirmières scolaires de délivrer la pilule du lendemain. Le délai pour l'avortement passe de 10 à 12 semaines d'aménorrhée.
2003	Fondation de l'association « Ni pute, ni soumise ».
2006	L'âge légal du mariage des femmes passe à 18 ans (contre 15) pour éviter les mariages forcés.
2010	Reconnaissance légale des violences conjugales à caractère psychologique.
2014	Loi pour l'égalité réelle à l'initiative de Najat Vallaud-Belkacem. Suppression de la notion de « détresse » comme cause de l'IVG. Incitation pour les hommes à prendre leur congé parental. Augmentation des garanties pour le versement des pensions alimentaires. Interdiction des concours de mini-miss.

L'inégalité des salaires hommes-femmes est encore de près de 20 % en France. Elles sont près de 2 % de plus au chômage et 30 % en temps partiel (5 % des hommes).

2 Handicap

Désigne toute restriction d'activité sociale du fait d'une altération durable des fonctions physiques, sensorielles, mentales et/ou psychiques.

La population des handicapés compte 30 % de chômeurs.

- **CDAPH :** la Commission des Droits et de l'Autonomie des Personnes Handicapées renseigne les personnes handicapées sur leurs droits, accompagne leur insertion sociale et vérifie leur taux d'invalidité pour l'accès aux aides.
- **Caisse nationale de solidarité pour l'autonomie :** créée en 2004, elle contribue au financement de l'accompagnement de la perte d'autonomie.
- **AAH :** l'Allocation aux Adultes Handicapés est une prestation de la CAF versée à toute personne dont le taux d'invalidité est supérieur à 80 % et sous conditions pour une invalidité de 50 à 80 %. Elle peut se cumuler avec un revenu. Elle compte près de 900 000 allocataires.

3 Pauvreté

Est dite pauvre une personne qui ne dispose pas des ressources matérielles nécessaires pour vivre décemment. La France compte près de 8 millions de pauvres, personnes en dessous du seuil de pauvreté (60 % du revenu médian).

- **Travailleur pauvre :** qualifie toute personne active au moins 6 mois par an et qui cependant vit en dessous du seuil de pauvreté.
- **Surendettement :** situation de déséquilibre entre les ressources et les charges. La personne ne peut faire face à ses obligations. Le surendettement est favorisé par le crédit revolving (renouvelable), mieux encadré depuis 2010.
- **Mouvement Emmaüs :** ensemble d'associations laïques fondées en 1949 par Henri Grouès, dit l'abbé Pierre (1912-2007) pour lutter contre la rigueur de l'hiver qui verra de nombreux Français mourir de froid.
- **Autres associations pour les pauvres :** Restos du cœur, Secours populaire français, Secours catholique, Petits Frères des Pauvres…

4 Précarité du logement

- **HLM :** l'Habitation à Loyer Modéré est un logement privé ou public réservé aux personnes moins favorisées. Ces habitats bénéficient de subventions ou d'exonérations fiscales.
- **SRU :** loi relative à la Solidarité et au Renouvellement Urbain, votée en 2000. Elle impose notamment aux villes de disposer d'au moins 20 % de logements sociaux pour favoriser la mixité sociale.
- **Action sociale ou 1 % logement :** dispositif de 2009 de participation des employeurs à l'effort de construction (PEEC) pour aider tout salarié à se loger grâce à une aide des entreprises de plus de 10 salariés d'au moins 1 %.
- **Enfants de don Quichotte :** association de 2006 présidée par Jean-Baptiste Legrand pour faire connaître la précarité du logement, du travail, des soins, etc. En 2006, elle installe sur le canal Saint-Martin, à Paris, 200 tentes pour accueillir des SDF (Sans Domicile Fixe) et autres précaires.

5 Immigration, racisme

- **Sans-papiers :** autre nom des étrangers en situation irrégulière sur un territoire national. En 1998, la loi Chevènement régularise des sans-papiers.
- **Regroupement familial :** possibilité donnée à un étranger séjournant sur le territoire national de faire venir son conjoint et ses enfants mineurs au plus tard dans les 2 ans qui suivent son arrivée.
- **Réfugié :** selon la convention de Genève, le statut de réfugié est accordé à une personne étrangère qui craint avec raison d'être persécutée et ne veut pas ou ne peut pas demander protection à son pays. On compte plus de 8 millions de réfugiés dans le monde.
- **Racisme :** plusieurs associations luttent contre le racisme, SOS racisme, la LICRA (Ligue Internationale Contre le Racisme et l'Antisémitisme), etc.
- **Loi Gayssot :** loi de 1990 qui condamne pénalement la négation du génocide juif de la Seconde Guerre mondiale. L'extension à d'autres génocides (notamment arménien) voulue en 2012 est censurée par le Conseil constitutionnel qui juge que cette interdiction est une atteinte à la liberté d'expression (affirmée par l'article 11 de la Déclaration des Droits de l'Homme et du Citoyen).

14 Connaissances Économie

1 Économie mondiale

- **OMC :** l'Organisation Mondiale du Commerce, créée en 1995, est une organisation qui favorise le partenariat commercial en aidant le libre-échange et en évitant les conflits entre États.
- **OCDE :** l'Organisation de Coopération et de Développement Économique est une organisation internationale d'études économiques. Ses membres sont principalement des pays développés. Elle sert d'indicateur relatif dans les domaines économiques, sociaux, écologiques, d'innovation ou de gouvernance.
- **Bourse de valeurs :** autre nom du marché financier. Lieu d'échange de valeurs mobilières : actions, obligations, matières premières, devises (monnaies) et produits dérivés. L'évolution de la Bourse est indiquée par l'indice boursier qui établit la tendance (à la hausse, stable ou à la baisse) d'un ensemble de valeurs. En France cet indice est le CAC 40 (pour les 40 entreprises les plus riches), en Europe c'est l'Eurostoxx 50, aux USA on trouve le Dow Jones.
- **Action/obligation :** une action est un titre de propriété d'une partie du capital d'une entreprise qui donne droit à retirer des bénéfices (ou dividendes) de son investissement. Une obligation est un titre de créance qui correspond à un emprunt ; ce titre peut être cédé. La cession des actions et obligations fait varier leur valeur selon la règle d'offre et de demande.
- **Agence de notation financière :** entreprise ou agence qui évalue les entreprises, les collectivités (dont les États) selon leur fiabilité financière. Les grandes agences sont Moodys, Standard & Poor's et Ficht Ratings.
- **PIB/PNB :** produit Intérieur/National Brut. Le PIB est un indicateur économique qui mesure la production de richesses d'un pays. Le PNB inclut toute production d'un État, même sur un sol étranger.

2 Économie française

Loi Macron : *cf.* chapitre 12.

Impôts par ordre d'importance :

- **TVA :** la Taxe sur la Valeur Ajoutée est un impôt indirect sur tous les biens de consommation. Actuellement de 20 %, et 10 % ou 5,5 % pour la TVA réduite.
- **CSG et CRDS :** *cf.* chapitre 10.
- **IRPP :** l'Impôt sur le Revenu est le principal impôt direct. Il est proportionnel. Il concerne aussi bien les ménages que les entreprises.
- **TICPE :** la Taxe Intérieure de Consommation sur les Produits Énergétiques (remplace la TIPP, T.I. sur les Produits Pétroliers) impose les hydrocarbures importés. Elle est de 60 % pour le Super sans plomb, 52 % pour le Gazole.
- **ISF :** l'Impôt de Solidarité sur la Fortune taxe le patrimoine dès lors qu'il est supérieur à 1,3 million d'euros (depuis 2011). Supprimé au profit de l'**IFI** (Impôt sur la fortune immobilière) en 2018.

Épreuve d'admission n° 1

Évaluation d'aptitude professionnelle

- Évaluation d'aptitude professionnelle
- Séries graphiques et matrices
- Suites numériques
- Ensembles
- Intrus
- Carrés logiques ou Master Mind
- Syllogismes, ensembles numériques, opérateurs
- Entraînements
- Corrigés

1 Présentation de l'épreuve
Évaluation d'aptitude professionnelle

L'arrêté du 21 mars 2019 modifie les épreuves du concours externe.
Auparavant, le concours comportait deux épreuves d'admissibilité :

- une épreuve de composition de culture générale ;
- une épreuve d'aptitude professionnelle.

Cette dernière était présentée sous forme de QCM (Questions à Choix Multiple) ou de questions à réponse ouverte, et cherchait à évaluer votre capacité de réflexion logique et d'adaptation par des épreuves sur des suites logiques et des ensembles (tests psychotechniques).
L'épreuve durait 35 minutes, coefficient 2.
Depuis le 21 mars 2019, cette épreuve est remplacée par une évaluation d'aptitude professionnelle, non notée et fait partie des épreuves d'admission.
Au moment de la préparation de cet ouvrage, nous ne connaissons pas encore les modalités de cette évaluation. Nous avons néanmoins choisi de proposer la préparation à l'épreuve d'aptitude professionnelle selon les modalités de l'ancienne épreuve.

Que désigne-t-on par des suites logiques et des ensembles ?

En vérité beaucoup de choses. Il peut s'agir de tout type de série avec de nombreux supports. L'objectif n'est sûrement pas de vous entraîner en terrain connu. La souplesse intellectuelle est de rigueur.

Concernant **les séries**, il faut être capable de résoudre :

- des séries graphiques diverses et des matrices ;
- des séries numériques, alphabétiques et alphanumériques (lettres et nombres).

Concernant **les ensembles**, il faut être capable de résoudre :

- des ensembles et des intrus graphiques, numériques ou verbaux ;
- des carrés logiques ;
- des syllogismes, des ensembles numériques, des opérateurs.

Pour vous aider dans votre préparation, nous allons commencer par établir des rappels concernant les règles de logique utiles pour affronter ces épreuves, puis nous vous proposerons des applications de ces règles et enfin deux **concours blancs**.

Cours & méthode

2 Séries graphiques et matrices

L'objectif des tests de séries est d'évaluer votre capacité d'analyse et la rigueur de votre raisonnement pour poursuivre la logique observée. Une série (ou séquence ou encore suite) est une succession de symboles qui subissent certains changements de façon régulière. Sous le terme de séries on peut mettre beaucoup de tests psychotechniques. Il peut s'agir :

- de séries graphiques diverses, de matrices ;
- de suites numériques à support numérique, verbal, graphique (comme les dominos ou les cartes à jouer).

Dans ce chapitre, nous allons travailler tous ces aspects des séries. Nous avons choisi d'associer des tests de supports très différents pour bien insister sur les similitudes dans les raisonnements et vous montrer qu'il ne faut pas se sentir gêné par certains de ces tests puisqu'ils relèvent de logiques communes.

Une des règles d'or des tests est de savoir aller du plus simple au plus compliqué. Suivant ce principe, vous vous efforcerez toujours de chercher à résoudre les séries d'abord par la visualisation (recherche de symétrie, de répétition, etc.) avant de vous engager dans des raisonnements plus complexes.

Dans les séries graphiques en général, trois types de logiques peuvent se rencontrer :

1 Déplacement

Un ou plusieurs objets se déplacent. Ce déplacement concerne l'objet en entier (il tourne sur lui-même, avance ou recule, etc.) ou des parties de cet objet.

Ce déplacement peut être :

- **Horizontal :**

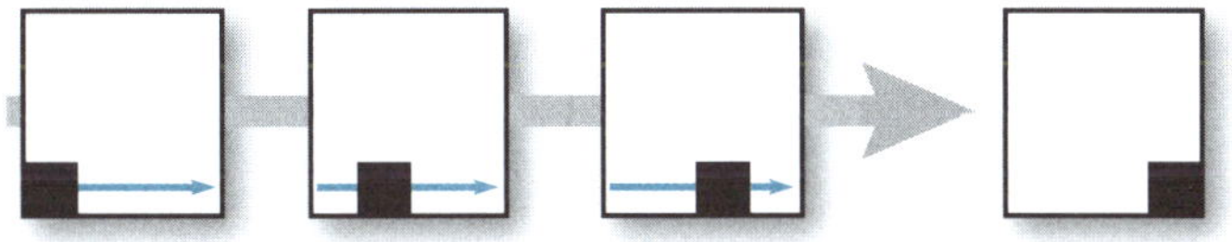

- **Vertical :**

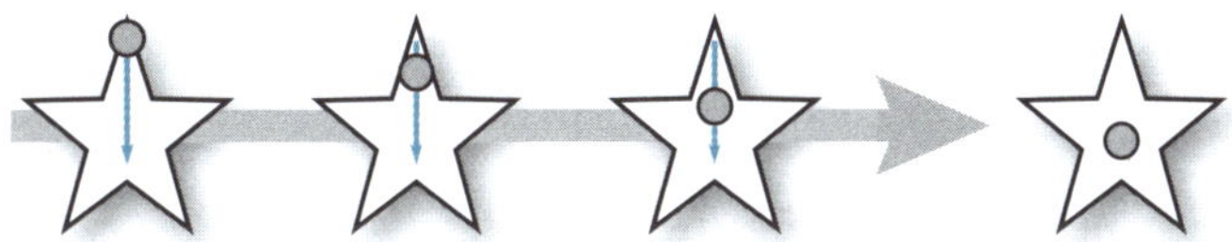

- **Diagonal :**

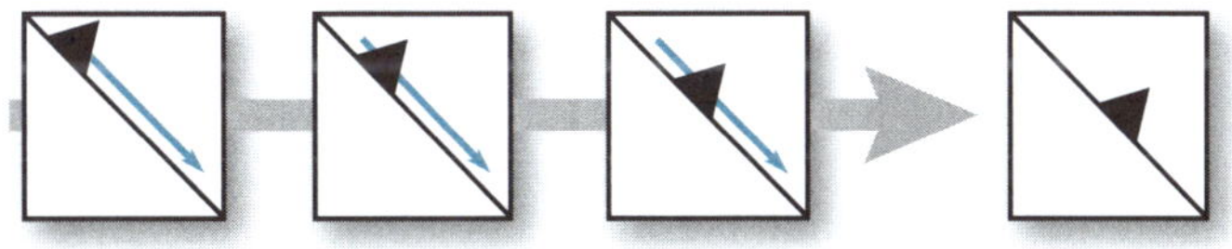

- **Rotatif :**

On notera aussi le cas particulier des déplacements dans un carré. Dans ce cas, lorsque la case noircie ou grisée atteint le bord du carré elle peut :

– soit recommencer au départ une nouvelle fois cette ligne, colonne ou diagonale (cas le plus courant) :

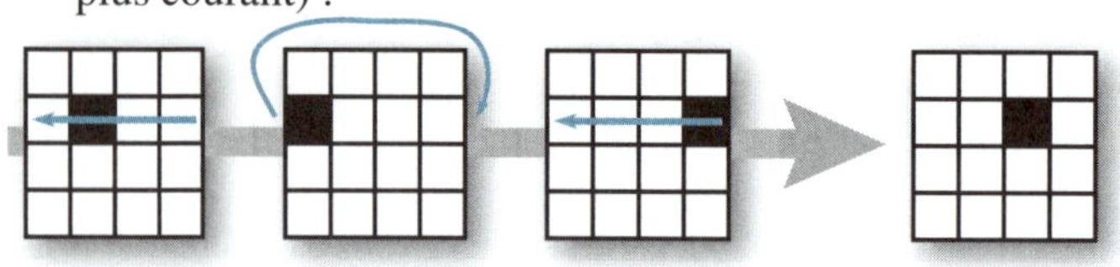

– soit repartir dans le sens inverse :

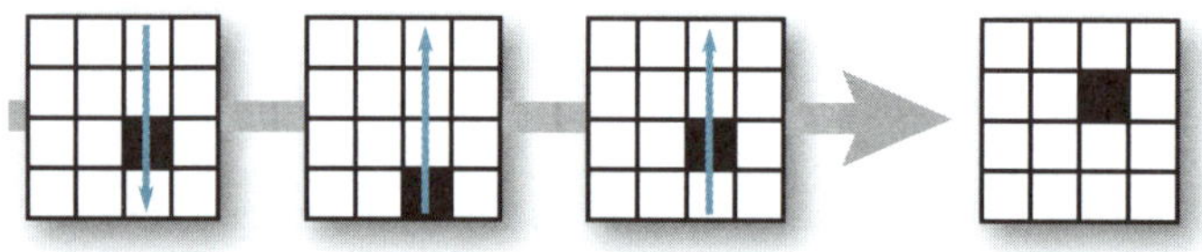

– soit poursuivre sur la ligne ou colonne suivante :

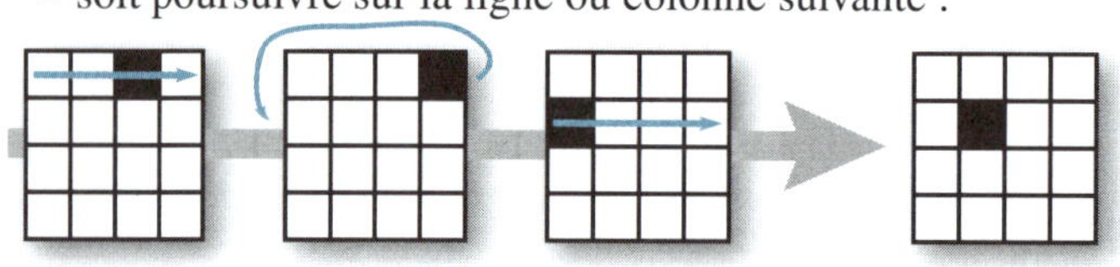

Dans tous les cas, vous ne rencontrerez qu'une seule de ces trois logiques dans une même série.

Deux choses compliquent ces logiques de déplacement :

– la possibilité de déplacements multiples (c'est évidemment très courant) :

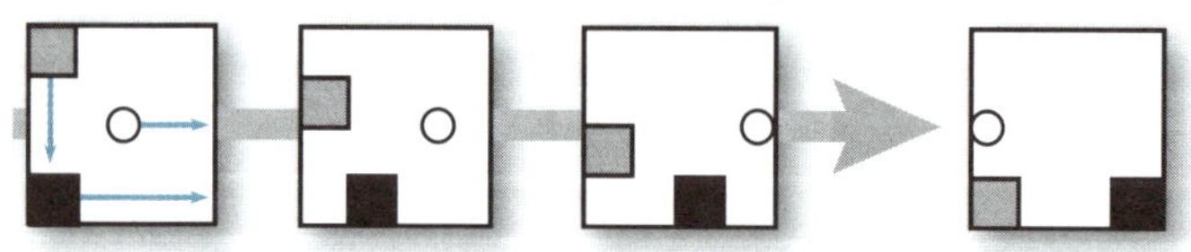

– la possibilité de superpositions qui cachent temporairement certains objets :

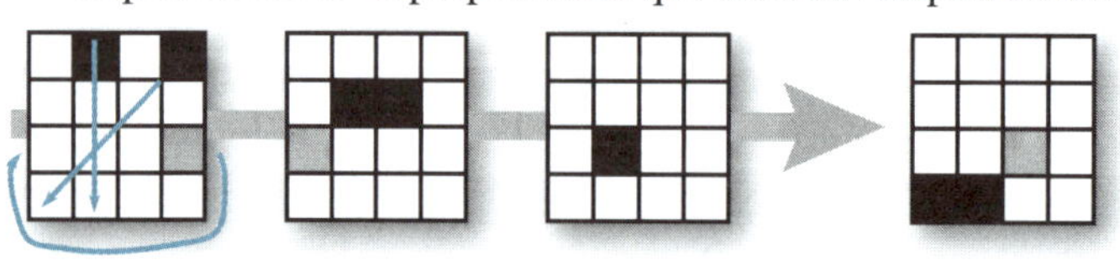

Dans cet exemple, nous voyons la superposition des trois carrés en 3e figure.

Notons qu'il est logique que la case grise disparaisse derrière les cases noires ; il faut en tirer l'enseignement qu'en cas de superposition il est toujours plus facile de suivre le mouvement des figures les plus sombres d'abord.

2 Transformation

Un ou plusieurs éléments sont transformés. Cette transformation concerne l'objet entier quand il y a modification de sa forme ou de sa couleur et elle concerne les parties de cet objet quand on observe un ajout ou une suppression d'éléments.

Cette transformation peut être :

- **Un changement de la figure dans son ensemble** (symbole différent, évolution d'une forme, d'une taille, d'une couleur) :

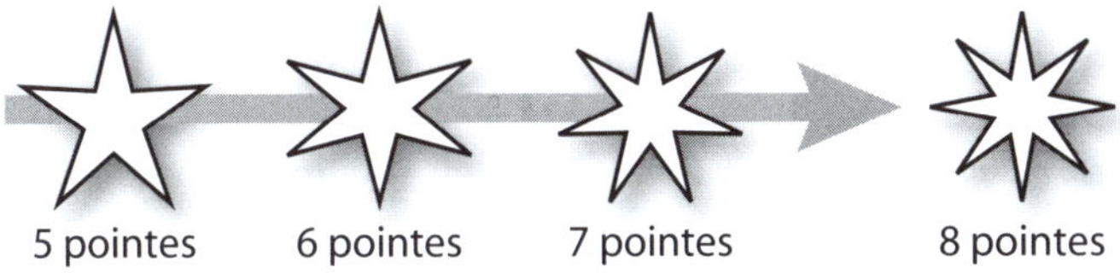

Dans cet exemple, on ajoute toujours une pointe à l'étoile précédente.

- **Un changement des éléments qui composent cette figure** (ajout ou suppression d'éléments, évolution d'une forme, etc.) :

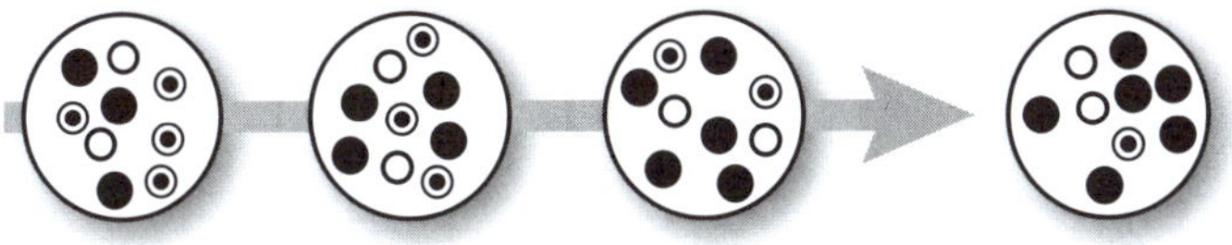

On voit bien dans cet exemple que le nombre de ronds noirs augmente d'un à chaque figure alors que celui des cibles diminue d'un.

3 Logique mixte

Il arrive souvent que les deux logiques précédentes (déplacement et transformation) soient présentes dans une même série. Cela complique l'identification de la bonne proposition, mais le principe reste le même.

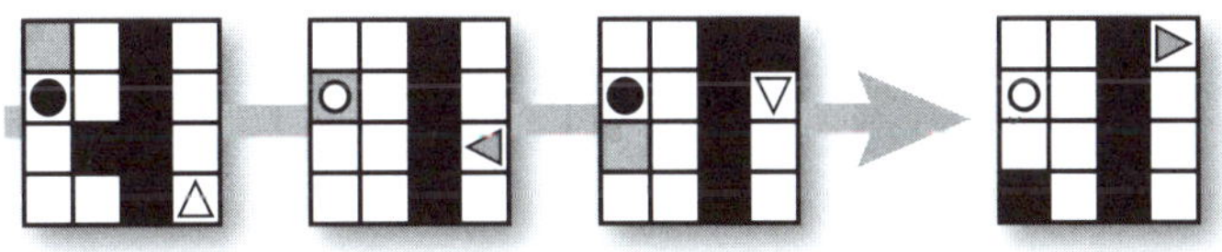

Dans cet exemple, de nombreux éléments sont à observer.

On constate d'abord la présence d'une barre noire fixe qui cache certains déplacements.

Les déplacements simples concernent 2 objets :

- le carré gris qui descend sa colonne (il disparaît derrière le carré noir en dernière figure) ;
- le carré noir en 2e colonne qui monte sa diagonale puis en recommence une nouvelle (il disparaît derrière la barre noire en 2e figure).

Les transformations simples concernent 1 objet :

- le rond qui clignote sans bouger.

Enfin les déplacements et transformations concernent 1 objet :

- le triangle qui monte sa colonne, change de couleur et subit une rotation de 90 dans le sens inverse des aiguilles d'une montre.

4 Matrices

Les matrices proposent un cas très particulier des séries graphiques.

Une matrice est une série qui sert de modèle pour l'observation d'une logique complexe. Le plus souvent, les matrices se présentent sous la forme d'un carré de 9 cases dans lequel une case est à compléter. L'objectif est similaire à celui des autres séries graphiques : il faut constater la logique présente dans la matrice et la reproduire dans une nouvelle série incomplète.

La difficulté de ce type d'exercice ne vient pas des logiques sollicitées (elles sont les mêmes qu'en séries graphiques) mais de la diversité des possibilités de disposition du fait du plus grand nombre d'éléments. En effet, une matrice peut présenter une série de façon horizontale (vers la droite ou vers la gauche), verticale (vers le bas ou vers le haut), et parfois diagonale (vers le bas ou vers le haut) ou encore en losange.

Il faut toutefois noter que deux logiques spécifiques se rencontrent souvent :

- **les répartitions :** un même objet ou des éléments de cet objet reviennent régulièrement ;

Exemple

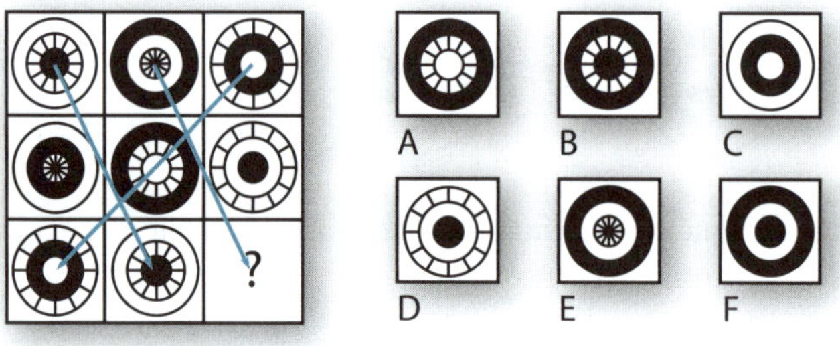

Dans cet exemple, nous voyons que chaque cercle d'une même ligne a un motif différent (noir, blanc ou rayé) et que ce motif change à chaque figure. Sur la 1re ligne, le cercle le plus grand est blanc puis noir puis rayé, le cercle intermédiaire est rayé puis blanc puis noir, enfin le rond central est noir puis rayé puis blanc.

La même logique se retrouve sur les deux autres lignes de la matrice.

On constate aussi que les lignes 1 et 3 sont composées des mêmes figures réparties de façon différente (*cf.* les flèches).

Notons enfin que la réponse pourrait aussi être trouvée en cherchant en colonne. Quoi qu'il en soit, la solution est **E**.

- **les superpositions avec modification :** les objets superposables sont annulés, modifiés, maintenus.

Exemple

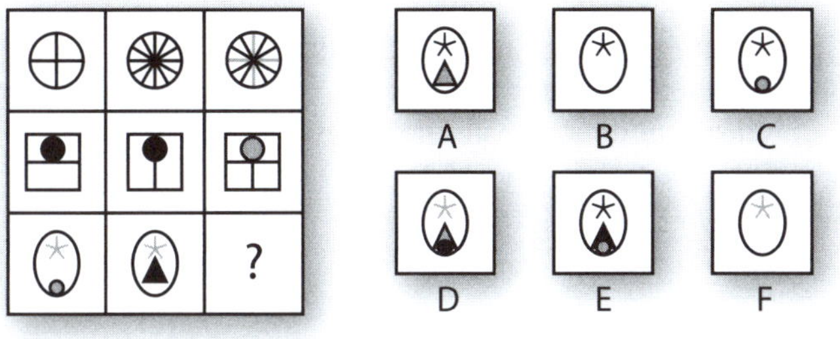

Dans ce cas les séries sont disposées en ligne ; la 3ᵉ figure (à droite) est le résultat des deux premières.

Dans chaque série, nous voyons que les éléments communs aux deux premières figures changent de couleur dans la 3ᵉ figure. En revanche les éléments qui ne sont pas communs se retrouvent dans la 3ᵉ figure. Ainsi dans la dernière série, l'étoile sera noire, et le triangle noir et le rond gris seront conservés. Ce qui donne la réponse **E**.

3

Cours & méthode
Suites numériques

Les séries numériques ou suites numériques ont un avantage double pour les évaluateurs : d'abord elles réclament la même rigueur logique que les séries vues précédemment, ensuite elles reposent sur du calcul et requièrent donc une aisance dans le calcul mental.
Nous allons vous présenter deux types de séries numériques :
- des séries à support numérique et/ou alphabétique ;
- des séries numériques à support graphique divers, des dominos, des cartes à jouer.

1 Séries à support numérique et/ou alphabétique

a. Séries numériques

Ce sont des séquences de chiffres dont il faut comprendre l'enchaînement. Les logiques sont comparables à celles déjà rencontrées dans les séries graphiques.
Mais dans ce cadre plus numérique, ces suites sont surtout :
- **Arithmétiques** (chaque terme est la somme du précédent + un nombre constant appelé raison) : **17 – 13 – 9 – 5** ?
  Les nombres diminuent. La raison est – 4. La solution est **1**.
- **Géométriques** (chaque terme est le produit du précédent par un nombre constant appelé raison) : **2 – 6 – 18 – 54** ?
  Dans cet exemple les nombres augmentent. La raison est 3 On constate par ce type d'exemple l'importance d'une certaine aisance dans le calcul. La solution est **162**.

Logiques spécifiques

Elles sont classées de la plus courante à la moins courante.
- Séries arithmétiques ou géométriques simples (une même raison).
- Séries avec une raison qui augmente ou diminue (+ 1, puis + 2, puis + 3, ou + 2, puis + 4, puis + 8, etc.).
- Séries avec deux raisons qui alternent (+ 2 puis – 1 ou + 2 puis × 2 par exemple).
- Séries avec symétrie (24 – 42, 13 – 31 par exemple).
- Suite de Fibonnacci où chaque nombre est la somme des deux précédents (1 – 2 – 3 – 5 – 8 – 13, etc.).
- Suite de nombres premiers (2 – 3 – 5 – 7 – 11 – 13, etc.).
- Suite des carrés des nombres (1 – 4 – 9 – 16, etc.).

Consacrez toujours plus de temps à chercher des logiques simples avant d'envisager les cas les plus subtils. Développez une certaine intuition, en constatant notamment que les suites géométriques progressent beaucoup plus vite que les suites arithmétiques et qu'on y trouve donc de plus grandes valeurs.

b. Séries alphabétiques

Les séries de lettres suivent les mêmes principes que les séries de chiffres. Seul le matériau change. Les tests de lettres s'appuient sur le rang des lettres dans l'alphabet :

B – D – F – H – ?

Dans cet exemple l'ordre des lettres progresse dans l'alphabet. La raison est +2 (une lettre intermédiaire). La solution est J.

Pour vous aider, voici un tableau d'équivalence lettres/nombres selon les rangs croissants et décroissants.

A	B	C	D	E	F	G	H	I	J	K	L	M
1	2	3	4	5	6	7	8	9	10	11	12	13
26	25	24	23	22	21	20	19	18	17	16	15	14
N	**O**	**P**	**Q**	**R**	**S**	**T**	**U**	**V**	**W**	**X**	**Y**	**Z**
14	15	16	17	18	19	20	21	22	23	24	25	26
13	12	11	10	9	8	7	6	5	4	3	2	1

Il est recommandé d'avoir rapidement des points de repère pour gagner du temps (ex. : E → 5e lettre, J → 10e, O → 15e, T → 20e). Sachez également que la somme des rangs croissants et décroissants est toujours 27 ; donc si vous savez que O est la 15e lettre en ordre croissant, vous savez que c'est la 27   15 = 12^{e} lettre en ordre décroissant.

Les logiques que vous allez rencontrer sont les mêmes que pour les séries numériques. Toutefois il y a quelques spécificités utiles à connaître :

- séries de voyelles ou des consonnes (AEIOUY ou BCDF, etc.) ;
- association des lettres de même rang suivant que l'on part du début ou de la fin de l'alphabet (AZ → BY → CX, etc.) ;
- séries des initiales des jours de la semaine (LMMJVSD), des mois (JFMAMJJASOND), des signes du zodiaque (BTGCLVBSSCVP) ;
- séries des initiales des chiffres (UDTQCS, etc. pour Un, Deux, Trois, Quatre, Cinq, Six, etc.).

c. Séries alphanumériques

Il peut arriver que les deux types de séries se trouvent mélangés. Cela ne comporte pas de difficulté supplémentaire, si ce n'est la diversité des matériaux :

A1 – D4 – L12 – M?

Dans cet exemple les lettres ne forment pas une série régulière mais les chiffres qui leur sont associés représentent leur rang dans l'alphabet (A est la 1re lettre, D est la 4e, etc.). La solution est 13.

Pensez à associer soit les éléments de même nature entre eux (chiffres avec chiffres, lettres avec lettres), soit, plus souvent, à les associer de façon mixte (chiffres avec lettres).

Logiques spécifiques

- Les associations des initiales (ou des finales) de mots au rang de ces initiales (Albert 1 – Brice 2 – Claude 3, etc. car Albert commence par un A, la 1re lettre de l'alphabet, etc.).
- Les associations d'un nom à son nombre de lettres, de voyelles ou de consonnes (PIERRE = 3, JEAN = 2 car Pierre compte 3 voyelles et Jean en compte 2).

- Les associations des initiales des mots qui désignent les chiffres à ces chiffres (U1 – D2 – T3 – Q4, etc. car Un commence par un U, Deux commence par un D, etc.).
- Les associations des chiffres ou nombres arabes aux chiffres romains (II 2 – X 10 – XII 12, etc.).

Remarque

Voici la liste des chiffres romains pour rappel.
I = 1, V = 5, X = 10, L = 50, C = 100, D = 500, M = 1 000.
Rappelons qu'il est interdit de mettre plus de trois fois le même signe. Pour écrire 4 on fonctionne par retenue en écrivant IV soit « 1 de moins que 5 ».

d. Séries numériques et/ou alphabétiques sous forme de tableau

Il peut arriver que ces séries soient présentées dans un tableau comportant chiffres, lettres et/ou symboles divers. Il faut le compléter en déterminant quelle est la régularité d'agencement de ces éléments. Tout le problème est d'identifier dans quel sens la série est disposée (en ligne, colonne, diagonale, étoile, cercle) :

2	3	6
4	11	7
5	8	?

Dans cet exemple, on constate que la valeur centrale est la plus grande. Elle est obtenue par addition des valeurs opposées d'une même ligne (3 + 8 ou 4 + 7 ou d'une diagonale 5 + 6). La solution est 11   2 = **9**.

Les logiques déjà vues se retrouvent, mais on rencontrera davantage de phénomènes de symétrie ou de répartition (comme dans les matrices).

A	12	9	G
9	G	A	12
G	9	?	A

Dans cet exemple, des lettres et des chiffres sont présents. C'est une logique par répartition car on constate que sur chaque ligne les mêmes éléments reviennent (A, 12, 9, G). La solution est donc **12**.

2 Séries à support graphique

Il s'agit, dans ces exercices, de savoir retrouver des logiques numériques dans des séries de symboles graphiques.

Ces symboles peuvent être variés. Mais trois sont particulièrement fréquents :

- ceux dans lesquels on trouve des nombres autour et/ou à l'intérieur de figures géométriques simples ;
- les dominos ;
- les cartes à jouer.

Votre démarche doit être à peu près identique pour toutes ces séries. Dès lors qu'il y a du graphique dans une série, il faut respecter la règle d'or énoncée plus haut que nous allons détailler maintenant.

Règles d'or

1. Toujours commencer par le **visuel** en cherchant les symétries, les répétitions, les suites simples ; pensez que si vous trouvez ainsi, vous pouvez gagner de précieuses secondes utiles pour des séries plus complexes.
2. Ensuite chercher par des **logiques numériques simples** (addition, soustraction par un nombre constant).
3. Enfin chercher par des **logiques plus complexes** (multiplication ou soustraction, enchaînement sans une raison constante, moyenne des valeurs, combinaison de plusieurs opérations).

a. Séries à support graphique divers

Dans ces exercices, il faut comprendre la relation qui existe entre des éléments disposés dans un objet graphique ou autour de lui. Dans ce type d'exercice, la maîtrise des opérations fondamentales est essentielle, mais aussi l'adaptation à des logiques très variées :

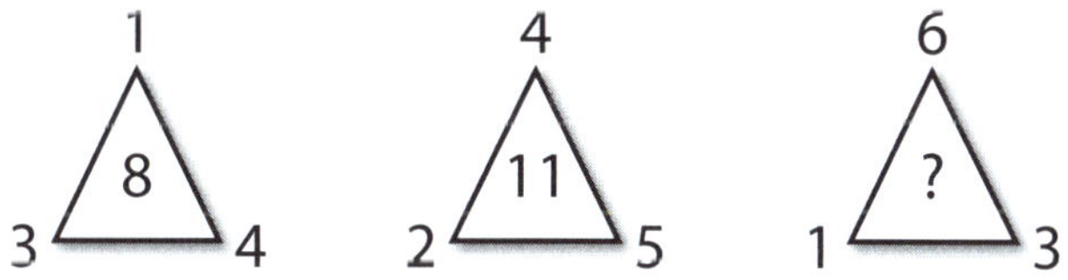

Dans cet exemple, les deux séries qui servent de modèle nous montrent que la valeur centrale est obtenue par addition des valeurs marginales. Il faut donc calculer 6 + 3 + 1 pour obtenir la réponse. La solution est **10**.

Remarque

Vous rencontrerez les séries de nombres dans des triangles le plus souvent. Mais s'ils sont dans des carrés, des ronds ou d'autres formes, cela ne change guère la logique.

b. Dominos

Les dominos sont un grand classique des tests. Ils ne sont pas toujours présents, mais il ne faut jamais les négliger.

Si nous les plaçons dans cette partie, c'est parce que ce sont des séries numériques. Leur particularité est qu'il n'y a que 7 valeurs allant de 0 à 6. Mais malgré leurs (seulement) 7 valeurs, les dominos peuvent former de grandes séries parce qu'elles peuvent être recommencées à l'infini. Lorsqu'une série arrive par exemple à 6, elle peut continuer à 0 puis 1 et ainsi de suite. De même si elle progresse de 2 en 2, elle formera, par exemple, la suite de valeurs suivantes : 1 – 3 – 5 – 0 – 2 – 4 – 6 – 1 et on retrouve les mêmes valeurs qu'au début. Il faut toutefois bien admettre que le nombre de valeurs limite les possibilités numériques. Avec les dominos, il est moins possible de faire des multiplications ou des divisions (mais il n'est pas rare de rencontrer des additions ou des soustractions). C'est l'agencement des séries et des dominos qui peut représenter une réelle difficulté.

Exemple

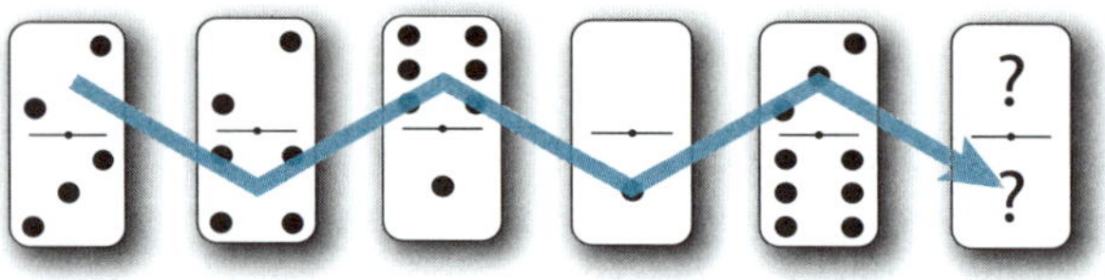

Dans cette série, la disposition laisserait penser à un sens de lecture linéaire ; mais cela ne donne rien. Le bon sens de lecture est en zigzag. Cela donne deux séries :

- Celle qui commence par le 2 du 1er domino : 2 – 4 – 6 – 1 – 3. Cette série progresse de 2 en 2 et sa solution est **5**.
- Et celle qui commence par le 3 du 1er domino : 3 – 2 – 1 – 0 – 6. Cette série régresse de 1 en 1 et sa solution est **5**. La solution est **5 en haut et 5 en bas**.

Parmi les dispositions, c'est l'une des plus caractéristiques. Mais dans notre exemple les dominos étaient alignés simplement. S'ils avaient été positionnés différemment, cette série aurait pu être encore plus difficile.

Exemple

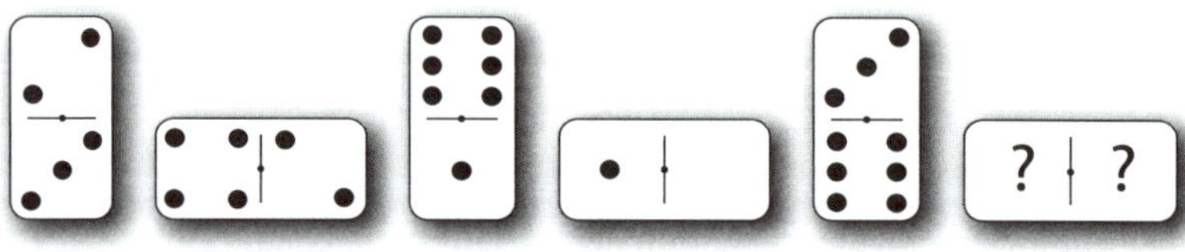

Cet exemple montre bien que la même série peut être plus difficile si elle est disposée autrement. Par conséquent, sachez ne pas vous arrêter à la facilité du sens de lecture naturel (ordre où les éléments se présentent) et retrouver une série simple malgré la disposition parfois alambiquée.

c. Cartes à jouer

Sur le même principe que les dominos, les cartes à jouer permettent de faire des séries numériques. Ces séries se présentent sous la forme d'une suite de cartes dans laquelle l'une d'elle (parfois plusieurs) est retournée et qu'il faut identifier logiquement.

Ces séries vont de 1 (as) à 10 ou plus rarement à 13 avec les figures. Le plus souvent, ces séries ne sont pas infinies et on revient donc rarement au point de départ après une 1re série complète. Mais si cela devait arriver, il faudrait passer directement de la carte 10 à 1 (pas de 0 comme dans les dominos).

En plus de l'identification des valeurs, il faut trouver les familles (pique, cœur, carreau, trèfle). Souvent les deux informations sont liées ; en trouvant la famille de la carte manquante on trouve sa valeur ou inversement. Parfois ces informations sont sans rapport et la difficulté est alors supérieure.

D'une façon générale, les candidats trouvent les exercices sur les cartes à jouer plus faciles que les autres, sans doute parce que nous sommes tous habitués à de tels matériaux.

Parmi les logiques les plus courantes, vous trouverez :

- des **séries** (de raison + 1 ou – 1, + 2 ou – 2, etc.) ;
- des **matrices** (une série complète sert de modèle pour une autre série) :

Exemple

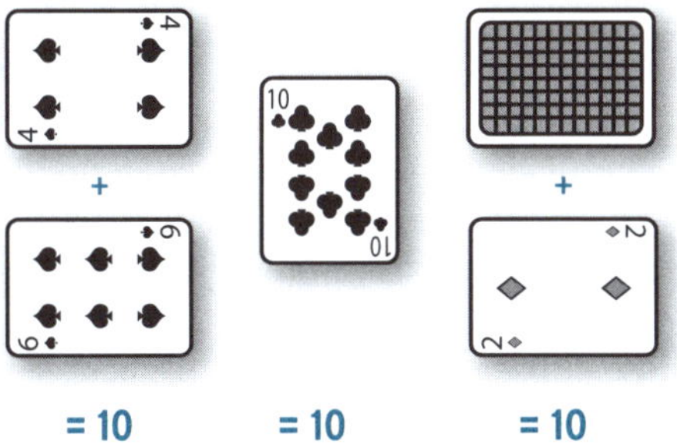

Chaque colonne a une somme égale à 10. Il faut donc calculer 10 – 2 pour obtenir la valeur de la carte retournée. Concernant sa famille, nous voyons que les cartes d'une même colonne sont de la même famille ; il faut appliquer ce principe à la 3ᵉ colonne. La solution est **8 de carreau**.

- des **opérations** (c'est beaucoup plus fréquent que pour les dominos) :

Exemple

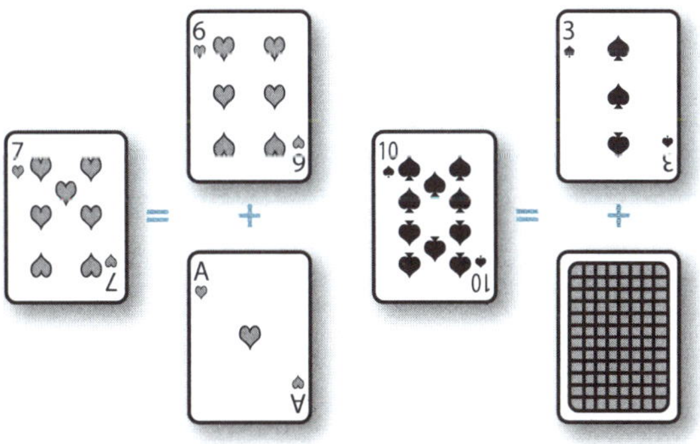

Ici nous voyons deux groupes de cartes avec la même famille à chaque fois : cœur puis pique. La carte retournée sera donc du pique. Ensuite nous constatons que la série des cœurs sert de matrice (encadrée) : le 7 de cœur est égal à 6 + 1 de cœur, soit la 2ᵉ colonne. Selon ce principe la dernière carte doit être 10 – 3 soit 7. La solution est **7 de pique**.

4 Cours & méthode
Ensembles

L'objectif des tests sur les ensembles est d'évaluer votre capacité de synthèse et d'observation mais aussi la pertinence de votre raisonnement. Vous constaterez qu'une des grandes difficultés de ces exercices est de confronter votre logique, parfois fantaisiste, à la logique d'un ensemble. Un ensemble est un groupe d'éléments qui possèdent certaines propriétés en commun. Il n'est donc plus question comme dans les séries de trouver la dynamique d'un changement ; les ensembles se fondent sur l'analyse d'une situation figée.

Tout comme dans les séries, il y a la même règle d'or dans les ensembles et les exercices qui leur sont associés : aller du plus simple au plus compliqué. Si vous partez immédiatement dans des logiques subtiles, vous risquez de trouver quelque chose de logique mais d'avoir faux car la logique attendue était plus simple et plus évidente. C'est donc à cette simplicité dans le raisonnement qu'il faut arriver. Vous devez sentir qu'une logique est la bonne parce qu'elle s'impose par son évidence, sa rigueur (elle n'élimine pas certains éléments gênants de l'ensemble) et sa simplicité.

Les exercices sur les **ensembles proprement dits**, utilisent presque exclusivement le support graphique. Les points communs entre les éléments d'un ensemble sont :

1 Propriétés graphiques de ces éléments

- Couleur ou nombre de couleurs.
- Taille.
- Figure fermée ou ouverte.
- Nombre de côtés ou d'angles.
- Forme à angles ou arrondie.
- S'il y a des angles, angles obtus ou aigus.

Exemple

Quelle figure peut être intégrée dans l'ensemble encadré ?

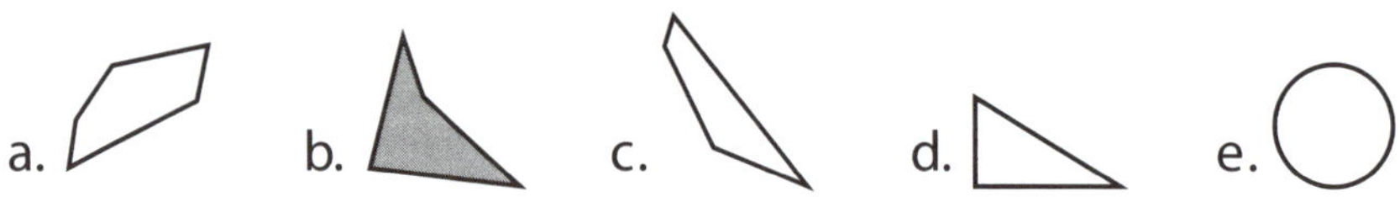

Dans cet exemple, l'ensemble est composé de figures blanches (ce qui élimine b.), ayant toutes des angles (ce qui élimine e.) ; ces figures possèdent toutes un nombre pair de côtés (4, 6 ou 8). Or seule la figure c. a un nombre pair de côtés (4). La réponse est **c**.

2 Nombre des parties de ces éléments

Exemple

Quelle figure peut être intégrée dans l'ensemble encadré ?

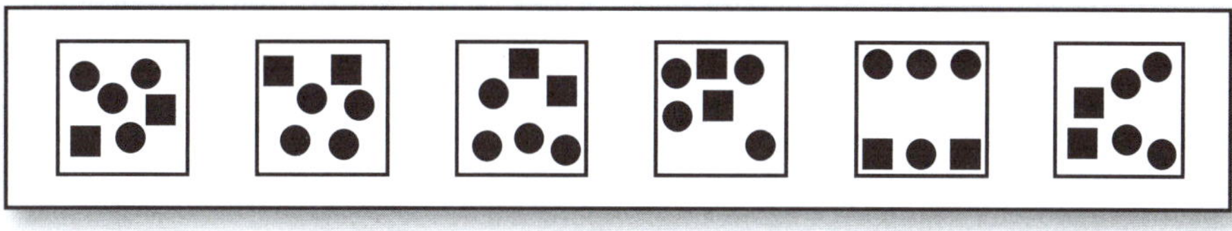

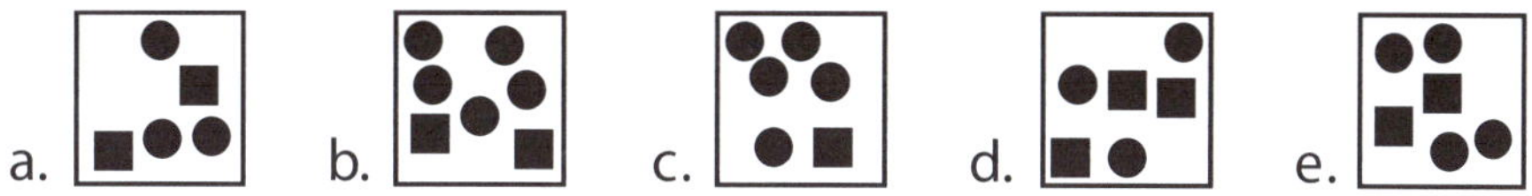

Dans l'ensemble, tous les carrés blancs contiennent 6 figures (ce qui élimine les propositions a. et b.), 2 carrés et 4 ronds. La réponse est **e**.

3 Relation entre les parties de ces éléments

- Phénomène d'inclusion ou d'exclusion (un objet est placé dans un autre ou hors de lui)
- Objets superposés, accolés ou éloignés
- S'ils se superposent, il faut voir les règles de cette superposition (formes ou couleurs au-dessus et en dessous)
- Rotation ou effet miroir entre ces parties, symétrie.

Exemple

Quelle figure peut être intégrée dans l'ensemble encadré ?

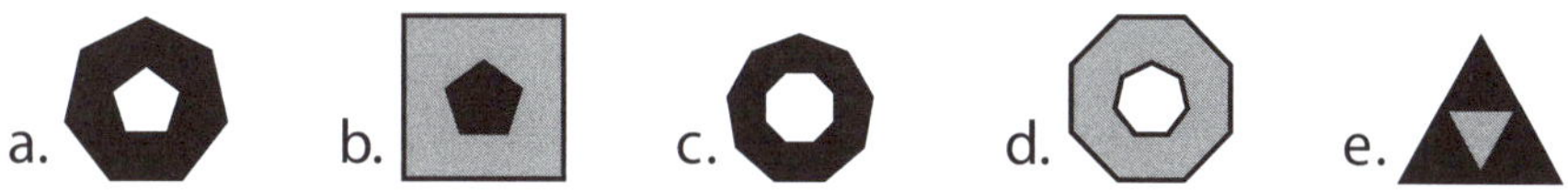

Dans l'ensemble proposé, tous les éléments sont composés de deux parties, la plus petite figure étant incluse dans la plus grande, en son centre. La figure la plus grande est toujours la plus foncée (ce qui élimine b.) et elle compte toujours un côté de plus que la figure plus petite qu'elle contient (ce qui élimine a. et e.). Enfin, la petite figure n'a pas de côté apparent (ce qui élimine d.). La réponse est donc **c**.

4 Comparaisons d'ensembles graphiques ou catégories graphiques

Dans le cadre des ensembles graphiques, un exercice qui peut présenter une difficulté supplémentaire est celui-ci. Il s'agit d'analyser des informations fournies sur un certain nombre d'ensembles pour identifier à quelle catégorie d'ensembles il faut rattacher des éléments graphiques.

Cet exercice, plutôt rare, a deux variantes :

- une première dans laquelle les informations sur chaque ensemble sont distinctes (on nous donne d'abord des indications sur l'ensemble A puis B, etc.) ;
- une seconde dans laquelle ces informations sur chaque ensemble sont associées (on nous donne pour un groupe des informations sur A et B par exemple).

Ces deux variantes sont toutefois très proches.

Voici un exemple de la 1re variante pour vous présenter cet exercice :

Exemple

Les figures font chacune partie d'un ensemble A, B ou C.

Le cadre 1 contient 2 figures A et le cadre 2 en contient 3.

Le cadre 3 contient 3 figures B et le cadre 4 en contient 1.

Le cadre 5 contient 2 figures C et le cadre 6 en contient 2.

Identifiez l'ensemble auquel appartient chaque figure ci-dessous :

a. b. c. d. e.

Dans cet exemple, nous avons une information sur un même ensemble par ligne.
Considérons donc d'abord la 1re ligne. Puisque « le cadre 1 contient 2 figures A », il peut s'agir soit des figures noires, soit des figures ayant plus de 4 côtés, soit les figures ayant 6 côtés. Il ne peut pas s'agir des figures arrondies, car il y en a 3. Le cadre 2 confirme deux hypothèses : celle des figures noires et celle des figures à 6 côtés. Il faut regarder les autres ensembles pour déterminer quelle est la bonne hypothèse.
Considérons maintenant la 2e ligne. « Le cadre 3 contient 3 figures B ». Il peut s'agir des figures arrondies ou non arrondies. « Le cadre 4 en contient 1 ». Or il y a bien une seule figure arrondie. Donc B désigne les figures arrondies. Cela ne nous a pas permis de résoudre le problème de l'ensemble A.
Considérons enfin la 3e ligne. « Le cadre 5 contient 2 figures C ». Il peut s'agir des figures noires, arrondies, à 6 côtés ou à plus de 5 côtés. Or « le cadre 6 en contient 2 », donc il peut s'agir des figures noires mais ni des figures arrondies (il y en a 3), ni à 6 côtés (il y en a 1) ou à plus de 5 côtés (il y en a 3). Donc C désigne les figures noires. Et A, les figures à 6 côtés.
La réponse est donc a. **C** / b. **A** / c. **B** / d. **B** / e. **C**.

Évaluation d'aptitude professionnelle

5 Cours & méthode
Intrus

Poser une question sur l'intrus d'une série, c'est-à-dire l'élément qui n'a pas l'une des propriétés des autres éléments, c'est poser indirectement une question sur les ensembles. En effet, il n'est possible de déterminer quel élément est l'intrus qu'à condition de savoir d'abord quelles sont les caractéristiques communes à tous les autres éléments. Chercher l'intrus, c'est donc d'abord chercher des points communs et non des différences.
Les intrus peuvent être graphiques ou verbaux.

1 Intrus graphiques

On vous présente une série de symboles graphiques, et il faut identifier celui qui a une propriété qu'il est le seul à avoir. Dans la mesure où le plus souvent on ne vous demande d'identifier qu'un seul intrus, il suffit que deux éléments aient les mêmes propriétés pour que ce critère ne soit pas déterminant.

Exemple

Trouvez l'intrus.

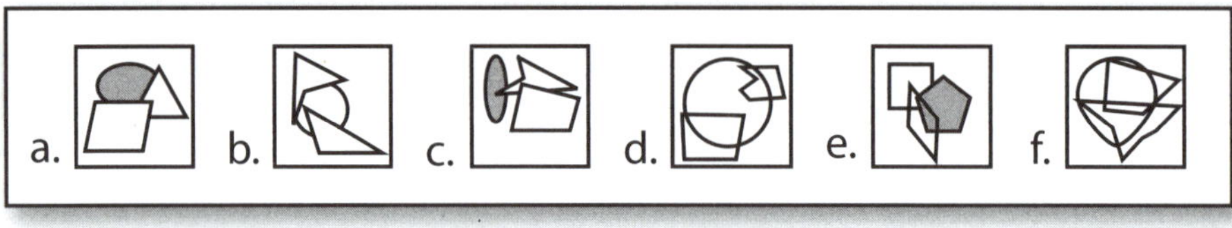

Dans cet exemple, relevons les points communs : il y a toujours 3 figures géométriques, elles se chevauchent toujours. Le nombre de côtés n'est pas discriminant ; il y a des triangles en a. et b. des quadrilatères partout, dont deux en c. et e. et des hexagones irréguliers en d. et f. Il y a toujours une figure arrondie et deux à angles, sauf en e. qui pourrait donc être la solution.
Vérifions l'hypothèse en cherchant d'autres logiques. La couleur n'est pas discriminante car 3 figures sont grises. Le type de superposition (avec ou sans transparence) non plus (il y a de la transparence aussi bien dans des figures avec des éléments transparents que dans des figures avec des éléments opaques). La solution est bien **e**.

Il peut arriver que l'on vous demande d'identifier deux intrus. Dans ce cas, il faut qu'un élément se retrouve au moins 3 fois dans la série pour qu'il ne s'agisse pas de l'intrus. Outre cela, les raisonnements sont les mêmes.

Exemple

Trouvez les deux intrus.

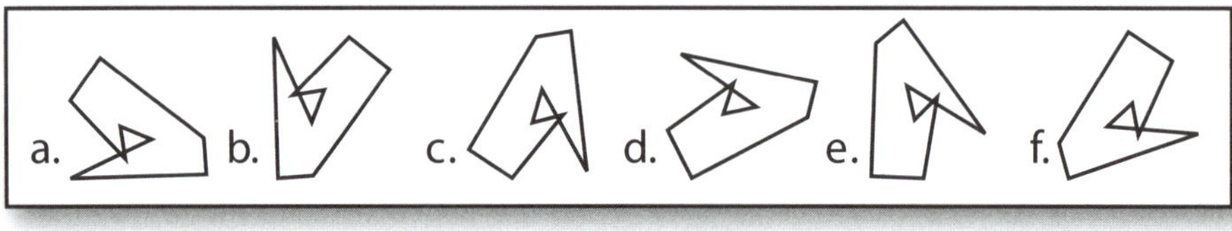

Dans cet exemple, nous constatons qu'il s'agit toujours de la même figure. Le nombre de côtés ou la couleur ne changent pas. Mais cette figure tourne sur elle-même. Si nous cherchons à disposer de la même façon toutes les figures, nous nous rendons compte que ce n'est pas possible pour d. et f. car elles sont inversées. La réponse est **d.** et **f.**

Notons enfin la possibilité de dessins réalistes qui représentent des objets du quotidien, des personnages, etc. Dans ce cas, plus rare, les propriétés géométriques n'ont évidemment plus d'importance. Il faut surtout se concentrer sur la signification : est-ce un être vivant parmi des objets, y a-t-il une différence de matière, d'usage, de lieu, etc.

Exemple

Trouvez l'intrus.

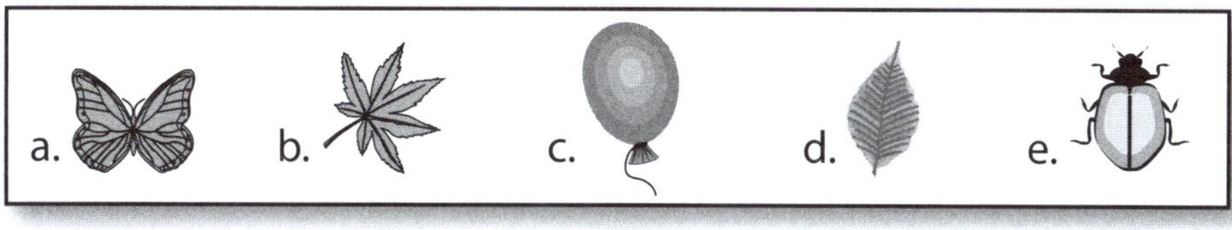

Cet exemple est assez classique. On y trouve deux éléments végétaux (des feuilles) et deux insectes. Il faut donc éliminer le ballon qui n'est pas vivant. La solution est **c**.

2 Intrus verbaux

Sur le même principe que les intrus graphiques, l'objectif est d'éliminer le mot qui diffère de l'ensemble par l'une de ses propriétés. Pour savoir résoudre ce type de test, il faut, là encore, identifier le point commun des termes et voir celui qui est différent. Il faut donc commencer par chercher les ressemblances.

Les intrus peuvent être classés selon les catégories suivantes (des plus courants au moins courants).

- **Intrus sémantiques ou lexicaux :** un mot n'a pas le même sens, ou n'appartient pas au même domaine que les autres. Exemple : « Trouvez l'intrus : gentillesse, affabilité, orgueil, patience ». Le point commun entre ces mots est qu'ils expriment des qualités. L'intrus est celui qui n'exprime pas une qualité. La solution est **orgueil**.
- **Intrus graphiques ou orthographiques** : un mot n'a pas les mêmes propriétés graphiques que les autres, ou il est mal orthographié. Exemple : « Trouvez l'intrus : erreur, courrir, terrasse, courrier ». Tous ces mots prennent -rr sauf courir qui prend -r. La solution est **« courrir »**.
- **Intrus grammaticaux** : un mot n'a pas le même genre, le même nombre, la même nature que les autres. Exemple : « Trouvez l'intrus : fermier, tourner, marchander, éternuer ». Tous ces mots sont des verbes sauf fermier. La solution est **fermier**.
- **Intrus de la conjugaison** : une forme verbale n'est pas issue du même radical que les autres, ou elle est fautive. Exemple : « Trouvez l'intrus : nous saurons, tu serais, ils surent, tu sus ». Toutes ces formes verbales appartiennent au verbe savoir sauf tu serais, forme du verbe être au conditionnel présent. La solution est **tu serais**.

6

Cours & méthode

Carrés logiques ou Master Mind

Les carrés logiques ou Master Mind sont une épreuve de logique combinatoire sur des ensembles. Le candidat doit trouver une séquence de chiffres, de lettres ou de symboles graphiques à l'aide d'informations qui comparent des séquences données avec celle trouvée. Cet exercice est en lien avec les ensembles car tout comme dans les comparaisons d'ensembles graphiques, il faut que le candidat identifie la composition et l'ordre des éléments d'un ensemble à partir d'informations sur la relation entre cet ensemble à découvrir et d'autres ensembles proposés.
Dans la mesure où les logiques sont les mêmes quels que soient les symboles, nous les traiterons ensemble, à partir d'exemples utilisant les divers symboles possibles.

1 Présentation des carrés logiques

Le test se présente en 3 parties :

1. Le carré logique avec les séquences qui le composent.
2. Les informations marginales qui donnent les bases du raisonnement (chaque rangée est accompagnée d'informations issues d'une comparaison faite avec la solution ; ces informations nous disent combien de signes sont communs avec la bonne séquence, soit à la bonne place, soit à une autre place).

Remarque

Ces informations sont précises c'est-à-dire que s'il est écrit que deux signes sont à la mauvaise place, cela signifie qu'il n'y a aucun signe à la bonne place. D'autre part, ces informations sont toujours suffisantes pour trouver la réponse, quitte à utiliser la base.

3. Les cases où le candidat doit inscrire sa réponse ou les propositions de réponses s'il y en a.

Définition

Base : Théoriquement une séquence de chiffre peut être composée de n'importe quel chiffre parmi les 10 possibles (pour les lettres, il s'agira de 26). Mais il arrive parfois qu'une base soit indiquée au début d'un exercice. Cette base indique que tous les signes de la séquence sont empruntés à cette base et qu'il ne peut y en avoir d'autres. Il est bon parfois d'utiliser cette base pour trouver la réponse.

Exemple

Base : **2 - 3 - 5 - 6 - 8 - 9**

2	**6**	**8**	1 chiffre commun à la bonne place	**Solution :** 5 6 9
3	**2**	**9**		
8	**3**	**9**		

Dans l'exemple, on peut barrer les deux **2**. Comme dans chaque séquence il n'y a qu'un seul chiffre bien placé, si le **2** était bien placé ligne 1, il devrait être indiqué qu'il y a un chiffre mal placé en ligne 2. Il en est de même pour **8** et **3**. Il reste le 6 en 1re ligne, et le 9 en 2e et 3e lignes. Et il nous manque une valeur pour la réponse. Il faut alors piocher dans la base le chiffre qui manque (et qui n'a pas été utilisé) : ici le **5**.
La solution est donc **569**.

2 Système de notation

Pour la clarté de votre analyse vous pouvez utiliser les codes suivants :

- si un signe est bien placé, il faut l'entourer ;
- si un signe est dans la réponse mais mal placé, il faut le souligner ;
- si un signe est dans la réponse mais qu'on ne sait pas s'il est bien ou mal placé, on met un point en dessous ;
- si un signe ne peut pas être dans la réponse, il faut le barrer.

Bien entendu, si on entoure un signe dans une séquence, il faut l'entourer dans toute autre séquence où il est à la même place et le souligner dans toute autre séquence où il est à une place différente.

De même si un signe est barré, il faut le barrer partout où il apparaît.

Enfin, on pourra remplacer « *chiffre* commun à la bonne place » par « BP » et « *chiffre* commun à la mauvaise place » par « MP » précédé du nombre de *chiffres* concernés pour simplifier l'analyse.

3 Techniques de raisonnements

D'une façon générale, il faut toujours utiliser d'abord la ligne (la rangée) qui nous donne le plus d'informations.

a. Technique 1

Si dans une ligne, tous les signes sont présents dans la réponse, il faut barrer tous les autres signes.

Exemple

G	**H**	**C**	1 lettre commune à la bonne place	**Solution :** E F C
F	**C**	**E**	3 lettres communes à la mauvaise place	
B	**G**	**F**	1 lettre commune à la mauvaise place	

D'après la ligne bleue (ligne 2), nous savons que **F**, **C** et **E** sont dans la solution. Donc nous barrons **B** et **H** ligne 1, et **B** et **G** ligne 3. Il en résulte que ligne 1, **C** est bien placé (3e position), que **F** doit être en 2e position (il est mal placé ailleurs) et donc que **E** est en 1re position. La réponse est donc : **EFC**.

b. Technique 2

Si dans plusieurs lignes la seule information est qu'il y a un signe à la bonne place, il faut barrer tout signe présent à des places différentes dans les autres lignes.

Exemple

△	★	○	1 symbole commun à la bonne place
●	▲	△	
★	+	▲	

Solution :

On constate que tous les symboles bleus sont à éliminer car ils ne peuvent pas être bien placés dans une ligne puis mal placés dans une autre. Si on les barre tous, il reste ○ en ligne 1 (3e position), ● en ligne 2 (1re position) et + en ligne 3 (2e position). La réponse est ●+○.

c. Technique 3

Si toutes les informations indiquent des signes mal placés, il faut barrer les signes qui apparaissent dans toutes les colonnes (ils devraient une fois être bien placés).

Exemple

4	6	1	2 chiffres communs à la mauvaise place
6	4	3	
5	3	6	1 chiffre commun à la mauvaise place

Solution :

Dans cet exemple, le **6** est à éliminer, car il devrait être une fois à la bonne place, ce qui n'est pas le cas. En conséquence, les lignes 1 et 2 nous indiquent que **4**, **1** et **3** composent la solution. Il faut donc rayer le **5** en ligne 3. Le **3** étant mal placé en ligne 2 et 3, il doit être placé en 1re position. Même logique pour le **4** (lignes 1 et 2) qui doit être en 3e position. Enfin il reste le **1** qui est en 2e position. La réponse est **314**.

d. Technique 4

Si une ligne ne contient des informations que sur des signes bien placés et une autre que sur des signes mal placés, il faut barrer les signes qui apparaissent dans une même colonne.

Exemple

D	E	A	1 lettre commune à la bonne place
A	D	H	2 lettres communes à la mauvaise place
D	H	B	

Solution :

Si **D** est à la bonne place en ligne 1, il ne peut pas être à la mauvaise en ligne 3. Il faut donc le barrer chaque fois qu'il apparaît car il n'est pas dans la réponse. Cela nous indique que dans la réponse se trouvent les lettres **A**, **H** et **B** comme l'indiquent les lignes 2 et 3 une fois le **D** éliminé. Donc en ligne 1, il faut barrer le **E** et le **A** est à la bonne place. On peut facilement savoir que le **H** est en 1re position puisqu'il est mal placé aux positions 2 et 3 comme l'indiquent les lignes 2 et 3. Donc le **B** est en 2e position. La réponse est **HBA**.

e. Technique 5

C'est la technique du comptage. Le comptage ne donne pas la réponse immédiate, mais il permet de dégager des signes qui font obligatoirement partie de la réponse. Cette technique s'applique aux carrés plus complexes (plus grands). Elle consiste en un décompte des signes pour déterminer lesquels font partie de la réponse.

Exemple

△ ● ▲ ■	2 symboles communs à la mauvaise place
★ ■ △ ▲	1 symbole commun à la bonne place et 1 à la mauvaise
■ ▲ ● ×	2 symboles communs à la bonne place
★ ● ■ ▲	1 symbole commun à la bonne place et 1 à la mauvaise

Solution : ☐☐☐☐

Dans cet exemple, aucune des techniques précédentes ne permet de trouver la réponse. En revanche on constate que plusieurs symboles reviennent souvent (3 ou 4 fois). C'est une information favorable pour le comptage.

- On commence par compter le nombre de fois où les symboles de la solution apparaissent dans le carré : 2 symboles pour la 1re ligne (2 MP), 2 symboles pour les lignes 2 et 4 (1 BP + 1MP) et 2 symboles pour la ligne 3 (2 BP). Le carré comprend donc en tout 8 symboles qui font partie de la solution.
- On compte ensuite le nombre de fois où apparaît chaque symbole dans le carré :

Les symboles :	△	●	▲	■	★	×	
apparaissent	2	3	4	4	2	1	fois

- Puis on se demande quels sont les 4 symboles qui apparaissent au total exactement 8 fois (ou quels sont les 4 chiffres en dessous des symboles qui peuvent former la somme 8). Ici, on peut éliminer les 4 (trop grands) soit le triangle plein et le carré (en bleu) ; il faut donc additionner les 4 autres chiffres : 2 + 3 + 2 + 1 = 8.
- Donc les symboles de la solution sont △ ● ★ ×.
  De là, on trouve en partant de la 3e ligne. La réponse est ★ △ ● ×.

Attention

Si vous constatez que les éléments sont en nombre identique ou proche, il est inutile de procéder au comptage car il ne permettra pas d'éliminer de symboles.

f. Technique 6

Si aucune de ces techniques n'est applicable ou efficace, il reste toujours la solution d'envisager des hypothèses successives. C'est une méthode qu'on utilise couramment, mais c'est forcément un peu plus long. Il s'agit de formuler des hypothèses probables pour atteindre la bonne réponse.

Exemple

2	6	4	1 chiffre commun à la bonne place et 1 à la mauvaise	**Solution :**
1	6	9		
4	1	2	1 chiffre commun à la bonne place	

Ici, aucun des cas précédents ne donne la solution. Nous allons donc partir de la ligne 3 qui donne une information unique (1 BP) et envisager chaque hypothèse.

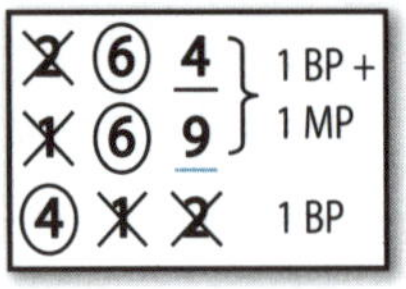

Hypothèse 1 : 4 est BP.

Les **1** et **2** sont barrés, le **4** de la ligne 1 est souligné et le **6** entouré. Ligne 2 le **6** est entouré et le **9** souligné. Ce dernier élément est contradictoire ; le **9** ne peut pas être MP puisqu'il ne reste plus de bonnes places et qu'il doit faire partie de la réponse. Donc **4** n'est pas BP.

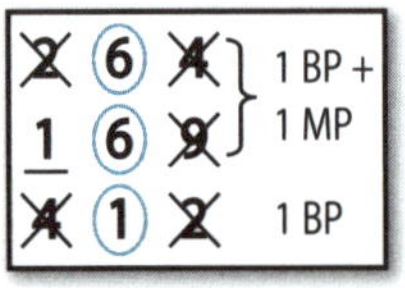

Hypothèse 2 : 1 est BP.

Les **4** et **2** sont barrés. Cela ne fonctionne pas en ligne 1 car il ne reste plus que le **6**, or il doit y avoir sur cette ligne 1 BP et 1 MP. Donc **1** n'est pas BP.

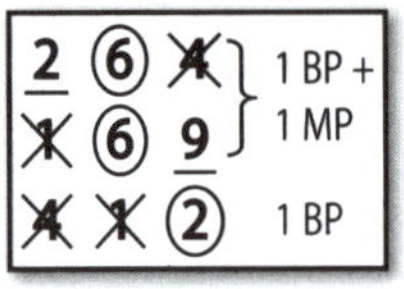

Hypothèse 3 : 2 est BP.

Les **4** et **1** sont barrés et le **2** de la ligne 1 est souligné. Le **6** de la ligne 1 est entouré tout comme celui de la ligne 2. Le **9** de la ligne 2 est souligné et il peut être bien placé en 1re position. Cette hypothèse est la bonne.

La réponse est **962**.

Remarque

Vous pouvez rencontrer selon le principe des carrés logiques des carrés de mots. Disposés de la même façon, ces exercices ont pour but de vous faire découvrir un mot selon une logique combinatoire. La principale différence est que le mot à trouver existe nécessairement en français. D'autre part, les éléments mal placés ne sont pas indiqués.

Exemple

A I D E R M A C H E	1 lettre commune à la bonne place
A L P I N	2 lettres communes à la bonne place
R E B U T C A P R E	1 lettre commune à la bonne place
D E B U T	0 lettre commune à la bonne place
R O C H E	1 lettre commune à la bonne place

Solution : ☐☐☐☐☐

Quand il y a un mot de 0 BP, il faut commencer par lui et barrer ailleurs les lettres à la même place. Cela fait, il reste une seule lettre à **REBUT** qui est donc BP, c'est le **R**. On peut donc aussi l'entourer dans **ROCHE** et rayer **OCHE**. Du coup on peut rayer également **CHE** dans **MACHE** ; et comme on peut également rayer le **M** (on sait que la 1re lettre est un **R**), la lettre BP de **MACHE** est le **A**. C'est donc également le cas dans **CAPRE** et on raye les lettres **CPRE**.

Sachant que nous avons identifié à présent la 1re lettre (le **R**), la 2e lettre (le **A**) et que nous savons que la 3e lettre n'est pas le **P** (éliminé dans **CAPRE**), les 2 lettres BP dans **ALPIN** sont donc **IN**.

Enfin, la lettre BP d'**AIDER** est le **D**.

La réponse est donc **RADIN**.

Nous voyons par cet exemple que la difficulté est de savoir prendre les informations dans le bon ordre pour progresser. Mais avec de l'entraînement c'est plus facile que les carrés logiques classiques.

Cours & méthode

7 Syllogismes, ensembles numériques, opérateurs

Nous regroupons dans cette dernière partie des règles d'exercices plus rares qui portent directement ou indirectement sur les ensembles.

1 Syllogismes

Un syllogisme est un raisonnement déductif (du cas général au cas particulier). C'est un exercice dans lequel il s'agit de comprendre ce que les affirmations proposées incluent et ce qu'elles excluent. C'est un raisonnement sur les ensembles.
Le plus célèbre syllogisme nous vient du philosophe Aristote :
Tous les hommes sont mortels,
Socrate est un homme,
Donc Socrate est mortel.
Ce syllogisme est vrai ; en revanche le suivant est faux :
Tous les hommes sont mortels,
Tous les chats sont mortels,
Donc les chats sont des hommes.
Nous pouvons représenter ces affirmations suivant le diagramme d'Euler qu'on appelle plus familièrement des patates pour vérifier l'exactitude ou l'inexactitude du syllogisme.

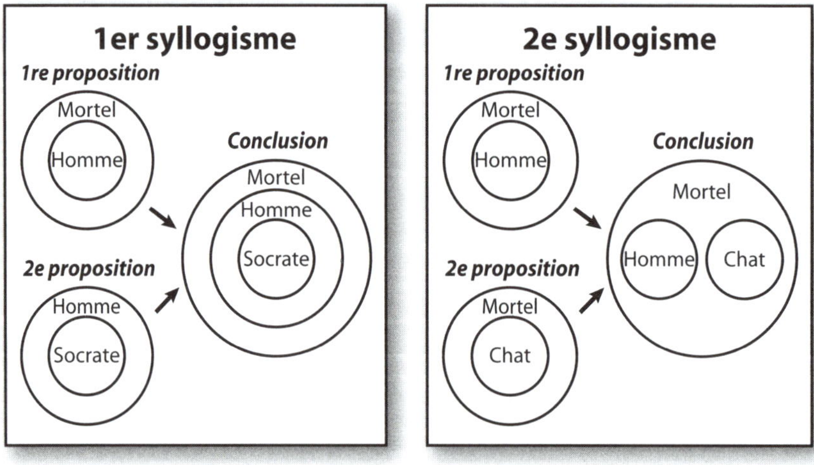

Nous voyons bien à présent que le 1er syllogisme est vrai : si les hommes appartiennent à la catégorie des mortels et que Socrate appartient à la catégorie des hommes, alors Socrate appartient à la catégorie des mortels. En revanche, le 2e syllogisme est faux : si les hommes appartiennent à la catégorie des mortels et que les chats appartiennent à la catégorie des mortels, cela n'implique pas que les chats soient des hommes.
Dans les concours, les syllogismes se présentent sous forme d'une affirmation en plusieurs propositions (comme dans les exemples précédents) suivies d'autres affirmations dont il faut déterminer si elles sont la conséquence nécessaire des précédentes ou non.

Exemple

Jean est mon ami,
Pierre n'est pas mon ami,
Tous mes amis sont avares.
Alors il est vrai de dire que :

❒ **a.** Pierre est l'ami de Jean.
❒ **b.** Pierre n'est pas avare.
☒ **c.** Jean est avare.
❒ **d.** Jean n'est pas avare.
☒ **e.** Pierre peut être avare.

Pour résoudre ce syllogisme, faisons un diagramme :

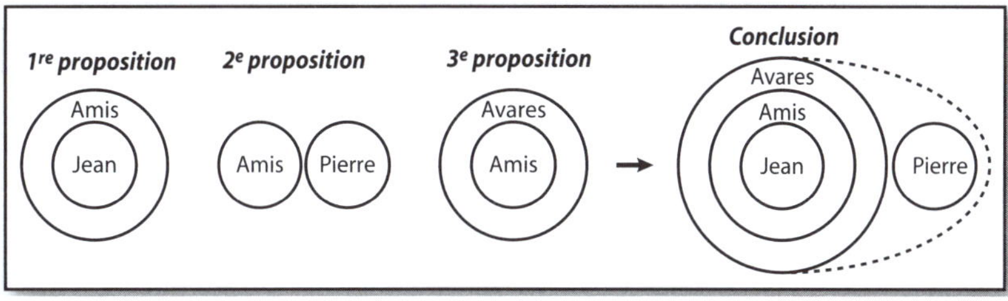

Ce diagramme réalisé étape par étape montre que la proposition a. est hors sujet par rapport aux affirmations, que la c. est vraie et la d. fausse. Mais cela pouvait apparaître à la seule lecture.

En revanche, ce qui est plus précis dans le diagramme c'est la nuance représentée par les pointillés. Rien ne dit que Pierre soit avare, mais rien ne dit le contraire. Par conséquent on ne peut pas affirmer qu'il l'est ou non de façon catégorique (donc b. est faux), mais on peut envisager qu'il le soit à titre d'hypothèse (donc e. est vrai). **La réponse est donc c, e.**

Vous noterez dans cet exemple la nuance entre les **propositions catégoriques** qui affirment ou nient sur le mode de la certitude et les **propositions hypothétiques** qui demandent si une chose est possible. Les propositions catégoriques n'admettent pas d'interprétation ; il faut bien lire l'intitulé. En revanche les propositions hypothétiques vous demandent d'admettre tout ce qui n'est pas contradictoire avec les propositions, même si cela n'a pas été dit. Ainsi dans l'exemple précédent, s'il avait été proposé « Pierre peut être l'ami de Jean », il aurait fallu répondre « Vrai » car rien ne dit que c'est impossible.

Remarque

Les propositions des syllogismes n'ont pas nécessairement de sens ; et s'ils en ont un, il faudra surtout s'attacher à la logique. Dans l'exemple précédent, il serait insensé que les chats soient des hommes. Mais ce n'est pas pour cette raison que le syllogisme est faux ; c'est parce que la logique des ensembles n'y est pas appliquée avec rigueur.

2 Ensembles numériques

Ce sont des petits exercices dans lesquels on associe la logique et l'aptitude numérique. Des valeurs relatives vous sont données et selon ces valeurs vous devez trouver la valeur totale d'un ensemble ou identifier la plus grande ou la plus petite valeur parmi des ensembles proposés.

Exemple

Sachant que ⬢ = ♥♥ et que ♥ = ♣♣♣, quelle proposition représente la plus petite valeur ?

❒ a. ♥⬢♥♣⬢♣♥ ❒ d. ♣⬢⬢⬢⬢

❒ b. ♥♥♥♥♥♥♥♥ ❒ e. ⬢♣♥⬢♣♥

❒ c. ♣♣♣♣♣♣⬢⬢

Pour résoudre rapidement ce problème, remplacez la plus petite valeur relative par 1. Ici, c'est ♣. Si ♣ = 1 alors ♥ = 3 et ⬢ = 6.

Ensuite il faut faire du calcul mental en n'hésitant pas à rassembler les signes identiques. La proposition **a.** vaut **23**, la **b.** vaut **24**, la **c.** vaut **18**, la **d.** vaut **25** et la **e.** vaut **20**. La réponse (la plus petite valeur) est donc **c**.

Ce type d'exercice n'est pas très dur, mais la gymnastique intellectuelle est vite fatigante. Si vous pouvez alterner avec un autre exercice, c'est une bonne chose.

3 Opérateurs

Les tests des opérateurs invitent le candidat à analyser une succession de figures accompagnées des fameux opérateurs. Ces opérateurs sont des signes (arbitrairement choisis) qui désignent la figure qu'ils accompagnent. Vous devez comprendre la signification de ces opérateurs et compléter logiquement la série de figures.

L'un d'eux désigne la figure (sa forme), les autres peuvent désigner sa couleur, sa position (ses déplacements), ses transformations (augmentation ou diminution du nombre de côtés, passage d'une forme à angles à une forme arrondie, etc.)

Vous retrouverez dans ces tests des logiques graphiques que vous avez déjà vues dans les autres tests graphiques.

Exemple

Quelle figure doit logiquement figurer dans le dernier carré ?

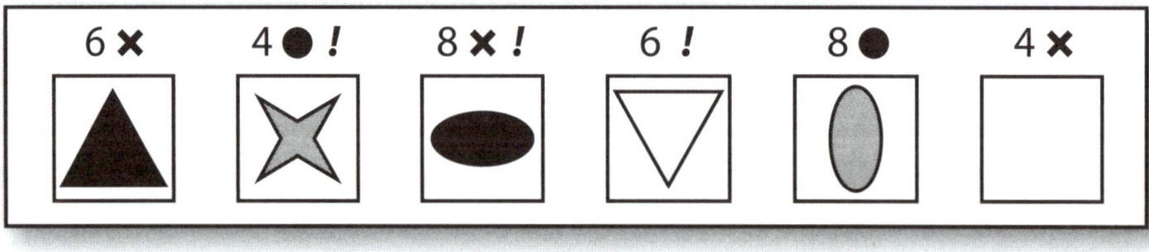

Dans cet exemple, nous constatons que les 1re et 3e figures sont noires et qu'on leur associe en commun ✖. Donc ✖ = figure noire. Du coup l'autre opérateur, le chiffre, doit désigner la forme du symbole : **6** pour le triangle et **8** pour l'ovale. Il faut vérifier qu'il en est de même pour la croix. En figure 2, elle est associée à l'opérateur **4** mais aussi à ● et « **!** ». Or ● est présent en figure 5 où le symbole est un ovale et « **!** » est présent dans la figure 4 où le symbole est un triangle. Donc ● doit désigner la couleur grise et « **!** » la rotation (comparez la 3e et la 5e figure). Le dernier carré doit contenir une croix noire et sans rotation. La réponse est donc **b**.

Attention

Ces exercices ne doivent pas être sous-estimés. Ils peuvent être très difficiles si l'on multiplie les opérateurs et que des interprétations concurrentes sont possibles.

4 Que faire en cas d'exercice inconnu ?

Il est évident qu'on ne peut jamais prévoir tous les exercices possibles tant la diversité en ce domaine est réelle. Mais la connaissance des règles vues plus haut et l'habitude des raisonnements logiques doivent vous armer contre l'imprévu.

Dites-vous de toute façon que personne ne peut tout prévoir et que devant un exercice inédit les autres candidats seront aussi surpris que vous et cherchez à répondre avec les automatismes pris dans d'autres exercices. Les exercices ne sont jamais complètement différents de ce qui existe déjà.

Entraînements

Exercice 1. Séries

Quelle figure complète chaque série ? Entourez la bonne réponse

1.

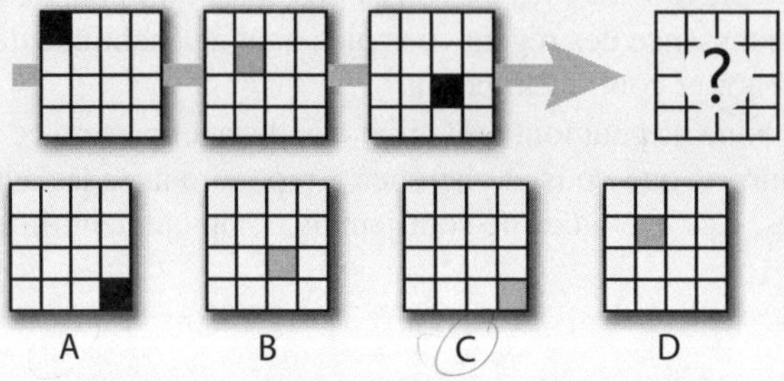

2.

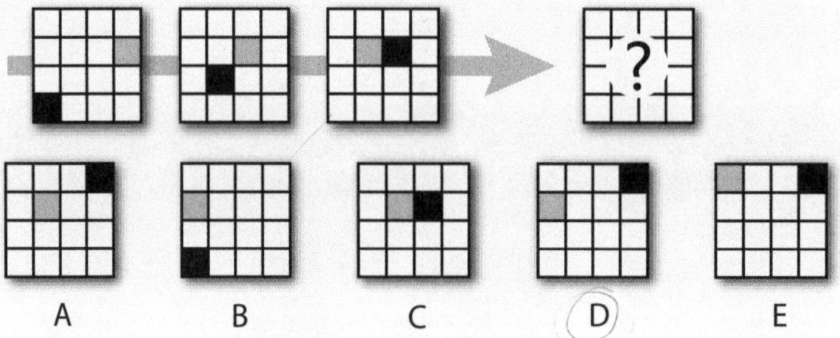

3.

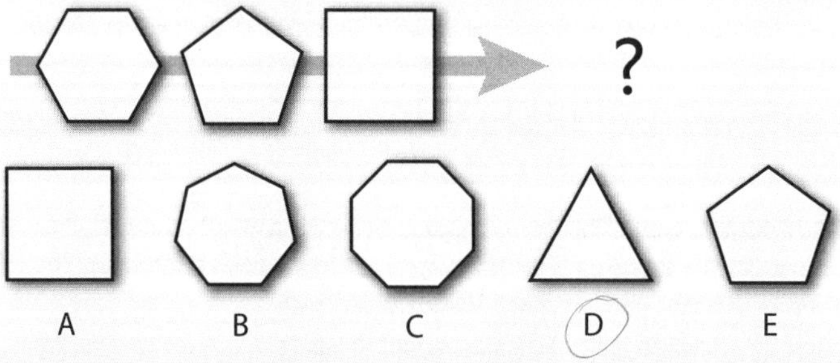

4.

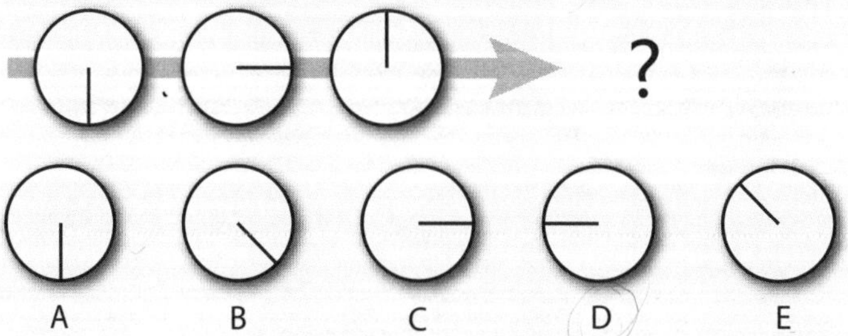

5.

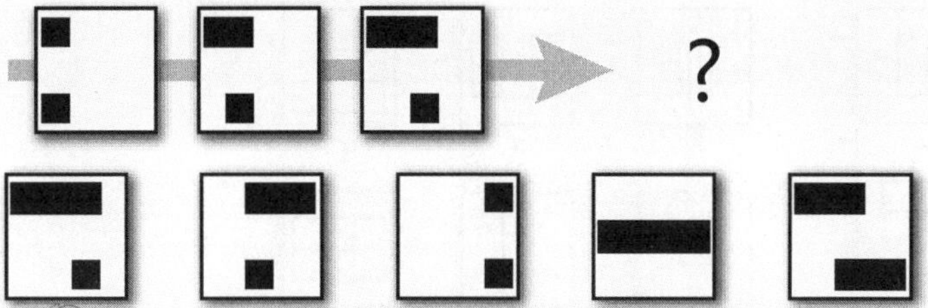

A B C D E

6.

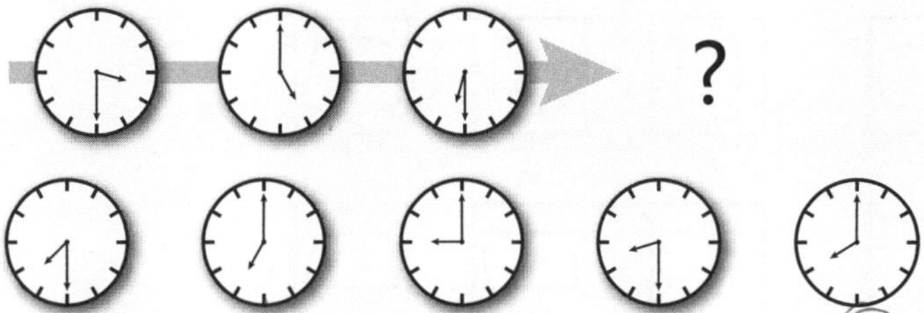

A B C D E

7.

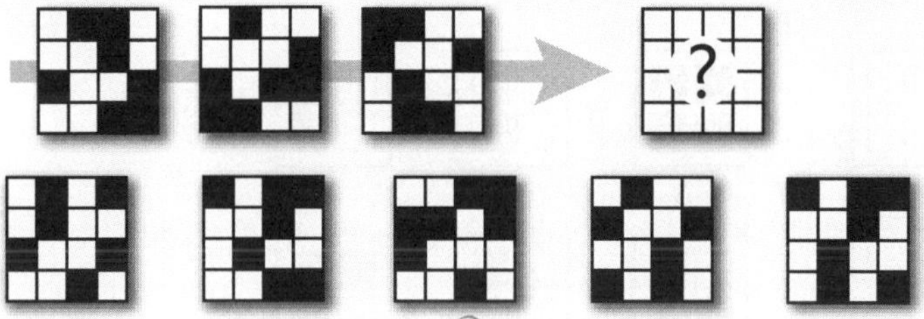

A B C D E

8.

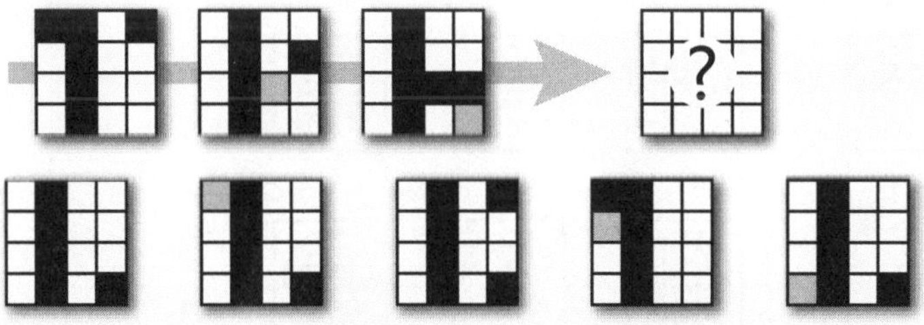

A B C D E

9.

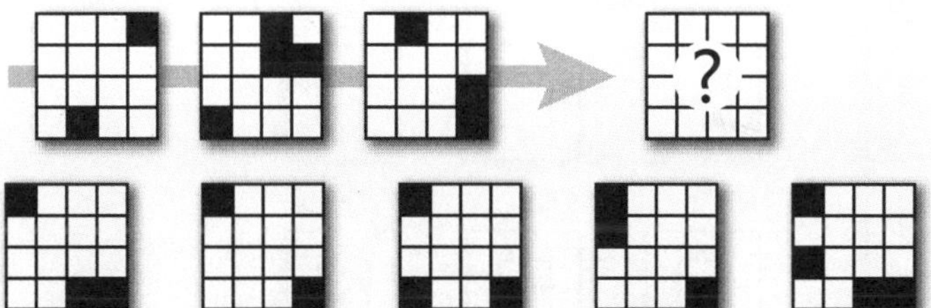

A B C D E

10.

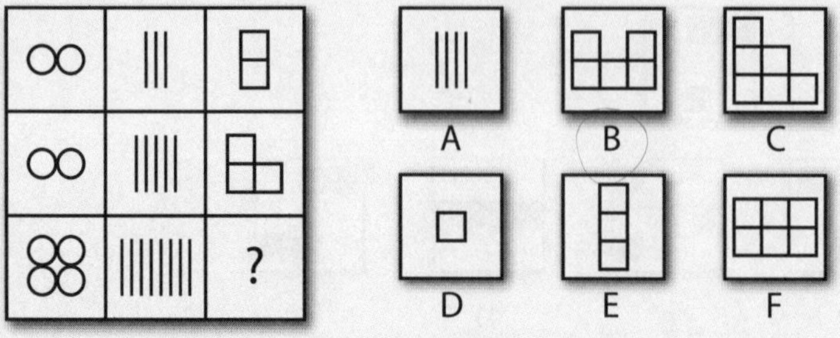

11.

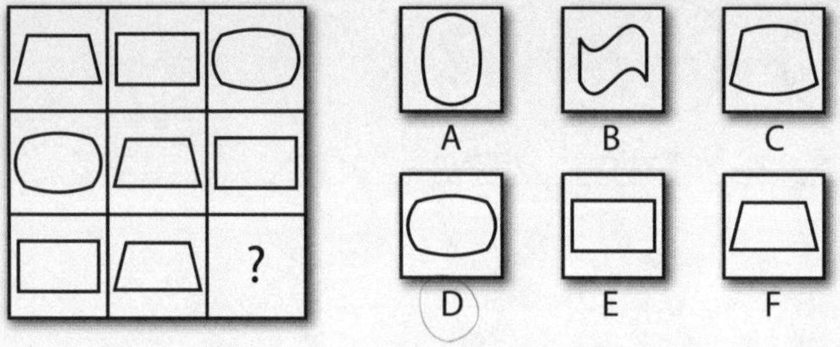

12.

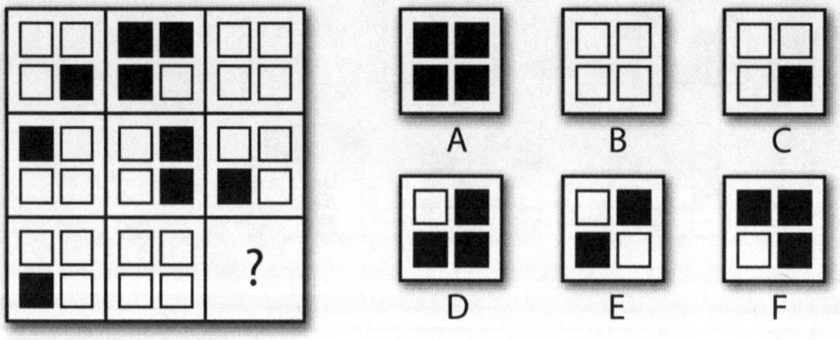

13.

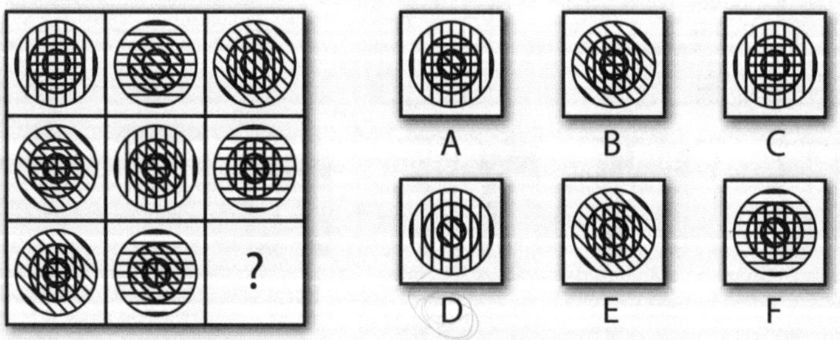

14.

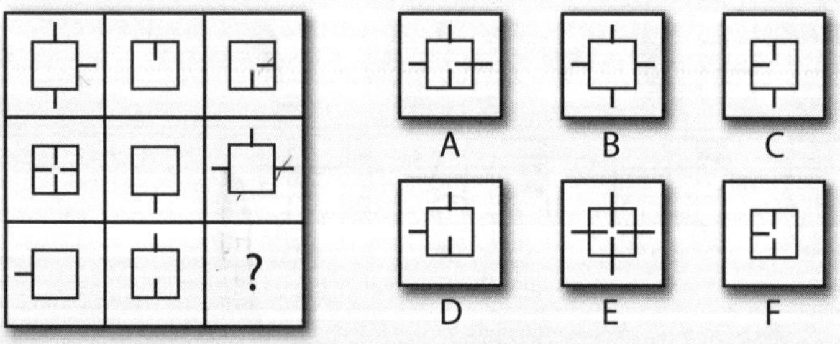

15.

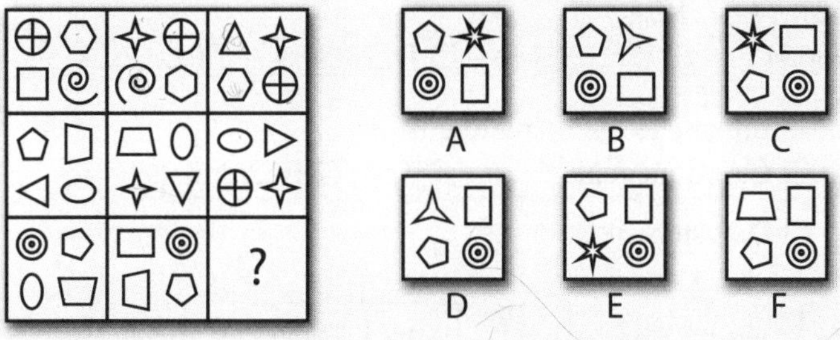

Exercice 2. Séries

Complétez les séries suivantes.

1. 1 4 7 10 ……
❒ **A.** 11 ❒ **B.** 13 ❒ **C.** 14 ❒ **D.** 15 ❒ **E.** 17

2. 2 4 8 16 ......
❒ **A.** 24 ❒ **B.** 26 ❒ **C.** 32 ❒ **D.** 20 ❒ **E.** 48

3. 44 42 ...... 38 36
❒ **A.** 40 ❒ **B.** 38 ❒ **C.** 44 ❒ **D.** 42 ❒ **E.** 41

4. 12 13 15 18 ......
❒ **A.** 19 ❒ **B.** 20 ❒ **C.** 21 ❒ **D.** 22 ❒ **E.** 23

5. 23 32 32 ...... 41 50
❒ **A.** 35 ❒ **B.** 41 ❒ **C.** 32 ❒ **D.** 39 ❒ **E.** 36

6. 347 447 647
❒ **A.** 100 ❒ **B.** 487 ❒ **C.** 537 ❒ **D.** 517 ❒ **E.** 547

7. A C E ......
❒ **A.** F ❒ **B.** 7 ❒ **C.** J ❒ **D.** G ❒ **E.** H

8. B F ...... N R
❒ **A.** J ❒ **B.** L ❒ **C.** I ❒ **D.** H ❒ **E.** M

9. E F I N ......
❒ **A.** P ❒ **B.** R ❒ **C.** S ❒ **D.** U ❒ **E.** T

10. 4 6 12 14 30
❒ **A.** 18 ❒ **B.** 16 ❒ **C.** 28 ❒ **D.** 26 ❒ **E.** 29

11. D(2) T(3) Q(4) ...... (5)
❒ **A.** B ❒ **B.** E ❒ **C.** C ❒ **D.** N ❒ **E.** R

12. gyrophare 4 groupe 3 pull 1 hirondelle ......
❒ **A.** 1 ❒ **B.** 2 ❒ **C.** 3 ❒ **D.** 4 ❒ **E.** 10

13. Si ROTULE = 435621, LOUTRE = ...

❒ **A.** 46512 ❒ **B.** 236541 ❒ **C.** 263514 ❒ **D.** 236451 ❒ **E.** 362415

14. mardi 2 vendredi 1 dimanche ...... mercredi 3 ......

❒ **A.** 1/jeudi ❒ **C.** 3/dimanche ❒ **E.** 2/dimanche

❒ **B.** 2/mardi ❒ **D.** 2/samedi

15.

9	12	21
6	5	11
15	17	?

16.

K	3	J	8
J	8	K	3
3	K	8	?

17.

B	D	F
E	C	H
L	I	?

18.

1	1	2	4
3	9	4	16
5	25	6	?

19.

A	3	G
M	5	R
L	8	?

20.

7	2	3	XII
1	13	10	?
8	32	5	XLV
S	Q	?	LXXXI

Exercice 3. Séries

Complétez les séries suivantes

1.

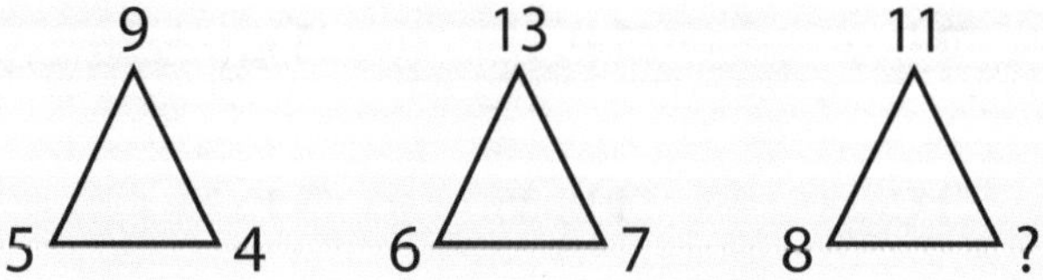

2.

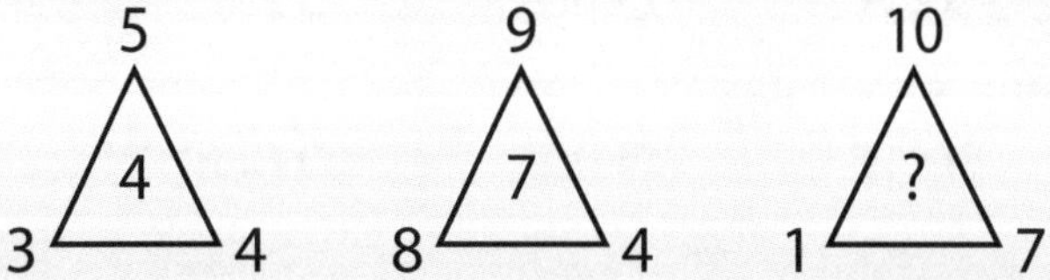

3.
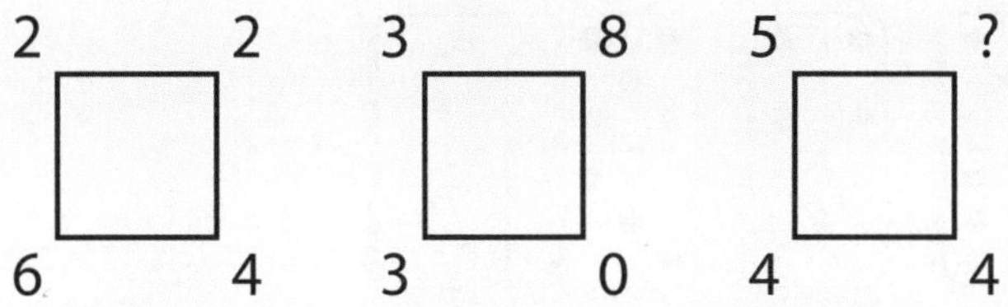
2 2 3 8 5 ?
6 4 3 0 4 4

4.
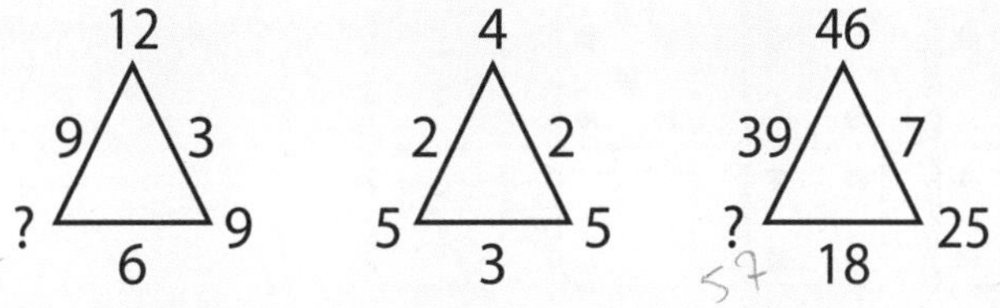
12
9 3
? 9
6
4
2 2
5 5
3
46
39 7
? 25
18

5.
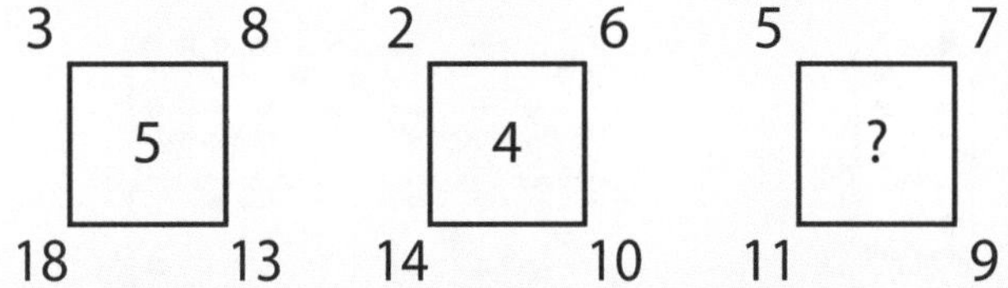
3 8
5
18 13
2 6
4
14 10
5 7
?
11 9

6.
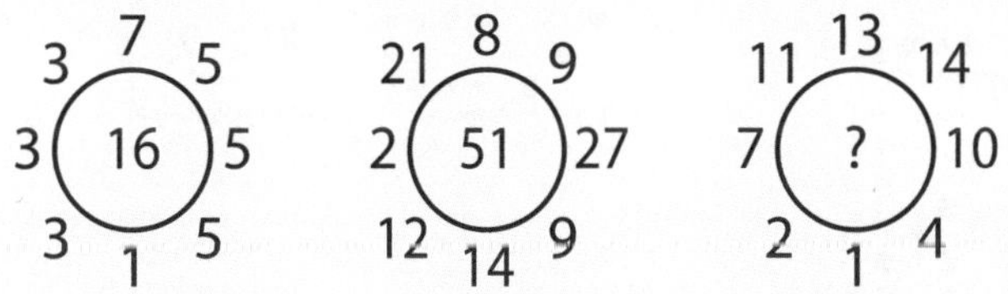
7
3 5
3 16 5
3 5
1
8
21 9
2 51 27
12 9
14
13
11 14
7 ? 10
2 4
1

7.
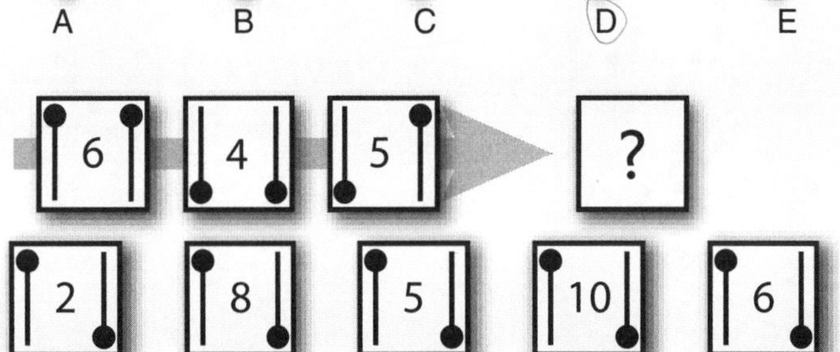
4
12
6
?
4
10
2
6
9
A
B
C
D
E

8.
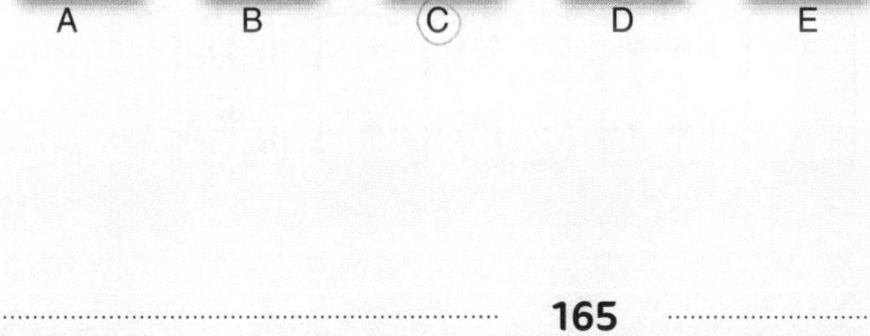
6
4
5
?
2
8
5
10
6
A
B
C
D
E

9.

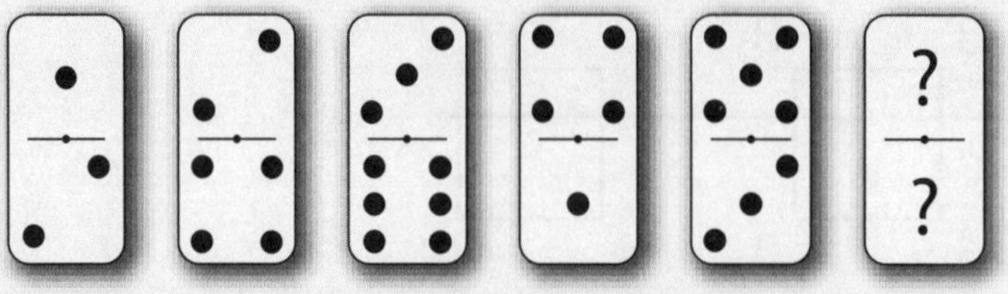

10.

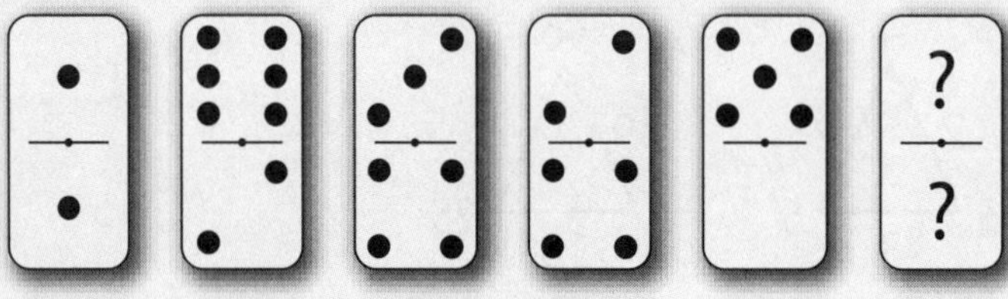

11.

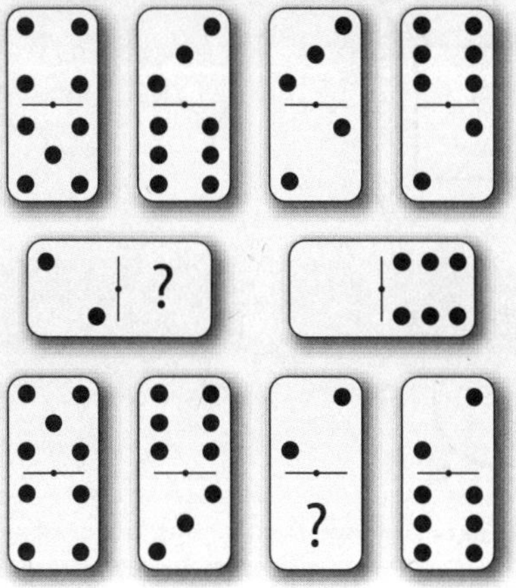

12.

13.

14.

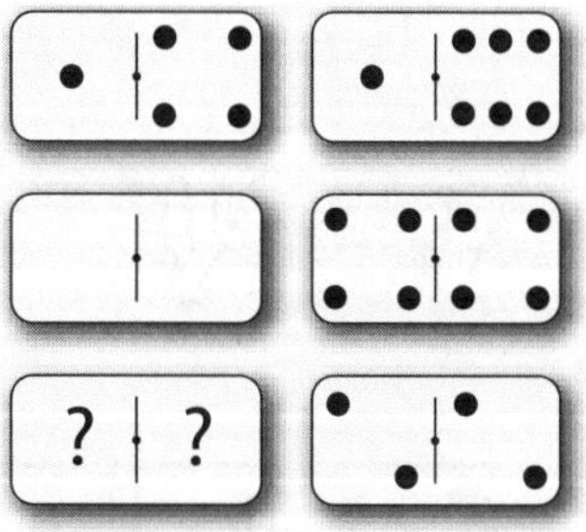

15.

16.

17.

18.

Exercice 4. Ensembles

Quelle figure peut être intégrée dans l'ensemble encadré ?

1.

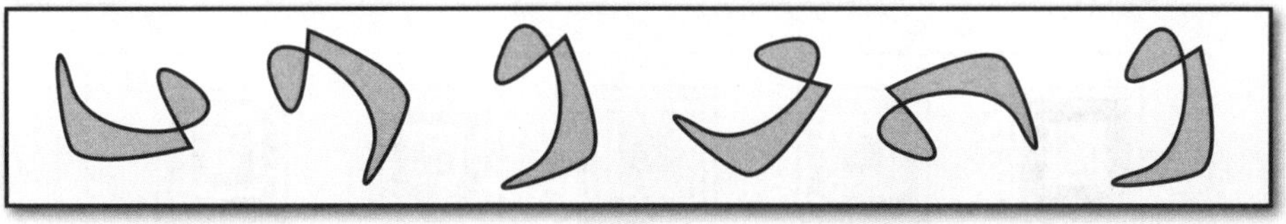

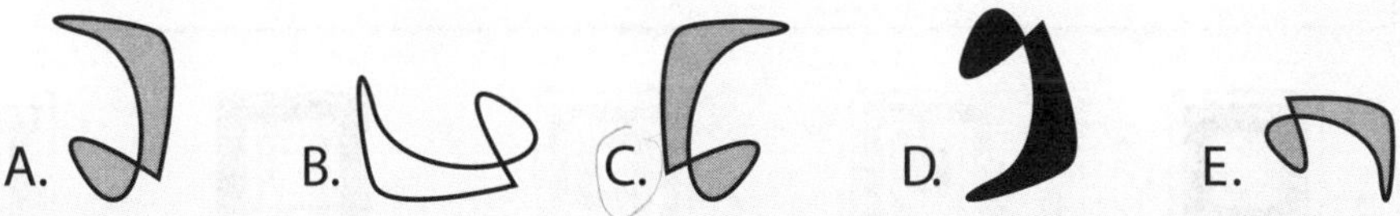

2.

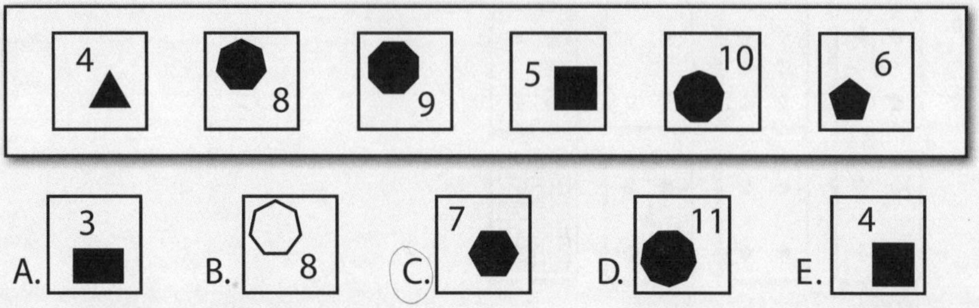
4
8
9
5
10
6
A. 3
B. 8
C. 7
D. 11
E. 4

3.

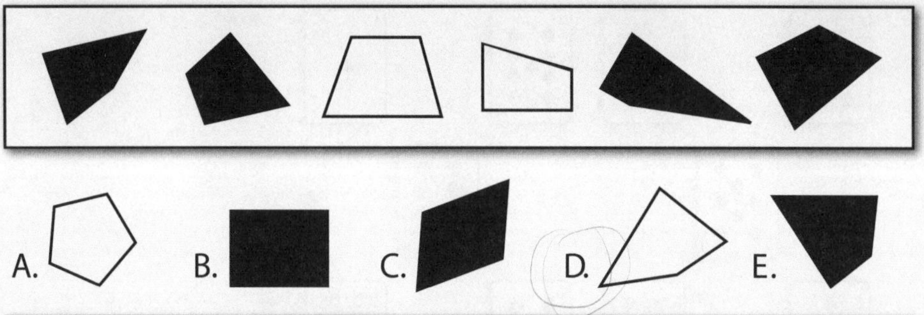
A.
B.
C.
D.
E.

4.

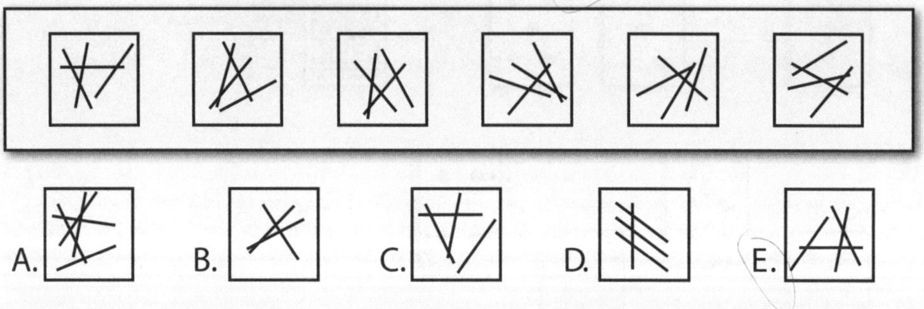
A.
B.
C.
D.
E.

5.

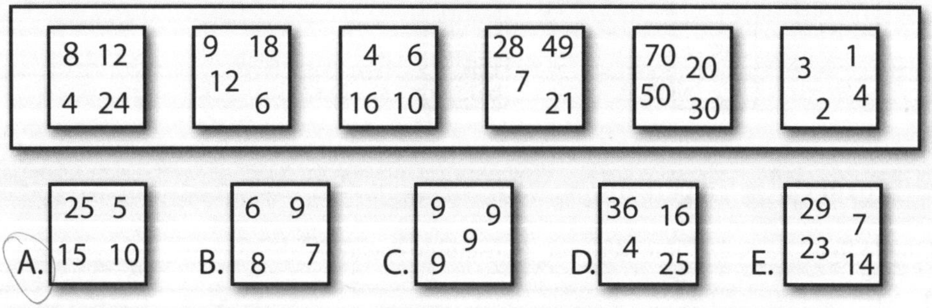
8 12 4 24
9 18 12 6
4 6 16 10
28 49 7 21
70 20 50 30
3 1 2 4
A. 25 5 15 10
B. 6 9 8 7
C. 9 9 9 9
D. 36 16 4 25
E. 29 7 23 14

6.

A.
B.
C.
D.
E.

7.

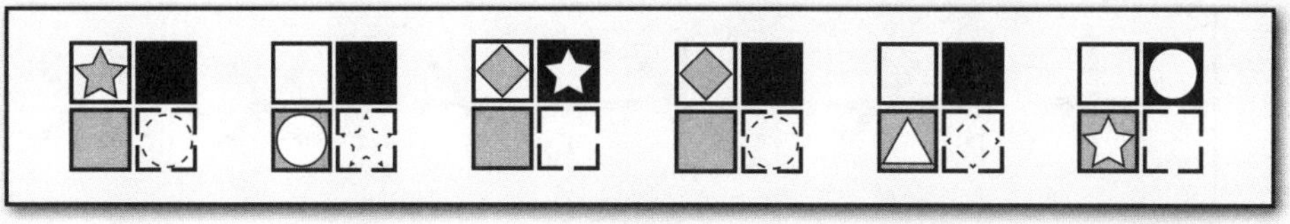

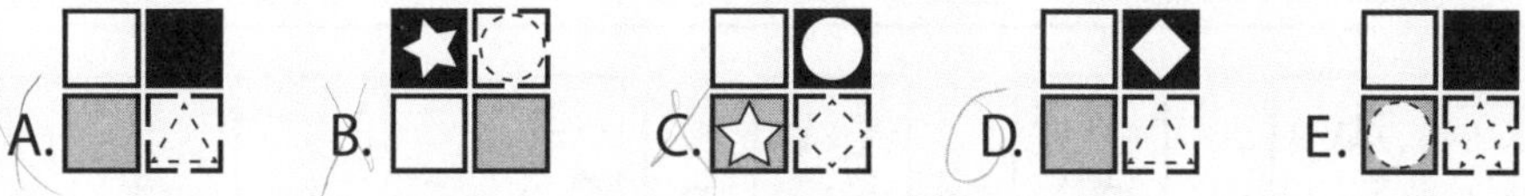

8. Les figures font chacune partie d'un ensemble A, B, C.

Le cadre 1 contient 2 figures A et le cadre 2 en contient 3.

Le cadre 3 contient 3 figures B et le cadre 4 en contient 2.

Le cadre 5 contient 2 figures C et le cadre 6 en contient 2.

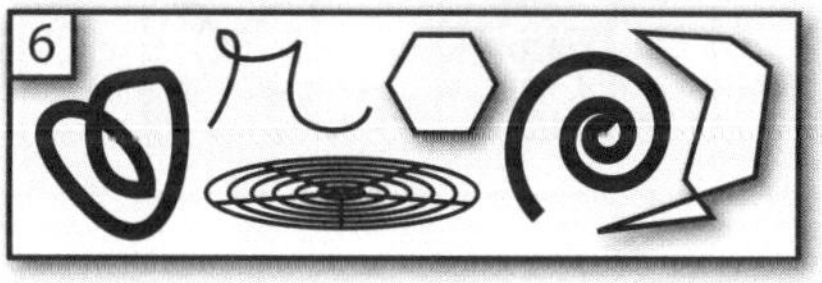

Identifiez l'ensemble auquel appartient chaque figure ci-dessous:

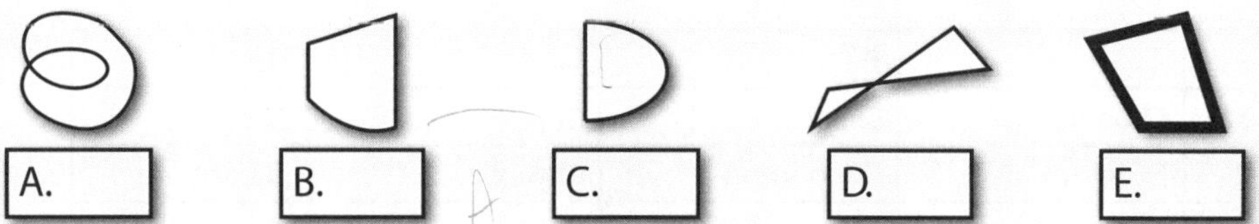

Exercice 5. Intrus

Trouvez la figure intruse.

1.

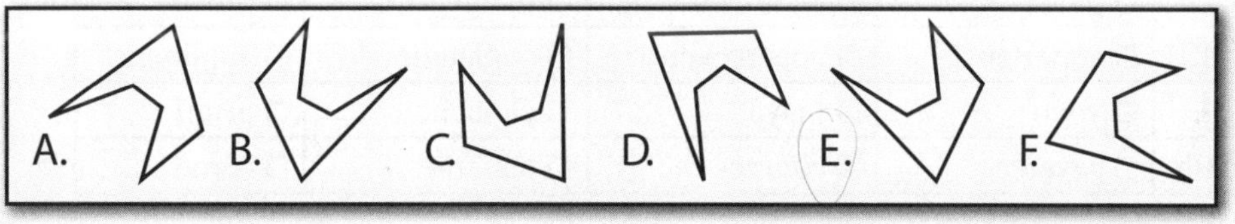

2.

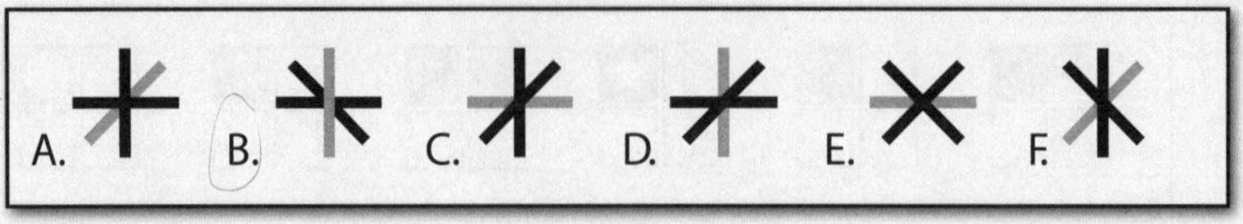

3.

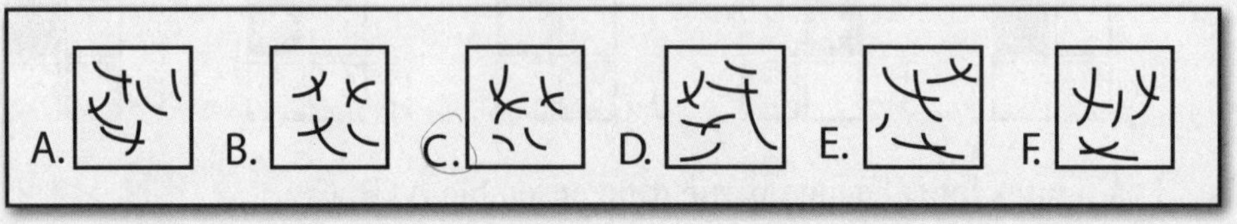

4.

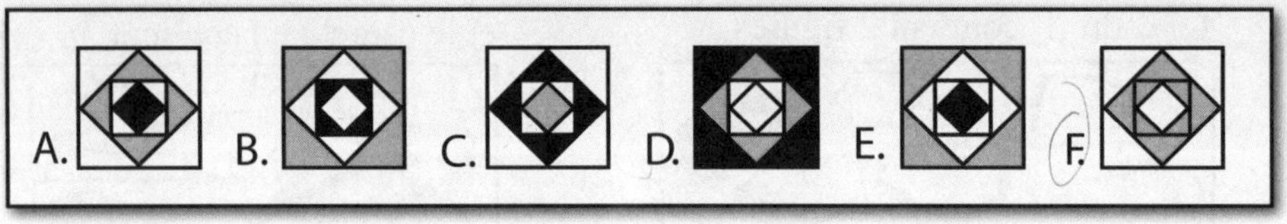

5.

6.

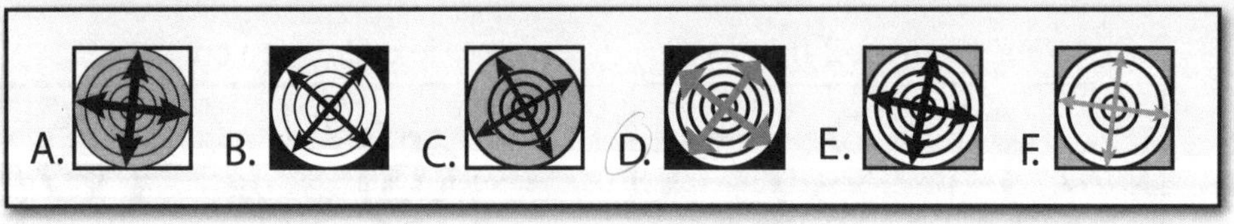

Exercice 6. Intrus

Trouvez l'intrus dans chaque série.

	A.	B.	C.	D.
1.	❐ oncle	❐ sœur	❐ père	❐ cousin
2.	❐ cœur	❐ poumon	❐ pique	❐ carreau
3.	❐ mardi	❐ mai	❐ hiver	❐ saison
4.	❐ banane	❐ avocat	❐ haricot	❐ tomate
5.	❐ locomotion	❐ vélo	❐ car	❐ voiture
6.	❐ handball	❐ rugby	❐ hockey	❐ golf
7.	❐ pierre	❐ pauline	❐ marguerite	❐ olivier
8.	❐ apporter	❐ appercevoir	❐ applaudir	❐ appliquer
9.	❐ yoyo	❐ maya	❐ chouchou	❐ grigri
10.	❐ caverne	❐ citerne	❐ lanterne	❐ cerne

Exercice 7. Ensembles

Trouvez quel ensemble vérifie les indications proposées.

1. Base : 1 - 2 - 3 - 5 - 6

5 3	1 chiffre commun à la bonne place	**Solution :** 5 2
2 3	1 chiffre commun à la mauvaise place	

2. Base : 1 - 2 - 3 - 5 – 6

1 3	1 chiffre commun à la mauvaise place	**Solution :** 2 1
3 2		

3. Base : A - B - C - E - F – J

A E C	3 lettres communes à la mauvaise place	**Solution :** ☐☐☐
B F A	1 lettre commune à la bonne place	
F B C	1 lettre commune à la mauvaise place	

4. Base : A - B - C - E - F – J

C F J	1 lettre commune à la mauvaise place	**Solution :** ☐☐☐
C E B	1 lettre commune à la bonne place	
B F A		

5. Base : ● ★ ▲ ■ ○ +

★ ● ▲ ■	4 symboles communs à la mauvaise place	**Solution :** ☐☐☐☐
▲ ★ ■ ●		
● ■ ★ ▲		

6. Base : ● ★ ▲ ■ ○ +

▲ ○ ★	1 symbole commun à la mauvaise place	**Solution :** ☐☐☐
○ ■ ★		
+ ○ ●	1 symbole commun à la bonne place et 2 à la mauvaise	

7. Base : 1 - 2 - 3 - 4 - 5 - 6

1 4 3	1 chiffre commun à la mauvaise place	**Solution :** ☐☐☐
3 5 2		
3 4 5	1 chiffre commun à la bonne place	

8. Base : 1 - 2 - 3 - 4 - 5 - 6 - 7 – 8

3 2 4 5	1 chiffre commun à la bonne place et 2 à la mauvaise
1 4 7 3	2 chiffres communs à la mauvaise place
6 4 1 2	2 chiffres communs à la bonne place
5 7 1 8	1 chiffre commun à la bonne place et 1 à la mauvaise

Solution : ☐☐☐☐

9. Base : A - B - C - D - F - G – H

H A C B	} 2 lettres communes à la mauvaise place
H D C A	}
D H B C	1 lettre commune à la bonne place et 1 à la mauvaise
B G H C	2 lettres communes à la mauvaise place

Solution : ☐☐☐☐

10.

C A R N E	2 lettres communes à la bonne place
C I R E E	}
M I C R O	}
T I R E R	} 1 lettre commune à la bonne place
C O U L A	}
B R U N E	}
C I R E R	0 lettre commune à la bonne place

Solution : ☐☐☐☐☐

Exercice 8. Syllogismes

En tenant compte des informations, déterminez quelles affirmations sont correctes.

1. *Tous les chats sont des animaux,*
Certains animaux sont rusés.
Par conséquent, il est vrai de dire…

❑ **A.** Certains chats sont des animaux.
❑ **B.** Tout ce qui est rusé est chat ou animal.
❑ **C.** Les chats sont des animaux rusés.
☒ **D.** Certains animaux rusés peuvent être des chats.
❑ **E.** Certains chats rusés peuvent être des animaux.

2. *Tous les pharmaciens sont allergiques,*
Tous les allergiques sont nerveux,
Jean est nerveux.
Par conséquent, il est vrai de dire...

❑ **A.** Jean est pharmacien.
❑ **B.** Jean est allergique.
❑ **C.** Jean peut être allergique sans être pharmacien.
❑ **D.** Jean peut être pharmacien sans être allergique.
❑ **E.** Jean est allergique ou n'est pas allergique.

3. *Parmi les trucs, il y a des machins,*
Parmi les bidules, il y a des choses,
Certains bidules sont des trucs mais aucun n'est un machin,
Certaines choses sont des trucs.
Par conséquent, il est vrai de dire...

- ❑ **A.** Il existe des trucs machins bidules.
- ❑ **B.** Il existe des bidules choses.
- ❑ **C.** Il existe des machins choses.
- ❑ **D.** Il existe des trucs bidules choses.
- ❑ **E.** Il existe des machines trucs.

4. *Tous les peintres sont des artistes,*
Tous les sculpteurs sont des artistes,
Tous les danseurs sont des artistes.
Par conséquent, il est vrai de dire...

- ❑ **A.** Tous les artistes sont des peintres, des sculpteurs ou des danseurs.
- ❑ **B.** Certains artistes sont des sculpteurs.
- ❑ **C.** Certains peintres danseurs sont des artistes.
- ❑ **D.** Tous les sculpteurs peuvent être des danseurs.
- ❑ **E.** Certains danseurs sculpteurs peuvent être des peintres.

5. *Aucun boulanger n'est pilote,*
Certains enfants de boulangers sont pilotes,
Tous les boulangers sont enfants de boulangers.
Par conséquent, il est vrai de dire...

- ❑ **A.** Certains boulangers sont pilotes.
- ❑ **B.** Certains enfants de boulangers peuvent n'être ni boulangers ni pilotes.
- ❑ **C.** Certains enfants de boulangers peuvent être boulangers et pilotes.
- ❑ **D.** Tout enfant de boulanger est nécessairement boulanger ou pilote.
- ❑ **E.** Les propositions sont contradictoires, aucune réponse ne convient.

Exercice 9. Opérateurs

Pour chaque question identifiez parmi les propositions la plus grande valeur relative.

1. Si ◆ = ☆☆☆ et ☆ = ⊙⊙,
la plus grande valeur est ...

- ❑ **A.** ⊙⊙⊙☆◆
- ❑ **B.** ◆◆◆
- ❑ **C.** ☆◆☆⊙
- ❑ **D.** ☆☆☆☆
- ❑ **E.** ⊙⊙⊙⊙⊙⊙⊙⊙

2. Si ♣ = ♧♧ et ♤ = ♣♣,
la plus grande valeur est ...

- ❑ **A.** ♧♧♧♣♣
- ❑ **B.** ♤♤
- ❑ **C.** ♣♤♧♣♧
- ❑ **D.** ♣♣♣♣♧
- ❑ **E.** ♤♣♧♧

3. Si ✪ = ✶✧ et ✧ = ✶✶,
la plus grande valeur est ...

- ❑ **A.** ✪✪✶✶✶✶✶✧
- ❑ **B.** ✧✧✶✶✪✶✧✧
- ❑ **C.** ✪✶✶✶✧✧✧✧
- ❑ **D.** ✪✪✪✪✶✶
- ❑ **E.** ✧✧✧✧✧✶✶✶✶✶

4. Si ■◆ = ❖ et ❖ = ◆◆◆◆,
la plus grande valeur est ...

- ❑ **A.** ❖❖❖◆❖◆❖
- ❑ **B.** ❖■■◆◆◆◆◆■◆
- ❑ **C.** ■■■■■◆◆◆■
- ❑ **D.** ◆❖◆■❖■◆❖
- ❑ **E.** 🕘🕘❖❖■■◆◆◆

Exercice 10. Séries

Quelle figure doit logiquement figurer dans le dernier carré ?

1.

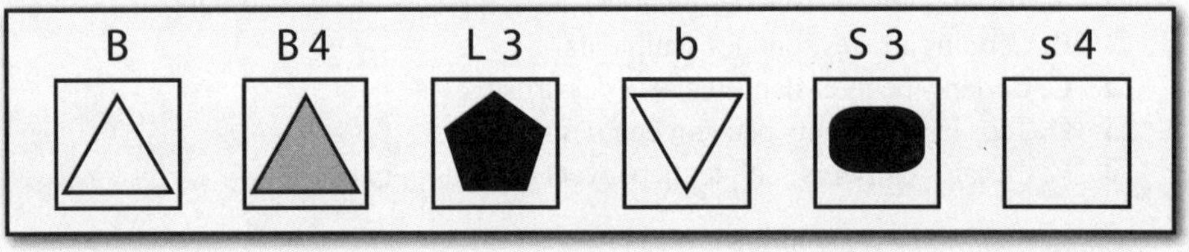

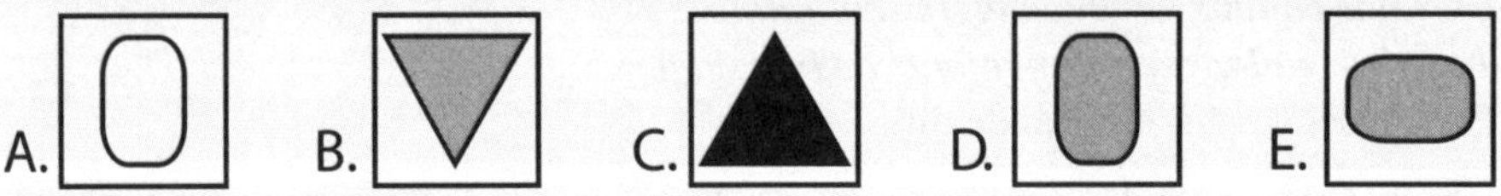

2.

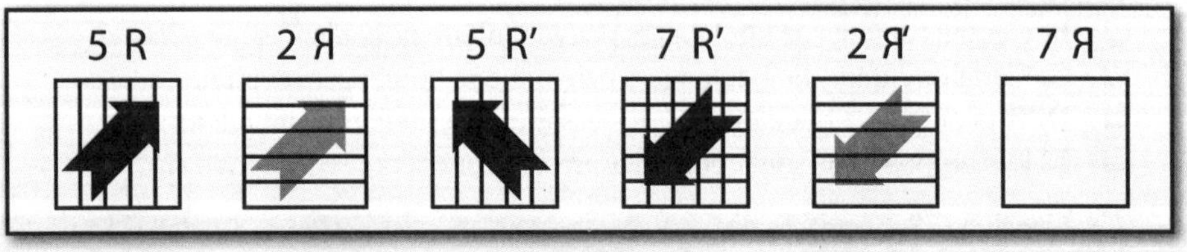

3.

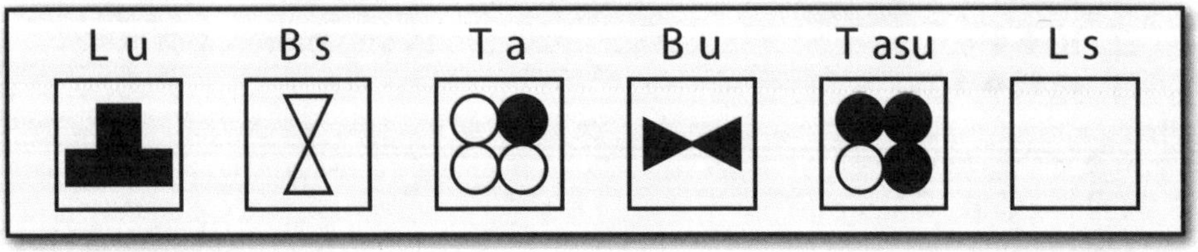

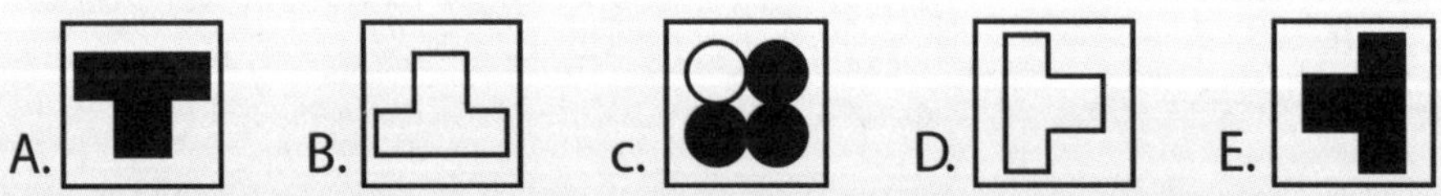

4.

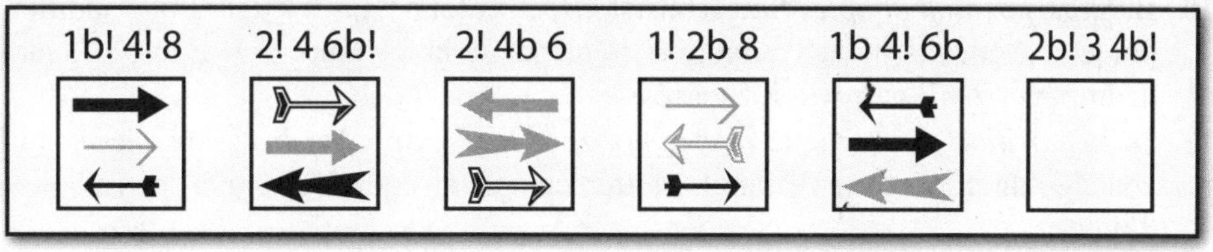

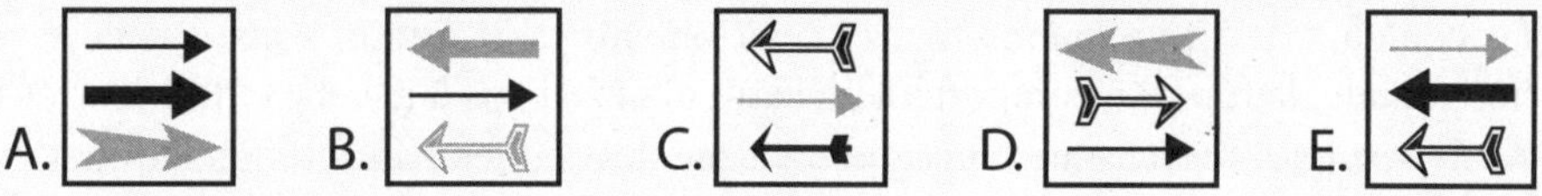

Corrigés

Corrigé 1

1. **C.** ***Logique mixte : déplacement et transformation***. Le carré descend sa diagonale en alternant les couleurs noire et grise.
2. **D.** ***Déplacement***. Le carré noir monte sa diagonale et le carré gris suit sa rangée vers la gauche.
3. **D.** ***Transformation***. Les figures comptent à chaque fois un côté de moins.
4. **D.** ***Déplacement***. La figure tourne d'un quart de tour dans le sens inverse des aiguilles d'une montre entre chaque figure.
5. **A.** ***Logique mixte.*** La figure supérieure s'allonge vers la droite et la figure inférieure se déplace vers la droite. Leur progression est identique.
6. **E.** ***Déplacement***. Les horloges progressent à chaque fois de 1 h 30. Il est d'abord 3 h 30 puis 5 h puis 6 h 30. Si l'on ajoute encore 1 h 30, il est 8 h.
7. **C.** ***Déplacement***. Dans cette série, le nombre de carrés noircis est trop important pour distinguer clairement le mouvement de chacun. Il ne s'agit donc pas d'un déplacement de ces carrés mais d'une rotation de l'ensemble de la figure de 90 dans le sens horaire.

8. **B.** ***Déplacement***. Dans cette série, une barre verticale en 2e colonne (en bleu dans le schéma) cache certains mouvements de 3 carrés : un carré noir en 1re colonne qui descend sa diagonale, un carré noir en 4e colonne qui descend sa colonne et un carré gris en 2e colonne (caché par la barre noire) qui descend sa diagonale et précède donc le 1er carré noir. Arrivé à la fin de sa diagonale, ce carré gris en recommence une autre.

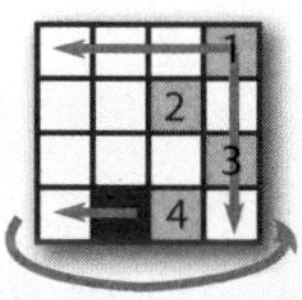

9. **A.** ***Déplacement***. Voici une série bien plus complexe avec de nombreuses superpositions. Dans ce cas, il faut commencer par les éléments les plus isolés : ici le carré noir en 4e rangée. Ce carré suit sa rangée vers la gauche puis commence une nouvelle fois cette rangée. Ensuite on constate qu'il y a 3 autres carrés superposés en figure 1. Un de ces carrés continue la rangée 1 vers la gauche, un autre descend la 4e colonne et le 3e progresse en zigzag suivant les cases grises du schéma ci-contre.

10. B. ***Superposition simple.*** Nous constatons, en colonne, qu'il s'agit d'une addition graphique : éléments de la 1re figure + éléments de la 2e figure = 3e figure. Il faut donc additionner 2 + 3 carrés soit 5 carrés.

11. D. ***Répartition***. Sur chaque rangée horizontale, 3 symboles différents placés à l'horizontale : un trapèze, un rectangle et un rectangle arrondi. Il manque ce symbole sur la 3e ligne.

12. F. ***Superposition avec modification***. En suivant les rangées horizontales, on inverse les couleurs des 2 premières figures pour obtenir la 3e figure. Ainsi sur la 3e rangée horizontale, la réponse comportera un carré blanc en bas à gauche et trois carrés noirs.

13. A. ***Répartition***. Sur chaque rangée horizontale, les 3 orientations différentes des rayures sont présentes (verticale, horizontale, diagonale) et deux orientations similaires ne sont jamais contiguës (comme c'est le cas pour les deux plus grands cercles dans la proposition D).

14. C. ***Superposition avec modification***. On constate qu'horizontalement comme verticalement les 2 premières figures permettent d'obtenir la 3E. Pour cela on observe les deux règles suivantes :

– on supprime les traits qui forment l'intérieur et l'extérieur d'un même côté ;
– et on inverse le sens (intérieur devient extérieur et inversement) des traits qui n'ont pas leur vis-à-vis.

On remarquera que pour la figure manquante, on ne trouvait pas la même réponse en procédant par colonne ou par rangée horizontale. Or, seule la solution par colonne était proposée.

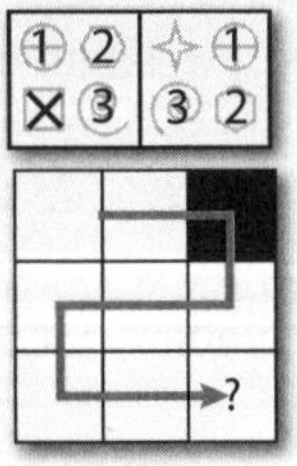

15. D. ***Répartition et modification***. Dans cette série complexe, chacune des cases de la matrice est composée de 4 objets. Ces objets tournent dans le sens horaire de 90 , le 1er objet (noté 1 dans le schéma de gauche) passant à droite, le 2e en bas à droite, le 3e en bas à gauche et le dernier disparaît remplacé dans la série suivante par un objet nouveau en haut à gauche (ce qui élimine F). Enfin l'ensemble de la série évolue suivant la flèche du 2e schéma.

Corrigé 2

1. B. +3 1 (+3) 4 (+3) 7 (+3) 10 (+3) 13

2. C. ×2 2 (2) 4 (2) 8 (2) 16 (2) 32

3. A. –2 44 (2) 42 (2) 40 (2) 38 (2) 36

4. D. +1, +2, +3, +4 12 (+1) 13 (+2) 15 (+3) 18 (+4) 22

5. B. +9, +0 23 (+ 9) 32 (+ 0) 32 (+ 9) 41 (+0) 41 (+9) 50

6. E. +100 347 (+100) 447 (+100) 547 (+100) 647

7. D. +2 (= passer une lettre) A (B) C (D) E (F) G

8. A. +4 B (CDE) F (GHI) J (KLM) N (OPQ) R

9. D. +1, +3, +5, +7 E (–) F (GH) I (JKLM) N (OPQRST) U

10. C. +2, ×2 4 (+ 2) 6 (2) 12 (+ 2) 14 (2) 28 (+ 2) 30

11. C. Chaque chiffre est précédé de l'initiale du mot qui lui correspond (U pour Un, D pour Deux, etc.)

12. D. Association des noms à leur nombre de voyelles. *Hirondelle* compte 4 voyelles. Attention : l'*y* est une voyelle.

13. **B.** Chaque lettre a été remplacée par un chiffre : R = 4, O = 3, T = 5, U = 6, L = 2 et E = 1. Donc LOUTRE = 236541.

14. **E.** Le chiffre indique le nombre de jours entre les deux jours indiqués ; ainsi entre mardi et vendredi, il y a mercredi et jeudi soit 2 jours. Or, entre dimanche et mercredi il y a 2 jours (lundi et mardi) et si après mercredi on passe 3 jours, soit jeudi, vendredi et samedi, on arrive à dimanche.

15. **32.** ***Opération***. Addition des valeurs en ligne ou en colonnes. Les valeurs à droite sont obtenues par la somme des valeurs de leur rangée et les valeurs du bas sont obtenues en faisant la somme des valeurs de leur colonne.

16. **J.** ***Répartition***. Sur chaque rangée, on retrouve les mêmes éléments disposés différemment : les lettres K et J et les chiffres 3 et 8.

17. **U.** ***Opération***. En rangée, si on additionne les valeurs qui correspondent au classement des lettres dans l'alphabet, on obtient la lettre de droite; Ainsi, B + D = 2^{e} + 4^{e} lettre = 6^{e} lettre = F. Or L est la 12e lettre (2 lettres après la lettre-repère J) et I est la 9e lettre ; donc 12 + 9 = 21. La 21e lettre de l'alphabet est U.

18. **36.** ***Opération***. Chaque chiffre est associé à son carré : 1 et son carré 1, 2 et 4, 3 et 9, 4 et 16, 5 et 25. Il manque le carré de 6, à savoir 36.

19. **F.** ***Opération***. Le chiffre 5 central est la raison entre chaque valeur opposée (en ligne horizontale, verticale ou diagonale). Il faut donc calculer A + 5 = F.

20. **XXIV et D.** ***Opération***. En ligne horizontale, la somme des chiffres arabes est indiquée en chiffres romains. Sur la 2e ligne, il faut donc calculer 1 + 13 + 10 = 24 puis l'écrire en chiffres romains (XXIV). En colonne, la somme des chiffres est représentée par l'initiale du mot. Ainsi pour la 1re colonne 7 + 1 + 8 = 16, or en écriture SEIZE commence par un S. En 3e colonne on trouve 18 qui s'écrit DIX-HUIT et commence donc par un D.

Corrigé 3

1. **3.** La valcur au sommet du triangle est obtenue par l'addition des valeurs de la base. Or 11   8 = 3.

2. **6.** La valeur centrale est la moyenne des 3 valeurs extérieures au triangle. Ainsi dans lc 1er triangle nous avons 5 + 3 + 4 = 12, or 12   3 = 4. Pour le dernier carré la somme des valeurs est 18, or 18   3 = 6.

3. **1.** La somme des 4 valeurs autour d'un carré est toujours 14. Dans le dernier carré, il manque 14   (5 + 4 + 4) = 1.

4. **15 et 57.** Il fallait bien voir que deux réponses étaient attendues. Dans chaque triangle, la valeur située à la pointe d'un angle est obtenue par addition des deux valeurs les plus proches. Ainsi le 12 en haut du 1er triangle est obtenu en faisant 9 + 3.

5. **2.** La valeur au centre du carré correspond à l'écart (la raison) entre chaque valeur en partant de la plus petite (toujours située en haut à gauche). Dans la 3e figure, l'écart entre les valeurs est 2.

6. **31.** La valeur centrale du cercle est obtenue par addition des 4 valeurs en croix (croix droite ou croix penchée à 45). Ainsi dans le 2e cercle, 8 + 27 + 14 + 2 = 51 et 9 + 9 + 12 + 21 = 51. La symétrie des 3 et des 5 dans la 1re série est une fausse piste.

7. **D.** La valeur numérique est obtenue en multipliant par deux le nombre de côtés de la figure qui l'entoure.

8. **C.** Lorsque la boule noire est placée en haut de la barre, elle vaut +3 et quand elle est placée en bas, elle vaut +2

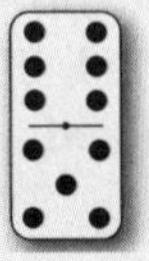

9. ***Série en ligne.***
Ligne du haut : suite croissante de raison +1.
Ligne du bas : suite croissante de raison +2 (on passe à chaque fois une valeur).

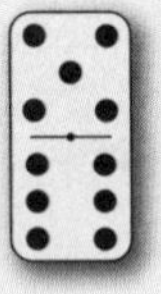

10. ***Série en zigzag.***
La 1re série (qui part du 1 en haut du 1er domino) est une suite croissante de raison +1.
La 2de série est une suite décroissante de raison –2.

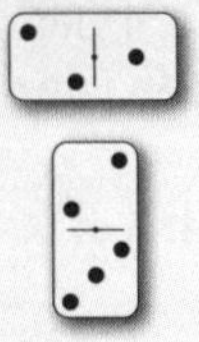

11. ***Série avec symétrie + série en ligne.***
C'est l'exemple parfait qui illustre la règle d'or de la priorité au visuel. Au 1er coup d'œil, on doit voir que les dominos de la 1re ligne et ceux de la dernière ligne sont symétriques selon un axe horizontal. Pour le point d'interrogation le plus bas, la réponse est donc 3.
Pour la ligne centrale, elle ne joue pas de rôle dans la symétrie et constitue une petite suite de raison 1(2 1 0 6). La réponse est donc 1.

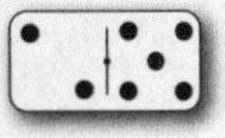

12. ***Série en ligne (ou en colonne).***
Sur la 1re ligne, nous voyons une suite de raison +1.
Sur la 2e ligne, une suite de raison +2.
Sur la 3e ligne, une suite de raison +3.

13. ***Série circulaire (sens horaire) en prenant 1 domino sur 2.***
La 1re série commence à l'intérieur du cercle en partant de la valeur 4 du domino le plus haut. En prenant un domino sur deux, on voit 4 3 2 1 soit une suite de raison 1. La partie extérieure de cette série (extérieur du cercle) propose la suite 1 3 5 0 soit une série de raison +2.

La 2de série fonctionne selon le même agencement. On commence par le domino 1/5 en haut à droite. À l'intérieur on observe la suite 5 6 0 et le suivant sera 1 (raison +1) ; à l'extérieur on voit la suite 1 2 3 et le suivant sera 4 (raison +1).

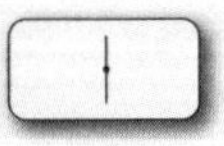

14. ***Série d'opérations.***
C'est rare, mais il ne faut pas négliger cette possibilité.

Dans cette série, 3 opérations sont présentées en ligne. La 4e valeur de chaque ligne horizontale est obtenue par addition des 3 autres valeurs. Ainsi ligne 1 : 1 + 4 + 1 = 6. Dans la dernière ligne, il ne manque pas de valeur. Il faut donc le domino 0/0.

15. **7 de cœur.** ***Série en ligne.*** En associant les familles de mêmes couleurs (carreau avec cœur et pique avec trèfle) on découvre deux séries : celle des « rouges » composée de la suite des chiffres impairs (1 3 5) et celle des noirs composée de la suite 9 6 3 de raison 3. Il faut poursuivre la 1re série par un 7. Concernant la famille, chaque série alterne les deux familles.

16. **6 de cœur.** ***Répartition.*** On retrouve les mêmes cartes sur les deux rangées, mais elles sont disposées différemment.

17. **5 de pique.** ***Opération avec matrice.*** Dans la série matricielle (les 5 cartes de gauche) on constate que chacune des 3 lignes a la même somme, 8. Dans la 2e série, il manque 5 pour que la 3e ligne fasse 10. Concernant le choix de la famille, on constate que les 4 familles sont présentes sur la 1re ligne ; il en sera de même sur la 3e ligne.

18. **7 de trèfle.** ***Opération***. La valeur ou la somme des cartes de chaque colonne progresse de 1. Ainsi la 1re colonne a un 8, la 2e fait 9, la 3e a un 10 et la 4e doit faire 11. Concernant la famille, chaque colonne a une famille différente et les cartes d'une même colonne ont la même famille.

Corrigé 4

1. **C.** C'est exactement la même figure ayant subie une rotation. Les figures b. et d. sont d'une couleur différente, la a. est inversée (effet miroir) et la e. est plus petite.
2. **C.** La figure est noire et elle compte toujours un côté de moins que le nombre associé.
3. **C.** Dans l'ensemble, toutes les figures sont des quadrilatères (ce qui élimine a.). Les figures sont noires quand elles n'ont pas de segment à l'horizontale, et elles sont blanches dans le cas contraire. On aurait pu penser que les figures blanches sont celles qui ont des segments parallèles, mais alors on se retrouvait avec deux réponses, b. et c.
4. **E.** Dans chaque carré, on compte 4 segments (ce qui élimine a. et b.). Sur ces 4 segments, 3 sont sécants entre eux formant une figure fermée, un triangle (ce qui élimine d.) et le 4e segment est seulement sécant avec un autre segment (élimine c.).
5. **A.** Chaque ensemble est constitué de nombres qui sont les multiples d'une valeur commune (2 ou 4 pour le premier ensemble, 3 pour le deuxième, 2 pour le troisième, 7 pour le quatrième, 10 pour le cinquième, 1 pour le dernier).
6. **E.** Les carrés sont de quatre couleurs différentes (blanc, gris, bleu, noir). Le plus petit n'est jamais blanc et le plus grand est toujours blanc. L'ordre des autres couleurs n'importe pas.
7. **D.** Dans l'ensemble il y a toujours 1 carré blanc, 1 carré blanc aux bords en pointillés, 1 carré noir et un gris et ils ne bougent pas (ce qui élimine b.). Dans 2 de ces carrés, il y a toujours une figure (ce qui élimine a. et c.). Dans le carré en haut à gauche, la figure est grise, ailleurs elle est blanche. Dans le carré en pointillés, et seulement là, elle a des pointillés (ce qui élimine e.). Il reste d.
8. **Ensemble A : B., C. ; ensemble B : A., D. ; ensemble C : E.**
   Ensemble A : figures ayant au moins un segment droit et une partie arrondie.
   Ensemble B : forme ou figure à intersection(s).
   Ensemble C : forme ou figure à bords épais.
   Les formes à bords épais pouvaient être dans les 3 ensembles, mais pour les cadres 5 et 6 c'était le seul ensemble possible tant les formes étaient variées.

Corrigé 5

1. **E.** Il s'agit toujours de la même figure, mais elle est inversée (effet miroir) en e.
2. **B.** Toutes les figures comptent 3 segments croisés, 2 noirs et 1 gris. Mais le segment gris est placé en dessous dans toutes les figures sauf en b.
3. **C.** Chaque encadré contient 7 ou 8 arcs de cercle (8 en a. et d.) et 3 arcs sécants. Mais en c.un arc est sécant avec deux autres.

4. **F.** Toutes les figures ont un carré et un losange ou 2 carrés ou 2 losanges en couleurs, l'un en gris et l'autre en noir, sauf le f.
5. **A.** Toutes les cartes vont par paire (même couleur et même valeur). Mais en a. la carte est incorrecte car elle compte 9 cœurs alors que c'est un 10.
6. **D.** Toutes les figures ont des cercles concentriques (5 cercles dont 1 manquant en c. et f.) et 2 flèches perpendiculaires. Les couleurs ne permettent pas de trouver un intrus. Mais si l'on regarde les formes, on s'aperçoit que les flèches de la d. n'ont pas la même forme.

Corrigé 6

1. **B.** Seul nom qui désigne une personne de sexe féminin.
2. **B.** Seul mot qui ne désigne pas une des familles des cartes.
3. **D.** Seul nom qui ne désigne pas le nom d'une division du temps mais donne une appellation générale (tout comme *jour* ou *mois*).
4. **C.** Légume parmi des fruits.
5. **A.** Principe général parmi des éléments qui permettent la locomotion (le déplacement).
6. **D.** Le golf n'est pas un sport collectif.
7. **B.** C'est le seul qui ne peut être qu'un prénom.
8. **B.** Seul mot qui ne prend qu'un seul *–p* (apercevoir).
9. **B.** Seul mot où la syllabe initiale n'est pas répétée.
10. **D.** Seul mot masculin (un cerne) parmi des mots féminins.

Corrigé 7

1. **52.** ***Technique 4*** permet de barrer le 3. On entoure 5 ligne 1 et on souligne 2 ligne 2. Le 2 doit être en 2e position.
2. **21.** ***Technique 3*** permet de barrer 3 (il devrait être sur l'une des lignes à la Bonne Place – « BP » – ce qui n'est pas le cas. On souligne 1 et 2. Le 1 est en 2e position, le 2 en 1re position.
3. **ECA.** ***Technique 1*** permet de barrer B et F lignes 2 et 3. Donc A est BP ligne 2 et comme E n'est pas BP en 2e position et qu'il ne peut être en 3e position, il est BP en 1re position. D'où C en 2e position.
4. **JEA.** ***Technique 4*** permet de barrer C et F (ils ne peuvent être BP dans un cas et MP dans l'autre) et ***technique 2*** permet de barrer B (contradiction entre les lignes 2 et 3). Donc E est BP ligne 2 et A est BP ligne 3. Et il reste la 1re position pour J.
5. **■▲●★.** Aucune technique requise. Il faut voir la seule place que chaque symbole n'occupe jamais ; c'est la BP.
6. **+●○.** ***Technique 1*** permet de barrer ▲★■ aux lignes 1 et 2. Donc ○ ne peut être qu'en 3e position et donc ● est MP est 3e lignc ct c'est + qui est BP.
7. **615.** ***Technique 4 et utilisation de la base.*** On barre les 3 et 4 car ils ne peuvent être BP sur une ligne et MP sur une autre en étant à la même place. Donc en ligne 3 le chiffre BP est 5 ; il est MP en ligne 2 ce qui élimine le 2. En ligne 1 le 1 est MP ; il peut être BP en 2e position. On constate alors qu'il manque un chiffre pour la 1re position et on prend dans la base le chiffre inutilisé : 6.

8. **3512.** ***Technique 4*** permet de barrer 4 (comparaison des lignes 2 et 3). On le barre également ligne 1 et on sait ainsi que les 3 autres chiffres de la ligne 1 sont dans la solution (on les pointe ou les souligne partout). Ensuite on entoure le 2 à la ligne 3 (il est dans la réponse et il ne peut être que BP). On souligne donc le 5 à la ligne 1 (il ne peut être BP) et on entoure le 3. Du coup le 6 de la ligne 3 ne peut pas être BP ; on le barre et on entoure le 1 sur la ligne 3. On entoure le 1 ligne 4. Il suffit alors de placer le 5 (qui est forcément dans la solution) en 2ᵉ position et les 4 chiffres sont trouvés.

9. **DBAG.** ***Techniques 5 et 6***. Le comptage permet de barrer le C et le H (ces lettres reviennent trop souvent). On souligne les lettres restantes sauf ligne 3 où on pointe. Puis on envisage des hypothèses sur la lettre BP à la ligne 3. Si cette lettre BP est D, alors il ne reste que la 3ᵉ position pour le A, le G est à la 4ᵉ position et le B est à la 2ᵉ position. Cette hypothèse est la bonne et l'autre (2 BP à la ligne 3) ne marche pas car D et G devraient tous deux être en 4ᵉ position.

10. **TACLE.** Cet exercice était un carré de mots d'où l'absence de base.
On part de CIRER et on élimine toutes les lettres qui apparaissent au même endroit dans les autres lignes. Du coup il ne reste que le E final de CIREE qui est la lettre BP. De même pour TIRER, il ne reste que le T qui est BP. Donc la 1ʳᵉ lettre est T et la dernière est E. Dans BRUNE, le E est BP, donc le N est à barrer dans CARNE ; du coup pour ce mot dans la mesure où CRN sont barrés les lettres BP sont A et E.
Enfin on constate que le U est barré dans BRUNE donc aussi dans COULA. La lettre BP dans COULA ne peut être que le L (les autres places étant déjà occupées par d'autres lettres). Et la lettre en 3ᵉ position est le C de MICRO.

Corrigé 8

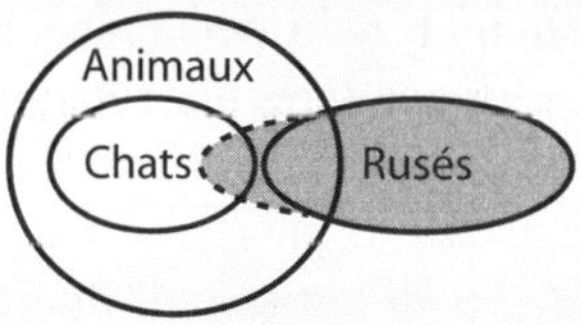

1. **D.** La proposition a. est fausse car elle impliquerait que certains chats ne sont pas des animaux. La b. est fausse car il peut y avoir d'autres êtres rusés. La c. est fausse car ce n'est pas affirmé. La e. est fausse puisque tous les chats sont des animaux.

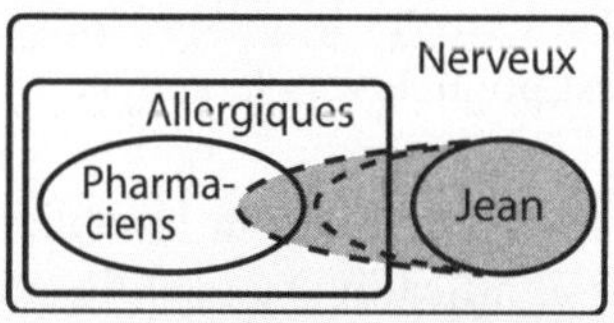

2. **C., E.** Les propositions a. et b. sont fausses car elles ne sont pas nécessaires (il peut l'être ou ne pas l'être). La c. est vraie mais pas la d. car s'il est pharmacien, il est allergique. La e. est vraie de toute façon.

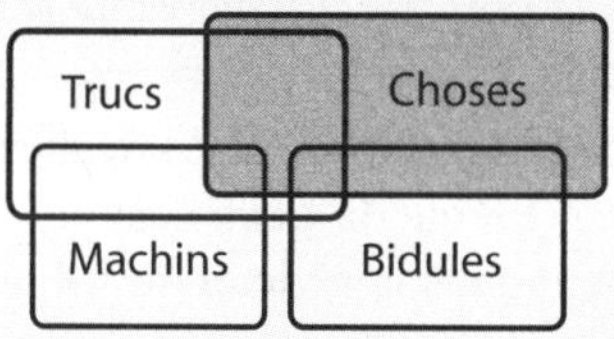

3. **B., C., D., E.** La proposition a. est fausse car il n'existe pas de machins bidules. La c. est vraie car rien ne dit que les choses sont toutes des bidules ; elles sont « parmi les bidules ». La d. est vraie car certains bidules et certaines choses sont des trucs. La b. et la e. sont directement énoncées dans l'intitulé.

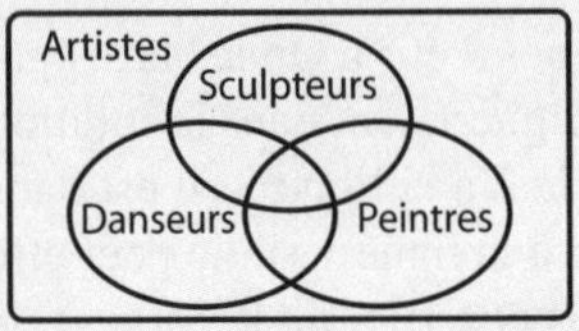

4. **B., D.** La proposition a. est fausse car il est possible que certains artistes ne soient pas d'une de ces trois catégories. La c. est fausse car tous les peintres danseurs sont des artistes. La d. est possible donc elle ne peut être éliminée. Et il en est de même pour la e.

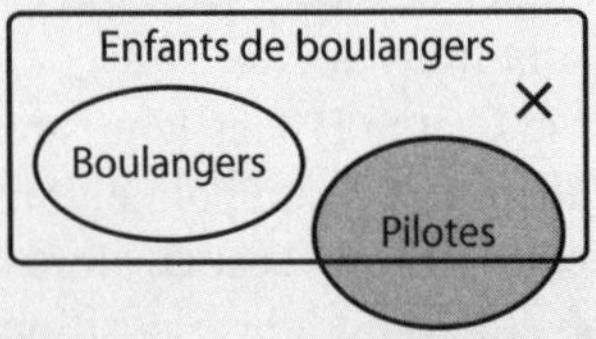

5. **B.** La proposition a. est fausse car elle est contradictoire avec la 1re phrase de l'intitulé. La c. également. La d. est fausse (*cf.* la croix).

Corrigé 9

1. **B.** Valeurs relatives : ⊙ = 1, ☆ = 2, ◆ = 6.
   A = 11, B = 18, C = 11, D = 8, E = 8.
2. **C.** Valeurs relatives : ♧ = 1, ♣ = 2, ♤ = 4.
   A = 7, B = 8, C = 10, D = 9, E = 8.
3. **E.** Valeurs relatives : ✶ = 1, ✧ = 2, ✪ = 3.
   A = 13, B = 14, C = 14, D. 14, E = 15.
4. **A.** Valeurs relatives : ◆ = 1, ■ = 3, ❖ = 4.
   A = 22, B = 19, C = 21, D = 21, E = 19.

Corrigé 10

1. **E.** Les lettres majuscules désignent les formes (B pour triangle, L pour pentagone, S pour la figure arrondie). Les minuscules désignent ces mêmes formes après une rotation de 180 . La figure s n'est cependant pas différente de S quand elle fait un demi-tour. Les chiffres symbolisent les couleurs (3 pour le noir et 4 pour le gris).
2. **D.** Les chiffres indiquent le type de hachures (5 pour vertical, 2 pour horizontal, 7 pour les 2). Le R à l'endroit indique que la flèche est noire et à l'envers il indique que la flèche est grise. Enfin l'apostrophe indique que la flèche est pointée vers la gauche ; si elle est absente la flèche est pointée vers la droite.
3. **D.** Les lettres majuscules représentent les formes (L pour le podium, B pour le sablier, T pour les 4 petits ronds). Les minuscules ont chacune leur signification : u signifie que la figure est noire, s qu'elle tourne d'un quart de tour dans le sens horaire par rapport à la figure sans s, et a désigne une symétrie ou inversion exacte.
4. **E.** Les chiffres indiquent les formes des flèches, et ils ne suivent pas l'ordre des flèches. Le b signifie que la flèche est pointée vers la gauche et le « ! » que la flèche est noire (à défaut, elle est grise). On notera quc lc 3 n'est pas présent dans la série et qu'il faut donc trouver dans la réponse une flèche nouvelle.

Épreuve d'admission n° 2

Inventaires de personnalité

- Tests de personnalité
- Questionnaire de personnalité
- Test de gestion du stress

1

Présentation de l'épreuve
Tests de personnalité

1 Évaluer l'adéquation du profil psychologique du candidat avec la fonction de gendarme

La dernière réforme du concours de sous-officiers de gendarmerie est inscrite dans un processus de refonte plus large du dispositif de recrutement qui vise à le rendre plus efficient afin de garantir l'opérationnalité et l'adaptabilité des futurs gendarmes.

Elle était le résultat entre autres d'une réflexion, associant militaires et psychologues, permettant d'aboutir à un nouveau profil type du gendarme prenant en compte les évolutions du métier et ses spécificités, notamment :

- l'importance de l'adhésion aux valeurs militaires, soit la discipline, la disponibilité, la droiture et l'obligation de réserve ;
- la dimension collective du travail et de la vie en caserne ;
- la mission de régulation sociale auprès des populations dans des contextes potentiellement difficiles…

Cette démarche a conduit à la rénovation des outils de sélection permettant d'évaluer la concordance entre le profil psychologique du candidat et les traits de personnalité nécessaires à l'exercice de la fonction de gendarme.

Le candidat au concours de sous-officiers de gendarmerie est soumis en même temps que les épreuves d'admissibilité, à deux tests de personnalité :

- un questionnaire évaluant les traits de caractère déterminant son adaptabilité à la fonction de gendarme et son futur comportement en situation professionnelle ;
- un test de gestion du stress.

L'un et l'autre visent à préparer, s'il est admissible, un entretien individuel avec un psychologue.

Inventaires de personnalité et rapport d'entretien du psychologue constituent une aide à la décision sous la forme d'un avis transmis au président du jury d'examinateurs qui recevra le candidat lors de l'épreuve orale d'admission.

2 Questionnaires de personnalité

Il existe de nombreux questionnaires de personnalité composés d'un nombre plus ou moins élevé d'items (80 à 450) portant sur les opinions, les sentiments, les réactions et attitudes de l'individu en diverses circonstances.

Tous ces tests sont à base de questionnaires, le plus souvent informatisés, à choix multiples (vrai/faux, oui/non/je ne sais pas…) ou à préférence (choix parmi des affirmations, adjectifs…). Ils sont, le plus souvent, non minutés.

Ils comprennent plusieurs questions se rapportant à chaque dimension psychologique évaluée et l'ensemble des éléments mesurés permettent de déterminer la personnalité globale du candidat.

Le premier inventaire de personnalité du concours de sous-officiers de gendarmerie vise à mesurer certains traits de personnalité du candidat (intégrité, sociabilité, ouverture d'esprit…), ses motivations et son aptitude à servir dans les rangs de ce corps d'armée (sens de la discipline, disponibilité, dynamisme, capacités d'adaptation…).
Le second détermine la façon dont il va réagir dans des situations difficiles, notamment face à une pression psychologique importante.
Ces deux tests sont informatisés depuis 2019.
Les résultats seront analysés par un psychologue pour les candidats admissibles à l'issue des premières épreuves de sélection.

3 Conseils

a. Attention

Lisez attentivement les énoncés des tests, de façon à ne pas vous méprendre sur le sens de la question posée ou de l'affirmation proposée.

> **Exemple**
> Si vous répondez « NON » à la phrase :
> « Vous n'avez jamais consommé de substance stupéfiante » : ❒ OUI ❒ NON
> Cela signifie que vous avez déjà fait usage de drogue.

Soyez également très attentif(ve) aux consignes et aux exemples donnés afin de comprendre ce que l'on attend de vous.

b. Préparation

Même s'il n'est pas possible de se préparer aux inventaires de personnalité, il est en revanche recommandé de se familiariser avec leur forme et avec leur contenu, afin d'éviter l'effet de surprise et de mieux gérer une éventuelle appréhension de ce type d'épreuve.
Il est nécessaire de rappeler que les tests sont un préalable à l'entretien avec un psychologue que vous aurez également préparé et au cours duquel vous pourrez argumenter et illustrer vos choix de réponse aux deux inventaires de personnalité.
De plus, les candidats ayant une faible maîtrise de l'ordinateur, pourront s'entraîner sur le fonctionnement des tests informatisés en réalisant des exercices proposés par des sites web spécialisés dans ce domaine. Cet entraînement permettra de limiter l'effet de nouveauté et de gagner du temps le jour du concours.

c. Sincérité

Il est facile d'orienter ses réponses de façon à donner une bonne image de soi. Mais il est préférable d'être honnête car les tests de personnalité prévoient des moyens de détection du mensonge.
Ainsi, ils peuvent contenir des affirmations ou des questions auxquelles la majorité des personnes interrogées devraient répondre de façon défavorable.

Exemples

- « Vous êtes toujours ponctuel(le) à vos rendez-vous » : ❒ OUI ❒ NON
- « Vous n'avez jamais proféré de jurons » : ❒ OUI ❒ NON

Répondre OUI à ce type d'affirmations démontre une tendance chez le candidat à « tricher » et rend suspectes toutes ses autres réponses au test.

Par ailleurs, l'introduction dans le test de plusieurs questions ou affirmations très proches, permet de vérifier la cohérence des réponses. Si ces dernières ne sont pas sensiblement les mêmes, la fiabilité des résultats obtenus sera mise en cause.

d. Neutralité

Ne commentez pas le test, ni sur la forme, ni sur le fond.
Certaines questions peuvent paraître incongrues ou anodines. Pour autant, ne remettez pas en cause la pertinence du test, conçu par des experts de la psychométrie et répondez toujours avec sérieux et sincérité.
Rappelez-vous que l'important est de présenter un profil équilibré et cohérent.

e. Spontanéité

Il n'est pas nécessaire de parcourir l'ensemble des questions avant de commencer le test. Répondez de façon intuitive, sans trop réfléchir. Il n'existe pas de bonnes ou de mauvaises réponses. L'objectif est, rappelons-le, de vérifier l'adéquation entre le profil du candidat et les exigences de la fonction de gendarme.
Même si vous n'avez pas de contrainte de temps, une lenteur excessive pour ce type d'épreuve ferait s'interroger l'examinateur présent sur la nature de vos difficultés.
Répondez à toutes les questions et évitez de donner trop de réponses indécises, du type « *je ne sais pas* », « *peut-être* », « *ça dépend* », ou mitigées, « *3* » sur une échelle de 1 à 5. À défaut, vous pourriez être considéré(e) comme réfractaire au test ou comme quelqu'un d'indécis.

2 Questionnaire de personnalité

La personnalité peut se définir en termes de traits de caractère qui sous-tendent et guident le comportement de l'individu. Par exemple, une personne timide aura des difficultés à interagir avec les autres.

À partir du profil type du gendarme tel qu'il a été défini, ont été déterminés les comportements attendus et par là même les aptitudes et les traits de personnalité requis pour exercer cette fonction. Ils vont être évalués par l'inventaire de personnalité.

Son objet est moins de rechercher le profil souhaité que d'éviter des personnalités incompatibles avec le métier de gendarme.

En effet, la Gendarmerie nationale ne peut se permettre de recruter des personnes susceptibles de présenter des comportements à risque pour eux-mêmes, leurs collègues de travail et la population. C'est d'autant plus vrai dans un contexte où les forces de l'ordre sont régulièrement mobilisées pour le maintien de l'ordre (mouvements sociaux, grèves), et où le terrorisme est une préoccupation au quotidien.

Voici quelques-unes des dimensions psychologiques vraisemblablement évaluées lors de ce concours, leur définition et des exemples d'affirmations ou de questions permettant leur évaluation.

1 Ascendance

C'est la tendance à la domination et à l'autorité sur les autres. Une personne dite « dominatrice » prend des responsabilités, se montre persuasive. Une personne dite « soumise » préfère suivre les consignes et évite de se mettre en avant.

Exemples

- Cochez la case correspondant à la réponse qui vous décrit le mieux :
  « Je cherche à faire adhérer les autres à mes idées ».
  ❒ Jamais ❒ Rarement ❒ De temps en temps ❒ Souvent ❒ Toujours
- Répondez par « oui » ou « non » à cette question :
  « Vous êtes capable de tenir tête à une personne si vous en avez envie ».
  ❒ Oui ❒ Non

2 Conscience professionnelle

Cette dimension traduit le sens du devoir, l'ordre, le respect des obligations et l'autodiscipline.

Exemples

- Notez l'affirmation suivante sur une échelle de 1 à 5. Entourez la note la plus élevée si l'affirmation vous correspond parfaitement et la note la plus basse si elle ne vous correspond pas du tout :
  « Je pense que les supérieurs sont souvent éloignés des problèmes de terrain. »
  5 4 3 2 1
- Choisissez entre les deux adjectifs proposés, celui qui vous correspond le mieux :
  Impulsif – Ponctuel

3 Dynamisme

C'est la mesure de l'enthousiasme, de l'énergie. Il caractérise les personnes tournées vers les autres et vers l'action.

Exemples

- Choisissez l'action qui vous décrit le mieux :
  ❐ Organiser ❐ Agir ❐ Ranger
- Répondez par « oui » ou « non » à cette question :
  « Vous aimez la compétition ? »
  ❐ Oui ❐ Non

4 Honnêteté

C'est la droiture et l'intégrité, deux qualités indispensables dans l'exercice de la fonction de gendarme.

Exemples

- Répondez à la question suivante par « oui » ou « non » :
  « Si vous voyez un collègue agir de façon malhonnête, le diriez-vous à votre hiérarchie ? »
  ❐ Oui ❐ Non
- Répondez à la question suivante par « oui » ou « non » :
  « Avez-vous commis une infraction au code de la route au cours de ces deux dernières années ? »
  ❐ Oui ❐ Non

5 Ouverture d'esprit

Cette dimension évalue si le candidat est imaginatif, rêveur ou au contraire aime avoir « les pieds sur terre » et se conforme à des règles préétablies.

Exemples

- Répondez à la question suivante en cochant la réponse qui correspond le mieux à ce que vous pensez :
  « Tout ce qui est nouveau me fascine ».
  ❐ Vrai ❐ Ne sait pas ❐ Faux
- Choisissez l'affirmation qui vous correspond le mieux :
  ❐ J'aime m'en tenir aux tâches connues et maîtrisées.
  ❐ Le travail routinier m'ennuie.

6 Sens de l'organisation

Une personne organisée est prudente et réfléchit avant de prendre des décisions. Elle est ordonnée et rigoureuse dans son travail.

Exemples

- Cochez l'une des trois cases correspondant à votre réponse : « vrai » si vous êtes d'accord, « ne sait pas » si vous hésitez ou « faux » si vous n'êtes pas d'accord :
  « Lorsque je fais quelque chose, je prends d'abord le temps de réfléchir à tout ce dont je vais avoir besoin »
  ❒ Vrai ❒ Ne sait pas ❒ Faux
- Choisissez entre les deux verbes proposés, celui qui vous correspond le mieux :
  Diriger – Organiser

7 Sens des responsabilités

C'est la capacité à prendre une décision et à agir de façon adaptée et raisonnée.

Exemples

- Cochez l'une des trois cases correspondant à votre réponse : « vrai » si vous êtes d'accord, « ne sait pas » si vous hésitez ou « faux » si vous n'êtes pas d'accord :
  « Je tiens à respecter mes engagements ».
  ❒ Vrai ❒ Ne sait pas ❒ Faux
- Notez l'affirmation suivante sur une échelle de 1 à 5. Entourez la note la plus élevée si l'affirmation vous correspond parfaitement et la note la plus basse si elle ne vous correspond pas du tout :
  « Je parle de mes difficultés si cela me permet de résoudre une situation ».
  5 4 3 2 1

8 Sociabilité

C'est la tendance à rechercher les contacts sociaux et les relations interpersonnelles.

Exemples

- Notez l'affirmation suivante sur une échelle de 1 à 5. Entourez la note la plus élevée si l'affirmation vous correspond parfaitement et la note la plus basse si elle ne vous correspond pas du tout :
  « Je préfère les sports individuels aux sports collectifs ».
  5 4 3 2 1
- Cochez l'une des trois cases correspondant à votre réponse : « vrai » si vous êtes d'accord, « ne sait pas » si vous hésitez ou « faux » si vous n'êtes pas d'accord :
  « Je me fais facilement des amis »
  ❒ Vrai ❒ Ne sait pas ❒ Faux
- Entourez parmi cette paire d'adjectifs, celui qui vous décrit mieux que l'autre :
  Structuré – Sociable

9 Stabilité émotionnelle

C'est la facilité avec laquelle l'individu s'adapte aux circonstances de la vie, fait face aux événements avec calme, se remet de ses échecs. La personne équilibrée a une perception positive et optimiste de la vie.

Exemples

Notez l'affirmation suivante sur une échelle de 1 à 5. Entourez la note la plus élevée si l'affirmation vous correspond parfaitement et la note la plus basse si elle ne vous correspond pas du tout :

- « Lorsque l'on me démontre que j'ai fait une erreur, cela ne m'affecte pas longtemps ».
  5 4 3 2 1
- Cochez l'une des trois cases correspondant à votre réponse : « vrai » si vous êtes d'accord, « ne sait pas » si vous hésitez ou « faux » si vous n'êtes pas d'accord :
  « À votre avis, est-il préférable de ne pas trop attendre de la vie, pour éviter les déceptions ? »
  ❒ Vrai ❒ Ne sait pas ❒ Faux
- Entourez parmi cette paire d'adjectifs, celui qui vous décrit mieux que l'autre :
  Rêveur – Positif
- Cochez l'une des trois cases correspondant à votre réponse : « vrai » si vous êtes d'accord, « ne sait pas » si vous hésitez ou « faux » si vous n'êtes pas d'accord :
  « Mon entourage dit de moi que je suis facilement préoccupé(e) »
  ❒ Vrai ❒ Ne sait pas ❒ Faux

Les réponses à chaque item de l'inventaire de personnalité sont notées et l'ensemble des notes pour chacune des dimensions évaluées, est additionné.

Les résultats globaux prendront la forme d'un graphique ou d'un tableau de scores.

Ils seront interprétés par le psychologue, qui s'attachera à cerner la personnalité globale du candidat. Des hypothèses seront faites sur les comportements de ce dernier dans certaines situations professionnelles qui seront ensuite mises en relation avec ceux déterminés dans le profil type du gendarme tel qu'il a été défini au préalable.

Exercice

Répondez par OUI ou NON aux questions suivantes en mettant une croix dans la case correspondant à votre réponse.

QUESTIONS	OUI	NON
1. Je propose mon aide sans que l'on ait besoin de me le demander.	☒	☐
2. J'ai déjà pensé au suicide.	☐	☒
3. Je m'énerve dans les embouteillages.	☐	☒
4. Je n'aime pas que l'on me donne des ordres.	☐	☒
5. J'aime rendre service.	☒	☐
6. Je souffre souvent d'insomnies.	☐	☒
7. Je ne suis pas très patient(e).	☐	☒
8. J'aime faire ce qui me plaît.	☒	☐
9. Si deux de mes amis se disputent, j'interviens pour les calmer.	☒	☐
10. Mon entourage dit de moi que je suis plutôt pessimiste.	☐	☒
11. Si une personne au téléphone me fait attendre, je raccroche.	☐	☒
12. J'aime prendre mes propres décisions.	☒	☐
13. J'accepte de prendre les auto-stoppeurs dans ma voiture.	☐	☐
14. Je suis facilement inquiet(e).	☐	☒
15. La patience n'est pas une de mes qualités.	☐	☒
16. Je n'étais pas un(e) enfant obéissant.	☐	☒
17. Je déteste choisir des cadeaux passe-partout.	☐	☒
18. Il m'est arrivé d'être déprimé(e).	☐	☒
19. Je perds parfois mon calme.	☒	☐
20. Je supporte difficilement l'autorité.	☐	☒

Ce mini-test est organisé autour de quatre séries de questions :

- Série 1 : questions 1, 5, 9, 13 et 17 mesurent l'altruisme, le sens du service, la bienveillance.
- Série 2 : questions 2, 6, 10, 14 et 18 mesurent la stabilité émotionnelle.
- Série 3 : questions 3, 7, 11, 15 et 19 mesurent la maîtrise de soi, la patience.
- Série 4 : questions 4, 8, 12, 16 et 20 mesurent le rapport à l'autorité.

Cours & méthode

3 Test de gestion du stress

Confronté à la violence et à des incivilités, à de fortes exigences liées à la cadence du travail et aux interventions dans l'urgence, au port de l'arme de service, au manque d'autonomie, etc., le gendarme est exposé à des facteurs de risques psychosociaux importants.

Pour y faire face, il doit être doté d'une personnalité équilibrée et d'une bonne tolérance au stress professionnel.

Le concours de sous-officiers de la gendarmerie prend en compte cette dimension en intégrant, dans ses épreuves de sélection, un test de gestion du stress destiné à repérer les individus vulnérables et susceptibles de développer des conduites à risque pour eux-mêmes et pour les autres.

Les candidats seront donc soumis à un questionnaire spécifique, permettant de détecter leur résistance au stress et de mesurer leur capacité de contrôler leurs impulsions.

Exemples

- Répondez à la question suivante en cochant la réponse qui correspond le mieux à ce que vous pensez :

  « Quel est, à votre avis, l'objectif des week-ends ? »

  ❒ La possibilité de passer du temps avec sa famille et ses amis.

  ❒ La possibilité de ne pas travailler aussi dur que durant la semaine même si je ne parviens jamais à me détendre complètement.

  ❒ La possibilité de se détendre et d'oublier le travail.
- Cochez l'une des trois cases correspondant à votre réponse : « vrai » si vous êtes d'accord, « ne sait pas » si vous hésitez ou « faux » si vous n'êtes pas d'accord :

  « Vous considère-t-on comme quelqu'un sachant garder son sang-froid en toutes circonstances ? »

  ❒ Vrai ❒ Ne sait pas ❒ Faux
- Répondez à la question suivante en cochant la réponse qui correspond le mieux à ce que vous pensez :

  « Que ressentez-vous coincé(e) dans un embouteillage ? »

  ❒ de la frustration ❒ de la colère ❒ de l'ennui
- Répondez à l'affirmation suivante par « Oui » ou « Non » :

  « Je suis contrarié(e) si je suis interrompu(e) dans mon travail »

  ❒ Oui ❒ Non

Les réponses au test de gestion du stress seront analysées et interprétées par le psychologue. Elles serviront de base à un échange sur le même thème lors de l'entretien individuel.

Épreuve d'admission n° 3

Entretien auprès d'un psychologue

- Entretien auprès d'un psychologue
- Conseils

1 Présentation de l'épreuve
Entretien auprès d'un psychologue

Les candidats au concours de sous-officiers de la gendarmerie sont soumis à une évaluation de leur aptitude professionnelle, deux inventaires de personnalité et un entretien avec un psychologue, fréquemment dénommé « entretien complémentaire ».
Les résultats de ces tests serviront de base à l'échange qui doit permettre de dépasser leur simple profil psychologique pour évaluer comment certains traits de leur personnalité se manifesteront concrètement en situation professionnelle.
Pour cela, le psychologue va questionner les candidats, leur demandant de parler d'eux, de leur vécu et de donner des exemples illustrant la façon dont leur personnalité impacte leur comportement.

1 Contenu de l'échange

L'entretien est dit « structuré ». Il est basé sur une série de questions identiques pour tous les candidats et axés sur eux et sur l'emploi de gendarme. Ces dernières peuvent être classées en trois catégories :

a. Questions sur le candidat

Elles permettent d'en apprendre plus sur la personnalité du candidat et son projet professionnel.

Exemples

- « Quelles sont vos motivations pour évoluer vers le métier de sous-officier en gendarmerie ? »
- « Aimez-vous prendre des risques ? »
- « Quels sont vos centres d'intérêt ? »
- « Si vous ne réussissez pas le concours, que ferez-vous ? »
- « Qu'est-ce que vous appréciez dans la profession de gendarme ? »

b. Questions situationnelles

Elles portent sur des situations professionnelles hypothétiques et le candidat doit expliquer comment il réagirait dans un tel contexte.

Exemples

« Vous procédez à une vérification d'identité sur la voie publique. Votre interlocuteur sort de sa poche une arme blanche. Comment réagissez-vous ? »
« Que faites-vous si un prévenu vous accuse de l'avoir maltraité lors de son interpellation ? »
« Un de vos collègues vous reproche d'avoir enclenché votre caméra-piéton lors d'une intervention. Que lui répondez-vous ? »

c. Questions comportementales

Le candidat est interrogé sur ce qu'il a fait, dans le passé, dans certaines situations ou doit démontrer, sur la base d'une situation vécue, qu'il possède une qualité spécifique.

> **Exemples**
> « Décrivez une situation au cours de laquelle vous avez été amené(e) à faire preuve d'esprit d'initiative ? »
> « Dans quelle circonstance avez-vous été amené(e) à agir sous pression ? »

Les réponses aux différentes questions vont être analysées en fonction d'une grille de réponses attendues qui correspondent à la mise en avant des qualités nécessaires à l'exercice de la fonction de gendarme.

2 Finalités de l'entretien : diagnostic et pronostic

L'entretien d'évaluation psychologique est devenu systématique pour les candidats au concours de sous-officiers en gendarme depuis mi-2011.
Il a un double objectif.

- Le diagnostic : déterminer le profil psychologique du candidat, c'est-à-dire s'il possède les aptitudes nécessaires et si à l'inverse, il n'a pas développé des traits de personnalité incompatibles avec l'exercice du métier de gendarme.
- Le pronostic : faire des hypothèses, sur la base des aptitudes repérées, sur sa capacité à réussir dans un poste qu'il n'a jamais occupé jusque-là.

Les inventaires de personnalité ainsi que l'entretien avec le psychologue, ne constituent pas des épreuves éliminatoires.
Il s'agit d'une aide à la décision destinée au jury d'examinateurs lors de l'épreuve orale d'admission. Ce document comportera une synthèse des résultats de l'évaluation de la capacité d'adaptation du candidat à la fonction de gendarme et un avis sur une échelle alphabétique (A – B – C – D) ou numérique (1 – 2 – 3 – 4). Un avis « favorable » voire « très favorable », autrement dit supérieur à la moyenne, est un atout indéniable pour la réussite du concours.

2

Méthodologie
Conseils

Le psychologue va vraisemblablement évoquer en début d'entretien les résultats des inventaires de personnalité, autrement dit livrer au moins en partie son interprétation du profil psychologique du candidat.

Ce dernier sera invité à argumenter sur ses points d'accord et de désaccord, à parler de certains traits de sa personnalité à l'appui de questions très précises.

Le candidat va parler de lui, de son vécu, de ses motivations... autant de questions qui nécessitent un travail de réflexion préalable.

Réussir cet entretien implique :

- un travail de réflexion globale sur soi-même : ses qualités, ses défauts, ses préférences, ses intérêts, les apports de ses expériences personnelles et professionnelles, ses réussites, ses échecs... Cette démarche, qui idéalement doit se traduire par un bilan écrit et détaillé, permettra au candidat de prendre du recul sur lui-même, son histoire personnelle et l'aidera à comprendre ce qui détermine ses attitudes et ses choix ;
- un travail de recherche d'informations sur la profession de gendarme, sa pratique et son environnement. L'image que le candidat se fait du métier doit correspondre à la réalité. Ce point sera développé dans la partie suivante.

Le psychologue va également prendre en compte le comportement du candidat lors de l'entretien, qui doit être concordant avec l'analyse des inventaires de personnalité.
Par exemple, une attitude passive lors de l'échange remettrait en cause une évaluation positive sur son dynamisme. De la même façon, des manifestations de type gestes nerveux, rougeurs, hésitations dans le discours... seront prises en compte pour l'évaluation de sa gestion du stress.

Pour réussir cette épreuve, le candidat doit se montrer sincère, naturel et positif. Il doit rester calme même si les questions du psychologue sont insistantes.

Épreuve d'admission n° 4

Entretien avec le jury

- Entretien avec le jury
- Conseils pour bien aborder l'épreuve
- CV
- Principales questions du jury

20 minutes • Coef 7

1 Présentation de l'épreuve
Entretien avec le jury

Cette épreuve est organisée en deux temps :
- la préparation et la restitution d'un exposé portant sur une question d'actualité ;
- un entretien de motivation.

Elle vise à mettre en valeur l'aptitude du candidat à intégrer le corps des sous-officiers de gendarmerie au regard de sa personnalité, ses motivations, sa culture générale, ses capacités d'expression et de raisonnement, sa vivacité d'esprit et son équilibre émotionnel.

Le candidat doit se présenter à cette épreuve avec sa convocation et un *curriculum vitae*.

Le jury est composé d'au moins deux examinateurs parmi les professionnels suivants :
- un officier national de la gendarmerie ;
- les correcteurs des épreuves écrites ;
- des psychologues civils ou militaires ;
- les officiers chargés de l'organisation et du contrôle de l'exécution de l'épreuve sportive.

Pour cette épreuve, le jury dispose de l'avis du psychologue, du dossier du candidat et de ses résultats aux tests psychotechniques.

S'il y a lieu et afin de garantir l'égalité de notation des candidats, une péréquation des notes attribuées par les différents groupes d'examinateurs sera opérée avant de procéder à la délibération finale.

L'oral d'admission est une épreuve déterminante. Il est doté d'un coefficient 7, le plus important du concours. Il sera noté de 0 à 20. Une note inférieure à 6 est éliminatoire.
Il est essentiel pour le candidat de bien s'y préparer afin de saisir l'opportunité de convaincre le jury de l'adéquation de son profil avec l'exercice de la fonction de gendarme.

2 Conseils pour bien aborder l'épreuve

1 Exposé sur un sujet d'ordre général

a. Préparation et restitution de l'exposé

L'oral d'admission comporte trois phases :

- l'accueil ;
- la préparation et la restitution d'un exposé portant sur une question d'actualité ;
- une discussion avec le jury.

Déroulement

Généralement, les postulants sont convoqués par demi-journée (tous à la même heure) et l'ordre de passage se fait le plus souvent par ordre alphabétique.
Le temps d'attente peut durer plusieurs heures, d'où la nécessité de prévoir un livre ou une revue dont la lecture aidera à patienter et éventuellement une bouteille d'eau.
Vous devez arriver un peu avant l'heure de convocation afin de vous signaler auprès de la personne chargée de l'accueil, d'avoir le temps de trouver la salle dans laquelle se trouve votre jury, d'aller aux toilettes…
L'émargement peut avoir lieu à votre arrivée ou au moment de votre passage devant le jury. Dans les deux cas, vous devez remettre votre convocation et une pièce d'identité pour les vérifications d'usage et signer en face de votre nom sur une liste d'émargement.

Sujet

Votre tour venu, vous tirez au sort un sujet : soit vous choisissez, parmi plusieurs, un papier sur lequel est libellé le thème à traiter, soit vous donnez un chiffre renvoyant à une liste préétablie de sujets.
Vous êtes invité(e) à vous installer dans la même pièce que le jury ou dans une autre pièce pour une phase de préparation d'une durée de 10 minutes. Dans le premier cas, vous devrez redoubler de concentration afin de ne pas vous laisser perturber par le bruit environnant.
Le sujet à traiter est d'ordre général et se rapporte à des questions d'actualité, telle que :

- La sécurité sanitaire.
- La violence à l'école, quelles solutions ?
- Que pensez-vous de la vidéosurveillance ?
- La pollution.
- La famille aujourd'hui.
- La démocratie.
- La cybercriminalité.

Feuilles de brouillon et stylo seront normalement mis à disposition mais il est recommandé, par sécurité, de se munir de son propre matériel.

À l'issue du temps de préparation, le candidat se présente devant le jury. Il doit prendre place sur la chaise sur laquelle il est invité à s'asseoir.
À ce moment-là, trois scénarios sont possibles :

- les examinateurs se présentent et demandent au candidat de faire de même ;
- les examinateurs demandent au candidat de se présenter avant de débuter son exposé ;
- les examinateurs demandent au candidat de commencer directement son exposé.

La présentation, lors qu'elle est demandée, se résume en quelques mots et constitue une première occasion, pour le candidat, de mettre en exergue ses atouts.

> **Exemple**
> « Je m'appelle Pierre Durand. J'habite à Ligugé dans le département de la Vienne. Je suis titulaire du Baccalauréat Économique et Social, option sciences économiques et sociales. J'ai suivi la formation Prévention de Services Civiques Niveau 1 et je suis bénévole au sein d'une épicerie sociale ».

L'épreuve se poursuit par l'exposé d'une durée de 8 à 10 minutes.
Elle se termine par quelques questions du jury sur la thématique traitée. Par la suite, l'échange évolue en entretien de motivation.

b. Critères d'évaluation

L'exposé réalisé par chaque candidat est évalué sur le fond et sur la forme.

Critères d'évaluation du contenu de l'exposé

Les membres du jury apprécieront les capacités suivantes :

- la compréhension du sujet à traiter ;
- l'organisation des idées autour d'un plan pertinent et structuré ;
- les connaissances sur la thématique à développer ;
- la qualité de l'argumentation ;
- la précision et la qualité des réponses données aux questions posées.

Cette épreuve vise à évaluer votre curiosité et votre ouverture d'esprit aux sujets et problèmes d'actualité ainsi que vos capacités de réflexion et d'organisation de votre pensée.

Critères d'évaluation de la forme de l'exposé

Les membres du jury évalueront essentiellement :

- la communication verbale : qualité de l'élocution, le débit, la tonalité, le volume sonore, le repérage de tics de langage… ;
- la communication non verbale : la position, le regard, les mimiques éventuelles, le sourire, l'attitude générale… ;
- les aptitudes relationnelles : la clarté de l'expression, l'écoute, la participation, la remise en cause, le respect du temps alloué, la richesse du vocabulaire et la maîtrise de la langue française.

Cette épreuve vise globalement à apprécier la capacité du candidat à interagir avec autrui et à gérer son stress.

c. Se préparer à l'exposé : méthodologie et conseils

Pour réussir cette partie de l'épreuve, vous devez développer votre culture générale (*cf.* sous-partie 4 de la partie 1) et vous intéresser très régulièrement à l'actualité.

Vous devez également adopter une rigueur méthodologique, qui vous permettra avec de l'entraînement de faire face à tout type de sujet.

Méthodologie de l'exposé

La gestion du temps est fondamentale pour réussir l'exposé. Posez votre montre devant vous pour pouvoir respecter plus aisément le temps alloué.

Nous vous proposons d'organiser votre temps de préparation de la façon suivante.

Gestion du temps

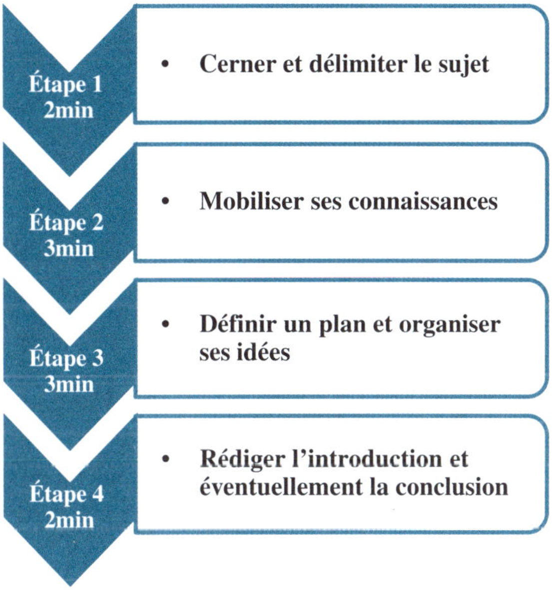

Le temps est compté. Vous ne parviendrez à réaliser le travail demandé en 10 minutes qu'en vous entraînant très régulièrement dans des conditions proches de l'épreuve.

Compréhension du sujet

La phase de préparation doit débuter par un temps consacré à saisir ce qui est attendu. Pour cela, il est nécessaire de repérer les mots clés du sujet, de mesurer ses limites si elles existent (où, quand, par qui, pour qui, comment…) et d'identifier le travail demandé.

Repérer les mots clés

Lisez le sujet plusieurs fois et identifiez les mots qui cernent la thématique à traiter.

> **Exemple**
>
> « La cybercriminalité : quelles solutions ? »
>
> Ces deux mots clés doivent constituer la ligne directrice de l'exposé de façon à éviter un hors sujet partiel ou total.

Mesurer les limites du sujet

Certains mots clés permettent de délimiter le sujet à traiter dans le temps, dans l'espace, de cibler une population concernée ou un aspect particulier de la thématique à développer…

> **Exemple**
>
> **« La cybercriminalité sur <u>Internet</u> en <u>France</u> »**
>
> Ces deux mots clés limitent le sujet dans l'espace (en France) et à une seule technique de transmission de l'information touchée par la cybercriminalité (Internet).

Identifier le type de sujet

Le sujet peut se présenter sous différentes formes :

> **Exemples**
>
> **« La cybercriminalité »**
>
> C'est un sujet vaste. Le candidat aura toute latitude pour choisir les aspects qu'il développera dans son exposé.
>
> **« Va-t-on vers une explosion de la cybercriminalité ? »**
>
> Le candidat devra proposer une réponse argumentée à cette question.
>
> **« L'espace internet est de plus en plus un lieu d'agissements répréhensibles. Quelles solutions sont mises en place ? Sont-elles suffisantes ? »**
>
> Le sujet est plus restreint dans la mesure où il se limite à Internet. Les deux questions posées et auxquelles le candidat doit répondre, déterminent le plan de l'exposé.

d. Structuration de l'exposé

L'exposé devra comporter une introduction, un développement en plusieurs parties et une conclusion.

Une fois le sujet compris, le candidat rédige au brouillon quelques lignes qui définissent, avec ses propres mots, la thématique à développer. Très rapidement, il écrit toutes les idées que lui viennent à l'esprit, idées sous forme de mots clés ou d'expressions qui vont être classées pour déterminer le plan de l'exposé.

Introduction

L'introduction a, pour fonctions, de définir et de présenter le sujet et d'annoncer le plan de l'exposé.

> **Exemple**
>
> **Thème : « La cybercriminalité »**
>
> « L'évolution des systèmes d'information s'est accompagnée du développement d'un nouveau genre d'infractions. Nous allons dans un premier temps, présenter les différentes formes de délits commis et dans un deuxième temps, envisager les solutions pour y faire face ».

Plan de l'exposé

Compte tenu du temps imparti, le candidat doit envisager un développement en deux voire trois parties maximum.

La forme du sujet, nous l'avons vu, peut déterminer le plan de l'exposé.

Dans le cas contraire, c'est l'organisation des mots clés écrits au brouillon qui influencera le choix des principales idées à développer.

Différents types de plan existent, dont :

- le plan par aspects ou critères : le sujet est présenté sous différents angles (par exemple social, économique, historique…) ;
- le plan Causes – Conséquences ou Solutions ;
- le plan Thèse (présentation d'un point de vue) – Antithèse (développement d'un point de vue différent ou opposé) et Synthèse (proposition d'un point de vue nuancé) ;
- le plan par points de vue : il donne différents éclairages sur une question donnée ;
- le plan Discussion ou Pour/Contre : il rassemble dans une partie, les arguments favorables et dans une seconde partie, les arguments défavorables.

Une fois le plan défini, le candidat réorganise ses idées au brouillon et choisit des exemples pour illustrer ses propos.

Il convient également de prêter attention aux transitions entre les différentes idées à l'aide d'adverbes ou autres termes d'articulation.

À la fin du développement, le candidat annonce la conclusion.

Exemple

Thème : « La cybercriminalité »

Partie 1 : Les différentes formes de cybercriminalité

Expression d'articulation : Une première forme concerne…

Idée 1 : la diffusion sur Internet de contenus illégaux

Illustration de l'idée 1 : la pédopornographie

Expression d'articulation : Une seconde forme est liée…

Idée 2 : l'atteinte à la propriété intellectuelle

Illustration de l'idée 2 : la copie de fichiers musicaux

Expression d'articulation : De plus, il faut ajouter…

Idée 3 : les intrusions illégales dans les bases de données ou réseaux informatiques

Illustration de l'idée 3 : la fraude aux données bancaires

Articulation entre les parties 1 et 2 : « Dans une seconde partie, nous allons maintenant aborder les solutions pour contrer le développement de la cybercriminalité ».

Partie 2 : Les solutions

Expression d'articulation : En premier lieu…

Idée 1 : le développement de la cybersurveillance

Illustrations de l'idée 1 : veille Internet assurée par des agents spécialisés de la gendarmerie, les plates-formes de signalement…

Expression d'articulation : En second lieu…

Idée 2 : la prévention

Illustration de l'idée 2 : Information du grand public et des entreprises sur les précautions à prendre

Le candidat doit s'efforcer, dès que le sujet de l'exposé le permet, de faire le lien avec la gendarmerie.

De plus, le jury appréciera son implication personnelle, c'est-à-dire la façon dont il s'est approprié le sujet et dont il se positionne quant aux idées émises.

Conclusion

Elle n'est pas nécessairement préparée faute de temps. Elle sert à synthétiser les arguments développés tout au long de l'exposé et à ouvrir le débat vers une nouvelle perspective.

> **Exemple**
>
> **Thème : « La cybercriminalité »**
>
> « La cybercriminalité prend des formes très diverses, conséquences de l'évolution de la technologie des systèmes d'information. Des solutions existent, techniques et préventives, mais elles doivent encore faire leur preuve ».

À l'issue de l'exposé, le jury posera quelques questions pour d'une part, obtenir des précisions sur une ou plusieurs idées contenue(s) dans l'exposé et d'autre part, évaluer la connaissance du candidat sur des sujets proches de celui traité. Cette démarche permet de se faire une idée sur la culture générale du candidat, son intérêt sur les questions d'actualité et par ailleurs, de voir comment il réagit aux questions posées.

e. Conseils pour reussir l'exposé

Présentation du candidat

Le candidat au concours de sous-officiers de la gendarmerie devra porter le plus grand soin à sa présentation :

- les hommes porteront veste et cravate et seront rasés de près et coiffé court ;
- les femmes choisiront un tailleur strict, mettront peu de bijoux et de maquillage.

Les uns et les autres devront éviter tout signe de différenciation visible : tatouage, piercing…
Les candidats issus du concours interne devront se présenter en uniforme.

Respect des règles de savoir-être

Les examinateurs seront sensibles au respect de règles de politesse : saluer le jury par la formule appropriée « *Bonjour Messieurs, Mesdames, Monsieur et Madame* ». Si les examinateurs sont en uniforme, et que vous maîtrisez les grades, vous pouvez saluer chaque personne en fonction de son grade.
Asseyez-vous seulement après que le jury vous y ait invité.
Soyez attentif à ne pas couper la parole à vos interlocuteurs.
À la fin de l'épreuve, saluez à nouveau chacun des examinateurs.

Respect du délai imparti

Munissez-vous d'une montre le jour de l'épreuve. Elle doit vous permettre de respecter le temps de préparation (10 minutes) et le temps de restitution de l'exposé (10 minutes).
En revanche, ne regardez pas votre montre pendant la durée des questions du jury.

Clarté des propos

Une préparation méthodique va vous permettre de proposer un exposé structuré.
La difficulté majeure est de passer de quelques mots écrits sur une feuille de brouillon à un discours relativement fluide. Vous y parviendrez à force d'entraînements en respectant au plus près les conditions de l'épreuve.
Ne parlez ni trop vite, ni trop lentement et un peu plus fort que la normale.
Évitez les abréviations et les sigles.

Adoptez un vocabulaire adapté, précis. Faites des phrases courtes. Prenez le temps de réfléchir entre chaque idée de manière à faire des phrases bien construites. Évitez les interjections (euh), les tics verbaux (alors, bon…) et des mots trop familiers (cool, super…).
Donnez du rythme à votre discours en jouant sur le débit et le ton utilisés. Vous gagnerez en conviction et maintiendrez l'attention de votre auditoire.

Comportement

Votre attitude et vos gestes peuvent en apprendre beaucoup aux membres du jury.
Dès le début de l'épreuve, prenez le temps de vous asseoir correctement, avancez votre chaise pour vous positionner bien droit et posez les mains sur la table. Dans cette position, vos mains seront libres de s'exprimer, donnant une dynamique à votre discours.
Posez votre convocation, votre *curriculum vitae* et vos feuilles de brouillon sur la table devant vous. Cette préparation et la clarté de vos notes, sur plusieurs feuillets écrits sur un seul côté, montreront votre sens pratique et organisé.
Par contre, évitez tout geste de contact (se gratter l'oreille…), tout « jeu » avec un crayon ou tout autre objet. Ne « gesticulez » pas sur votre chaise. Ce sont des signes de nervosité qui traduisent votre difficulté à maîtriser votre stress.
Regardez chacun de vos interlocuteurs à tour de rôle. Vous pourrez ainsi capter leurs réactions et adapter si nécessaire votre discours. Si, par exemple, vous percevez une incompréhension d'un des examinateurs, vous pourrez reformuler votre propos.
Le croisement des jambes et surtout des bras, la mèche de cheveux devant les yeux, sont à proscrire. Ils traduisent un refus du dialogue ou une envie de repli sur soi.
Si vous êtes timide ou émotif, multipliez, avant le concours, les occasions de prises de parole en public et les simulations d'entretien avec différentes personnes de votre entourage. Soyez convaincu(e) de vos atouts pour réussir et prenez du recul par rapport aux attentes du jury. L'objectif n'est pas de vous mettre en difficulté mais bien de savoir si vous avez le profil recherché.
Souriez pour montrer votre satisfaction d'être présent(e) devant le jury pour défendre votre candidature.

2 Entretien de motivation

a. Attentes du jury

Le jury portera une grande attention aux éléments suivants :

- une bonne connaissance de la gendarmerie acquise par des lectures spécifiques, des échanges avec des professionnels, la participation à des actions d'information sur les métiers de l'armée ou à des portes ouvertes dans les écoles de formation… ;
- l'expérience acquise au cours des études ou d'activités salariées ou bénévoles tels que la réalisation d'un projet d'intérêt général, les responsabilités assumées dans le cadre des différents emplois occupés, la formation aux premiers secours civiques, l'engagement associatif dans le domaine éducatif, social… ;
- les représentations que le candidat a du métier (tâches du gendarme, contraintes du métier…) et la réalité de son projet professionnel ;
- ses aptitudes à la communication et sa personnalité.

Les examinateurs attendent du candidat de l'authenticité. Les réponses données aux questions doivent être argumentées, posées et nuancées. L'entretien de motivation, moment clé de l'oral d'admission, est un exercice qui ne laisse aucune place à l'improvisation. La clé du succès est une solide préparation.

Très concrètement, deux scénarios sont possibles :

- les examinateurs demandent au candidat de se présenter en quelques minutes (si cela n'a pas été fait au début de l'épreuve) ;
- si cela n'a pas été fait au début de l'épreuve ;
- les examinateurs questionnent le candidat sur l'ensemble des points qu'ils souhaitent le voir développer.

Dans la première situation, votre présentation doit comporter quelques mots sur vous (votre identité, votre lieu de résidence, votre parcours de formation, vos expériences professionnelles et personnelles…), votre motivation (Pourquoi ce choix ? Depuis quand ? Comment s'exprime-t-elle ?…) et votre projet professionnel (organisation personnelle dans la période de formation, souhaits de lieu d'exercice et d'évolution de carrière, attrait pour certaines spécialités…). Enfin, si vous en avez le temps, vous pourrez aborder vos centres d'intérêt.

Dans la deuxième situation, vous répondrez aux questions du jury avec simplicité et sincérité.

À la fin de l'échange, le jury peut vous demander si vous avez des questions à poser ou si vous avez quelque chose à ajouter. Saisissez toujours cette opportunité pour signaler un point fort qui vous concerne et que vous n'avez pas eu l'occasion d'évoquer au cours de la discussion ou faites une intervention en précisant pourquoi vous espérez voir votre candidature retenue.

Vous pouvez aussi poser une question sur la suite du processus de sélection. N'oubliez pas de remercier les examinateurs de leur attention et de les saluer avant de quitter la pièce.

b. Conseils pour réussir l'entretien de motivation

La préparation de l'entretien de motivation est comparable à celle que vous consacrerez à la réussite des épreuves sportives.

Elle concerne différents domaines, notamment une bonne culture générale et une bonne maîtrise de ce que sont la gendarmerie et le métier de gendarme. Pour cela, le candidat doit élaborer dans les mois et les semaines qui précèdent le concours, un programme d'acquisition et de consolidation de ses connaissances.

Ce travail est nécessaire mais pas suffisant.

Une préparation matérielle, technique et psychologique est également indispensable.

Préparation matérielle

Bien entendu, vous prendrez soin de vous présenter à l'épreuve avec tous les documents nécessaires (votre convocation, plusieurs exemplaires de *votre curriculum* vitae, votre pièce d'identité), dans une tenue adaptée et sans oublier d'apporter une montre afin de gérer au mieux vos temps de parole.

La pièce déterminante de cette épreuve est le *curriculum vitae* (CV) : il est le support de la discussion (*cf.* chapitre 3). Remettez-en un exemplaire à chaque examinateur.

Préparation technique

Outre une parfaite connaissance de la gendarmerie et une bonne culture générale, vous devez réaliser pendant la phase préparatoire, un travail d'analyse sur votre parcours, vos expériences, vos motivations, votre projet et votre propre personne.

Vos aptitudes

Réfléchissez et déterminez vos principales habilités et aptitudes. Pour chacune d'entre elles, précisez comment vous les avez acquises et donnez un ou deux exemple(s) de situation dans laquelle vous les avez mises en œuvre.
Pour vous aider, votre travail peut prendre la forme d'un tableau à renseigner.

Habilité/Aptitude	Mode d'acquisition	Mise en œuvre de cette Habilité/Aptitude
Exemple : Travail en équipe	En tant que footballeur, au sein de l'équipe de ma commune.	Projets scolaires réalisés à plusieurs.
Exemple : Animation	Formation au Brevet d'Aptitude aux Fonctions d'Animateur (BAFA).	• Expérience dans l'encadrement de groupes de jeunes dans le centre aéré de ma commune. • Co-animation de réunions d'information pour présenter le fonctionnement de l'épicerie sociale au sein de laquelle je suis bénévole.

Ce travail vous permettra d'avoir un bilan de vos acquis, de vos compétences tant personnelles que professionnelles.

Vos occupations

De votre enfance à aujourd'hui, listez toutes vos activités sportives, culturelles (voyages, lecture…) et artistiques (musique, dessin…), vos loisirs (jardinage, cinéma…) ainsi que vos engagements de tout ordre (associatifs, familiaux, professionnels, sociaux…).
À l'aide d'un tableau de synthèse, récapitulez pour chacune de ces occupations, les qualités développées transposables à l'exercice de la fonction de gendarme.

Vos motivations

Indiquez par écrit tout ce qui vous attire dans la profession de gendarme.

Exemples

- Le statut de militaire.
- Les possibilités d'évolution.
- La discipline.
- La vie en caserne…

Pour chacune des sources de motivation identifiées, assurez-vous que votre vision des choses est réaliste. En outre, expliquez pourquoi ce serait, pour vous, des motifs de satisfaction personnelle.
Ce travail vous permettra d'anticiper une partie des questions du jury.

Votre projet professionnel

Là encore, il s'agit de rendre compte par écrit, de l'ensemble des étapes de votre projet de devenir gendarme :

- l'origine de votre choix professionnel ;
- les différentes recherches conduites sur la profession de gendarme ;
- les expériences professionnelles et personnelles, les réalisations qui ont conforté votre choix ;
- le déroulement de carrière que vous envisagez.

Vous pouvez étendre ce travail d'introspection à d'autres domaines : vos qualités/défauts, vos valeurs…

Mieux vous vous connaîtrez, plus vous serez à l'aise pour répondre aux questions du jury.

Dans votre bilan, ne cherchez pas à cacher vos échecs et les difficultés rencontrées. Préparez-vous à devoir vous expliquer sur ces points. Répondez brièvement. Montrez que vous savez analyser ces situations avec discernement et que vous avez su en tirer des enseignements.

Préparation psychologique

Lors de l'échange, vous devrez faire preuve de courtoisie, de sang-froid face à certaines questions plus déroutantes, de pertinence et cohérence dans vos réponses.

A contrario, une émotivité incontrôlée (signes de nervosité excessifs, voix « cassée »…), un manque d'écoute (le candidat coupe la parole ou répond à côté de la question posée), une certaine agressivité dans le ton et dans la gestuelle, une tendance prononcée à répondre « je ne sais pas » ou à éluder certaines questions… amèneraient le jury à s'interroger sur la fragilité de votre personnalité, incompatible avec l'emploi de gendarme.

Une préparation sérieuse vous permettra de savoir ce qui fait de vous un candidat intéressant, autrement dit de connaître vos atouts. Vous gagnerez ainsi en assurance et votre objectif sera d'en faire mention le plus possible dans votre présentation et vos réponses aux questions posées, afin de mettre en avant votre candidature.

Restez positif. L'oral d'admission représente la dernière étape pour intégrer la formation de sous-officier de gendarmerie.

Parler de soi, défendre sa candidature en mettant en valeur ses points forts, ne sont pas des attitudes naturelles. Si nécessaire, n'hésitez pas à mettre en scène, avec des proches, ce type de situation afin de vous confronter à vos difficultés. Leurs commentaires, sur le fond et la forme de votre discours, vous permettront de progresser.

3 Méthodologie CV

Le candidat au concours de sous-officier de gendarmerie doit se présenter à l'oral d'admission avec un *curriculum vitae* (CV).

Le CV est un document très utile aux membres du jury. Il leur permet d'avoir une vue d'ensemble du profil de chaque postulant, une sorte de « carte de visite professionnelle et détaillée » : qui il est, ce qu'il a appris, ce qu'il sait faire, etc. Il facilite leur compréhension de son parcours. Il reste après que le candidat soit parti et les examinateurs peuvent être amenés à le réexaminer au moment du choix et du classement final des candidats.

Pour toutes ces raisons, le candidat doit prendre tout le temps nécessaire pour préparer soigneusement son CV. Il est le résultat d'un travail de réflexion. Vous trouverez ci-après méthodes et conseils pour parvenir à élaborer votre CV.

1 Contenu du CV

Le CV, que vous allez remettre le jour de votre oral d'admission, n'a pas vocation à contenir toutes les informations qui vous concernent, mais seulement celles susceptibles d'intéresser le jury.

Rubriques du CV

Le CV doit permettre de repérer le profil du candidat en quelques coups d'œil.

Il est succinct, sur une page A4 maximum.

Il s'articule autour de **rubriques clés** :

- état civil et coordonnées ;
- titre et/ou phrase de motivation ;
- formations ;
- parcours professionnel ;
- activités personnelles ;
- compétences.

L'état civil et les coordonnées

On trouve dans cette rubrique :

- nom et prénom ;
- âge (plutôt que la date de naissance) ;
- adresse, coordonnées téléphoniques et éventuelle adresse e-mail ;
- situation familiale ;
- photographie de type « photo d'identité ».

Titre

Il n'est pas utile de noter « CURRICULUM VITAE » en haut de votre CV.
Préférez un titre qui soit une accroche, une phrase qui attire l'attention et qui vous différencie d'autres candidats.
Il doit être concis, précis et pertinent.
Il en existe 2 types :

- **descriptif** : il indique en quelques mots votre situation actuelle, qui vous êtes, etc.
  Exemple : « Sportif(ve) – Mobile – Esprit d'équipe – titulaire d'une licence de droit »
- **projectif** : il traduit l'objectif ou le poste visé.
  Exemples : « Servir en gendarmerie », « Devenir gendarme maître-chien »

Formations

Cette rubrique permet de répertorier les éléments suivants :

- diplômes/titres obtenus, année d'obtention et mentions éventuelles ;
- stages de formation professionnelle, ceux qui sont significatifs par rapport au métier de gendarme.

Allez du diplôme le plus récent (en haut) au plus ancien (en bas).

Parcours professionnel

De manière précise et concise, de façon chronologique et par thèmes, cette rubrique présente :

- emplois occupés, périodes concernées ;
- réalisations dans le cadre de stages, de travaux d'étude ou d'activités bénévoles.

En cas d'expériences multiples ou variées, faites des choix pour mettre en exergue celles qui paraissent les plus adaptées à démontrer des qualités et compétences transposables à l'exercice de la profession de gendarme.

Activités personnelles

Cette rubrique contient des informations qui permettront au jury de mieux vous connaître.
L'objectif est d'y faire figurer des éléments qui attireront positivement leur attention :

- centres d'intérêt, loisirs ;
- participation à des activités associatives, à des projets.

Attention de n'inscrire ici que des activités toujours d'actualité. Soyez précis(e).

Compétences

C'est une des rubriques clés du CV. Elle permet au jury d'identifier les principales aptitudes acquises au cours des formations, des expériences professionnelles ou des activités personnelles des candidats, qui sont utiles pour exercer la profession de gendarme.
Elle contient une énumération de compétences, résultat d'un travail d'inventaire.
Dans l'exercice suivant, vous allez lister et analyser tous vos diplômes (obtenus ou non) ainsi que toutes les formations suivies dans le cadre d'activités scolaires, universitaires, salariées, bénévoles ou autres, pour déterminer les compétences acquises par la formation.

Année	Intitulé diplôme/formation	Compétences développées (ce que j'ai appris à faire)
2015	PSC1	Analyser une situation avec une ou plusieurs victimes. Effectuer des gestes de secours d'urgence. Prévenir les secours.

Cherchez à faire un travail le plus complet possible, en n'oubliant aucune formation réalisée quelle que soit sa durée.

Réalisez le même travail d'analyse sur vos expériences professionnelles.

Période	Fonction/ Mission	Compétences développées (ce que j'ai appris à faire)
2015-2018	Secouriste Bénévole au sein de la Croix Rouge	Secourir des personnes en danger. Travailler en équipe. Intervenir dans des situations d'urgence.

Enfin, faites l'inventaire des compétences acquises par le biais de vos activités personnelles.

Centres d'intérêt/loisirs	Compétences développées (ce que j'ai appris à faire)
Tir à l'arc	Être concentré. Être précis.

Au final, ne retenez dans votre CV que les compétences utiles à l'exercice de la profession de gendarme.

2 Forme du CV

Les qualités d'un CV pour le concours de sous-officier en gendarmerie sont la sobriété et la visibilité.

a. Sobriété

Réalisez votre CV à l'encre noire sur du papier blanc. Évitez les fonds et les encadrés de couleur ainsi que les effets de style. Choisissez une police de caractère très commune du type Times New Roman. Vous pouvez mettre en avant certains éléments en les mettant en gras ou en les soulignant.

Concernant votre photographie, soyez vigilant(e). L'image doit être nette et bien cadrée, centrée sur votre visage. Les lunettes de soleil sont à proscrire. Pour les candidates, le maquillage doit rester sobre. Les bijoux doivent être discrets. La tenue doit être correcte. Les tatouages éventuels sont dissimulés.

Vous devez également être attentifs aux fautes d'orthographe qui dévalorisent votre candidature. Relisez le contenu de votre CV ou faites-le relire par des tiers.

Enfin, évitez les adresses e-mail trop fantaisistes du type : *princesse86@orange.fr* ou *captain.fou@gmail.fr*. Elles peuvent faire sourire les examinateurs mais surtout déprécier votre candidature.

b. Lisibilité

Le CV ne contient que des informations pertinentes, utiles et celles qui peuvent faire la différence avec les autres candidats. Ne cherchez pas à mettre trop de texte, à vouloir remplir à tout prix votre CV.

Ces informations figurent sur **une seule page A4**, maximum.

Choisissez une mise en page aérée et équilibrée. Bien entendu, le CV manuscrit est à proscrire.

3 Exemple de CV

Un « bon » CV est concis, précis et attractif. Une fois rédigé, il peut servir de base à votre présentation devant le jury. Il s'agit de présenter un « CV parlé » qui met en avant, de façon dynamique, la cohérence de votre parcours, votre motivation et les atouts de votre candidature. Entraînez-vous autant que nécessaire afin de maîtriser son contenu sans avoir besoin au final du support papier.

PHOTO
D'IDENTITÉ

Cédric MARTIN
26 ans - Célibataire
6, rue de la Liberté
86000 POITIERS
06.07.08.09.10
c.martin86@gmail.com

Titulaire du Permis B

MON OBJECTIF : SERVIR EN GENDARMERIE

COMPÉTENCES :

- **Travailler en équipe**
- **Intervenir dans les situations d'urgence**
- **Maîtriser les outils bureautiques**
- **Faire preuve d'endurance et de précision**
- **Travailler en horaires décalés**
- **Faire preuve de sang-froid**

FORMATIONS :

Année	Diplôme/Formation suivie
2016	Premiers Secours en Équipe Niveau 2
2015	Licence AES (Administration Économique et Social) – Mention Bien
2015	Prévention et Secours de Niveau 1
2012	Baccalauréat ES (Économique et Social) – Mention Assez Bien

PARCOURS PROFESSIONNEL :

Période	Expérience/Stage/Activité
Depuis scpt. 2016	Veilleur de nuit dans une résidence services pour pcrsonnes âgées
Depuis 2015	Bénévole – Croix Rouge Française
Étés 2013 et 2014	Cueillette des melons

CENTRES D'INTÉRÊT :

Pratique du tir à l'arc depuis l'âge de 15 ans
Course à pied
Lecteur de romans policiers

4 Méthodologie
Principales questions du jury

Lors de l'entretien de motivation, le jury aborde votre motivation, vos connaissances professionnelles, votre projet professionnel ainsi que vos aptitudes à exercer la profession de gendarme. Des questions plus personnelles peuvent également être posées. Sachez rester calme et concentré(e).

Nous vous proposons ci-après de présenter les principales questions posées par le jury et d'aborder pour chacune d'entre elles le ou les objectif(s) visé(s), des pistes de réponse et les pièges à éviter.

1 Pourquoi vous présentez-vous au concours de sous-officier en gendarmerie ?

a. Objectif

La question aborde votre motivation à vouloir devenir gendarme.

b. Pistes de réponse

Vous devez expliquer, de façon assez précise, les atouts que vous trouvez à la profession choisie : une pratique de terrain au contact de la population, le grand choix de lieux d'exercice, les possibilités de spécialisation, le travail en équipe, les relations humaines, la polyvalence, etc.

c. Pièges à éviter

Le risque est de donner une réponse évasive ou trop généraliste qui pourrait convenir pour d'autres professions. Les réponses du type « J'ai toujours rêvé d'être gendarme » ou « Réussir le concours de sous-officier en gendarmerie va me permettre de mettre au service de la population » sont inappropriées. Évitez également de laisser entendre que vous choisissez cette voie pour la sécurité de l'emploi ou pour vivre une vie professionnelle trépidante à l'image de certaines séries télévisées américaines à la mode !

2 Comment imaginez-vous le quotidien du gendarme ?

a. Objectif

La question permet d'apprécier si vous avez une vision réaliste du métier envisagé et de sonder si votre orientation professionnelle est mûrement réfléchie.

b. Pistes de réponse

Vous pouvez vous référer à la présentation du métier figurant dans le présent ouvrage ou décrire avec vos propres mots votre vision de la profession. Pensez à illustrer votre présentation afin de la rendre plus vivante. Le jury vous jugera sur votre capacité à appréhender les spécificités de la vie militaire : disponibilité, la polyvalence des missions confiées dont certaines peuvent paraître rébarbatives pour certains (accueil du public en gendarmerie, sécurité routière, etc.).

c. Pièges à éviter

Là encore, vous ne pouvez pas vous permettre de rester évasif ou de donner une réponse trop générale.

3 Quels éléments sont venus conforter votre choix professionnel ?

a. Objectif

Le jury vous interroge sur le cheminement qui vous a conduit à choisir de devenir gendarme et apprécie votre niveau de réflexion et d'engagement vis-à-vis de votre projet professionnel.

b. Pistes de réponse

Vous devez débuter votre propos en parlant de ce qui est à l'origine de votre orientation professionnelle. Puis, vous décrirez les étapes de votre cheminement et les moyens mis en œuvre pour conforter votre choix (rencontres avec des professionnels, stage ou expérience professionnelle, recherche documentaire…). Présentez les éléments de façon chronologique.

c. Pièges à éviter

Vous devez convaincre le jury du sérieux de votre démarche. L'erreur serait de limiter votre réponse à quelques propos superficiels (exemple : « J'ai envie de porter une arme ! »).

4 Que ferez-vous en cas d'échec au concours ?

a. Objectif

La question aborde la motivation du candidat sous un angle particulier, en lui faisant envisager l'échec aux épreuves de sélection.

b. Pistes de réponse

Il faut montrer votre détermination à devenir gendarme. Vous devez convaincre le jury que vous chercheriez à analyser les raisons de votre échec et à en tirer les enseignements nécessaires : approfondir votre projet professionnel, enrichir votre connaissance du métier, apprendre à mieux gérer votre stress… Vous pouvez également envisager de trouver un emploi, suivre une préparation au concours… en attendant de vous représenter aux épreuves de sélection.

c. Pièges à éviter

Il ne faut pas dire que vous allez baisser les bras et que vous allez envisager une autre orientation professionnelle. Attention, les examinateurs n'apprécient pas les candidats avec des périodes d'inactivité dans leur CV.

5 Quel est votre projet professionnel ?

a. Objectif

La question vous oblige à vous projeter en tant que futur gendarme.

b. Pistes de réponse

Vous pouvez parler de vos préférences pour une spécialisation (le gendarme mobile, le motard, le maître-chien, etc.) ou un lieu (une ville, une région, etc.) tout en nuançant vos propos. Vous n'êtes pas sûr(e) des opportunités de recrutement ou d'accès à une spécialité ou une unité de gendarmerie.

c. Pièges à éviter

Le projet professionnel doit être cohérent avec vos motivations et votre personnalité. Il doit aussi être réaliste. Annoncer que vous envisagez d'intégrer rapidement le GIGN est risqué. En effet, ces postes sont rares et sont généralement occupés par des professionnels expérimentés et ayant réussi des tests très sélectifs.

6 Que représente pour vous le travail d'équipe ?

a. Objectif

Les examinateurs cherchent à savoir si vous possédez une qualité professionnelle indispensable pour exercer le métier de gendarme, celle qui permet de travailler au sein d'une équipe.

b. Pistes de réponse

Le gendarme travaille au sein d'une équipe de différents professionnels dont les actions sont complémentaires et coordonnées dans l'exercice de leurs missions et qui vivent en caserne. Une équipe communique, s'entraide et ses membres sont solidaires entre eux. Le travail d'équipe est efficace si chacun respecte les compétences et limites professionnelles des autres. Étayez votre réponse à l'aide d'exemples précis et parlants, puisés dans vos expériences antérieures (projet collectif lors de vos études ou au sein d'une association, travail d'équipe dans le cadre professionnel…) qui montreront vos aptitudes à intégrer un groupe et à bien fonctionner au sein d'une équipe.

c. Pièges à éviter

Ne laissez pas entendre que vous êtes d'un tempérament solitaire, ne parlez pas d'expériences collectives qui ont abouti à des échecs. Il ne faut non plus critiquer un encadrant qui, selon vous, n'aurait pas été un bon manager/chef.

7 Quels sont vos loisirs ?

a. Objectif

C'est une question « classique » dans tous les concours. Elle permet de découvrir votre personnalité ainsi que certaines de vos qualités.

b. Pistes de réponse

Présentez vos centres d'intérêt de façon à vous différencier positivement des autres candidats. Choisissez de parler d'activités qui montrent des qualités nécessaires pour exercer en gendarmerie. Par exemple, réaliser des activités sportives reflète des qualités d'endurance et une bonne condition physique, être bénévole dans une association caritative dévoile votre bienveillance à l'égard des personnes en difficulté, etc.

c. Pièges à éviter

N'avoir rien à dire. Autre piège : parler d'activités que vous ne pratiquez plus depuis plusieurs années, donner des réponses trop banales (la lecture, le cinéma, les sorties entre amis…).

8 Donnez trois de vos qualités.

a. Objectif

Autre question « classique » des concours qui sonde la personnalité des candidats.

b. Pistes de réponse

Réfléchissez aux qualités que vous possédez et comparez-les à celles attendues chez un gendarme. Mettez en avant les traits de votre personnalité qui correspondent aux attentes des recruteurs. Illustrez vos propos en décrivant des situations dans lesquelles certaines de vos qualités se sont exprimées positivement.

c. Pièges à éviter

Ne pas répondre ou donner des réponses banales laisseront entendre que vous ne vous connaissez pas suffisamment ou mettront en doute votre capacité à prendre du recul sur vous et votre manière d'être. Cette question doit impérativement être travaillée lors de votre préparation au concours.

9 Donnez trois de vos défauts.

a. Objectif

Cette question est complémentaire à la précédente. Elle renseigne également sur votre personnalité.

b. Pistes de réponse

Pour éviter de vous mettre en posture difficile le jour de l'oral, vous ne retiendrez que les défauts qui restent compatibles avec l'exercice de la profession envisagée.

> **Exemples**
> - Réponse 1 : « Je suis têtu(e). »
> - Réponse 2 : « On me reproche souvent d'être un peu lent(e). »
> - Réponse 3 : « Je suis très curieux(se), j'aime apprendre de nouvelles choses. Je suis hyperactif(ve). Je n'aime pas rester à ne rien faire. »

La première réponse est régulièrement entendue par les examinateurs. C'est ce que l'on appelle un défaut « bateau ». Il ne permet pas au candidat de sortir du lot. Préférez le mot « obstiné » à « têtu » trop familier.
La deuxième réponse met en avant un défaut qui sera rédhibitoire pour le jury. Le métier nécessite d'être réactif.
La troisième réponse est plus adaptée. La curiosité montre une ouverture d'esprit. L'hyperactivité est associée au dynamisme et à l'implication dans le travail.

c. Pièges à éviter

Ne répondez surtout pas que vous n'avez pas de défauts ou que vous n'en savez rien. Le jury jugera que vous n'êtes pas capable de prendre du recul par rapport à votre propre personnalité, voire que vous n'êtes pas sincère.

10 Quelles sont les valeurs les plus importantes à vos yeux ?

a. Objectif

Le corps de gendarmerie s'appuie sur des valeurs qui donnent du sens aux missions du gendarme et conditionnent le travail d'équipe : la discipline, le civisme, la solidarité, le courage, la loyauté, le respect de la hiérarchie. Les examinateurs chercheront à savoir si vous partagez ces valeurs.

b. Pistes de réponse

Le jury attend que vous puissiez évoquer vos propres valeurs et celles des militaires de carrière. Pour les premières, prenez le temps pendant votre période de préparation au concours de vous poser les questions suivantes : qu'est-ce qui est important dans votre vie ? Qu'est-ce que vous ne supportez pas ? Enrichissez votre propos de situations professionnelles ou personnelles qui viendront illustrer les valeurs que vous voulez mettre en avant. Pour les secondes, reportez-vous au contenu du présent ouvrage.

c. Pièges à éviter

Les valeurs affichées doivent être compatibles avec l'exercice et le statut militaires. Parler d'individualisme, d'intolérance, de recherche du profit ou de la notoriété par exemple serait inapproprié.

11 Quel est le fait d'actualité des dernières 48 heures qui a retenu votre attention et pourquoi ?

a. Objectif

La question d'actualité permet de sonder votre curiosité, votre ouverture d'esprit, votre compréhension des questions de société et des événements nationaux ou internationaux. Le jury évalue aussi votre capacité de donner spontanément une réponse argumentée et structurée.

b. Pistes de réponse

Il est recommandé de suivre régulièrement l'actualité. Choisissez un sujet avec lequel vous êtes à l'aise, que vous pourrez développer et sur lequel vous pourrez donner votre avis.

c. Pièges à éviter

Évitez les sujets trop risqués : la politique, la religion, le mariage gay… Votre position peut heurter les opinions d'un membre du jury et vous attirer son ressentiment. Votre objectif n'est pas d'imposer vos convictions, mais de démontrer votre intelligence sociale et votre vivacité intellectuelle. Ne dites surtout pas que rien n'a retenu votre attention.

12 Pourquoi faudrait-il retenir votre candidature ?

a. Objectif

C'est une des questions les plus difficiles. Elle est généralement posée en fin d'entretien. Le candidat est mis dans une position où il doit se comparer aux autres postulants.

b. Pistes de réponse

Vous devez donner ou rappeler les points forts de votre candidature : la cohérence de votre parcours, vos qualités, vos aptitudes, vos valeurs… Vous devez faire preuve d'esprit de synthèse. Énumérez les atouts de votre candidature sans oublier de les illustrer à l'aide d'exemples précis.

c. Pièges à éviter

Ne répondez pas en laissant penser que vous n'avez pas suffisamment travaillé vos motivations. Ne soyez pas non plus trop arrogant.

13 Qu'est-ce que la légitime défense ?

a. Objectif

C'est une autre manière de surprendre le candidat que de soudainement changer de registre en passant d'une question habituelle pour un entretien de motivation à une question de culture générale. C'est aussi un moyen de sonder ses connaissances professionnelles.

b. Pistes de réponse

Le jury attend une définition. N'oubliez pas de donner un ou plusieurs exemple(s). Un militaire peut faire usage de son arme dans certaines situations où il doit se défendre face à une attaque ou une agression. Ce geste doit être nécessaire ou proportionné : c'est le cas si sa vie ou celle d'autrui est menacée mais pas s'il poursuit un suspect qui tente de s'échapper.

c. Pièges à éviter

Il est nécessaire de dépasser rapidement l'effet de surprise pour répondre à la question posée. Si vous ne connaissez pas la réponse, n'attendez pas. Dites-le avec simplicité et engagez-vous à vous documenter pour combler votre lacune. C'est un sujet sensible au moment où on critique violemment les violences policières.

14 Pour vous, que représente l'uniforme ?

a. Objectif

L'uniforme est un élément fédérateur, un symbole d'une identité collective pour les militaires. Le jury cherche à sonder si vous aurez l'esprit de corps.

b. Pistes de réponse

Le jury aimera entendre que vous seriez fier de porter l'uniforme, qui représente l'autorité de l'État. L'uniforme permet aux forces de l'ordre d'être facilement identifiées : il est rassurant ou dissuasif selon les situations et les publics.

c. Pièges à éviter

Ne considérez pas cette question comme secondaire. Ne donnez pas une réponse qui ne serait pas à la hauteur de la portée symbolique de l'uniforme.

15 Avez-vous quelque chose à ajouter ?

a. Objectif

C'est la dernière question de l'échange avec le jury. C'est l'occasion de présenter les atouts de votre candidature que vous n'avez pas évoqués lors de l'entretien. Le jury va évaluer votre capacité à réagir, à saisir l'opportunité qui vous est donnée de mettre en avant votre candidature.

b. Pistes de réponse

« Je n'ai pas eu l'occasion au fil de nos échanges d'approfondir mes motivations pour le métier. Je voudrais ajouter que je suis quelqu'un de déterminé. Je me suis beaucoup investi dans la préparation de ce concours en poursuivant mes études. Je sais par mes expériences et ce que je connais de moi que la profession de gendarme me conviendrait. »

c. Pièges à éviter

Dire non, c'est décevoir le jury qui attend que vous lui proposiez une conclusion à l'entretien. A minima, vous pouvez indiquer que vous disposez de toutes les informations dont vous avez besoin et remercier le jury de sa disponibilité et son écoute.

Épreuve d'admission n° 5

Épreuve physique gendarmerie

- Épreuve physique gendarmerie
- Conseils et méthodes

Coef 3

1 Présentation de l'épreuve
Épreuve physique gendarmerie

L'épreuve physique gendarmerie (EPG), réalisée en tenue de sport, se compose de trois ateliers :

- un parcours d'obstacles (chronométré) ;
- une simulation d'un combat (chronométrée) ;
- un transport de poids (évalué : échec ou réussite).

Le schéma du parcours de l'EPG est consultable à partir du site internet de la Gendarmerie nationale : Accueil > Carrières > Carrière opérationnelle > Sous-officier de gendarmerie ou directement sur :
www.dailymotion.com/video/x46lrt_epreuve-physique-gendarmerie-comple_news
Avant que le premier candidat convoqué ne passe l'EPG, une démonstration de l'épreuve est faite à l'ensemble des candidats par un moniteur d'entraînement physique et sportif en insistant sur les fautes qui, dans un premier temps, obligent le candidat à recommencer l'épreuve et qui peuvent provoquer, le cas échéant, l'échec de l'épreuve.
Les candidats devront disposer d'au moins 15 minutes pour s'échauffer individuellement avant le passage de l'épreuve.

1 Atelier n° 1 : parcours d'obstacles

Le candidat accomplit six fois le parcours d'une longueur de 50 mètres en appliquant les consignes suivantes :

1. Partir du cône de départ, courir en direction du cône 1.
2. Contourner le cône 1, traverser en diagonale en direction du cône 2. Avant d'atteindre ce cône, franchir d'un bond, sans le toucher, un obstacle (tapis de sol) de 1,80 m de long. À la réception, tourner à gauche autour du cône 2 et se diriger vers l'escalier.
3. Monter et descendre l'escalier en courant, en touchant au moins une marche en montant, la plate-forme supérieure et une marche en descendant.
4. Contourner le cône 3, remonter et redescendre l'escalier puis se diriger vers le cône 4.
5. Tourner à gauche et se diriger en diagonale vers le cône 5. Avant d'atteindre ce cône, sauter deux obstacles de 45 cm de haut, distants de 3 mètres.
6. Au cône 5, tourner à droite et se diriger vers le cône de départ. Avant d'atteindre ce dernier, franchir une poutre placée à 0,90 m du sol, maîtriser sa réception et se laisser tomber sur le dos ou sur le ventre (alternativement à chaque tour). Se relever sans aide (ne pas se retourner si l'on tombe sur le ventre, ne pas rouler sur le côté lorsque l'on tombe sur le dos, ne jamais s'aider de la poutre) et contourner le cône de départ avant d'accomplir un autre tour.
7. Lorsque les six tours sont terminés, se diriger vers l'atelier n° 2.

Fautes relevées :

- non-franchissement du tapis ;
- cône ou barre renversé ;
- poutre touchée avec toute autre partie que les mains ou les pieds ;
- se relever en s'aidant de la poutre ou en roulant sur le côté.

Toute faute est immédiatement sanctionnée par l'obligation de tenter à nouveau le passage de l'obstacle jusqu'à y parvenir après avoir, le cas échéant, replacé l'élément tombé. Le non-franchissement du tapis répété six fois entraîne l'échec de l'épreuve.

Le parcours d'obstacle de l'EP

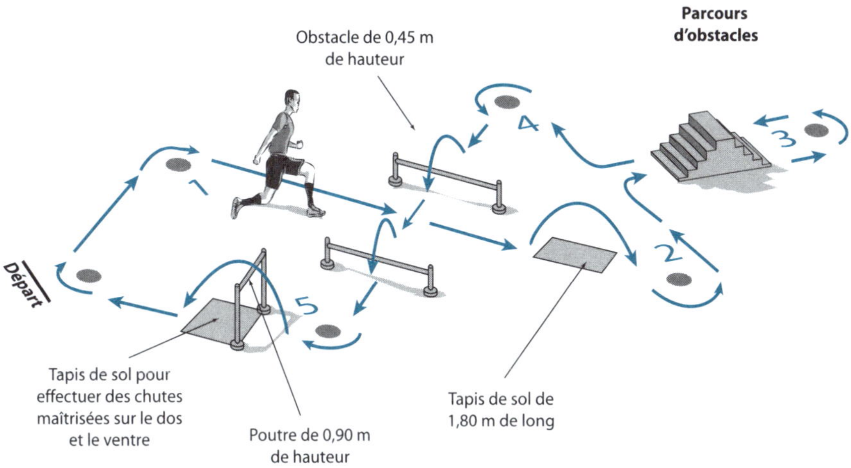

2 Atelier n° 2 : simulation d'un combat

À moins de 10 mètres de la fin de la course d'obstacles, exercices de traction et de poussée entrecoupés de chutes maîtrisées :

1. **Exercice de traction :** agripper la corde et soulever un poids de 36 kg pour les hommes et 25 kg pour les femmes. En conservant le poids dans cette position, se déplacer en décrivant un arc de cercle de 180° et toucher le mur de chaque côté de l'appareil. Répéter l'exercice six fois en touchant ainsi le mur trois fois de chaque côté. Conserver son équilibre et garder ses coudes fléchis pendant toute la durée de l'exercice.
2. **Chutes maîtrisées :** après l'exercice de traction, déposer le poids sur le sol, s'éloigner de l'appareil (1 mètre), tomber sur le ventre, se relever, toucher le mur, exécuter une autre chute sur le dos, se relever sans rouler sur le côté et toucher encore le mur. Cette séquence est exécutée deux fois (4 chutes : 2 vers l'avant, 2 vers l'arrière).
3. **Exercice de poussée :** après avoir touché le mur, se déplacer jusqu'à l'appareil de poussée. À l'aide des poignées, pousser afin de soulever du sol un poids de 36 kg pour les hommes et 25 kg pour les femmes. Le conserver dans cette position et décrire six arcs de cercle complets en touchant trois fois le mur de chaque côté (idem exercice de traction). Les bras doivent demeurer fléchis au niveau des coudes : ni les coudes ni les mains ne doivent toucher la poitrine ou les épaules.

En cas de mauvaise exécution, le candidat doit reprendre l'exercice (chute ou arc).

La partie chronométrée de l'EPG prend fin au moment où le candidat termine le 6e arc de l'exercice de poussée (dépôt du poids sur le sol).

Le candidat doit se reposer une minute avant d'entreprendre le transport du sac de sable.

Exercices de simulation de combat

3 Atelier n° 3 : transport de poids

Le candidat doit soulever un poids (sac de sable) de 45 kg pour les hommes et 25 kg pour les femmes, le transporter, en se servant uniquement de ses bras, sur une distance de 15 mètres et le reposer sur le sol en douceur.

Faute relevée : incapacité à soulever le sac, à le porter en se déplaçant ou à le poser en douceur à la fin de l'exercice.

Dans tous les cas l'ensemble de l'exercice doit être repris. Trois essais infructueux signifient un échec.

Transport de poids

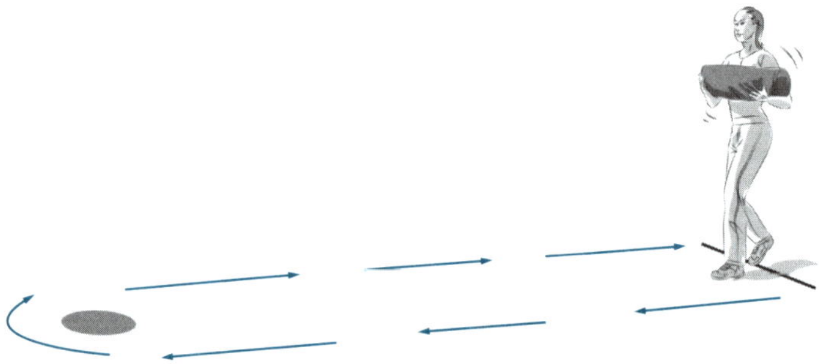

Remarque

Les barèmes de chaque atelier sont à retrouver à la fin de l'ouvrage, dans la boîte à outils.

Méthodologie

2 Conseils et méthodes

L'épreuve physique de la gendarmerie est complexe : différents ateliers pour différents efforts, donc différentes manières, complémentaires, de s'entraîner. Chacun des ateliers demande au candidat de connaître son corps, ses capacités ainsi que ses limites. Pour vous préparer à cette épreuve, il est indispensable que vous intégriez ces notions. En effet, sans une connaissance parfaite de votre corps, aucune performance stable et maîtrisée n'est possible. Que vous soyez sportif aguerri, excellent dans telle ou telle discipline ou simple joggeur du dimanche, il est capital que vous vous prépariez de manière adéquate, tant sur la régularité que sur le long terme. En d'autres termes, quelle que soit votre condition physique actuelle, c'est seulement grâce à une préparation anticipée, construite et progressive que vous pourrez réussir l'EPG sans encombre.
À vos chaussures !

1 Quelques conseils pour bien commencer

a. Tenue adaptée

Chaussures : peut-être pensez-vous que n'importe quelle paire de basket fera l'affaire pour vos entraînements, mais il n'en est rien. Chaque personne a sa propre façon de courir, sa propre forme de pied, etc. Une paire de chaussures adaptée vous permettra d'adopter une bonne posture lorsque vous courrez. N'hésitez donc pas à aller dans un magasin de sport pour vous faire conseiller. Pensez à amener une paire de chaussures usagées : l'usure et la forme de celles-ci permettront au vendeur de mieux vous conseiller.
Short/pantalon et t-shirt : pour une bonne observation de l'évaluateur ainsi que pour votre propre confort, il est indispensable que vous portiez une tenue adaptée : t-shirt suffisamment prêt du corps et pantalon de survêtement ou short de sport pas trop large.

b. Hygiène de vie

Une bonne hygiène de vie est indispensable si vous espérez avoir un rendement maximal de votre entraînement. Ne serait-il pas dommage de gâcher vos performances en gardant quelques mauvaises habitudes qu'il serait simple d'abandonner ? Sans attendre les effets bénéfiques de votre entraînement, adoptez une hygiène qui vous permettra d'éliminer les graisses avec des repas moins abondants, mais plus nombreux, moins riches en sucres, en sel, avec plus de légumes verts. Aussi, l'hygiène de vie ne concerne pas que l'alimentation, mais repose sur un ensemble de mesures destinées à préserver la santé. Veillez donc à dormir à heures régulières et moins tardivement, évitez l'alcool et la cigarette, buvez plus d'eau, etc. Attention, ces règles ne doivent pas être vécues comme des contraintes, mais doivent être librement choisies afin de ne pas vivre votre période de préparation à l'EPG comme un calvaire.

c. S'équiper pour mieux évaluer vos performances et votre progression

Afin d'évaluer au mieux votre progression au fil des séances d'entraînement, quelques outils pourront se montrer très utiles. Dans votre poche, autour du cou ou attachés à votre poignet, ils seront vos meilleurs compagnons.

- **Le « carnet de bord » :** outil indispensable pour suivre votre progression, établir de nouveaux objectifs et rechercher la performance. Dans ce carnet, vous y noterez la distance que vous avez parcourue, sur quel type de terrain (route, sentier, forêt…) et votre temps.
- **Le chronomètre :** il vous permettra de savoir combien de temps aura duré votre entraînement, combien de temps vous avez couru.
- **Le podomètre :** selon le modèle, il vous permettra de calculer la distance parcourue (nombre de pas effectués) ou vous indiquera directement cette distance.

2 Organisation de l'entraînement

Comme nous l'avons vu plus tôt, l'épreuve physique de la gendarmerie est une épreuve complexe, car complète. En effet, elle imbrique en un tout, différents efforts qui requièrent une excellente préparation physique au préalable et ce à différents niveaux. Sans entrer dans l'explication du fonctionnement des différentes filières énergétiques de l'organisme, deux grands axes de travail se dégagent de cette épreuve : l'endurance aérobie et l'endurance musculaire. Voyons donc quel type de préparation physique vous attend avant le jour J.

a. Durée de la préparation

S'il est préférable de tabler sur une période de 4 mois, une préparation physique bien programmée permet d'obtenir de bons résultats dès 3 mois à raison de 3 séances par semaine. Pendant cette période, il s'agit pour vous de bien ancrer vos entraînements dans vos habitudes de vie et de respecter rigoureusement ce rythme afin de voir vos efforts récompensés par de bonnes améliorations. Les éléments que nous allons vous proposer correspondent à des modèles de base qu'il va falloir vous approprier pour vous forger un programme d'entraînement adapté à vos capacités évoluant avec l'amélioration de vos aptitudes. C'est en choisissant le modèle qui vous correspond le plus et en en augmentant progressivement la difficulté que vous allez vous construire un véritable programme d'entraînement visant toujours une optimisation de vos performances.

b. Échauffements

S'ils peuvent paraître ennuyants et parfois inutiles, les échauffements représentent un élément incontournable de tout entraînement. Ils permettent à votre organisme de mieux se préparer à l'effort qui va suivre. À froid, le corps n'est pas dans de bonnes conditions pour réaliser une activité physique et sollicité dans ces conditions, des blessures peuvent survenir.

L'échauffement va donc permettre de mettre progressivement en condition l'organisme tant au niveau musculaire, articulaire que cardio-respiratoire, d'améliorer la coordination et même la préparation mentale. En bref, bien échauffé, votre performance est améliorée.

Voici donc un échauffement type.

- **Footing :** pendant un temps de minimum 10-15 minutes, faire un footing (c'est-à-dire à un rythme vous permettant de discuter).
- **Montée de genoux :** sur 2 séries de 20 mètres ou plus, courir à petites foulées en montant les genoux au niveau de la taille avec des appuis dynamiques.
- **Talon-fesse :** mêmes séries pendant lesquelles vos talons viennent toucher vos fesses.
- **Foulées bondissantes :** toujours 2 séries de 20 mètres où il s'agit de courir à un rythme lent en faisant de longues foulées sautées.

- **Accélérations :** sur deux séries de 75-100 mètres, non pas sprinter, mais courir à une vitesse proche de votre vitesse maximale.

Remarque

Après chaque première série, parcourir la même distance en trottinant, puis enchaîner avec la seconde.
Vous pourrez compléter ces échauffements par des échauffements des épaules, des coudes, du cou/nuque, etc.

c. Entraînement physique aérobie

Pour travailler efficacement vos capacités cardio-respiratoires et musculaires, votre technique de course et connaître précisément votre allure, différents types d'entraînements existent.
Nous pouvons distinguer d'un côté la méthode des efforts continus, où les efforts durent de 20 à 45 minutes et de l'autre les méthodes des efforts intermittents[1], consistant en une succession d'efforts et de repos. Nous préférerons vous proposer un entraînement basé sur cette dernière méthode, car plus efficace, mais il sera aussi nécessaire d'intégrer des efforts continus dans votre programme d'entraînement.

Définition

VMA : Dans ce qui va suivre, nous allons parler du terme VMA signifiant Vitesse Maximale Aérobie. Sans entrer dans les détails techniques, ce terme correspond à la vitesse à partir de laquelle une personne consomme le maximum d'oxygène. Connaître sa VMA est indispensable afin de planifier son entraînement. Elle est également une bonne indication sur le potentiel présent et futur du coureur.
Pour la connaître, trouvez un parcours plat dont vous connaissez exactement la longueur (piste d'athlétisme, terrain de football, de tennis…). Courez sur un temps précis de 6 minutes à la fin duquel vous devez être au maximum de vos capacités. La distance que vous avez parcourue vous permet alors de connaître votre VMA :
Distance parcourue (en mètres) / 100 = VMA (en km/h).
Par exemple si vous courez 1 500 m, votre VMA est de 15 km/h.

Méthode des efforts intermittents de longue durée

Le temps de travail équivaut au temps de repos. Il s'agit de réaliser 5 à 7 répétitions de 3 à 4 minutes chacune au cours desquelles l'intensité ne doit pas diminuer. Vous courrez à une vitesse égale à votre VMA ou supérieure jusqu'à 10 %. Le temps de récupération doit être rigoureusement le même que le temps que vous avez couru : la récupération étant l'élément fondamental de cette méthode.
La récupération entre les séries est active, c'est-à-dire qu'après l'effort, il ne faut pas s'arrêter, mais poursuivre par de la marche voire du footing à petites foulées. Veillez bien à respecter scrupuleusement ce dernier point.

1. Les méthodes que nous proposons sont basées sur les travaux de Michel PRADET.

Méthode des efforts intermittents de moyenne durée

Le temps de travail est inférieur ou égal au temps de repos. Selon votre niveau, il s'agit de réaliser au minimum 8 répétitions de 1 minute chacune au cours desquelles l'intensité ne diminue pas. Vous courrez à une VMA de 110 à 120 %. Le temps de récupération peut varier de 1 à 2 minutes et est actif.

Méthode des efforts intermittents de courte durée

Le temps de travail est inférieur au temps de repos. Encore une fois selon le niveau, il s'agit de réaliser 10 à 20 répétitions de 10 secondes ou 12 à 15 répétitions de 15 secondes au cours desquelles l'intensité ne diminue pas. Vous courrez à une VMA de 120 à 140 %. Le temps de récupération peut varier de 1 minute 30 à 2 minutes et est actif.

30-30

Le temps de travail est égal au temps de récupération. Ici, il s'agit de réaliser une succession de séries comprenant 30 secondes de course à 110-115 % de la VMA suivies de 30 secondes de récupération passive voire semi-active. Le nombre de séries sera déterminé par votre capacité à maintenir l'effort à la même intensité. Selon le niveau, de 12 à 20 répétitions. On peut faciliter l'exercice en découpant la séance en deux parties avec une pause de 2 à 3 minutes de récupération. Par exemple 6 séries de 30-30 suivies d'une récupération de 3 minutes, puis à nouveau 6 séries de 30-30.

d. Renforcement musculaire

Compte tenu de l'effort à fournir pour l'EPG, une bonne préparation au niveau musculaire est nécessaire. Cette préparation ne requiert que très peu de matériel et peut très largement se faire chez vous : un tapis de sol, une barre de tractions, une bouteille d'eau et vous êtes parés. Les différents ateliers sollicitent toutes les chaînes musculaires de votre corps, donc lors de vos séances de renforcement, il va falloir toutes les travailler. 2 à 3 séances par semaines sont conseillées.

Voici quelques exemples d'exercices.

- Sur le dos, bras croisés, décoller légèrement les épaules du sol, puis lever les jambes. Les genoux juste en dessous du bassin, plier les jambes pour qu'elles soient parallèles au sol (comme si l'on était assis sur une chaise). En essayant de conserver cuisses et genoux stables, effectuer des flexions/extensions. Faire 5 séries de 10 répétitions et à la dixième bloquer quelques secondes. Récupérer 15 secondes entre chaque série.
- Sur le dos, placer une main derrière la tête et tendre l'autre derrière de soi. Jambes pliées et pieds à plat sur le sol, poser une cheville au-dessus de votre genou. La jambe venant se poser est celle en diagonale du bras tendu. En position, effectuer des abdominaux en venant pointer votre main libre sur le côté opposé sans décoller les lombaires du sol. Faire 5 séries de 10 répétitions avec 15 secondes de repos. Alterner les côtés.
- Sur le ventre, placer les mains sous le menton. Lever simultanément les jambes (tendues) et les épaules et bloquer dans cette position 15 secondes. Réaliser 5 séries de 15 secondes avec 10 secondes de récupération.
- Selon le niveau, 4 à 5 séries de 8 à 15 pompes avec 1 min 30 de repos. Varier l'inclinaison, la vitesse de montée/descente, l'écartement entre les mains.
- Sur une barre de traction, effectuer 4 à 5 séries d'autant de tractions possibles avec un temps de récupération variant de 1 minute à 1 minute 30. Varier les positions (paumes vers l'intérieur ou vers l'extérieur, passer la barre derrière la nuque, etc.).

- Si vous disposez d'un sac de frappe ou d'un objet faisant approximativement le même poids que le sac de l'atelier 3, vous pouvez vous entraîner à réaliser l'épreuve de l'examen. Dans le cas contraire, un sac de linge mouillé, un/des packs d'eau peuvent faire l'affaire par exemple et effectuez des soulevés de terre avec déplacement comme décrit dans l'épreuve. Avec un poids insuffisant, vous pouvez augmenter la difficulté en vous déplaçant en fente avant. Vous pouvez aussi vous tenir droit, pieds un peu écartés, et réaliser des séries dynamiques de flexions extensions des jambes en finissant sur la pointe des pieds.

e. Conseils supplémentaires

Vous disposez à présent d'un modèle d'entraînement complet pour vous préparer à l'Épreuve Physique Gendarmerie, mais afin de l'optimiser ou de casser la monotonie, vous pouvez y ajouter certains éléments.

- Récréer les conditions de l'examen : la description de l'épreuve est suffisamment détaillée pour que vous puissiez recréer les conditions de l'examen. Ceci est intéressant pour se préparer au mieux et ne pas être surpris le jour J.
- Varier les activités : en complément, pour mêler renforcement musculaire et endurance, il peut s'avérer utile de changer d'activité physique. Pensez à la natation, au vélo ou au squash par exemple.
- Varier les terrains : on court différemment sur le plat, en campagne ou en montagne, etc. ce qui fait travailler différemment les chaînes musculaires ainsi que l'endurance. Une bonne formule de préparation est le « Fartlek » : des parcours tout-terrain en nature avec plats, côtes, descentes, sols divers, permettant de travailler tous les rythmes.
- S'étirer : n'oubliez pas de vous étirer après chaque séance, que vous ayez couru ou fait du renforcement musculaire. De la nuque aux chevilles, en passant par toutes les chaînes musculaires, comptez entre 10 et 20 minutes d'étirements.

3 À l'approche de l'épreuve

a. Veille de l'épreuve

Dès la fin de l'après-midi, il faut se préparer intelligemment à l'épreuve du lendemain. Voici les points clés à respecter.

- Arrêtez les boissons excitantes ou à base de caféine dès 16 h. Passé cette heure, vous vous exposez au risque de ne pas trouver le sommeil le soir.
- Faites un petit footing : cela vous permettra d'évacuer le stress et améliorera la qualité de votre sommeil. Ne vous adonnez surtout pas à un effort intense : autant vous éviter une blessure à ce moment ! Faites-le vers 17 h pour en tirer tous les bénéfices.
- Dînez équilibré : le repas du soir a des incidences sur votre nuit et votre forme du lendemain. Privilégiez les sucres lents qui vous restitueront une bonne énergie le lendemain matin. Évitez de manger trop lourd ou de sauter un repas.
- Dormez suffisamment : le sommeil est affaire personnelle. Si 6 heures peuvent suffire pour certains, d'autres auront besoin de 9 heures. Dormez donc suffisamment, autant d'heures que nécessaire.

b. Jour de l'épreuve

Le matin de l'épreuve, pensez à vous lever suffisamment tôt. Le corps et le cerveau ont besoin de temps pour être dans leur forme optimale. Dans l'idéal, levez-vous deux heures avant l'heure du rendez-vous, cela vous permettra de commencer la journée sans le stress du retard, de ne pas petit-déjeuner à la va-vite et tout simplement permettre à votre corps de s'éveiller progressivement.

La veille, vous aurez pensé à préparer votre sac de sport dans lequel figureront un short, un t-shirt, une bouteille d'eau, des barres énergétiques, et des vêtements de rechange. Vous pouvez, si vous le souhaitez, y ajouter du chauffant musculaire.

Pour vous rendre sur les lieux, si vous n'êtes pas trop éloigné et que les conditions météorologiques le permettent, vous pouvez y aller en footing, ce qui est idéal pour chauffer les muscles et vous préparer un tant soit peu à l'épreuve.

c. Juste avant l'épreuve

Vous disposerez d'au moins 15 minutes pour vous échauffer. Ici, la meilleure méthode pour bien se préparer est la vôtre. En effet, préparez-vous comme vous l'avez toujours fait lors de vos entraînements précédents : faites votre propre routine, celle qui a fonctionné jusqu'ici. Ne commettez pas l'erreur de regarder ce que font les autres et de vouloir faire la même chose. Vous avez votre propre manière de faire, restez-en là. Gardez bien en tête que l'objectif est de mettre le corps dans de bonnes dispositions, donc arrêtez-vous avant de ressentir de la fatigue.

Vous voilà prêt, bonne chance !

Épreuve d'admission n° 6

Évaluation numérique

- Présentation de l'épreuve
- Moteurs de recherche, navigateurs et systèmes d'exploitation
- Les acronymes et définitions
- Les réseaux sociaux
- Le RGPD

30 minutes • Coef 1

1 Présentation de l'épreuve

L'épreuve d'évaluation numérique est une nouvelle épreuve du concours de sous-officier de la gendarmerie, interne et externe. Il s'agit d'une épreuve d'admission qui dure 30 minutes et de coefficient 1. C'est la seule épreuve pour laquelle une note inférieure à 6 sur 20 n'est pas éliminatoire.

Le format de l'épreuve

Elle se présente sous la forme d'un questionnaire dématérialisé à choix multiples visant à évaluer les connaissances et les compétences numériques du candidat. Les postulants au concours doivent donc connaître les fondamentaux de la culture Web, de l'environnement numérique, de la protection et de la sécurité informatique.
Le QCM comporte généralement 20 questions.

> **Remarque**
> Vous trouverez dans la suite de l'ouvrage, des exemples de questions qui pourraient vous être posées lors du concours.

Les thématiques à maîtriser :

- la sécurité, protection informatique ;
- les réseaux sociaux ;
- les navigateurs, moteurs de recherche, etc. ;
- les connaissances de base sur les termes numériques courants.

Il est également capital que vous vous renseignez sur les grandes actualités des grandes entreprises du numérique (nouvelles technologies, innovations majeures, nom des grands dirigeants, etc.), sur les termes, applications, utilisations en vogue, etc. Pour cela, lisez des articles d'actualité des grands journaux nationaux ou internationaux. Les questions qui vous seront posées sont relativement générales et n'attendent pas de vous que vous soyez expert en la matière.

2 Moteurs de recherche, navigateurs et systèmes d'exploitation

Il n'est pas rare de confondre moteurs de recherche, navigateurs et système d'exploitation, pourtant, les différences sont flagrantes lorsqu'on se penche sur les définitions.

1 Un moteur de recherche, c'est quoi ?

On appelle moteur de recherche un **site web** qui permet de trouver les pages web d'autres sites. Il existe par exemple Google, Bing, Yahoo, Qwant, etc. Ce sont en quelque sorte des « bases » qui vous proposent des sites web contenant les réponses à vos questions. Ils fonctionnent grâce à des mots-clés qu'ils associent ensuite très rapidement à des pages analysées et indexées par le moteur de recherche pour vous proposer les résultats les plus pertinents.

Par exemple, si vous tapez « élite », Google vous propose des pages concernant la série espagnole Netflix *Élite*, mais également des pages traitant de *Elite rencontre* (le site de rencontre) et de l'agence de mannequins du même nom. En revanche, si vous tapez « élite définition », ce sont des sites du type Larousse, Linternaute et CNRTL qui s'affichent. Vous l'aurez compris, les moteurs de recherche se basent sur l'actualité, sur ce qui est tendance, pour vous proposer les sites dont vous pourriez avoir besoin.

Si vous faites la même recherche sur un autre moteur de recherche, les résultats pourraient être légèrement différents.

2 Qu'est-ce qu'un navigateur ?

Un navigateur est un **logiciel** qui affiche des pages Web, c'est grâce à lui que vous accédez à votre page d'accueil, à votre moteur de recherche, etc. Il est conçu pour afficher le « *World Wide Web* » (www), soit les pages Web qui débutent toutes par www. Les navigateurs les plus connus sont Microsoft Edge, Mozilla FireFox, Chrome, Safari (pour Mac) ou Opera. Ils ont tous la même utilité, seule l'interface change.

3 Les systèmes d'exploitation : kézako ?

Un système d'exploitation est un **ensemble de programmes** qui font fonctionner un ordinateur. Il offre une série de logiciels et de services vous permettant d'utiliser votre ordinateur pour tout ce dont vous avez besoin : utiliser des périphériques (clefs USB, clavier, souris, etc.), lire des CD, accéder aux fichiers, etc. C'est lui qui s'assure du bon fonctionnement et de la compatibilité des différents éléments qui se trouvent sur votre ordinateur. Les trois principaux systèmes d'exploitation sont Windows, OS X (sur Mac) et Linux. Ceux-ci évoluent avec le temps et sont régulièrement mis à jour. Par exemple, pour Windows, il existe plusieurs versions comme Vista, Windows 7, Windows 10, etc.

3 Les acronymes et définitions

Terme	Définition
Adresse IP	C'est un numéro d'identification qui est attribué à chaque périphérique relié à un réseau informatique. IP est l'abréviation de *Internet Protocol*.
Chatbot	C'est un « agent conversationnel », c'est-à-dire un programme capable de converser avec un internaute en générant des réponses préconstruites. Les chatbot sont de plus en plus utilisés sur les sites Internet (magasins de vêtements, opérateurs téléphoniques, services publics, etc.).
Cloud	C'est un espace de stockage distant auquel on accède par Internet sur lequel on enregistre des fichiers, vidéos, etc. Il suffit ensuite d'accéder à la page Web de votre cloud depuis n'importe quel ordinateur/téléphone/tablette pour accéder à vos données qui s'actualisent automatiquement, en temps réel.
Cookie	Fichier stocké par un serveur dans le terminal (ordinateur, téléphone, tablette, etc.) d'un utilisateur et associé à la consultation de certains sites qui conservent des informations en vue d'une connexion ultérieure.
GAFAM	Il s'agit de l'acronyme des géants du Web à savoir Google, Apple, Facebook, Amazon et Microsoft qui dominent le marché du numérique. Aussi appelés Big Five.
HTTP, HTTPS	L'Hypertext Transfer Protocol est un protocole de transmission permettant à l'utilisateur d'accéder à des pages web par l'intermédiaire d'un navigateur. HTTPS est la variante sécurisée
Phishing	Aussi appelé « hameçonnage », c'est une pratique malveillante qui consiste à récupérer des informations personnelles sur un internaute.
Spam	Courriel indésirable (aussi appelé pourriel).
Wifi	Abréviation de *Wireless Fidelity* qu'on peut traduire par « fidélité sans fil ». Il s'agit d'une technique qui permet la communication sans fil entre divers appareils (ordinateur, box Internet, téléviseur, etc.) grâce à des ondes radioélectriques.

4 Les réseaux sociaux

On appelle réseau social un site Internet ou une application qui permet à des internautes de se créer une page personnelle afin de partager ou échanger des informations, photos, vidéos, etc. avec leurs amis, connaissances ou autres.

Parmi les principaux réseaux sociaux, il y a :

- **Facebook.** Il s'agit du réseau le plus populaire à ce jour. Il permet aux utilisateurs de publier des images, photos, avis, vidéos, etc. Son PDG est Mark Zuckerberg depuis sa création en 2004.
- **YouTube.** C'est un média social dédié aux vidéos (clips musicaux, vidéos humoristiques, tutoriels, vidéos en direct, vidéos de gaming, etc.). On trouve aujourd'hui un grand nombre de Youtubeurs et Youtubeuses connus : Squeezie, Natoo, Cyprien, Norman, Enjoyphoenix, Amixem, Mister V, pour la France, ou Pewdiepie, Zoella, JeffreeStar, James Charles, Nikkie Tutorials, Logan Paul à l'international.
- **Twitter.** Spécialisé dans le partage de Tweets (nom des publications), il fonctionne par courts messages de 280 caractères maximum pouvant être illustrés de GIFS, vidéos, liens, photos, etc. Il est très utilisé pour le partage d'actualités en temps réel, notamment grâce à l'utilisation des #hashtags (mots-clefs cliquables qui commencent par le # qu'on appelle hashtag).
- **LinkedIn.** C'est le réseau social dédié aux relations professionnelles. Il permet de créer un CV en ligne et de se connecter avec d'autres professionnels. Il est utilisé par de nombreux internautes pour leur recherche d'emploi ou d'employés.
- **Instagram.** C'est l'application mobile permettant le partage de photos et vidéos. Elle est très connue pour ses « stories ».

D'autres réseaux très connus que l'on peut citer sont TikTok, Snapchat, Soundcloud, Flickr, Twitch ou Whatsapp.

5 Le RGPD

Le sigle RGPD signifie « règlement général sur la protection des données ». Il encadre le traitement des données personnelles sur le territoire de l'Union européenne. Ce règlement s'applique à tous les organismes publics ou privés qui traitent des données personnelles.

1 Qu'est-ce qu'une donnée personnelle ?

Une donnée personnelle renvoie à toute information qui se rapporte à « une personne physique identifiée ou identifiable ». Cela englobe :

- son nom, son prénom ;
- ses coordonnées (mail, téléphone, adresse, lieu de travail, etc.) ;
- ses informations personnelles (n de sécurité sociale, de client, sa date de naissance, etc.) ;
- toute information propre à son identité physique (taille, poids), économique (banque, n de carte bleue), génétique (informations sur la famille, etc.), culturelle (religion), mais aussi la voix, l'image, etc.

2 La réglementation

Le RGPD s'inscrit dans la continuité de la loi française Informatique et Libertés de 1978 qui a créé la Commission nationale de l'informatique et des libertés (CNIL). Cette dernière est chargée de veiller à la protection des données personnelles contenues dans les fichiers et traitements informatiques ou papiers, aussi bien publics que privés. Le RGPD est donc là pour renforcer le contrôle par les citoyens de leurs données personnelles et de l'utilisation qui peut en être faite. Il a également un rôle élargi car il s'inscrit dans le cadre de l'Union européenne.

Le RGPD s'applique d'autre part sur les organisations étrangères qui traitent les données personnelles pour le compte d'organismes qui font partie de l'Union européenne. Par exemple, si une société établie au Japon propose un site de e-commerce en français, qui livre des produits en France, elle doit obligatoirement respecter le RGPD. Même chose, à l'inverse, si une société française exporte ses produits en dehors de l'Union européenne.

3 Les sanctions

La CNIL peut prononcer des sanctions à l'égard des responsables de traitements qui ne respecteraient pas les dispositions du RGPD. Le montant des sanctions pécuniaires peur s'élever jusqu'à 20 millions d'euros ou, dans le cas d'une entreprise, jusqu'à 4 % du chiffre d'affaires annuel mondial.

Par ailleurs, la CNIL peut :

- prononcer un rappel à l'ordre ;
- enjoindre de mettre le traitement en conformité, y compris sous astreinte ;
- limiter temporairement ou définitivement un traitement ;
- suspendre les flux de données ;
- ordonner de satisfaire aux demandes d'exercice des droits des personnes, y compris sous astreinte ;
- prononcer une amende administrative.

Sujets corrigés

Le sujet France métropolitaine de 2020 est corrigé en p. 29.

Sujet 1

Composition de culture générale

Difficulté : ★★★

3 heures • Coefficient : 7

Concours externe, octobre 2019

La place du sport dans notre société.

Corrigé

Analyse des concepts

Sport : activité physique exercée dans le sens du jeu et de l'effort, et dont la pratique suppose un entraînement méthodique et le respect de règles.

Société : du latin *societas* qui signifie « uni, associé », milieu humain dans lequel quelqu'un vit, caractérisé par ses institutions, ses lois, ses règles communes.

Analyse en contexte

Place du sport : le mot de « place » doit être ici pris dans le sens à la fois géographique, politique, économique, médiatique, culturel et donc globalement dans toute sa dimension sociale. Il est donc question de la présence et du rôle de l'activité physique sportive de façon très globale. Cela peut supposer une analyse par domaines spécifiques mais aussi de façon globale.

Place du sport dans notre société : la présence du déterminant « notre » doit être entendue au sens de la société française et/ou occidentale. En revanche, le sujet n'invite pas seulement à une analyse contemporaine, mais peut aussi traiter de la place du sport par le passé.

Notons que le sujet n'est pas une question. Il faut donc le reformuler de manière à faire apparaître une problématique à laquelle nous puissions répondre par « oui » ou par « non ». C'est une difficulté supplémentaire.

Problématique

Si ce sujet est posé, c'est parce que la place du sport évolue dans notre société. La réflexion doit donc porter sur la question : Le sport occupe-t-il la bonne place dans notre société ?

Deux thèses s'opposent :

- Première thèse : Le sport occupe surtout une place importante du fait de sa pratique et de ses effets.

- Seconde thèse : Le sport occupe surtout une place importante du fait de son incidence sociale, économique, politique, culturelle.

Formulation de la problématique : *La place du sport dans notre société est-elle conditionnée par la question de sa pratique et de ses effets ou bien par rapport à son incidence sociale ?*

Connaissances

- En France, parmi la population de 16 ans et plus, la moitié des personnes pratiquent au moins un sport une fois par semaine et deux tiers pratiquent au moins une activité sportive dans l'année. Les hommes sont globalement les pratiquants les plus assidus, selon l'Insee. Mais avec l'âge, ce sont les femmes qui pratiquent le plus ; passé 50 ans, elles sont plus nombreuses à pratiquer régulièrement un sport. La pratique du sport a tendance à augmenter ces dernières années.
- La pratique sportive est un indicateur de genre et de niveau social. Si la marche à pied est l'activité la plus pratiquée, les hommes préfèrent ensuite le cyclisme ou la course à pied alors que les femmes pratiquent plus volontiers la gymnastique ou la natation. Au niveau social, on constate que les cadres supérieurs sont, selon le Credoc, 87 % à pratiquer au moins une fois un sport dans l'année contre 57 % chez les ouvriers et ce rapport se retrouve également en fonction du niveau d'études : 85 % des bac+5 ou plus pratiquent un sport contre 43 % des personnes sans diplômes. Les sports des classes supérieures sont souvent plus coûteux : sports motorisés, sports extrêmes, sports qui requièrent un matériel plus sophistiqué. Ils sont associés à des critères d'identification sociale. La notion d'identité est associée à celle du sport pratiqué.
- Les motivations indiquées par les pratiquants d'une activité sportive sont la convivialité, la recherche de la santé et du bien-être, la recherche du dépassement de soi et la compétition. La notion d'image de soi apparaît de plus en plus dans les motivations.
- En France, la part des personnes en surpoids augmente régulièrement comme dans la plupart des pays industrialisés. Elle représente près de la moitié de la population et 17 % sont en situation d'obésité (contre 13 % dans le monde), soit plus de 8 millions de personnes. Le mode de vie de plus en plus sédentaire est en cause tout comme la malbouffe (alimentation ultra-transformée).
- L'EPS (éducation physique et sportive) est enseignée en France à l'école depuis 1936, sous l'impulsion de Jean Zay, ministre de l'Éducation nationale de 1936 à 1939.
- Les médias valorisent de plus en plus le sport, avec des chaînes de télévision, des radios, des journaux ou des espaces internet dédiés et un marché très recherché. Les visionnages du sport battent les records de tous les autres visionnages. La Coupe du monde masculine de football, le Tour de France ou les Jeux olympiques rassemblent plusieurs milliards de spectateurs par la vidéo.
- Les paris sportifs sont de plus en plus pratiqués (augmentation de 30 à 40 % par an) et font également l'objet d'émissions dédiées. De même, l'investissement dans le sport au niveau de l'État comme au niveau des sponsors privés est très développé. Les enjeux pour les investisseurs privés sont très élevés.

Idées personnelles (les numéros seront réutilisés pour le tableau qui suit)

(1) La pratique du sport tend à augmenter en France et dans de nombreux pays industrialisés. Les motivations des pratiquants sont multiples : sensibilisation à la santé, recherche de convivialité, d'estime de soi, etc. Le sport tend à prendre de plus en plus de place dans une société où règne plus d'instabilité de notre identité (divorce, précarité de l'emploi, etc.).

(2) Le sport est associé à une certaine identification, une culture, un certain savoir, un vocabulaire. Cela permet de distinguer les initiés et les autres. De nombreuses pratiques sportives valorisent cela (par exemple le rugby et ses règles souvent hermétiques pour les non initiés, ou le cross training et son vocabulaire anglais). C'est aussi une façon d'entrer dans une sorte de famille par le biais d'un rite initiatique.

(3) Le sport est un enjeu dans la politique. Hitler l'avait bien compris lors des Jeux olympiques d'été en 1936 à Berlin. Aujourd'hui, les grandes nations du sport montrent leur supériorité par les performances de leurs athlètes ; les États-Unis et la Chine rivalisent tout comme auparavant cela se faisait entre les États-Unis et la Russie. Les nations se soudent également autour de leurs victoires : une grande partie de la popularité de Jacques Chirac a été associée à la victoire des Bleus lors de la Coupe du mode de football en 1998. Au niveau local, les municipalités investissent dans leurs meilleurs sportifs pour faire rayonner leur ville.

(4) Le sport est aujourd'hui un enjeu économique majeur. Les abonnements aux chaînes dédiées, les paris sportifs, l'équipement sportif drainent une économie en plein essor. Les plus grands clubs de football ont des budgets qui atteindront bientôt le milliard d'euros.

(5) Les grands sportifs ont un statut d'icônes, d'idoles. Leur image est associée à celle du désirable, de l'idéal pour les enfants comme pour les adultes. Et cette image va au-delà de la pratique sportive.

(6) De grandes inégalités demeurent dans l'accès à la pratique sportive. Les municipalités les plus riches peuvent investir dans des infrastructures. Mais pour les villes plus modestes, les possibilités sont plus limitées. Les populations les plus modestes ont moins de possibilités d'investir dans des pratiques qui restent facultatives.

(7) Avant 1936, le sport était essentiellement associé à une pratique ludique et préparatoire à une bonne condition physique. La pratique était donc moins développée. Seules les classes supérieures pratiquaient une activité sportive (chasse à courre, par exemple) ; les populations plus modestes avaient une activité physique mais non sportive.

(8) Il existe chez une partie de la population une addiction au sport ou bigorexie. Cette addiction fait partie des addictions comportementales, comme l'addiction aux jeux vidéo ou au travail. Elle pourrait être causée par les hormones qui procurent du plaisir pendant l'activité (dopamine). Elle concerne de plus en plus de personnes (environ 10 % des sportifs qui pratiquent intensément leur sport).

Organiser les connaissances et idées

Comme le sujet n'est pas une question, notre tableau va se faire par thèmes, en regroupant les idées liées. Sur les 8 idées recensées, nous pouvons distinguer celles qui traitent de la pratique du sport et celles qui correspondent à sa représentation ou à son incidence.

La pratique du sport	La représentation du sport
(1) (7) La pratique du sport augmente depuis plusieurs années en France et dans les pays industrialisés. Elle est liée à la santé, la convivialité, l'estime de soi. Avant 1936, le sport était surtout pratiqué par jeu ou pour une bonne condition physique. Seules les classes supérieures y avaient accès. **(2)** La pratique est un facteur d'intégration et d'identification. **(8)** Il existe une addiction au sport appelée bigorexie.	**(2) (5) (6)** Le sport définit un individu. Il comporte ses rites initiatiques, son vocabulaire propre. Il relaie des inégalités socio-économiques. Les grands sportifs ont un statut d'icônes. Ils incarnent un idéal. **(3)** Le sport est un enjeu politique au niveau des États comme au niveau local. Il permet de souder les peuples. **(4)** Le sport est un enjeu économique majeur. Les abonnements aux chaînes dédiées, les paris sportifs, l'équipement sportif drainent une économie en plein essor.

Nous voyons que notre copie peut se diviser entre la pratique du sport et la représentation du sport dans notre société. La notion de pratique du sport peut se structurer en parlant de son évolution à travers le temps d'hier à aujourd'hui (1 et 7), ses avantages (1 et 2) et ses limites (6). Quant à la notion de représentation ou d'incidence sociale du sport, elle peut faire apparaître une distinction entre des représentations individuelles (2 et 5) et collectives (3 et 4).

Ces idées se prêtent bien à un plan thématique, suivant ce schéma :

- **Analyse du 1er thème de débat** (le moins problématique) : la place du sport par rapport à sa pratique (idées 1 et 7 pour présenter le contexte, idées 1, 2 et 6 pour débattre de ses vertus et de ses vices).
- **Analyse du 2e thème** (le plus problématique) : la place du sport par rapport à sa représentation sociale (idées 2 et 5 et idées 3 et 4).

Construction du plan → Plan thématique

I. Thème 1 : La place du sport dans notre société dépend de sa pratique

1. Évolution historique de la pratique du sport, les causes
2. Conséquences positives et négatives de cette pratique

II. Thème 2 : La place du sport dans notre société dépend de son incidence sociale

1. Sport et représentations individuelles
2. Sport et représentations collectives

Rédaction de l'introduction et de la conclusion

Introduction : Notre société actuelle donne une visibilité et une attractivité à la pratique sportive, notamment grâce aux programmes scolaires, aux médias, aux marques. Or, une certaine confusion peut être constatée : celle entre la promotion du sport comme activité liée à la santé, à la convivialité et celle liée à ses enjeux économiques, politiques, culturels et, plus globalement, sociaux. À tel point que nous pouvons nous poser la question suivante : la place du sport dans notre société est-elle conditionnée par la question de sa pratique

Composition de culture générale

et de ses effets ou bien par rapport à son incidence sociale ? Cela revient à se demander si le sport est visible en tant que tel ou bien par rapport à son impact social. Quelle place accordons-nous réellement au sport dans notre société ? Nous traiterons cette question en analysant la place du sport du point de vue de ceux qui le pratiquent et sa place du point de vue des représentations sociales qu'il entraîne.

Conclusion : Il semble assez simple de constater que le sport est une activité essentielle de nos sociétés contemporaines. La progression de sa pratique, sa présence permanente dans nos médias montrent sans hésitation que nous vivons avec le sport et parfois pour lui. Mais il faut bien admettre que pour beaucoup d'entre nous, ce n'est pas tant la pratique du sport qui nous hante que son impact social. Nous sommes collectivement touchés par les enjeux politiques ou financiers du sport. Et même si le sport nous réserve aussi des beaux moments d'humanité, de dépassement de soi, de souci du collectif, cela ne peut dissimuler qu'il est devenu un business, une façon de susciter la consommation, de créer, si possible, de l'addiction.

Rédaction du développement de la composition

I. Thème 1 : La place du sport dans notre société dépend de sa pratique

Si nous voulons comprendre la place du sport dans notre société, il importe avant tout de prendre un peu de recul sur cette pratique. Le sport est défini comme une activité physique exercée dans le sens du jeu et de l'effort, et dont la pratique suppose un entraînement méthodique et le respect de règles. Cette activité a connu une promotion importante au cours du XXe siècle, notamment avec la rénovation des Jeux olympiques en 1896 sous l'impulsion du baron Pierre de Coubertin, mais aussi avec la mise en place de l'EPS (éducation physique et sportive), enseignée en France à l'école depuis 1936, sous l'impulsion de Jean Zay, ministre de l'Éducation nationale de 1936 à 1939, sous le Front populaire. Auparavant, le sport était souvent associé uniquement à une pratique ludique et préparatoire à une bonne condition physique. La pratique était donc moins développée. Seules les classes supérieures pratiquaient une activité sportive (la chasse à courre, par exemple) ; les populations plus modestes avaient une activité physique mais non sportive.

La modernisation des programmes en 1936 a été l'impulsion d'une nouvelle pratique du sport dont nous voyons encore aujourd'hui les effets. Désormais, la pratique du sport tend à augmenter en France et dans de nombreux pays industrialisés. En France, parmi la population de 16 ans et plus, la moitié des personnes pratiquent au moins un sport une fois par semaine et deux tiers pratiquent au moins une activité sportive dans l'année. Les hommes sont globalement les pratiquants les plus assidus, selon l'Insee. Mais avec l'âge, ce sont les femmes qui pratiquent le plus ; passé 50 ans, elles sont plus nombreuses à pratiquer régulièrement un sport.

Les motivations indiquées par les pratiquants d'une activité sportive sont multiples : la convivialité, la recherche de la santé et du bien-être, la recherche du dépassement de soi et la compétition. La notion d'image de soi apparaît de plus en plus dans les motivations. Les questions liées à l'hygiène de vie et à l'image de soi sont particulièrement présentes. En France, la part des personnes en surpoids augmente régulièrement comme dans la plupart des pays industrialisés. Elle représente près de la moitié de la population en 2019 et 17 % sont en situation d'obésité (contre 13 % dans le monde), soit plus de 8 millions de Français. Le mode de vie de plus en plus sédentaire est en cause tout comme la malbouffe (alimentation ultra-transformée). Le sport est donc une réponse à un excès, à un manque ; sa pratique exprime une volonté de se prendre en main, de faire attention à soi, de s'épanouir socialement dans un groupe tout en agissant pour son bien.

Il faut sans doute voir dans cette évolution également une réponse à une société de plus en plus stressante et isolante. La tension liée au travail, le risque du *burn-out*, l'instabilité concernant notre identité (divorce, précarité de l'emploi, etc.) sont autant de causes qui entrent aussi bien en ligne de compte dans la pratique sportive que les raisons plus positives invoquées plus haut.

Or, cette pratique a des effets qui justifient, là encore, la place du sport dans notre société. Le sport est associé à une certaine identification, une culture, un certain savoir, un vocabulaire. Cela permet de distinguer les initiés et les autres. De nombreuses pratiques sportives valorisent cela (par exemple le rugby et ses règles souvent hermétiques pour les non initiés, ou le cross training et son vocabulaire anglais). C'est donc une façon d'entrer dans une sorte de famille par le biais d'un rite initiatique, de codes communs, d'un style, d'un langage. Dans une société où la famille peut être fragilisée, l'équipe peut s'y substituer. L'individu vit alors son sport comme une activité structurante, équilibrante. Et il se sent effectivement mieux par cela. De même, son hygiène de vie, sa santé, son état de forme, son plaisir sont généralement augmentés par la pratique sportive ; le sport exige une meilleure alimentation pour progresser, être performant, il exige aussi un entretien de soi et un dynamisme du corps, voire une adrénaline liée à l'effort qui procure un véritable plaisir au sportif.

Mais ces effets ont aussi leur perversion. De plus en plus de sportifs assidus développent une addiction au sport appelée bigorexie. Cette addiction fait partie des addictions comportementales, comme l'addiction aux jeux vidéo ou au travail. Elle pourrait être causée par les hormones qui procurent du plaisir pendant l'activité (dopamine). Elle concerne de plus en plus de personnes (environ 10 % des sportifs qui pratiquent intensément leur sport), lesquelles pratiquent alors comme des droguées, ayant l'incapacité de se priver de sport et ressentant un mal-être dès qu'elles en sont privées. Dans ces cas, même la fatigue ou les blessures sont négligées et la pratique expose à une dégradation de la santé physique et mentale.

Nous voyons donc que l'évolution de la pratique du sport justifie pleinement la place que le sport occupe désormais dans notre société. Les nombreuses références au sport dans les médias et la publicité semblent bien dépendre avant tout d'une pratique accrue et parfois même addictive. Pourtant, ne devons-nous pas constater qu'à côté de la question de la pratique sportive se situe toute une justification de la place du sport dans la société qui est liée à son incidence sociale ?

II. Thème 2 : La place du sport dans notre société dépend de son incidence sociale

Comme évoqué précédemment, il y a du bien-être mais aussi de la souffrance dans le sport. Le sportif qui pratique n'est pas toujours motivé de prime abord par une recherche d'hygiène, de santé, d'activité physique et ludique. Il est parfois davantage motivé par le besoin du groupe auquel il s'identifie, le sentiment d'être quelqu'un dans ce groupe, d'y obtenir une reconnaissance sociale. Le sport est d'ailleurs un indicateur de niveau social. On constate ainsi que les cadres supérieurs sont, selon le Credoc, 87 % à pratiquer au moins une fois un sport dans l'année contre 57 % chez les ouvriers et que les sports des classes supérieures sont souvent plus coûteux : sports motorisés, sports extrêmes, sports qui requièrent un matériel plus sophistiqué. Ils sont associés à des critères d'identification sociale. La notion d'identité est associée à celle du sport pratiqué. Dès lors, ce n'est plus sa pratique du sport qui est au centre de sa motivation mais cette existence et cette reconnaissance sociale.

Le sportif ou le spectateur vit d'ailleurs cela à travers les icônes que représentent les grands sportifs. Ces personnages tels Zidane, Federer, Bolt sont des idoles. Leur image est associée à celle du désirable, de l'idéal pour les enfants comme pour les adultes. Et cette image va au-delà de la pratique sportive ; on y trouve presque les ressorts de la dévotion du croyant dans sa pratique religieuse. Dès lors, le sport doit plus sa place à la recherche de reconnaissance, parfois même de gloire qu'à la pratique elle-même.

Mais ce ressort individuel est sans doute moins puissant encore que les ressorts collectifs des sphères politique et économique. Le sport est un enjeu dans la politique. Hitler l'avait bien compris lors des Jeux olympiques d'été en 1936 à Berlin. Il a cherché par la victoire sportive à galvaniser un sentiment national. Aujourd'hui, les grandes nations du sport montrent leur supériorité par les performances de leurs athlètes ; les États-Unis et la Chine rivalisent aujourd'hui comme le faisaient les États-Unis et la Russie durant la Guerre froide. Les nations se soudent également autour de leurs victoires : une grande partie de la popularité de Jacques Chirac a été associée à la victoire des Bleus en 1998 lors de la Coupe du monde de football. Il en est d'ailleurs de même au niveau local. Combien de municipalités investissent dans leurs meilleurs sportifs pour faire rayonner leur ville ? Cela pourrait nous sembler superflu quand nous pensons aux priorités qui peuvent exister localement. Pourtant, le sport est un facteur d'identité et de fierté pour les habitants d'une commune.

L'aspect politique est donc important. Mais il faut admettre que l'enjeu économique le dépasse très nettement et justifie la place du sport dans notre société. Le sport est aujourd'hui un enjeu économique majeur. Les abonnements aux chaînes dédiées, les paris sportifs, l'équipement sportif drainent une économie en plein essor. Les plus grands clubs de football ont des budgets qui atteindront bientôt le milliard d'euros. Les résultats de ces grands clubs peuvent même avoir une incidence sur la santé économique d'une région ou d'un pays. De même, les paris sportifs sont de plus en plus pratiqués (augmentation de 30 à 40 % par an) et font également l'objet d'émissions dédiées. Des milliards d'euros sont engagés chaque année dans ce domaine. Il n'est d'ailleurs plus utopique de penser que les décisions de certains entraîneurs impactent plus l'économie mondiale que celle de dirigeants de grandes industries. Les médias également valorisent de plus en plus le sport, avec des chaînes de télévision, des radios, des journaux ou des espaces internet dédiés et un marché très recherché. Les visionnages du sport battent les records de tous les autres visionnages. La Coupe du monde masculine de football, le Tour de France ou les Jeux olympiques rassemblent plusieurs milliards de spectateurs par la vidéo.

Les spectateurs consomment du sport, ils investissent sur du sport, ils se construisent une identité par le sport. En d'autres termes, ils font du sport l'élément central de leur existence sans pour autant avoir nécessairement de prise directe avec l'activité sportive. L'incidence sociale du sport dans notre société est majeure. Et ce rapport très particulier et indirect au sport tend également à se développer chez le sportif de haut niveau lui-même. Lorsque nous regardons les coureurs cyclistes du Tour de France ou les sportifs du monde de l'athlétisme, nous oublions souvent que les motivations de ces sportifs ne sont pas forcément d'abord d'ordre sportif mais également à la course d'un individu qui veut gagner sa vie, qui veut avoir les moyens de vivre de sa pratique. Il y a, par conséquent, des motivations bien diversifiées et souvent étrangères au sport dans nos pratiques et dans celles que nous voyons. Mais nous parlons volontiers de la beauté du sport, du dépassement de soi, comme si nous voulions occulter l'aspect économique pour croire à la possibilité d'une pratique encore ludique. C'est donc bien que nous opposons la place idéalisée du sport dans notre société et sa place réelle qui est, de plus en plus, déterminée par des enjeux économiques et financiers.

Sujet 2

Composition de culture générale

Difficulté : ★★ 3 heures • Coefficient : 7

Concours externe, octobre 2018

L'automobile en ville est-elle encore indispensable ?

Corrigé

Analyse des concepts

Automobile : terme plus souvent remplacé par « voiture » alors que sa forme complète est « voiture automobile ». Désigne un véhicule terrestre à usage personnel et à roues mû par une motorisation et permettant de transporter des personnes et des biens. L'automobile se distingue des véhicules non motorisés (bicyclette, charrette, etc.) et des véhicules à usage collectif (autobus, train, etc.).

Ville : milieu physique et humain où se concentre une population organisée en fonction de l'environnement mais surtout de ses besoins et activités. Très ancienne et autrefois délimitée le plus souvent par des limites naturelles ou artificielles (fortifications, par exemple), la ville peut être aujourd'hui une agglomération lorsqu'elle correspond à un noyau urbain relié par un réseau très étroit et habité à sa banlieue.

Indispensable : qualifie une personne ou une chose dont on ne peut pas se passer, qui est obligatoire ou vitale, tel un besoin. S'oppose au luxe, au superflu.

Analyse en contexte

Automobile en ville : cette association délimite le sujet. L'automobile est d'usage très fréquent, aussi bien dans les zones urbaines (villes) que dans les zones périurbaines (autour des villes) ou rurales (campagne). Le sujet nous interroge sur son utilisation exclusive dans les zones urbaines comme s'il était acquis que l'automobile en zone rurale ne peut être contestée dans son utilité (elle serait nécessaire).

Encore indispensable : la présence de l'adverbe « encore » implique un présupposé qui affirme que l'automobile a été indispensable en ville. Cela ne va peut-être pas de soi ! Il nous est donc demandé non pas si l'automobile est indispensable, en général, en ville, mais si la situation a changé ces dernières années.

Automobile en ville / indispensable : le sens du mot « indispensable » doit être interrogé ici. L'automobile est indispensable pour une population qui n'est pas à même de produire ses moyens de subsistance du fait de son confinement (agriculture, ressources du sol limitées en ville) et qui doit se mouvoir pour se nourrir, travailler, etc. Il est donc ici question de besoins à satisfaire. Mais le mot « indispensable » peut aussi signifier une dimension psychologique, un pseudo-besoin lié à une habitude, même si cela ne relève peut-être pas de ce qui est vraiment indispensable.

Notons que la question est fermée ; il est possible d'y répondre par « oui » ou par « non ».

Problématique

Deux thèses s'opposent :

- Première thèse : L'automobile est encore indispensable en ville.
- Seconde thèse : L'automobile n'est plus indispensable en ville.

Formulation de la problématique : *L'évolution de nos modes de vie et de consommation ainsi que la conscience accrue des problématiques liées à la pollution atmosphérique des villes justifient-elles que nous envisagions dès aujourd'hui la ville sans automobile ?*

Connaissances

- L'apparition de l'automobile est liée au développement de la Révolution industrielle du XIXe siècle. Dans un contexte de nouvelles techniques telle la machine à vapeur, le moteur à explosion va apparaître comme une alternative pertinente utilisant d'autres sources d'énergie (le pétrole) abondantes et peu coûteuses.
- Les premières automobiles sont coûteuses et leur accès n'est pas démocratisé. Mais durant les Trente Glorieuses (1946-1975), l'essor économique des pays développés va favoriser l'accès à l'achat d'une automobile. En 30 ans, la France passe de 2 millions à 15 millions d'automobiles et dans le monde circulent aujourd'hui plus d'un milliard de voitures.
- Les transports en commun motorisés (bus, tramway, métro) se sont développés considérablement. Plus de 30 villes françaises sont équipées de trams et les bus, bien que faisant partie du parc automobile, sont très bon marché (environ 1 à 2 € par trajet).
- De nombreuses villes s'équipent de moyens de transport non motorisés, notamment de vélos en libre-service (Vélib' Métropole à Paris, VCUB à Bordeaux, Santander Cycles à Londres) avec des bornes accessibles aux points névralgiques de la ville. Des moyens motorisés alternatifs à l'automobile comme le scooter électrique en libre-service existent également, ou encore la trottinette électrique.
- Les voitures en France sont de plus en plus vieilles (9 ans de moyenne).
- À Paris, 60 % des foyers ont une voiture et ils sont plus de 93 % en zone rurale.
- L'automobile a été construite afin de gagner du temps dans les déplacements. Cependant, le philosophe autrichien Ivan Illitch (1926-2002) dans Énergie et équité a établi par le concept de contre-productivité que l'automobile comme tout système ou outil monopolistique nuit à la réalisation de sa propre finalité. Ainsi, il a calculé la vitesse généralisée d'une automobile (en tenant compte du temps passé à la conduire, à l'entretenir, du temps moyen nécessaire de travail pour pouvoir se l'acheter, etc.) qu'il établit à 6 km/h, soit la vitesse moyenne d'un marcheur. Dans une démarche écologique et opposée à la société industrielle, il estime donc que l'on va plus vite avec un moindre impact en marchant ou en faisant du vélo. D'autant plus dans les métropoles où les difficultés récurrentes de circulation (bouchons) font que la vitesse moyenne est très faible.

Idées personnelles (les numéros seront réutilisés pour le tableau qui suit)

En faveur de la thèse :

(1) L'automobile est l'image de la liberté de se mouvoir, de l'indépendance. Elle a particulièrement été associée à cette image lors de la création des congés payés sous le Front populaire (1936). Elle porte également avec elle une image de réussite sociale, de réalisation personnelle, particulièrement pour les hommes.

(2) Interdire l'automobile en ville serait une privation d'une forme de la liberté de circulation. La voiture peut facilement être utilisée ; elle évite de subir les grèves des conducteurs de transports en commun.

(3) L'automobile est un marché économique très important. L'achat de véhicule neuf est surtout réalisé par les citadins. Supprimer les automobiles en ville serait nuisible à l'économie du pays.

(4) Si l'on supprime l'automobile en ville, les autres moyens de transport risquent d'être insuffisants et l'activité économique risque d'être ralentie ou contrariée.

(5) Avec le covoiturage, l'automobile comme moyen de transport individualiste disparaît ; la voiture est utile à plus de monde, elle est plus écologique et plus conviviale.

(6) Certaines professions ne peuvent être actives sans automobile : livreurs, représentants, taxis, artisans, etc. Devraient-elles disparaître ? Et comment organiser la société sans ces métiers ?

En faveur de l'antithèse :

(7) L'automobile est de moins en moins utilisée en ville. En milieu rural, plus de 93 % des foyers possèdent une automobile, alors qu'à Paris, ils sont environ 60 %. L'automobile est de moins en moins utile et il n'est pas nécessaire de l'interdire car elle va finir par être remplacée. De plus, les Français remplacent de moins en moins souvent leurs voitures (le parc automobile français a 9 ans en moyenne), ce qui prouve que l'âge de la voiture est en train de passer.

(8) L'automobile contribue en grande partie à la pollution atmosphérique, laquelle cause chaque année environ la mort prématurée de 7 millions de personnes dans le monde, dont près de 50 000 en France selon l'Organisation mondiale de la santé (OMS). Certaines mégapoles sont en pollution permanente et alertent sur la santé des habitants.

(9) L'automobile est contre-productive. Plus il y en a dans un espace clos, moins elle permet d'aller vite. Bien souvent, les cyclistes ou les utilisateurs de trottinettes se déplacent plus vite que les automobilistes dans les secteurs urbains à forte densité.

(10) L'automobile n'est plus utile avec le développement du télétravail, des outils de communication moderne. Un nouveau modèle social doit être mis en place dès aujourd'hui qui exclut l'automobile.

(11) Notre système de consommation change progressivement avec le développement des achats sur Internet et le moindre intérêt des nouvelles générations pour les grands centres commerciaux. On consomme des biens très éloignés ou très proches (retour des marchés). Le véhicule individuel n'est pas indispensable dans ce nouveau modèle. Il correspond plutôt au modèle de l'après-guerre.

Organiser les connaissances et idées

Comme la question est fermée, notre tableau va se faire en deux colonnes en regroupant les idées liées : idées favorables à la thèse et idées favorables à l'antithèse.

Thèse	Antithèse
(1) (2) L'automobile, image de la liberté et de la réussite. L'autonomie de la voiture par rapport aux transports en commun. **(3) (6)** L'automobile est un important marché économique. Les citadins consomment beaucoup. Certaines professions ont besoin de la voiture (taxis, livreurs, etc.). **(4) (5)** Les autres moyens de transports urbains ne sont pas suffisants. Le covoiturage est une nouvelle utilisation positive de la voiture.	**(7) (11)** L'automobile est de moins en moins utilisée en ville. Notre système de consommation change et la voiture individuelle n'est plus aussi utilisée. **(10)** L'automobile n'est plus utile avec le développement du télétravail, des outils de communication moderne. Un nouveau modèle social doit être mis en place dès aujourd'hui qui exclut l'automobile. **(8)** L'automobile contribue en grande partie à la pollution atmosphérique. **(9)** L'automobile est contre-productive. Plus il y en a dans un espace clos, moins elle permet d'aller vite. Avec moins de voitures, nous irions peut-être plus vite.

Nous voyons que certaines idées de la thèse préparent le débat critique (idées 1 et 2) et que d'autres s'inscrivent dans ce débat (3 à 6) selon deux critères : économique (idées 3 et 6) et pratique (4 et 5). Concernant l'antithèse, nous retrouvons des arguments d'ordre pratique (idées 7, 10, 11 et en partie 9) et d'ordre écologique (8 et 9). Ces idées se prêtent bien à un plan thématique, suivant ce schéma :

- **Présentation de la situation** : image historique et culturelle de l'automobile (idées 1 et 2).
- **Analyse du 1er thème de débat** (le moins problématique) : l'aspect pratique concernant la disparition de l'automobile en ville (idées 4 et 5 face aux idées 7, 10 et 11).
- **Analyse des thèmes 2 et 3 en opposition** (les plus problématiques) : l'aspect économique face à l'aspect écologique (idées 3 et 6 face aux idées 8 et 9).

Construction du plan → Plan thématique

I. Présentation de la situation : Image historique et image culturelle de l'automobile

1. Émergence de l'automobile
2. Une image de l'automobile en évolution : liberté, réussite, danger, pollution

II. Thème 1 : Permettre une vie citadine la plus pratique possible

1. Favoriser le déplacement urbain grâce à l'automobile
2. Envisager les limites du modèle actuel et un nouveau modèle

III. Thèmes 2 et 3 : Choisir entre deux types de qualité de vie

1. Maintenir la qualité de vie urbaine en supprimant le trafic automobile
2. Assurer la pérennité du modèle économique urbain et éviter des choix radicaux

Rédaction de l'introduction et de la conclusion

Introduction : Nous connaissons actuellement de nombreuses mutations dans l'organisation du territoire qui sont dues à de nouvelles problématiques : écologiques, économiques, culturelles, politiques. Face à ces évolutions, certaines habitudes prises depuis quelques décennies peuvent être interrogées, et notamment celle de l'usage de l'automobile dans les espaces urbains. En effet, si la question peut aussi se poser dans les zones périurbaines ou rurales, c'est surtout dans les villes – où réside une grande partie de la population et où la densité est telle que la circulation est difficile et nocive – que le problème est essentiel. Ainsi, nous pouvons nous demander si l'évolution de nos modes de vie et de consommation ainsi que la conscience accrue des problématiques liées à la pollution atmosphérique des villes justifient que nous envisagions dès aujourd'hui la ville sans automobile. L'automobile en ville est-elle encore indispensable ? Nous nous efforcerons de résoudre ce problème par une analyse de la situation, puis nous étudierons le problème pratique que pose cette question ainsi que ses enjeux économiques et écologiques.

Conclusion : Remettre en cause l'utilité de l'automobile, un outil de transport quotidien dans les villes, peut sembler paradoxal. L'automobile est pratique, elle favorise l'autonomie de chacun, et soutient la croissance de notre modèle économique de l'après-guerre. Pourtant, ce modèle tend à s'essouffler. L'automobile est de moins en moins utile en ville où s'organisent d'autres moyens de transport alternatifs plus pratiques et plus écologiques. Dès lors, il est temps de penser la ville sans automobile, de prendre conscience des nuisances dont nous pourrions ainsi nous libérer et des opportunités que nous saurons découvrir. Mais cela doit se faire progressivement car l'objectif n'est pas de rendre la ville inaccessible aux périurbains et aux ruraux, mais de penser un modèle urbain meilleur pour 80 % de notre population.

Rédaction du développement de la composition

I. Présentation de la situation : Image historique et image culturelle de l'automobile

Si la question se pose légitimement aujourd'hui, c'est parce qu'elle est justifiée par l'histoire de l'automobile et la représentation évolutive que nous en avons. L'automobile a fait son apparition à la suite du développement de la Révolution industrielle au XIXe siècle. Dans un contexte de nouvelles techniques telle la machine à vapeur, le moteur à explosion va apparaître comme une alternative pertinente utilisant d'autres sources d'énergie (le pétrole) abondantes et peu coûteuses. Ce véhicule terrestre à usage personnel mû par une motorisation, qui se distingue des véhicules non motorisés (bicyclette, charrette, etc.) et des véhicules à usage collectif (autobus, train, etc.), va alors connaître un essor impressionnant durant le XXe siècle, devenant le moyen de transport privilégié par les Français. L'automobile devient l'image de la liberté de se mouvoir, de l'indépendance. Elle est particulièrement associée à cette image lors de la création des congés payés sous le Front populaire (1936). Les Français se sentent libres de partir où et quand ils le veulent pour quitter les villes et leurs usines et découvrir le pays. Et ce lien sera encore plus manifeste à mesure que l'accès à l'automobile va se démocratiser. Les premières automobiles étaient coûteuses et leur accès était réservé aux plus fortunés. Mais durant les Trente Glorieuses (1946-1975), l'essor économique des pays développés va favoriser l'accès à l'achat d'une automobile. En 30 ans, la France va passer de 2 millions à 15 millions d'automobiles.

Or, dès lors que beaucoup peuvent y avoir accès, elle devient un facteur d'identification sociale, de reconnaissance d'une classe sociale. Elle est associée à notre identité, elle est l'image de la réussite sociale, de la réalisation personnelle, particulièrement pour les hommes. Avoir une belle voiture, c'est avoir réussi quelque chose, c'est afficher un certain niveau de vie. Nous le voyons avec l'image associée aux marques dites premium, mais aussi avec le prestige associé à la berline confortable ou, plus récemment, au 4x4 ou au SUV. La finalité n'est pas seulement la fonctionnalité (se déplacer) mais posséder, afficher, réaliser son ambition.

Cette démocratisation et cette massification font aussi naître de nouvelles problématiques progressivement. D'abord une exposition accrue aux accidents et la nécessité d'un code de la route, d'une prévention et d'une répression. Un milliard de voitures sont aujourd'hui en circulation dans le monde et plus d'un million de personnes meurent sur les routes chaque année. Ensuite, une réorganisation du territoire avec le développement et l'entretien d'infrastructures routières nombreuses. En ville apparaissent des boulevards plus larges, des pénétrantes (qui relient la périphérie au centre vill), des rocades, des axes périphériques pour assurer la fluidité du trafic. La densification amène aussi une nouvelle problématique d'ordre écologique : les voitures polluent. Les gaz d'échappement rejettent du CO2 et des particules nocives pour le système respiratoire et cardio-vasculaire. Or, la pollution de l'air serait la cause de près de 50 000 morts prématurées par an en France. Cette pollution vient aussi de la production et de la mise au rebut des voitures. Elles sont produites à différents endroits du monde pour diminuer les coûts de production et les nombreux acheminements polluent également. De même, après leur durée de vie (souvent écourtée par le désir de consommer du neuf), leurs pièces sont peu ou pas recyclées et certaines représentent une pollution importante (batteries par exemple). La sensibilisation à ces questions a ses conséquences : augmentation de la répression sur les routes, limitations de vitesse ou interdictions ponctuelles de circuler dans les villes, développement des zones piétonnières et des transports en commun (bus, tram, RER, métro), ou des transports non motorisés (vélos, trottinettes), péages à l'entrée des villes.

Ainsi, c'est dans un contexte né de cette démocratisation, de cette identification sociale et de ces nouvelles problématiques que se pose notre problématique. Avons-nous encore besoin de l'automobile en ville ou pouvez-nous envisager de nous en passer ?

II. Permettre une vie citadine la plus pratique possible

En 2019, plus de 80 % des Français habitent dans les villes et les zones urbaines. Et c'est également dans les villes que les problématiques de fluidité du trafic, de zones accidentogènes et de pollution sont souvent les plus aiguës. Poser la problématique au niveau de la ville est donc essentiel. Mais n'est-ce pas prématuré ?

Si nous nous plaçons uniquement du point de vue pratique, c'est-à-dire en considérant le bon fonctionnement du trafic, la voiture individuelle reste sans doute le moyen de transport le meilleur, le plus efficace, le plus pratique.

Nous ne pouvons pourtant pas nier que des solutions alternatives existent. Les transports en commun motorisés (bus, tramway, métro) se sont développés considérablement ces dernières années. Plus de 30 villes françaises sont équipées de trams et les bus, bien que faisant partie du parc automobile, sont très bon marché (environ 1 à 2 € par trajet) dans les centres urbains. De même, de nombreuses villes s'équipent de moyens de transport non motorisés, notamment de vélos en libre-service (Vélib' Métropole à Paris, VCUB à Bordeaux, Santander Cycles à Londres) avec des bornes accessibles aux points névralgiques de la ville. Des moyens motorisés alternatifs à l'automobile comme le scooter électrique en libre-service existent également, ou encore la trottinette électrique.

Mais que se passerait-il si la voiture était interdite en ville ? Ces moyens alternatifs seraient-ils suffisants ? Pourrait-on les développer dans un délai suffisant court ? Il est fort probable que les autres moyens de transport soient non seulement insuffisants mais aussi qu'ils exposeront à une paralysie en cas de dysfonctionnements ou de grèves. Nous avons bien vu, durant les grèves en France contre la réforme des retraites en 2019-2020 à quel point l'activité économique a été impactée par l'immobilisation de certains transports en commun. Dans ce contexte, le covoiturage a été la meilleure alternative et, sans voitures, de nombreux travailleurs n'auraient pas pu poursuivre leur activité économique.

Pourtant, cet argument pratique doit céder la place à une vision à plus long terme de la voiture en ville qui montre qu'il est temps de préparer l'après-automobile. Aujourd'hui le télétravail est encore peu développé. Mais à chaque nouvelle contrainte imposée dans les déplacements, l'organisation du travail évolue, se repense et envisage des solutions alternatives. Toute l'organisation sociale est d'ailleurs en mutation et elle poursuivra son processus par la disparition des voitures en ville. L'automobile est déjà de moins en moins utilisée en ville. Si en milieu rural, plus de 93 % des foyers possèdent une automobile, à Paris, ils sont seulement 60 %. De plus, les Français remplacent de moins en moins souvent leurs voitures (le parc automobile français a 9 ans en moyenne), ce qui prouve que l'âge de la voiture est en train de passer. De même, notre système de consommation change progressivement avec le développement des achats sur Internet et le moindre intérêt des nouvelles générations pour les grands centres commerciaux. On consomme des biens très éloignés ou très proches (retour des marchés). Le véhicule individuel n'est pas indispensable dans ce nouveau modèle. Il correspond plutôt au modèle de l'après-guerre.

Il est donc peut-être un peu prématuré de concevoir la ville sans automobile, mais le modèle favorable à cette évolution est sans doute en train d'advenir. L'automobile n'est sans doute plus indispensable en ville pour longtemps. Ainsi, du point de vue pratique, il est tôt pour que la voiture disparaisse des villes, mais les conditions requises commencent à se développer et il est possible que très rapidement la ville de l'après-automobile soit une réalité. Et comme la question posée se place du point de vue du présent ou du futur proche, nous pouvons envisager que la question pratique ne soit pas décisive pour résoudre ce sujet. Ce n'est donc pas selon le point de vue pratique que le choix doit être fait mais selon deux autres points de vue aujourd'hui prioritaires et souvent conflictuels : l'économie et l'écologie. Pouvons-nous économiquement et écologiquement soutenir une telle transition dans le mode de vie urbain ?

III. Choisir entre deux types de qualité de vie

Notre époque est marquée très nettement par une double contrainte qui gouverne nos orientations collectives. D'abord, la contrainte économique qui est essentielle depuis le choc pétrolier et l'arrivée d'un chômage de masse (environ 10 %) et d'un déficit public permanents. Ensuite, la question écologique qui s'est invitée au cœur de nos sociétés depuis quelques décennies et particulièrement en lien avec la question du dérèglement climatique et de l'exploitation des énergies fossiles, deux thèmes liés à l'utilisation de l'automobile.

L'enjeu économique est majeur dans un pays comme le nôtre qui peine à relancer sa croissance. L'automobile est un marché économique très important. L'achat de véhicules neufs est surtout réalisé par les citadins. Supprimer les automobiles en ville serait nuisible à l'économie du pays. De même, certaines professions ne peuvent être actives sans automobile : livreurs, représentants, taxis, artisans, etc. Devraient-elles disparaître ? Et comment organiser la vie urbaine sans ces métiers ? Il faut évidemment en tenir compte.

Mais si, pendant longtemps, la question économique a été nettement prioritaire, depuis peu, une grande partie de la population est préoccupée par la question écologique, comme le prouve l'intérêt croissant pour un mode de vie plus sobre, une alimentation saine et une agriculture plus naturelle, pour l'activité physique, ou encore pour le respect de la vie animale.

Or, nous savons par exemple que l'automobile contribue en grande partie à la pollution atmosphérique, laquelle cause chaque année la mort prématurée d'environ 7 millions de personnes dans le monde, dont près de 50 000 en France selon l'Organisation mondiale de la santé (OMS). Certaines mégapoles sont en pollution permanente et alertent sur la santé des habitants. Le cas de Hong Kong est particulièrement significatif ; l'air y est parfois irrespirable et les cas de troubles chroniques respiratoires ou de détresses respiratoires se multiplient.

Face à cette situation, nous comprenons pourquoi la question proposée se pose aujourd'hui. Beaucoup de citadins ne veulent plus subir les conséquences d'une politique de la ville trop longtemps soumise au tout voiture.

Nous voyons qu'il importe donc de trouver un nouveau modèle de la ville compatible avec l'idée d'une disparition de l'automobile et que cela résoudra nos problématiques. Dans son ouvrage *Énergie et équité*, le philosophe autrichien Ivan Illitch (1926-2002) a établi par le concept de contre-productivité les impasses du modèle urbain actuel. Il constate que l'automobile a été construite afin de gagner du temps dans les déplacements. Or, comme tout système ou outil monopolistique, elle nuit à la réalisation de sa propre finalité. Ainsi, il a calculé la vitesse généralisée d'une automobile (en tenant compte du temps passé à la conduire, à l'entretenir, du temps moyen nécessaire de travail pour pouvoir se l'acheter, etc.) qu'il établit à 6 km/h, soit la vitesse moyenne d'un marcheur. Dans une démarche écologique et opposée à la société industrielle, il estime donc que l'on va plus vite avec un moindre impact écologique en marchant ou en faisant du vélo. D'autant plus dans les métropoles où les difficultés récurrentes de circulation (bouchons) font que la vitesse moyenne est très faible.

Et face à l'argument économique, il insiste sur la perte financière due aux ralentissements, aux problèmes de santé, au stress et sur l'opportunité pour une nouvelle organisation de la ville de créer de nouveaux métiers et de recréer du lien social. Nous savons que plus nous avons développé des outils de communication et de déplacement rapides et moins nous avons réellement communiqué, moins nous avons pu nous déplacer facilement. Dès lors, l'automobile en ville n'est plus indispensable et il est même indispensable de penser le modèle urbain qui va lui succéder.

Sujet 3

Évaluation d'aptitude professionnelle

Difficulté : ★★

Questions 1 à 20 : Trouvez l'élément qui complète correctement chaque série proposée.

1.

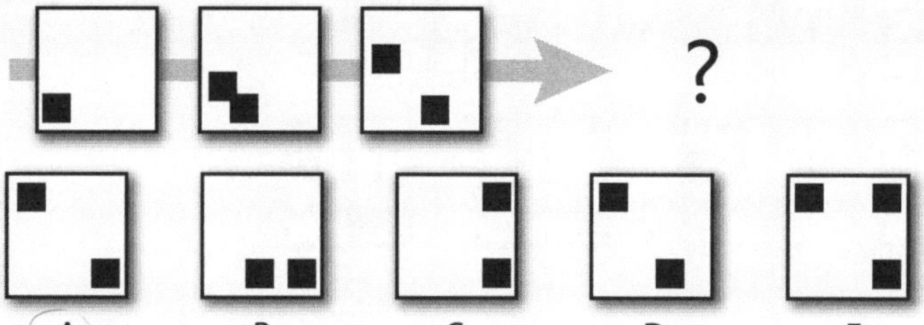

A B C D E

2.

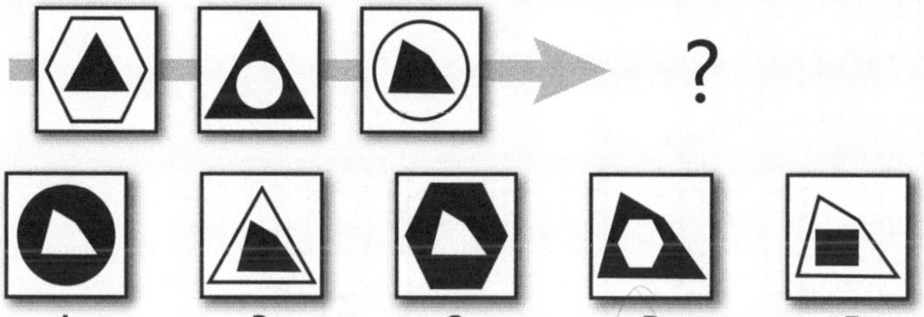

A B C D E

3.

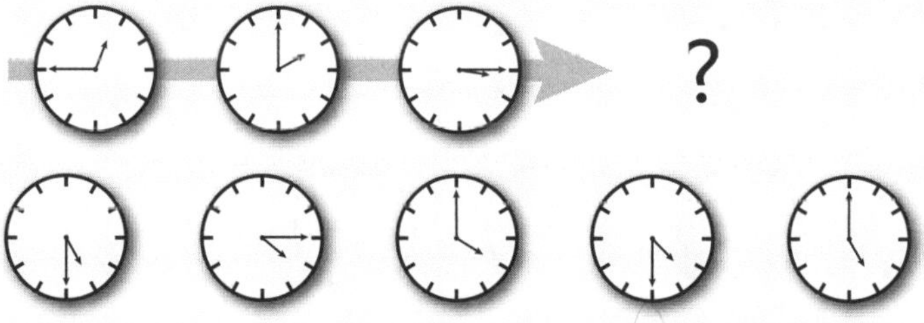

A B C D E

4.

A B C D E

5.

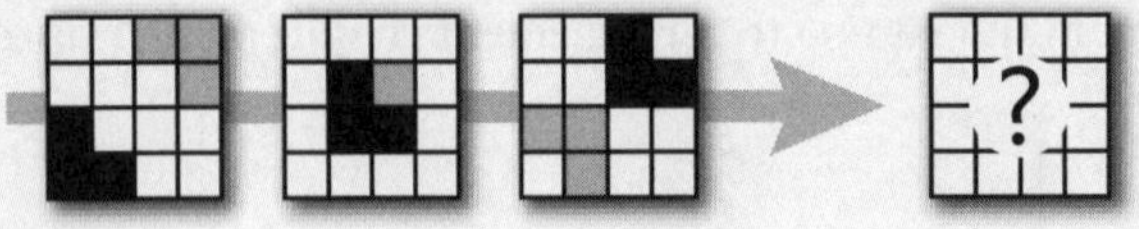

A B C D E

6.

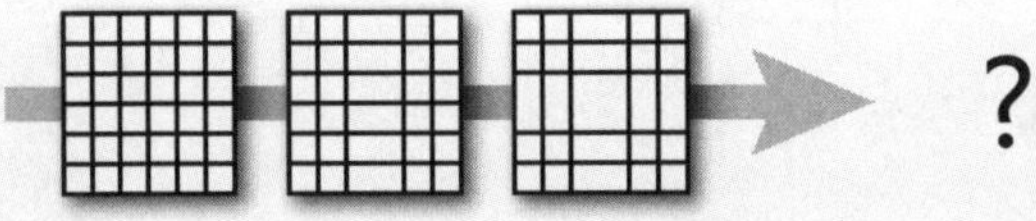

A B C D E

7.

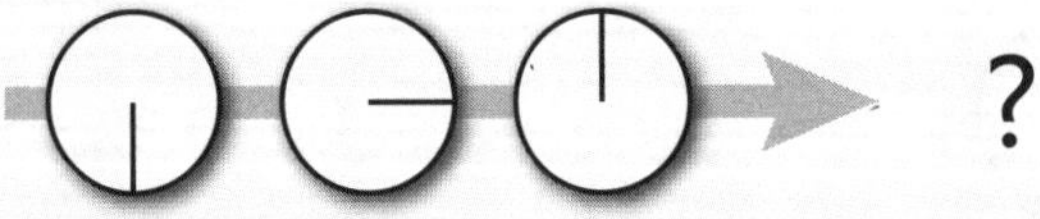

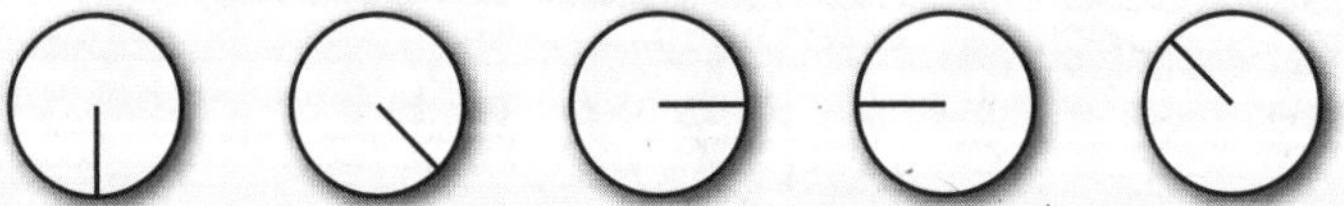

A B C D E

8. **3 – 7 – 11 – 15 – ?**

A. 20 **B.** 16 **C.** 18 **D.** 20 **E.** 19

9. **16 – 61 – 45 – ?**

A. 54 **B.** 89 **C.** 91 **D.** 100 **E.** 65

10. **7 – 14 – 28 – 56 – ?**

A. 84 **B.** 116 **C.** 112 **D.** 108 **E.** 70

11. 101 – 989 – 434 – 656 – ?

A. 844 **B.** 252 **C.** 880 **D.** 767 **E.** 987

12. jeudi – 10 – vendredi – 22 – dimanche – 4 – mardi – ?

A. 20 **B.** 13 **C.** 5 **D.** 12 **E.** 10

13. F – M – A – M – J – ?

A. A **B.** K **C.** J **D.** C **E.** S

14.

3	5	4
2	7	9
1	8	?

15.

89	5	84	12
72	2	70	15
55	11	?	32

16.

W	S	4
6	H	B
P	9	?

17.

U	E	T	I
N	U	R	S
D	X	O	?

18.

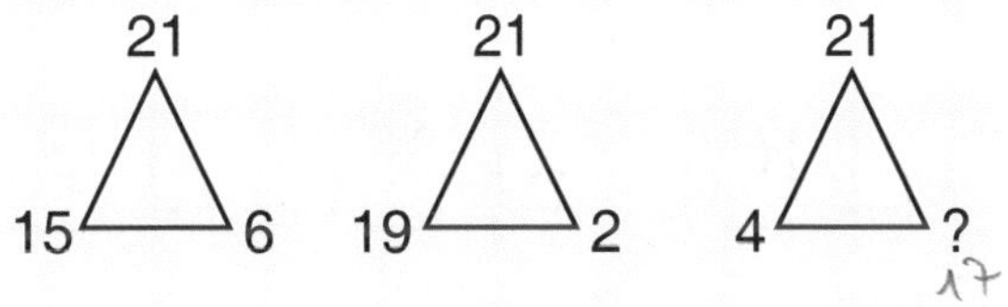

19.

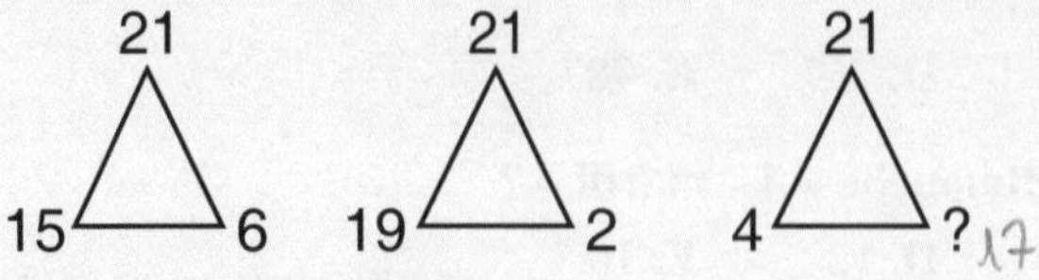

20.

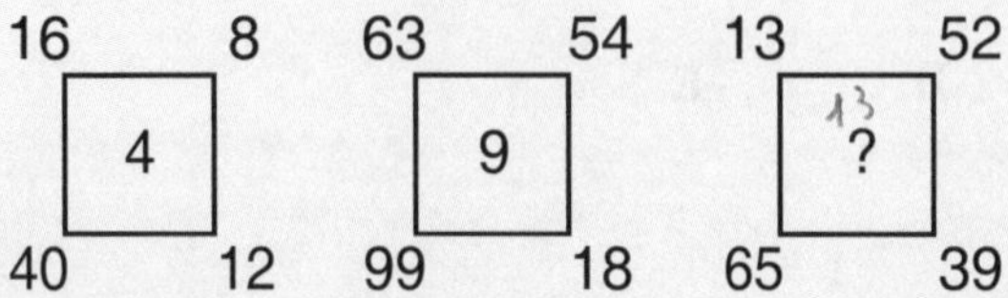

Questions 21 à 23 : Trouvez l'élément qui complète correctement chaque ensemble proposé.

21.

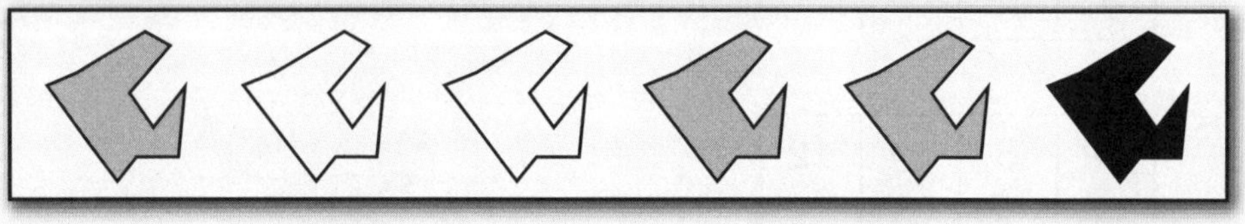

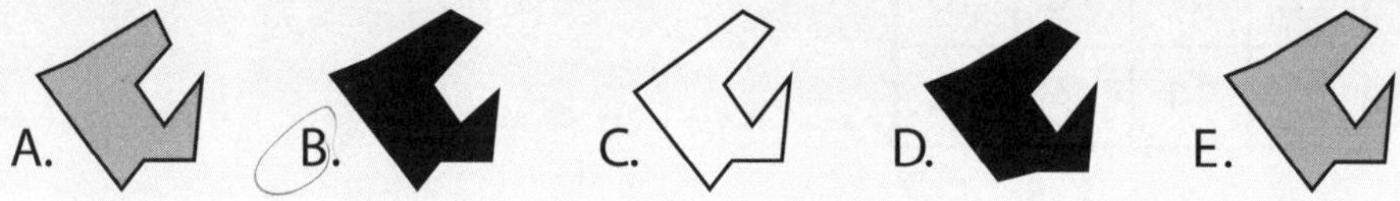

22.

23.

D	P	B	Q	A	O

A. C B. H C. R D. W E. G

24. Trouvez l'intrus.
❒ A. divertissement
❒ B. réjouissance
❒ C. tradition
❒ D. festival
❒ E. jubilé

25. Qui suis-je ? Je suis le frère du fils de ta sœur. Je suis ...
❒ A. ton oncle
❒ B. ton neveu
❒ C. ton père
❒ D. ton fils
❒ E. ton cousin

26. J'ai trois filles : une blonde, une brune et une rousse. Celle qui a les yeux bleus a les cheveux clairs, celle qui a les yeux marron est la plus grande. La plus petite a les cheveux frisés. Sachant que la blonde, qui n'est pas la plus grande, s'appelle Clara, que celle aux cheveux courts s'appelle Alice et que la plus petite, qui n'a pas les yeux verts, s'appelle Lilou, quelle proposition est exacte ?
❒ A. La blonde a les yeux marron.
❒ B. La plus grande est Alice.
❒ C. La rousse a les yeux verts.
❒ D. Clara a les yeux bleus.
❒ E. Lilou n'a pas les cheveux frisés.

27. Nous sommes 3 jours avant le lendemain du jour qui suit jeudi. Par conséquent, nous sommes...
❒ A. lundi
❒ B. mardi
❒ C. mercredi
❒ D. vendredi
❒ E. samedi

28. Parmi ces formes de conjugaison, trouvez l'intruse.
❒ A. je balaye
❒ B. nous payions
❒ C. elles effrayient
❒ D. vous monnayerez
❒ E. tu essaierais

29. Associez le couple proposé à un autre couple de même relation.
« TENTE – TOILE »

❒ A. AMPOULE – VERRE
❒ B. PANTALON – BOUTON

❐ **C.** PIROGUE – NAVIGATION
❐ **D.** BOIS – CHAISE
❐ **E.** MATIN – SOIR

Questions 30 à 33 : Trouvez quel ensemble vérifie les indications proposées.

30. Base : **A - B - C - E - F - J**

E A F	2 lettres communes à la mauvaise place
C F E	1 lettre commune à la mauvaise place
C E B	1 lettre commune à la mauvaise place

Solution : F ☐ ☐

31. Base : **A - B - C - E - F - J**

B C E	1 lettre commune à la bonne place
F A E	2 lettres communes à la mauvaise place
E C A	1 lettre commune à la bonne place et 1 à la mauvaise

Solution : ☐ ☐ ☐

32. Base : **1 - 2 - 3 - 4 - 5 - 6 - 7 - 8**

1 2 3 4	2 chiffres communs à la bonne place
1 5 4 2	1 chiffre commun à la bonne place et 1 à la mauvaise
6 4 2 1	1 chiffre commun à la bonne place et 1 à la mauvaise
1 5 3 2	2 chiffres communs à la bonne place

Solution : ☐ ☐ ☐ ☐

33. Base : **1 - 2 - 3 - 4 - 5 - 6 - 7 - 8 - 9**

1 5 9 6 8	2 chiffres communs à la mauvaise place
6 9 7 8 2	1 chiffre commun à la bonne place
5 8 6 2 7	2 chiffres communs à la mauvaise place
7 1 8 5 6	2 chiffres communs à la bonne place
3 6 5 4 1	4 chiffres communs à la mauvaise place

Solution : ☐ ☐ ☐ ☐ ☐

Questions 34 à 36 : En tenant compte des informations, déterminez quelles affirmations sont correctes.

34. *Tous les Français aiment la viande,*
Tous les Français aiment le poisson,
Tous les Français aiment les légumes.
Par conséquent, il est vrai de dire…

A. Tous les gens qui aiment les Français aiment la viande, le poisson et les légumes.
B. Tous les Français aiment soit la viande, soit le poisson, soit les légumes.

C. Parmi ceux qui aiment le poisson, il y a certains Français.

D. Les Français aiment tous la viande, le poisson et les légumes.

E. Seuls les Français aiment la viande, le poisson et les légumes.

35. *Tous les vidous sont des trutrus,*
Jean est un vidous,
Parmi les trutrus, il y a tous les zibus.
Par conséquent, il est vrai de dire…

A. Jean est un trutru.

B. Jean est soit un zibus, soit un vidous.

C. Jean peut être un zibus.

D. Tous les zibus sont des vidous.

E. Tous les vidous peuvent être des zibus.

36. Tous les Gogo sont des Bibi,
Tous les Toto sont des Bibi,
Aucun Gogo n'est Toto.
Par conséquent, il est vrai de dire…

A. Tous les Gogo sont des Toto.

B. Certains Toto sont des Bibi.

C. Certains Toto sont des Gogo.

D. Certains Bibi sont des Toto.

E. Les Bibi sont soit des Gogo, soit des Toto.

Corrigé

1. **A.** ***Déplacement.*** Les 2 petits carrés, d'abord superposés, progressent toujours, l'un vers le haut de sa colonne, l'autre vers la droite de sa ligne.
2. **D.** ***Transformation.*** Lorsque l'on passe d'une image à l'autre, la figure intérieure devient grande et une nouvelle figure plus petite apparaît, qui est de couleur opposée. Donc en dernière image, le quadrilatère irrégulier devient grand (et reste noir) et une petite figure blanche apparaît à l'intérieur du quadrilatère.
3. **D.** ***Déplacement.*** Entre chaque horloge l'heure avance d'1 h 15 min La proposition A. est fausse car une telle disposition des aiguilles est impossible.
4. **B.** ***Déplacement.*** L'ensemble de la figure tourne d'un quart de tour dans le sens inverse des aiguilles d'une montre.
5. **D.** ***Déplacement.*** Les trois carrés noirs montent la diagonale et les trois carrés gris la descendent. Quand il y a superposition, seuls les carrés noirs sont visibles. En fin de diagonale, les carrés disparaissent progressivement.
6. **E.** ***Transformation.*** Un segment du quadrillage est supprimé à chaque figure en alternant la suppression d'un segment vertical puis horizontal.

7. **D.** ***Déplacement.*** La figure tourne d'un quart de tour dans le sens inverse des aiguilles d'une montre.
8. **E. + 4.** 3 (+ 4) 7 (+ 4) 11 (+ 4) 15 (+ 4) 19
9. **A.** ***Symétrie.*** 16 est le nombre miroir de 61 et 45 de 54.
10. **C. × 2.** 7 (2) 14 (2) 28 (2) 56 (2) 112.
11. **D.** Les nombres sont tous symétriques et le chiffre central de chaque nombre vaut 1 de moins que ceux qui l'entourent.
12. **B.** Chaque jour est suivi du nombre qui indique le classement de sa lettre initiale dans l'alphabet : J est la 10e lettre de l'alphabet, V la 22e, etc.
13. **C.** Initiales des mois : F(évrier) – M(ars) – A(vril) – M(ai) – J(uin) – J(uillet)
14. **6.** ***Répartition.*** Tous les chiffres sont présents sauf 6.
15. **44.** ***Opération.*** Suite de gauche à droite et de haut en bas :
89 - 5 = 84 ; 84 - 12 = 72 ; 72 - 2 = 70 ; 70 - 15 = 55 ; 55 - 11 = 44, etc.
16. **G.** ***Opération.*** Sur chaque ligne, le chiffre indique l'écart dans l'alphabet entre les deux lettres. La lettre la plus proche de la fin de l'alphabet est en 1er. Donc il faut calculer quelle est la place du P dans l'alphabet (16e) et ôter 9, ce qui donne la 7e lettre, soit G.
17. **Q.** ***Répartition.*** Si on lit verticalement de gauche à droite, il est écrit UN, DEUX, TROIS. Il faut donc commencer QUATRE en inscrivant Q.
18. **8.** La valeur au sommet du triangle est obtenue par multiplication des valeurs de la base. Or 72 / 9 = 8.
19. **17.** Si on additionne les valeurs opposées d'un même triangle, on obtient toujours la même somme. Ainsi pour le 1er triangle les valeurs opposées font toujours 21 : 15 + 6 = 9 + 12 = 19 + 2 = 21.
20. **13.** La valeur au centre du carré est le plus grand dénominateur commun (PGDC) des nombres qui l'entourent.
21. **E.** Dans l'encadré, les figures ont toujours la même forme, mais elles changent de couleur. Or, seul E. a exactement la même forme (A. est différent en haut, B. à droite, C. à gauche, D. en bas)
22. **E.** Dans l'encadré, les symboles présentés dans le bon sens sont noirs (pour cœur et carreau) et gris (pour pique et trèfle). Lorsqu'on les tourne d'1/2 tour ils inversent leurs couleurs. En D. le carreau n'est pas tourné d'1/2 tour mais d'1/4 de tour.
23. **C.** Toutes les lettres de l'ensemble ont une partie (ou la totalité) de leur forme fermée.
24. **C.** C'est le seul mot qui ne fait pas référence à l'idée de fête.
25. **B.** Partez de la fin : le fils de ta sœur est ton neveu et son frère est aussi ton neveu.
26. **B.** Nous avons plus d'informations sur Lilou : elle est la plus petite donc elle est frisée. Si elle est la plus petite, elle n'a pas les yeux marrons et comme elle n'a pas non plus les yeux verts, ses yeux sont bleus. Clara est blonde et elle n'est pas la plus grande donc elle est de taille moyenne et Alice est la plus grande. Alice a donc les yeux marrons et Clara les yeux verts. Alice a les cheveux courts donc Clara a les cheveux longs. Enfin puisque celle qui a les yeux bleus a les cheveux clairs, Lilou est rousse (Clara étant blonde) et Alice est brune.

Voici un petit tableau récapitulatif :

Lilou	petite	cheveux frisés	rousse	yeux bleus
Clara	moyenne	cheveux longs	blonde	yeux verts
Alice	grande	cheveux courts	brune	yeux marron

27. C. Partons de la fin : le jour qui suit jeudi est vendredi et le lendemain de vendredi est samedi. Trois jours avant samedi, c'est mercredi.

28. C. Il faut écrire elles effrayent.

29. A. Il s'agit du rapport de l'objet à la matière.

30. FBA. ***Technique 3*** permet de barrer E. Donc A et F sont dans la réponse. On peut barrer C en ligne 2 et 3. F ne peut être BP qu'en 1re position, B en 2e et A en 3e.

31. ACF. ***Technique 4*** permet de barrer E et de souligner F et A ligne 2. On sait que C et A sont dans la réponse (ligne 3) ; donc il faut entourer C ligne 1 et ligne 3. A est par conséquent en 1re position et F en dernière.

32. 6534. ***Technique 2*** permet de barrer le 2. Puis technique 6 : les hypothèses sont formulées à partir de la 1re ligne qui contient 2 BP.

1re hypothèse : 1 et 3 sont BP. Cette hypothèse est impossible car alors on barre 4 partout ; sur la 3e ligne on souligne 1 et on entoure 4. Or 4 ne peut être BP en 1re colonne puisque 1 est déjà à cette place.

2e hypothèse : 1 et 4 sont BP. On barre 3. Cette hypothèse est fausse car en 3e ligne on doit souligner 4 et 1 et rien n'est entouré.

3e hypothèse : 3 et 4 sont BP. On barre 1. En 3e ligne on barre également 1, on souligne 4 et on entoure 6. Cette hypothèse est correcte.

33. 41 352. ***Technique 2*** permet de barrer 6, 7, 8 (en comparant les 2e et 4e lignes). Donc en 3e ligne on souligne 5 et 2, en 4e ligne on entoure 1 et 5 et en 5e ligne on souligne 3, 5, 4 et 1. Puisque la 4e ligne nous indique que 1 et 5 font partie de la solution, on barre 9 dans les deux premières lignes. Donc en 2e ligne, 2 est BP. Et la 5e ligne nous permet d'établir que 3 est BP en 3e position et 4 est BP en 1re position.

34. D. La proposition C. est fausse car ce n'est pas certains Français qui aiment le poisson, mais tous. La E. n'est pas nécessaire ; elle est seulement possible.

35. A., C., E. La proposition B. est fausse car Jean est nécessairement un vidous. La D. n'est pas nécessaire.

36. D. Les propositions A. et C. sont en contradiction avec la troisième affirmation. La proposition B. est fausse car dire que certains Toto sont des Bibi, c'est admettre que d'autres n'en sont pas. La proposition E. n'est pas nécessaire car il peut y avoir des Bibi qui ne sont ni Toto, ni Gogo.

Sujet 4

Évaluation d'aptitude professionnelle

Difficulté : ★★

Questions 1 à 13 : Trouvez l'élément qui complète correctement chaque série proposée.

1.

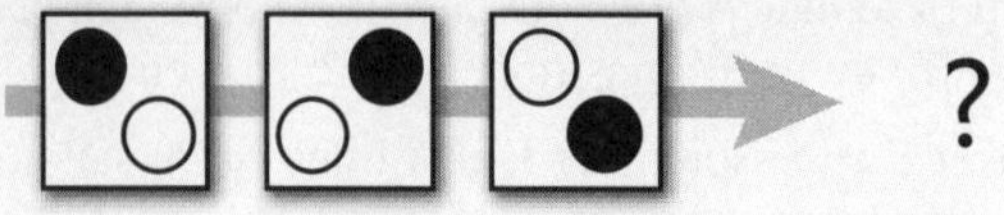

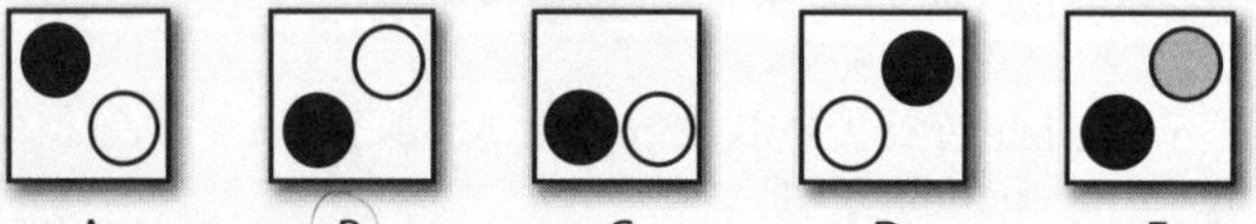

A B C D E

2.

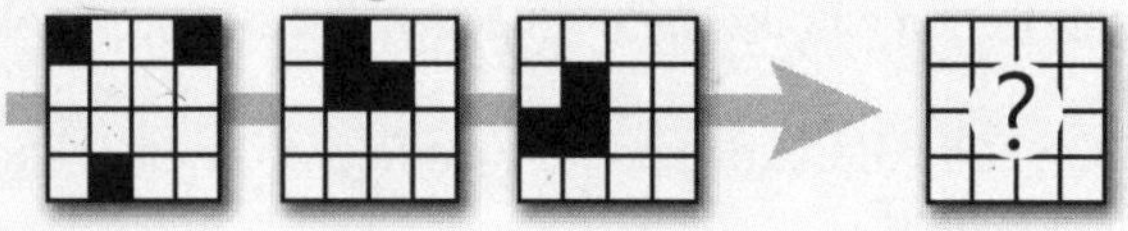

A B C D E

3.

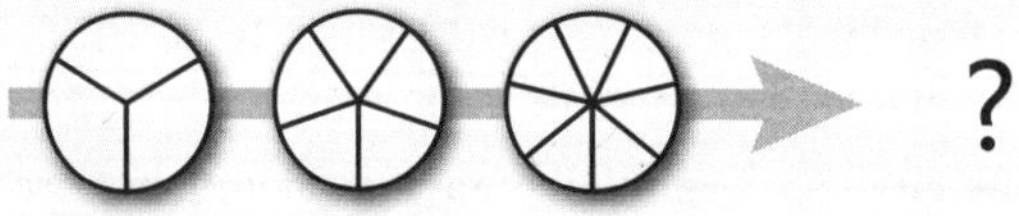

A B C D E

4.

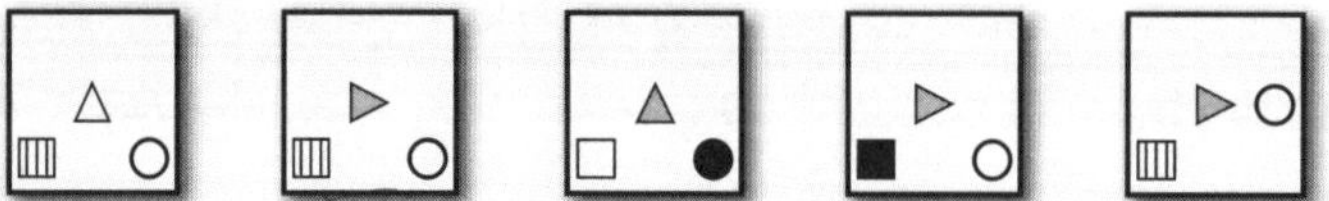

A B C D E

5.

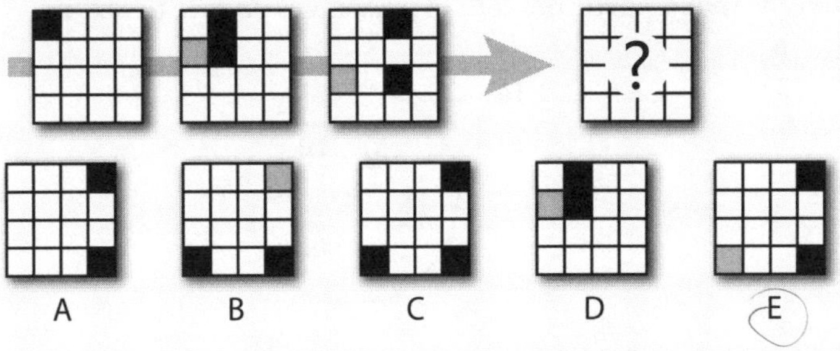

6.

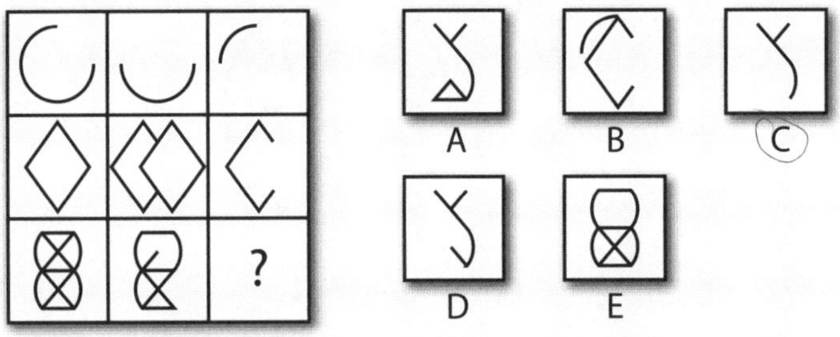

7.

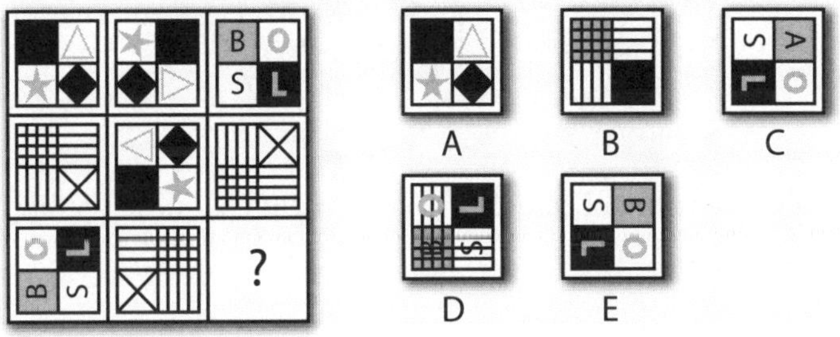

8. **2 – 4 – 8 – 16 – ?**

A. 32 **B.** 30 **C.** 24 **D.** 64 **E.** 36

9. **54 – 42 – 30 – ?**

A. 20 **B.** 40 **C.** 18 **D.** 19 **E.** 22

10. **PIT – OSCAR – NICOLAS – ?**

A. FRANK **B.** MARTIN **C.** CHRISTIAN
D. THIERRY **E.** MARCELLIN

11. **M – M – J – V – ?**

A. R **B.** S **C.** D **D.** T **E.** L

12. **2 304 – 576 – 192 – ?**

A. 92 **B.** 96 **C.** 102 **D.** 86 **E.** 64

13. **MARIE (23) – NICOLE (33) – … (53)**

A. GINETTE **B.** PAULINE **C.** CLAIRE
D. CHRISTINE **E.** FERNANDE

Question 14 à 18 : Trouvez le mot à partir des lettres présentées dans le désordre.

14.

15.

16.

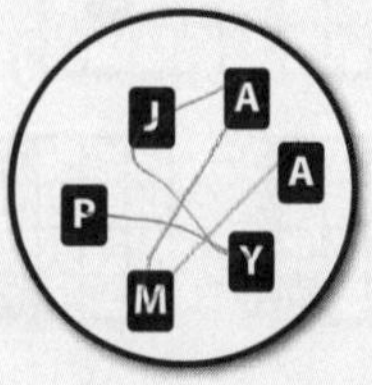

17.

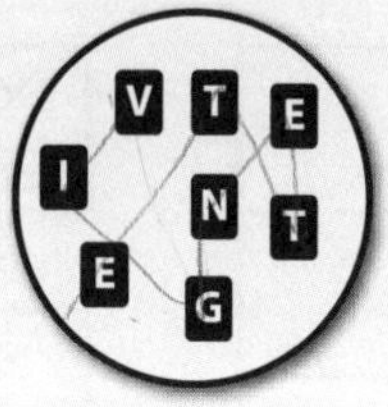

18.

Questions 19 à 22 : Trouvez l'élément qui complète correctement chaque ensemble proposé.

19.

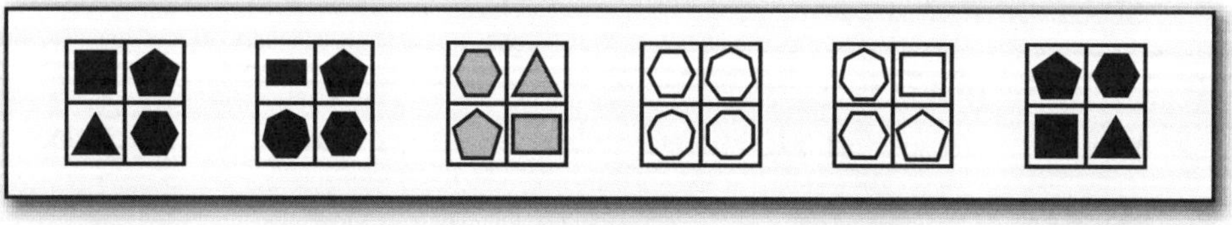

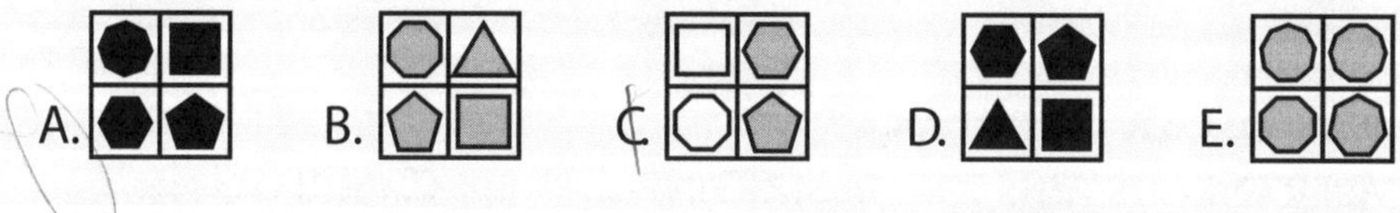

20.

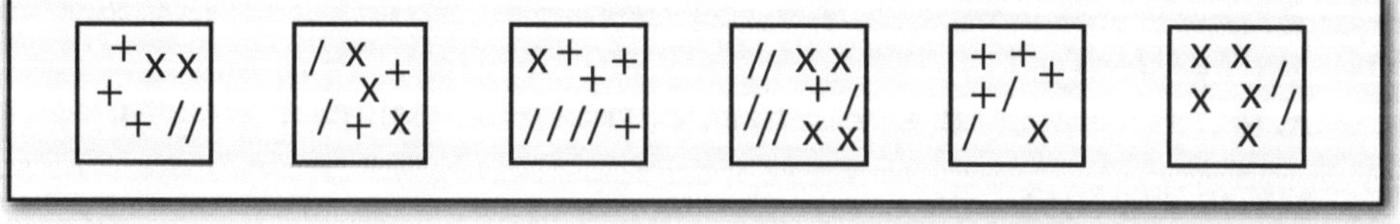

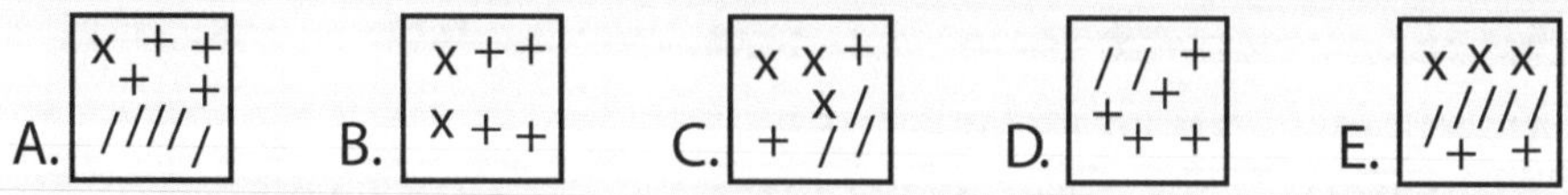

21.

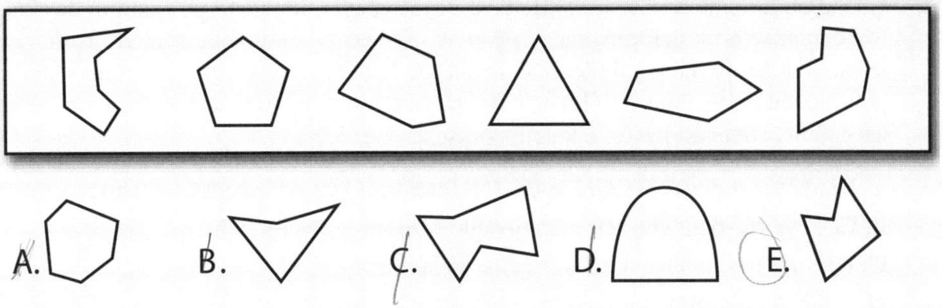

22.

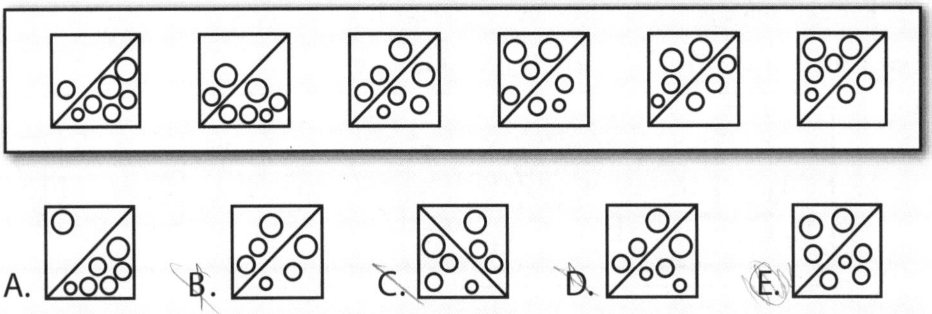

Questions 23 à 25 : Quelle(s) conclusion(s) peut-on tirer logiquement du texte d'origine sans ajouter d'informations ?

23. La carotte est un crustacé marin qui se développe surtout dans les eaux froides. Si sa longueur est importante la femelle pond 12 à 14 œufs tous les 4 jours, parfois plus. Le mâle carotte est pourvu de grandes oreilles qui lui permettent de nager plus vite. L'espérance de vie du mâle est de 4 ans, 1 an de plus pour la femelle.

A. La femelle carotte est pourvue de petites oreilles.

B. Le mâle ne peut pas pondre.

C. La femelle a une espérance de vie supérieure au mâle.

D. La carotte ne se trouve que dans les eaux froides.

E. Une femelle plus longue pond beaucoup.

24. Lorsque petit Pierre va jouer dans le jardin public, il commence par le toboggan, puis la balançoire et enfin le petit cheval. Si le toboggan est occupé, il inverse complètement l'ordre de ses jeux. Si le toboggan est libre mais pas la balançoire, il remplace la balançoire par le petit cheval et ajoute enfin la cage à écureuil. Mais si la balançoire et le petit cheval sont pris, il joue à la cage à écureuil et pas au toboggan.

A. Petit Pierre joue toujours au toboggan.

B. Petit Pierre peut jouer au toboggan puis, juste après, à la cage à écureuil.

C. Petit Pierre peut jouer d'abord au petit cheval.

D. Petit Pierre peut jouer d'abord au toboggan, puis au petit cheval et enfin à la cage à écureuil.

E. Petit Pierre peut jouer d'abord à la balançoire, puis au toboggan et enfin au petit cheval.

25. Quand un homme écoute le ronflement des vagues, il n'entend pas le bruit des klaxons. S'il entend le bruit des klaxons, il n'entend pas le camion des éboueurs. Lorsqu'il entend le camion des éboueurs, il n'écoute jamais de la musique car cela couvrirait tout ce qu'il pourrait entendre d'autre. Il lui arrive parfois d'entendre les oiseaux chanter pendant que les enfants crient et que les éboueurs passent.

A. Cet homme peut entendre le cri des enfants et le ronflement des vagues.
B. Cet homme peut entendre la musique et le bruit des klaxons.
C. Le bruit des éboueurs couvre celui de la musique.
D. Les cris des enfants couvrent le bruit des klaxons.
E. Cet homme peut entendre plusieurs sons à la fois.

Questions 26 à 28 : Trouvez quelle figure est intruse.

26.

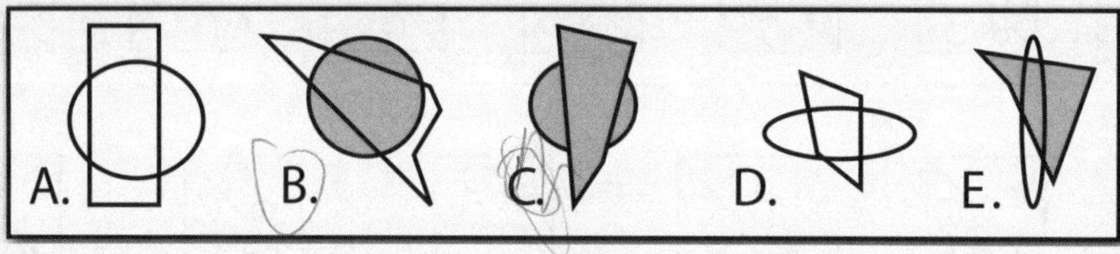

27.

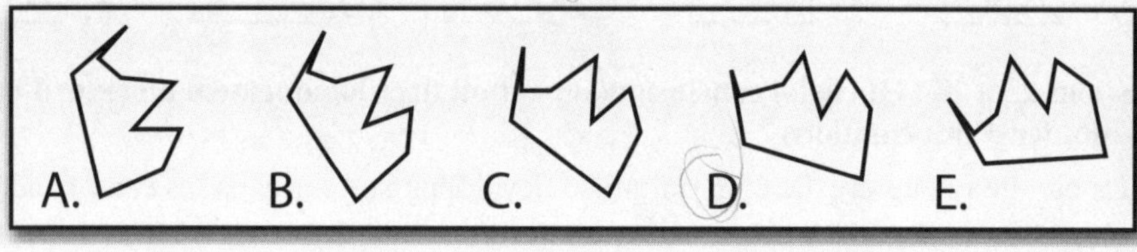

28.

Questions 29 à 32 : Pour chaque question identifiez parmi les propositions la plus grande valeur relative.

29. Si ✶ = ♧♧ et ■ = ✶ ✶, la plus grande valeur est…

A. ♧♧
B. ✶ ✶
C. ♧✶ ✶ ✶♧♧♧
D. ✶ ✶ ✶ ✶ ✶ ✶ ✶
E. ♧♧♧♧ ♧♧

30. Si ✪✪ = ■■■ et ✧ ✧ = ■, la plus grande valeur est…

A.
B. ✧ ✧ ✪
C. ✧ ✧ ✧✪✪
D. ✪ ✪
E. ✧ ✧ ✧ ✧ ✧

31. Si ● = ○■■ et ○ = ■■■, la plus grande valeur est…

A.
B. ○○○○○○○
C. ●○●○●○
D. ●●○ ○○
E. ○○○●●○○

32. Si ●◆= ✶ ✶ ✶ ✶ et ◆ = ●●, la plus grande valeur est…

A. ●●◆✶◆✶

B. ◆◆✶✶●

C. ✶ ✶ ✶ ✶●◆✶●

D. ●●●●●●●

E. ◆◆◆✶✶

Questions 33 à 35 : Trouver le(s) nombre(s) manquant(s)

33.

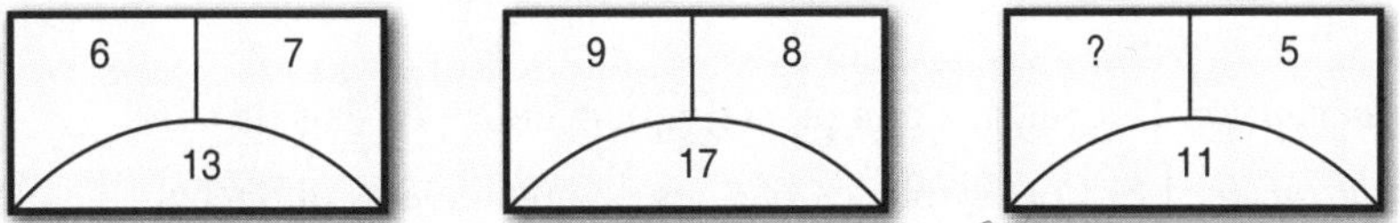

A. 3 **B.** 4 **C.** 5 **D.** 6 **E.** 7

34.

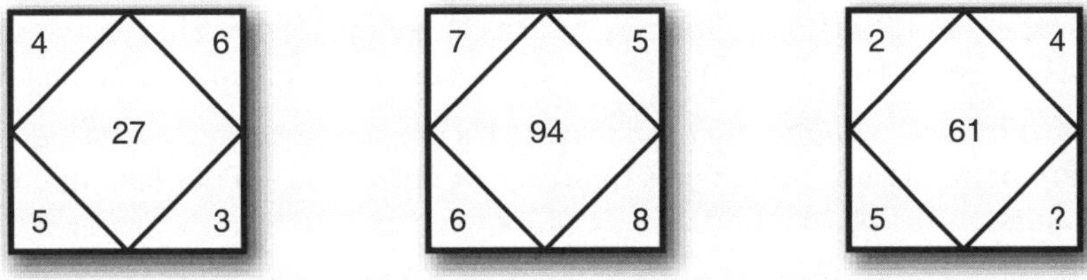

A. 3 **B.** 4 **C.** 5 **D.** 6 **E.** 7

35.

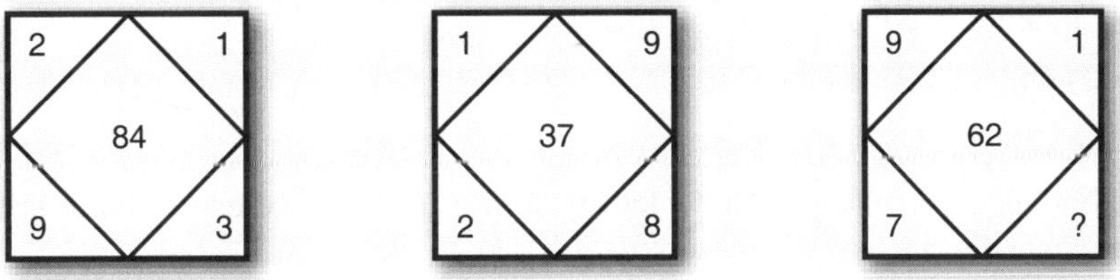

A. 3 **B.** 4 **C.** 5 **D.** 7 **E.** 8

36. On dispose 3 nombres de 3 chiffres.

1, 8, 6 appartiennent au premier nombre.

2, 9, 4 appartiennent au troisième nombre.

1, 4, 2, 5, 7, 6 ne sont pas les chiffres de gauche des 3 nombres.

8, 1, 5, 9, 3, 4 ne sont pas les chiffres de droite des 3 nombres.

Quels sont ces nombres ?

A. 618 – 573 – 924

B. 186 – 537 – 249

C. 186 – 357 – 294

D. 816 – 537 – 924

E. 816 – 357 – 942

Corrigé

1. **B. *Déplacement.*** Les deux ronds se déplacent progressivement aux quatre coins dans le sens horaire. Ils ont toujours la même couleur.
2. **C. *Déplacement.*** Le carré noir en haut à gauche sur la 1re figure descend en zigzag, celui en haut à droite descend sa diagonale et celui en bas recommence la même colonne qu'il descend.
3. **B. *Transformation.*** Les gâteaux comptent toujours deux portions de plus.
4. **B. *Logique mixte.*** Les trois symboles ont des comportements différents : le carré est immobile et il alterne entre noir et rayé, le triangle tourne sur lui-même de 45 dans le sens horaire et il ne change pas de couleur, le rond alterne haut et bas sans changer d'aspect.
5. **E. *Déplacement.*** Les 3 carrés se superposent dans la 1re figure, puis chacun suit sa trajectoire, un noir sur la 1re rangée, un gris sur la 1re colonne et un noir sur la diagonale.
6. **C. *Superposition avec modification.*** En suivant les rangées horizontales, on supprime les éléments communs aux 2 premières figures pour obtenir la 3e. Pour la dernière rangée, il faut surtout de l'observation.
7. **E. *Répartition et déplacement.*** Dans cette matrice 3 figures différentes sont réparties de façon aléatoire et chacune est présente avec 3 orientations différentes. Il n'y a pas de phénomène de superposition (ce qui élimine les propositions B et D) ni de modification (notamment de lettre en proposition **C**).
8. **A. ×2**. 2(2) 4 (2) 8 (2) 16(2) **32**
9. **C.** –12. 54(12)42(12)30(12)18
10. **E.** Les prénoms comptent toujours 2 lettres de plus et l'initiale est toujours la lettre précédente dans l'alphabet.
11. **B.** Initiales des jours de la semaine (Mardi – Mercredi – Jeudi – Vendredi – Samedi)
12. **B. 4 puis 3, etc**. 2 304(4)576(3)192(2)**96**
13. **E.** « 53 » signifie 5 consonnes et 3 voyelles dans le prénom.
14. **MOUCHE.** Il fallait penser à associer les lettres OU.
15. **BISCUIT.** Attention aux lettres finales muettes.
16. **PYJAMA.** Les anagrammes les plus difficiles ne sont pas celles où il y a des lettres rares (comme Y ou J) ; évitez de passer ces questions.
17. **VIGNETTE.**
18. **PUNITION.**
19. **E.** Dans l'ensemble, chaque image est composée de 4 figures d'une même couleur (ce qui élimine C.). La figure qui comporte le moins de côtés sert de point de départ à une série qui va dans le sens horaire (ce qui élimine D.) ; à chaque figure suivante, on ajoute un côté.
20. **D.** Dans l'ensemble, chaque cadre contient 5 « + » et/ou « » (il peut s'agir 5 fois du même signe) et un nombre pair de « / » (2, 4 ou 6). La disposition est aléatoire.
21. **E.** Dans l'ensemble, aucune figure n'est arrondie (ce qui élimine le D.) et toutes les figures ont un nombre impair de côtés (3, 5 ou 7).

22. A. Dans chaque carré de l'ensemble, on compte 7 ronds (ce qui élimine B.), 2 grands, 4 moyens et 1 petit (ce qui élimine D. où se trouvent 3 moyens et 2 petits). La diagonale inscrite dans le carré est toujours dans la même orientation (ce qui élimine C.). De part et d'autre de cette diagonale, le nombre de ronds est irrégulier. Dans chaque carré, les ronds plus grands ont toujours leur partie supérieure plus haute que celle des plus petits (ce qui élimine E.).

23. C. La différence d'espérance de vie est d'un an. La proposition E. n'est pas nécessaire car il n'est rien dit concernant des femelles de taille plus courte.

24. C., D. En proposition B., il joue au petit cheval entre les deux activités.

25. E. Il entend les oiseaux chanter et les enfants qui crient.

26. B. Toutes les figures sont composées de 2 éléments ; l'un est un rond ou une ellipse, l'autre un quadrilatère, sauf en B. où c'est un hexagone. Les couleurs et les superpositions n'étaient pas discriminantes.

27. D. Il s'agit toujours de la même figure, proposée en rotation dans le sens inverse des aiguilles d'une montre. En D. la figure est légèrement différente.

28. A. Chaque carré est rayé horizontalement quand le nombre qu'il contient est pair et verticalement quand ce nombre est impair.

29. A. Valeurs relatives : ♧ = 1, ✶ = 2, ■ = 4.
A = 18, B = 16, C = 10, D = 14, E = 14

30. D. Valeurs relatives : ✧ = 1, ■ = 2, ✪ = 3.
A = 12, B = 9, C = 9, D = 13, E = 7

31. E. Valeurs relatives : ■ = 1, ○ = 3, ⬣ = 5.
A = 11, B = 21, C = 24, D = 23, E = 25

32. C. Valeurs relatives : ✶ = 1, ⬣ = 4/3, ◆ = 8/3. Le mieux est de tout multiplier par 3 et on obtient ✶ = 3, Ä = 4, ◆ = 8.
A = 30, B = 26, C = 31, D = 28, E = 30

33. D. Il faut additionner les valeurs supérieures pour obtenir celle du bas.

34. A. Il faut additionner les éléments d'une même colonne pour obtenir une somme égale à celle des chiffres présents dans le losange. Ainsi par exemple, dans la 1re figure 4 + 5 = 2 + 7 = 6 + 3.

35. E. Chaque carré contient un nombre au milieu : 84 / 37 / 62. Si l'on prend 8 et 4, 3 et 7 puis 6 et 2, on s'aperçoit qu'il y a 3 chiffres qui les séparent à chaque fois : 8 (7-6-5) 4 / 3 (4-5-6) 7 / 6 (5-4-3) 2. De là, il est possible de former des suites avec toutes les valeurs d'un carré : par exemple dans le premier carré on retrouve 1 (en haut à droite) – 2 (en haut à gauche) – 3 (en bas à droite) – 4 (5-6-7) 8 – 9. Il en est de même dans les autres carrés et donc il manque 8 pour finir la 3e série.

36. E. Pour le 1er nombre, on sait qu'il est composé de 1, 8, 6. Or, 1 n'est ni à gauche, ni à droite. Il est donc au centre. Et 6 n'est pas à gauche, il est donc à droite et 8 est à gauche. Ce qui donne : 816.
Pour le 3e nombre, on sait qu'il est composé de 2, 9, 4. Or, 4 n'est ni à gauche, ni à droite. Il est donc au centre. Et 2 n'est pas à gauche, il est donc à droite et 9 est à gauche. Ce qui donne : 942.
Cela suffit pour trouver la réponse en tenant compte des propositions.

Sujet 5
Entretien avec le jury

Difficulté : ★★ 10 + 20 minutes • **Coefficient : 7**

Après la restitution de l'exposé, l'entretien prend la forme d'une discussion entre les examinateurs et le candidat. Ce dernier est questionné, de manière assez soutenue, pendant une dizaine de minutes.

Voici des exemples de question qui peuvent être posées. Entraînez-vous à répondre à chacune d'elle en 2 minutes.

La connaissance de la Gendarmerie

- « Décrivez le travail de gendarme ».
- « Donnez le nom du ministre de l'Intérieur ? »
- « Qu'est-ce-que la gendarmerie mobile ? »
- « Décrivez la formation de gendarme ? »
- « Quelles sont les missions actuelles de la gendarmerie ? »

Pour vous y préparer, reportez-vous au cours « Gendarmerie nationale » situé page 5.

Les motivations et le projet professionnel du candidat

- « Pourquoi voulez-vous devenir gendarme ? »
- « Quel est votre projet professionnel ? »
- « Pourquoi devrions-nous retenir votre candidature ? »
- « Comment pensez-vous concilier vie professionnelle dans la gendarmerie et vie privée ? »
- « Que ferez-vous si vous ne réussissez pas ce concours ? »

Son parcours personnel et professionnel

- « Quelles études avez-vous suivi ? »
- « Quelles sont vos expériences professionnelles ? »
- « Quelle est votre situation familiale ? »
- « Quels étaient vos résultats au Baccalauréat ? »

Sa personnalité

- « Quels sont vos centres d'intérêt ? »
- « Quelles sont vos qualités ? Vos défauts ? »
- « Que disent vos proches de vous ? »
- « Quelle est la valeur la plus importante à vos yeux ? »
- « Comment gérez-vous la pression ? »
- « Quel est le fait d'actualité de ces 5 derniers jours qui a retenu votre attention et pourquoi ? »
- « Aimez-vous prendre des risques ? ».

Ces listes de questions ne sont bien entendues pas exhaustives. Elles sont citées à titre d'exemples. Elles montrent néanmoins que leur champ balaie à la fois les connaissances, les aptitudes et la personnalité des candidats.

L'entretien de motivation est un exercice difficile qui nécessite d'une part, de savoir ce que l'on attend de vous et d'autre part, de s'y préparer spécifiquement sur le fond et sur la forme.

Sujet 6
Épreuve d'admission
Évaluation numérique

Difficulté : ★ 30 minutes • Coefficient : 1

Sujet inédit

Plusieurs réponses possibles.

1. Que signifie l'acronyme « CNIL » ?
   ❒ **A.** Commission numérique de l'informatique et des libertés.
   ❒ **B.** Commission numérique de l'informatique et des lois.
   ❒ **C.** Commission nationale de l'informatique et des lois.
   ❒ **D.** Commission nationale de l'informatique et des libertés.

2. Le respect des dispositions du RGPD en France est :
   ❒ **A.** Facultatif pour tous.
   ❒ **B.** Obligatoire pour tous.
   ❒ **C.** Vivement recommandé pour les services publics et facultatif pour les entreprises privées.
   ❒ **D.** Obligatoire pour les usagers et facultatif pour les services publics et privés.

3. Quelle(s) entreprise(s) est (sont) concernée(s) par les dispositions du RGPD :
   ❒ **A.** Une entreprise chinoise qui propose le e-commerce pour les clients américains.
   ❒ **B.** Une entreprise allemande qui propose le e-commerce pour des clients asiatiques.
   ❒ **C.** Une entreprise algérienne qui propose le e-commerce pour des clients français.
   ❒ **D.** Une entreprise française qui propose le e-commerce pour des clients d'Afrique subsaharienne.

4. Que sont Firefox, Internet Explorer, Safari et Opera ?
   ❒ **A.** Des moteurs de recherche.
   ❒ **B.** Des navigateurs Web.
   ❒ **C.** Des systèmes d'exploitation.
   ❒ **D.** Des réseaux sociaux.

5. Parmi les quatre propositions, laquelle ne correspond pas à un moteur de recherche ?
   ❒ **A.** Qwant.
   ❒ **B.** Duck Duck Go.
   ❒ **C.** Wikipédia.
   ❒ **D.** Bing.

6. Que permet un navigateur ?
❒ **A.** De faire une recherche de résultats indexés sur le Web.
❒ **B.** De contacter un serveur par un protocole http://.
❒ **C.** De lire une page Web.
❒ **D.** De construire une page Web.

7. Qu'est-ce que l'hameçonnage ou *phishing* ?
❒ **A.** Le fait de publier vos données sur Internet.
❒ **B.** Une façon de réclamer une rançon.
❒ **C.** Un nouveau moyen de paiement en ligne.
❒ **D.** Une usurpation d'identité (banque, CAF) permettant de réclamer de l'argent.

8. Qu'est-ce qu'une adresse IP ?
❒ **A.** Une adresse comprenant une arobase (@).
❒ **B.** Une adresse comprenant un #hashtag.
❒ **C.** Une adresse permettant de rester anonyme.
❒ **D.** Une adresse unique qui vous identifie sur le réseau Internet.

9. Quel réseau social a fait l'objet d'une demande d'interdiction aux États-Unis de la part du président Trump ?
❒ **A.** WhatsApp.
❒ **B.** Twitter.
❒ **C.** Instagram.
❒ **D.** TikTok.

10. Qui est le fondateur et PDG de Facebook ?
❒ **A.** Bill Gates.
❒ **B.** Elon Musk.
❒ **C.** Mark Zuckerberg.
❒ **D.** Jeff Bezos.

11. Lequel de ces réseaux sociaux n'existe pas ?
❒ **A.** Twitch.
❒ **B.** Reddit.
❒ **C.** O-Zone.
❒ **D.** Vimeo.

Corrigés

1. **C.** Commission nationale de l'informatique et des libertés.
2. **B.** Obligatoire pour tous. Il s'applique à la fois pour les organismes privés et publics.
3. **B., C. et D.** Une entreprise allemande qui propose le e-commerce pour des clients asiatiques, une entreprise algérienne qui propose le e-commerce pour des clients français, une entreprise française qui propose le e-commerce pour des clients d'Afrique subsaharienne.
4. **B.** Des navigateurs de recherche. Ils permettent d'accéder au *World Wide Web*.
5. **C.** Wikipédia. Contrairement aux autres, Wikipédia est une page Web à laquelle on accède en passant par un navigateur de recherche.
6. **B. et C.** De contacter un serveur par un protocole http:// et de lire une page Web. Le navigateur est le logiciel capable de supporter le protocole Web http://. Attention, il permet d'entrer une URL ou une adresse IP afin d'afficher des ressources stockées sur un serveur distant, mais pas de fouiller le Web. Il est à tort trop souvent confondu avec un moteur de recherche.
7. **D.** Une usurpation d'identité (banque, CAF) permettant de réclamer de l'argent. Le *phishing* consiste souvent en l'usurpation d'une société ou d'une administration en vue d'extorquer des fonds à un internaute. Pour cela, les logos officiels sont utilisés à des fins d'escroquerie, mais l'arnaque est rapidement identifiable d'après la vérification de la forme de l'adresse mail et des URL fournies.
8. **D.** Une adresse unique qui vous identifie sur le réseau Internet.
9. **D.** TikTok. L'application chinoise de partage de vidéo a fait l'objet d'une demande d'interdiction d'utilisation aux États-Unis à la demande du président Trump au cours de l'été 2020. En effet, celui-ci invoquait des risques pour la sécurité nationale des États-Unis, et aurait accusé l'application d'espionner et collecter les données de ses utilisateurs au profit de la Chine.
10. **C.** Mark Zuckerberg. C'est bien Mark Zuckerberg qui a fondé et qui dirige actuellement Facebook depuis 2004. Bill Gates, lui, est le fondateur de Microsoft et Elon Musk est le PDG de SpaceX et directeur général de Tesla. Enfin, Jeff Bezos est le PDG d'Amazon.
11. **C.** O-Zone. Cette application n'existe pas, c'est le nom d'un célèbre groupe de musique moldave connu dans les années 2000 pour leur titre *Dragostea Din Tei*. En revanche, Qzone existe bel et bien, il s'agit d'un réseau social chinois qui équivaut à WhatsApp. Twitch, Reddit et Vimeo sont des réseaux sociaux relativement connus aujourd'hui.

82384 - (I) - OSB 80° - BLP - BTT
JOUVE-PRINT
733, rue Saint-Léonard, 53100 MAYENNE
Dépôt légal : avril 2021
N° 2962228Y

Imprimé en France